마니아, 평등에 미친 시대

MANIA

마니아,　평등에 미친 시대

라이오넬 슈라이버 장편소설

유소영 옮김

자음과모음

세습된 부나 신분, 출생에 따른 특권이 사라지면, 인생의 격차를 만드는
주요 원인은 그 사람의 정신에 달려 있다는 것이 결국 분명해진다.

알렉시 드 토크빌

최악의 자연재해보다 무한히 더 파괴적인 정신적 전염병에 대한 적절한
방어 수단이 없다는 간단한 이유 하나만 놓고 보아도, 인류에게
가장 큰 위협은 굶주림도, 미생물도, 암도 아닌 인간 그 자체라는
사실이 점점 더 명백해지고 있다.

카를 구스타프 융

한국어판 서문

　나는 미처 한국을 방문하는 특권을 누리지 못했지만, 나의 부모님은 교회 공동체와 인연이 있어 한국을 여러 번 여행하셨다(나는 무교이니 문학 행사에 참석하기 위해 한국을 찾게 될 가능성이 높을 것이다. 초대장 보내주세요!). 아버지가 당신의 책이 한국어로 번역되었을 때 얼마나 기뻐하셨는지 잊지 못한다. 한국어로 저서가 번역되는 가문의 전통을 잇게 되어 기쁘다.

　지난 10년에서 15년 사이 일련의 사회 쟁점이 거대한 파장을 일으키며 선진국 대부분을 휩쓸었다. 젠더 정체성 문제를 둘러싼 급격한 여론 변화, 성희롱 및 인종차별 이슈에 대한 과열된 사회적 반응, 감염병에 대한 봉쇄정책 논쟁, 기후변화에 대한 종말론적 담론 등이 대표적이다. 『마니아, 평등에 미친 시대』를 구상할 당시 내가 다루고 싶었던 것은 그중 하나의 쟁점을 특정해 비판하는 것이 아니라 이러한 현상들을 가능하게 만드는 더 근본적인 작동 방식, 심리학자들이 군중심리라 부르는 집단 동조 현상에 우리가 얼마나 취약한가 하는 점이었다. 우리는 모든 사람이 그렇게 믿는다는 이유로, 오 분 전에 자신이 전혀 다른 것을 믿고 있었다는 사실조차 까맣게 잊어버린 채 다른 사람이 믿는 것을 믿으려는 경향이 있다.

그래서 나는 21세기의 주요 사회적 광기가 시작되기 전인 2011년의 대체 근과거를 배경으로 나만의 '광기'를 만들었다. 이 소설에서 사람들을 사로잡은 관념은 대단히 설득력 있다고 생각한다. 여기서 모든 사람이 말 그대로 하루아침에 받아들이는 사상은 지금 현실 속의 생각들과 크게 다르지 않다.

반면 이런 사회적 과열에 이상하게도 면역이 있어서 이성적으로 보이는 친구들과 동료가 왜 저렇게 휩쓸리는지 당혹스러워하는 사람들도 있다. 이 소설의 주인공 피어슨 컨버스도 그런 사람이다. 그녀는 이런 흐름에 동참하지 못한다.

단순한 정치풍자극에 머물고 싶지 않았기 때문에, 나는 이 소설에서 피어슨 컨버스와 에머리 루스의 오랜 우정에 초점을 맞추었다. 에머리는 야망이 큰 인물이고 정신평등운동이 애당초 말도 안 된다고 생각했던 것 같지만 그래도 사회적 성공을 위해 시대의 도그마에 순응한다. 나는 두 친구 사이에서 차츰 커지는 고통스러운 간극을 그리고 싶었다. 이 정치적 양극단의 시대에 나 역시 정치적 견해 차이로 여러 명의 친구를 잃었기 때문이다. 실제로 이 갈등의 시기에 친구와 친척이 서로 소원해지는 일이 허다했다.

유감스럽게도 부모님은 두 분 다 몇 년 전에 돌아가셨지만, 그래도 길고 보람찬 인생을 사셨다. 돌아가신 뒤 오빠와 나는 부모님이 남긴 유품을 나눠 주고 기부하고 처분하면서 각자 의미 있는 몇 가지를 간직했다. 나는 소스와 조미료 통이 따로 들어 있는 옻칠한 자개함 네 개를 챙겼다. 마찬가지로 고운 청자 사발과 잔도 고이 간직했다. 모두 부모님이 한국 친구들에게서 받은 정성스러운 선물이었다. 이 아름답고 정교한 공예품들은 지금 내 집에서 당당하게 한 자리를 차지하고 있다. 두 분의 맨해튼 아파트에 늘 눈에 잘 띄게 놓여 있던 이 멋진 선물들이 어느 오래된 골동품 가게에 놓이는 신세가 되지 않았다는 것을 알면 부모님도 좋아하실 거라고 생각한다. 미약하게나마, 이 물건들은 한국과 내가 이어져 있다는 느낌을 준다.

『마니아, 평등에 미친 시대』가 한국어로 번역된 것을 영광으로 생각하며, 펜실베이니아를 무대로 한 이 이야기가 한국의 독자도 어려움 없이 몰입할 수 있을 정도로 충분히 보편적인 주제를 건드리고 있기를 희망한다. 우정과 순응, 분명 세계 어느 곳의 독자이든 공감할 수 있는 주제가 아닐까.

따뜻한 마음을 담아
라이오넬 슈라이버

차 례

평행력 2011년

1장

저녁 식사 준비로 몇 가지 필요한 것이 있어서 사러 가려던 참에—종종 있는 일이지만, 내 단짝 에머리가 밭에 놀러 오기로 했다—나는 아들의 학교에서 아이가 '친구를 괴롭혀서' 집에 돌아가라는 벌을 받았으니 와서 데려가라는 전화를 받았다. 다윈은 자제심이 깊고 신중해서 다른 아이에게 함부로 할 성격이 아니기 때문에 혹시 오해가 있었던 게 아닌가 하는 생각이 들었다. 학급 성적도 항상 우수해서 최근까지는 선생님들의 사랑을 한 몸에 받았다. 아니나 다를까 아이를 데리러 가보니, 가냘프고 조숙한 맏이는 조용히 앉아 입을 꾹 다문 채 행정실에 있는 어른 둘을 외면하고 허공만 뚫어지게 응시하고 있었다. 열한 살, 어린 시절 주입받은 교리에서 내가 깨어났던 나이였지만, 다윈은 다행히 그런 교육을 받지 않았다. 하지만 뭐든지 속으로 담아두기만 하니 저러다 언제 폭발할지 모르겠다 싶은 위태로움이 느껴져서, 흡사 '가족 예배의 밤'마다 부글거리는 속을 꾹꾹 억누르며 말없이 앉아 있곤 했던 나를 연상시켰다.

"유감이지만 아드님이 같은 반 학생을 조롱했습니다." 교감이 내게 알렸다. "굳이 제가 입에 담지는 않겠습니다만, 서로 존중하는 학교 분위기에서 용납할 수 없는 언어를 사용했습니다." 교감은 육중한 가슴을 위로 한껏 부풀리며 굳이 강조할 필요도 없는 오만한 태도를 한껏 극적으로 연출했다.

"음, 이 나이 때는 대부분 나쁜 말을 한 번씩……."

"운동장에서 음담패설을 주고받는 건 그렇다 치더라도, 비하적인 언어는 다른 문제입니다. 이것은 정학 수준의 학칙 위반입니다. 앞으로도 비슷한 행동이 반복된다면 퇴학 처분도 각오해야 할 겁니다."

펜실베이니아주 볼테르시에서 최고는 아니라도, 거트루드스타인초등학교는 집에서 그리 멀지 않은 괜찮은 공립학교(였)다. 두 학년 아래인 다윈의 여동생 잔지바도 여기 다녔고, 여섯 살 막내 루시도 9월부터 여기 다니고 있었다. 따라서 웨이드와 내가 학교 행정 선생님들 눈 밖에 나서 좋을 게 없었다. 혹시 아들이 찍혔다 해도 6학년 한 해만 어떻게 잘 보내면 졸업이기 때문에, 나는 "절대 입에 담아서는 안 되는" 말이 있다고 엄하게 타이르고 주의를 주겠다고 약속했다.

교감은 마지막으로 경고를 덧붙였다. "가정에서 비하적인 언어를 편하게 사용하기 때문에 아이가 자연스럽게 배우는 것이 아니기를 바랍니다."

"우리 집은 교양 있는 분위기입니다."

"과거의 교양 있는 문명사회에서는 현대인들이 혐오스럽다고 생각하는 세계관이 당연하게 여겨졌습니다. 무슨 뜻인지 아실 거라고 믿습니다, 컨버스 씨. 우리는 진보적인 교육기관입니다."

차에 올라탄 뒤에도 다윈은 말이 없었다. 익명으로 정자를 제공한 두 아이의 시험관 아버지 덕분에, 다윈의 핏줄 절반은 일본계다. 사람들은 아이의 섬세한 이목구비와 가냘픈 체구를 보고 선천적으로 허약할 거라고 여겼다. 하지만 그 마른 체구에는 강철 같은 근성이 있었다. 다윈은 약하지 않았다.

집으로 돌아오는 동안 나는 다윈이 혼자 분을 삭이도록 내버려두었다. 초목이 푸른 우리 동네에는 지난가을 '멍청이를 환영합니다!'라는 구호가 집집마다 꽂혔다. 상가 역시 가게마다 쇼윈도에 같은 글귀를 다급히 붙였다. 하지만 아무리 인용부호를 붙인다 해도 역시 노골적으로 비하적인 언어였기 때문에 곧장 저속하고 상스러운 인상을 주다가 결국 사용 불가한 표현이 되었고, 현재 마당에 나붙은 구호는 약간 차분해졌다. '우리는 인지력 중립을 지지합니다.' 바로 앞에 달리는 차량은 요즘 어디 가나 눈에 띄는 범퍼 스티커를 붙이고 있었다. '지능충 꼴 보기 싫은 사람 경적 울려!' 상당수의 다른 운전자들도 지능충이 꼴 보기 싫은 모양인지, 집으로 가는 길은 시끄러웠다.

나무가 우거지고 침실이 다섯 개나 있는 널찍한 집이라 우리 가족 형편에 대해 혹시 오해할까 봐 설명하자면, 웨이드와 내가 아늑하고 실속 있는 이 집을 급매로 사들일 수 있었던 것은 오로지 2008년 금융위기로 인한 차압 사태 덕분이었다. 10월 중순이라 널찍한 뒷마당 덱에서 다윈의 죄를 논하기는 좀 쌀쌀했기 때문에, 나는 부엌 식탁에 아들을 앉히고 당장 먹을 만한 게 뭐가 있나 찬장을 뒤졌다. 루시의 스쿨버스가 집 앞 정류장에 도착하기까지 채 두 시간도 남지 않았고 아무래도 급히 슈퍼마켓에 갔다 와야 할 것 같았기 때문에, 이 반대 심문이 짧게 끝났으면 하는 마음이었다.

"티셔츠 때문이었어요." 다윈은 마침내 뚱한 목소리로 말했다.

"티셔츠?"

"스티비가 입고 온 티셔츠에 이런 문구가 적혀 있었어요. '넌 그렇게 똑똑하다면서 왜 그렇게 안 똑똑하냐?'"

나는 웃음을 터뜨렸다. "하, 그게 뭐니. 말도 안 되잖아."

"내 말이 그거였다고요. 그게 멍청하다고 한 게 다예요."

"미음으로 시작하는 단어를 썼구나."

"스티비가 멍청하다고 한 것도 아니었어요. 티셔츠가 멍청하다고 했다고요."

'멍청한 스티비Stupid Stevie'라니, 내 학창 시절이었다면 입이 간질거려서 못 참았을 만한 조롱이었다.

"음……. 멍청한 티셔츠라고 놀렸다면, 그걸 입은 사람도 약간 멍청하다는 뜻이 되지 않을까?"

다윈은 폭발했다. "이제 정말 규칙을 이해할 수가 없어요! 좋아요, 사람을 상대로 멍청하다는 말을 쓰면 안 된다. 왜 그래야 하는지 엄마가 설명하고, 설명하고 또 설명했지만, 아니 그래도 5학년으로 올라오자마자 노답이던 녀석이 갑자기 노답이 아니라니, 정말 이해를 못 하겠어요." 나 자신도 이따금 욕설을 입에 담는 마당에, 내 아이들의 언어도 지나치게 단속할 주제는 못 된다. "좋아요. 알겠다고요. 사람한테는 미음으로 시작하는 단어나 기타 등등 표현을 안 쓸게요. 그럼 셔츠 같은 물건에 대해서는 멍청하다고 할 수 있잖아요. 아이디어가 멍청하다고 하면 안 돼요? 물건을 멍청하다고 해도 되는 거예요, 아니면 이제 물건까지 전부 똑똑한 거예요?"

나는 눈을 가늘게 떴다. "글쎄, 모르겠다. 모든 걸 똑똑하다고 하면 그것도 문제가 생길 텐데."

"요즘은 다들 이런 쓸데없는 것만 갖고 난리예요! 그런다고 누가 돌대가리인지 애들이 다 모르는 줄 알아요? 선생님들은 돌대가리가 질문에 뭐라고 대답하든지 항상 이래요. '오, 제니퍼, 그거 정말 좋은 생각이다!' 어느 멍청이가 5 곱하기 7이 62라고 하면 수학 선생님은 이래요. '잘했다! 그런 답도 있을 수 있고, 그것도 아주 좋은 답이야. 그러면 누가 다른 답을 내볼까?'"

사실 조금도 우스운 일이 아니겠지만, 그래도 웃지 않을 수 없었다. 내가 객관적이지 않다는 것은 알고 있지만, 엄마들이 객관적일 수는 없는 법이다. 아들이 너무 귀여웠다.

다원은 말을 이었다. "장담하지만 선생님들은 사실 멍청이들이 무서운 거예요. 머리 나쁜 애들은 수업 시간에 잡담하거나 숙제를 안 해 와도 야단을 안 맞아요. 숙제를 안 하는 것도 이제 그냥 '다른' 일, 그냥 숙제를 '정말 똑똑하게' 하는 방식이 돼버렸어요. 그러다 보니 바보들이 정말 골칫거리가 되어가고 있다고요. 자기들이 무슨 특별한 존재인 양 착각하고 잔뜩 헛바람이 들어서 남들이 뭐라고 말만 하면 자기가 끼어들어서 잘못된 방향으로 뒤집는다니까요. 웬디라는 애가 있는데 에런이 그 애 새 폰 케이스가 '찢는다'고 했어요. 그냥 좋은 말도 해주고 뭔가 재미있는 유행어도 입에 담고 싶어서 그런 건데, 웬디는 에런의 팔을 때리고 새로 생긴 MPC에 신고했어요." 내가 아리송한 표정을 짓자, 다원은 설명했다. "정신평등부 챔피언이요. 요즘은 학교마다 다 있어요. 어쨌든 에런은 교실 앞에 나가서 사과해야 했어요. 웬디와 정신평등부는 너무 멍청해서 '찢는다'는 말이 요즘 '좋다'는 뜻으로도 사용된다는 걸 모르더라고요."

"이제 그 뜻으로 사용하는 사람은 차츰 사라지겠다는 생각이 드네. 아니, 그럼 요즘 학교에서는 '멍청이' '바보' '돌대가리' 같은 말을 안 쓰는 거니?"

"당연히 안 되죠. 그런 말을 썼다가는 내가 바보 돌대가리 아니에요? 하지만 왜 자기 생각을 당당하게 말하지 못하는지 모르겠어요. 엄마도 그랬지만, 이 사람이 저 사람보다 더 똑똑한 건 당연히 존재하는 거고 그건 부끄러운 게 아니잖아요. 왜 이런 쓰레기 같은 논리에 집착하는지 모르겠다고요."

이단적인 사상으로 은밀하게 결탁한 우리 가정의 안온한 분위기가 나는 퍽 즐거웠다고 고백한다. 하지만 온전한 정신의 피난처를 유지하려는 결심이 아이들을 위태로운 상황에 몰아넣고 있는 게 아닌가 하는 걱정이 들었다. "스스로 믿는 바에 충실하다는 것은 분명 의미 있는 일이야. 하지만 신중해야 해. 싸울 지점을 잘 골라야지. 인간에 대한 이 새로운 사고방식은 우리보다 큰 흐름이야. 잘못된 방식으로, 잘못된 시점에 신념을 내세웠다가는 아무것도 이루지 못하고 상처만 받게 될 거야." 언젠가 이 설교를 나에게 해야 할 때가 올 것 같았다.

"그건 그냥 이쪽은 숫자가 딸리니까, 혹은 그러지 않으면 벌을 받을 테니까 그냥 다른 사람들을 따라가야 한다는 뜻이잖아요. 엄마가 말하는 '신중한' 행동과 그냥 겁쟁이 사이에 무슨 차이가 있어요?"

"차이는 없어." 나는 무겁게 말했다. "자, 외투 입어라."

2장

마지막 순간에 에머리는 내게 이제 '스마트폰'이라는 단어를 써서는 안 된다고 지적했는데, 그러면 대신 무슨 표현을 써야 할지 난감했다(주중에도 영문학과 사무실에서 이런 대화를 나눈 적이 있었다. "그럼 뭐라고 불러야 해, 평범폰?" 동료가 쏘아붙였다. "그냥 폰은 안 되나? 그게 그렇게 힘들어, 피어슨? 오히려 더 간결한 표현을 쓰자는 것이 그렇게 대단한 희생이라도 되나? 보다 존중하고 배려하는 마음을 표현하자는 건데? 그냥 폰은 안 돼?"). 에머리는 혹시 자기가 요즘 사귀고 있는 남자친구 로저가 우리 집 저녁 식사에 합석해도 괜찮겠는지 물었다. 내가 거기서 안 된다고 할 수는 없었지만, 그래도 짜증이 났다. 다윈이 학교에서 귀가 조치를 당해서 열받은 참이라, 알지도 못하는 사람까지 상대할 기분이 아니었다. 기껏 값비싼 타이거새우 6인분을 준비해놨는데, 손님이 한 사람 더 온다면 부담스럽다. 로저까지 참석한다면 우리 집 저녁 식탁에 그냥 친한 친구 숟가락 하나 더 놓는 가벼운 자리였던 것이 거창한 '디너파티'로 변한다. 게다가 가을 학기가 시작된 뒤로 한 번도 만난 적이 없었기 때문에, 오랜만에 에머리랑 회포를 풀고 싶었다.

역시 두 사람은 값비싼 와인과 꽃을 들고 찾아왔다. 평소 에머리가 우리 집에 올 때 가져오는 것은 세련된 미각보다 저렴하게 마음껏 퍼마실 수 있는 경제성을 우선시하는 박스 와인이었다. 올리브까지 준비한다 해도 보통 때 같으면 그냥 델리에서 파는 포장 그대로 다크우드 인테리어 부엌에 놓고 서서 하나씩 집어 먹었겠지만, 오늘은 예쁜 그릇에 담고 씨를 뱉을 접시까지 따로 마련해야 했다. 평범한 소금식초감자칩이 오히려 더 맛있지만, 오늘은 칼라마타 올리브가 무색하지 않도록 삼색채소칩까지 준비했다.

웨이드에게 식사 준비를 마저 부탁하고, 나는 마지못해 격식을 차려 손님들을 거실로 안내했다. 레깅스와 매끈한 검정 부츠, 진한 노란색 실크 원피스, 일부러 골랐는지 내 열여섯 살 생일에 본인이 줬던 선물을 연상시키는 붉은 목도리. 에머리의 옷차림은 단순했지만 화려했다. 놀랍지는 않았지만, 로저는 미남이었다. 다이어트 식단과 피트니스 원칙에 대한 두려움이 섞인 광적인 집착의 결과인지, 몸매도 트집 잡을 곳 없이 날렵했다. 스타일은 스포티했지만 옷감은 고급이었다. 처음에는 말수가 많지 않았는데, 수줍음이 많아서 그렇다기보다 일단 약간 뒤로 물러나서 관찰하고 가늠하고 평가하려는 것으로 보였다. 완벽한 자기 관리 때문에 일종의 우월감 같은 분위기가 감돌았다. 이것이 애당초 두 사람이 서로 끌리게 된 공통점인 것 같았다. 그렇다고 해서 로저가 노골적으로 자신을 과시하거나 남을 깔보는 말을 하지는 않았으니, 아마 내가 속이 삐딱한 모양이다.

이런 자리에서 속마음을 있는 그대로 솔직하게 말하지 않으면, 대화가 공허해지고 겉돌게 된다. 나는 다윈이 '비하적인 언어'를 썼다는 이유로 학교에서 정학당해서 아직 약간 속상하다, 아이도 자기가 문제아 취급 받는 것에 익숙하지 않다고 털어놓았다. "도대체 규칙을 이해할 수가 없대. 혼란스럽다고 느끼는 게 애 문제는 아닌 것 같아."

"오바마의 '돈 애스크 돈 텔(Don't ask, don't tell; 묻지 말고, 말하지도 말라. 1993년 빌 클린턴 정부 당시 미국 군대에서 성소수자 장병을 보호하기 위한 포용 정책으로 도입되었다-옮긴이)' 정책 확대 소식 들었어?" 에머리가 물었다. 나도 들었지만 자세한 내용은 잘 몰랐다. "그 원칙이 군대를 넘어서 전 사회적인 규칙으로 자리 잡게 될 상황이기 때문에 말을 꺼내는 거야. 그러니까 다윈에게 지금부터는 이제 이런 게 규칙이라고 일러줘. 상대가 어느 학교를 나왔는지 물으면 안 된다. 너도 어느 학교를 다녔는지 말하지 마라. 예일대를 나왔더라도, 아니 예일대를 나왔으면 특히 더 입을 다물어야 돼! 고등학교도 마찬가지야. 앤도버나 그로톤 같은 사립학교 출신이라는 걸 대화에서 절대 흘리면 안 돼. 지능지수는 물론이고 SAT나 ACT 점수, 평균 학점 같은 것도 절대 말을 꺼내지도 물어봐서도 안 되고. 신문에 실리는 한 주의 뉴스 퀴즈 같은 거 잘 풀었다, 이런 이야기도 그냥 입을 다물어야 해. 그리고 〈제퍼디!〉 프로그램 퀴즈 질문이나 이야기도 안 돼!"

에머리는 감탄스러울 정도의 무표정으로 이렇게 조언했지만, 조롱하는 의도라는 것은 누가 봐도 뻔했다.

"그 프로그램도 지난주에 폐지됐어." 내가 말했다.

"말도 안 돼." 에머리가 말했다.

"끝났어. 차별적이래. 1964년부터 줄곧 방송됐던 프로그램인데."

"세상에. 그럼 〈퀴즈쇼 백만장자〉는 어쩌라고."

"안 그래도 궁금해서 저녁에 타이거새우 손질하다가 그 프로그램을 잠깐 봤어. 폐지되지 않으려고 적절한 문제만 내려다보니, 어처구니없을 정도로 원시적인 질문만 하더라고. '당신의! 이름은! 무엇입니까?' 이런 식이야."

에머리도 소리쳤다. "친구한테 전화해서 물어보세요! 아, 잊을 뻔했네. 군대는 루빅큐브를 병영에 반입하는 것도 금지했어."

"다음 차례는 체스겠군." 나는 한숨을 쉬었다.

"아니, 그럴 수는 없어." 에머리는 다시 시침을 뚝 떼고 무표정으로 받았다. "체스는 이미 금지됐으니까. 분열과 편견을 조장하는 환경을 만들고 부대의 단합을 저해한다는 거야."

"맙소사, 이제 정말 보글, 스크래블 같은 것도 못 하게 되는 거 아냐?"

에머리는 새침하게 말했다. "당연하지. 어느 모로 보나 평등한 사람들이 그따위 게임 때문에 쓸데없이 무능하다는 기분을 느끼게 되잖아."

우리는 로저를 대화에서 소외시키고 있었다. 나는 올리브를 돌리면서 두 사람이 어떻게 만났는지 상상력 없는 질문을 던졌다.

"로저가 우리 프로그램에 게스트로 출연했어. 누가 누구 덕을 더 많이 봤는지는 모르겠지만. 아무도, 정말 아무도 안 들을 거라고 내가 미리 경고하긴 했어."

에머리는 자기 비하로 남의 비위를 맞추는 성격이 아니었다. 진심으로 답답해서 하는 말이었다. 그녀는 고등학교 시절부터 TV 방송계에서 성공하고야 말겠다는 단 한 가지 야심을 품고 있었지만(반대로 십대 시절부터 내가 갖고 있던 유일한 꿈은 그저 제발 아무도 나를 건드리지 않았으면 하는 것뿐이었다), 10년째 내셔널 퍼블릭 라디오 산하 지역 방송국 WVPA에서 일하고 있었다. 그중 6년 동안 정오경 방송되는 작은 예술 프로그램을 진행하면서 지역사회 신진 작가와 B급 작가들을 소개하고 있었는데, 스스로 갑갑하다고 느끼고 있었다.

나는 로저에게 말했다. "그럼 정말 마음이 편하셨겠어요. 아무도 안 듣고 있으면 아무 말이나 해도 괜찮잖아요."

"아니, 피어슨. 요즘은 절대 아무 말이나 해서는 안 돼." 혹시 내게 개인적으로 경고하는 게 아닌가 싶은 말투로 에머리가 말했다.

로저는 극작가인 것 같았다. 나는 묻고 싶었다. '요즘 연극 보러 가는 사람도 있나요? 제가 아는 사람들은 다 연극 싫어하던데요, 한물간 형식이라고. 안 그래요? 차라리 영화 보는 게 훨씬 낫죠.' 하지만 나는 아무 말도 하지 않았다.

"극장에서 일하는 것이 흥미로운 시대입니다." 로저는 말했다.

"흥미롭다고요? 어울리지 않는 표현 같은데요. 차라리 까다롭다, 위험하다. 이쪽이 어울리죠."

"위대한 연극은 언제나 위험합니다." 그는 매끄럽게 대답했다. "제 말은 문화의 지각판이 이동하는 지금 같은 시절에 예술업계에 종사하는 것이 흥미롭다는 뜻이었습니다. 수천 년간 계속되었던 의계가 지난 몇 년 사이 완전히 뒤집혔으니까요. 아니, 영원히 계속되어왔다고 해도 좋을 겁니다."

"네, 제가 뭐 동굴 속에서 살아본 적은 없죠." 나는 커피 탁자 쪽으로 턱짓하며 기분 좋게 말했다.

우리 집에 『IQ 비방: '멍청한 사람들'에 대한 차별이 최후의 위대한 민권 투쟁인 이유』를 꽂아놓은 것은 그저 냉소적인 의미였지만, 혹시 로저가 그 묵직한 책이 보란 듯이 전시되어 있는 것을 자부심의 표명으로 오해하면 어쩌나 걱정스러웠다. 2010년 당시 나는 정치적 흐름의 최전선에 동참해야겠다고 생각했기 때문에 초판 하드커버를 샀고, 책 표지에는 요즘이라면 아무도 감히 '바보 모자'라고 부를 수 없는 뾰족한 모자를 머리에 쓴 어린 소년이 수치심 가득한 표정으로 의자에 앉아 제 무릎만 묵묵히 쳐다보는 장면이 그려져 있다. 이후 출간된 재판 표지에서는 야만적인 과거를 상기시키기 때문에 눈에 거슬린다는 이유로 모자가 삭제되었고, 부제 역시 '멍○한 사람들'로 수정되었다. 얼마 지나지 않아 '비방'이라는 단어 역시 '두뇌부심'을 과시하는 일군의 어휘로 분류되었기 때문에, 슈퍼마켓 계산대에서 이 책의 페이퍼백이 마지막으로 내 눈에 띄었을 때는 제목이 그냥 『IQ의 범죄』로 단순화되어 있었다.

대세를 뒤집고 시대를 규정한 카스웰 드레퓌스 복스퍼드의 대작을 끝까지 읽지는 않았지만, 모든 사람이 사실 그랬다. 이 책은 그냥 누구나 한 권씩 사놓고 아무도 읽지 않는 냄비 받침 같은 책이었다. 아무리 의욕이 넘치는 사람이라 해도 보통 이하의 지능이라고 일찌감치 진단받고 자존심이 뭉개진 유능한 젊은이들의 가슴 찢어지는 이야기로 가득 찬 40페이지짜리 거창한 서문을 꾸역꾸역 읽는 정도가 전부였다. 인간 지능의 모든 차이가 오로지 '인지 처리 프로세스 문제'로 집약된다는 논지만 이해하면, 따분한 쌍둥이 연구라든가, 인구 집단 그래프라든가, 이런저런 요인에 따라 지능지수가 15퍼센트에서 20퍼센트 상승 혹은 하락한다는 것을 입증하는 내용은 전부 건너뛰어도 된다. 처음 이 책이 나왔을 때만 해도 '두뇌 엘리트'들은—학자, 의사 및 변호사, 과학자 같은 사람들—어리석음이 허구라는 개념을 극히 어리석은 것으로 조롱했다(요즘은 뭐라고 하든 간에). 그러나 지적 평준화에 대한 욕구가 추진력을 얻자, 가장 먼저 최신 유행하는 시류에 편승한 것은 엘리트 중에서도 가장 예리한 사람들이었다.

"지금 와서는 잊기 쉽지만, 처음 나왔을 때 저 책은 조롱의 대상이었어. 너랑 나도 사정없이 놀려댔잖아." 나는 작년 봄 에머리의 아파트에서 단둘이 밤늦게까지 부어라 마셔라 흥청망청했던 기억을 되살려주고 싶었다. "어느 한심한 교수가 쓰레기를 출간했다는데 기본적으로 모든 사람이 동의했어. 그런데 어느 순간—언제가 전환점이었는지 정확한 날짜도 기억날 거야—갑자기 드레퓌스 복스퍼드의 제언이 어처구니없는 게 아니라 반박할 수 없는 진실이 되어버렸잖아. 지능 같은 개념은 없다고."

"이러다 아름다운 여자 같은 개념도 없다는 주장이 힘을 얻을지도 모르겠어." 에머리는 멋진 다리를 죽 뻗어 커피 탁자 위에 올려놓으며 남자친구에게 은근한 눈길을 보냈다. "모든 사람은 다 똑같이 아름답다. 그럴듯하잖아. 혹시 반론이라도 제기하면 너한테 프로세스 문제가 있다는 거지."

아름다운 여자 같은 개념이 있다면, 그것은 단연 에머리 루스였다. 키크고 날씬한 몸매, 짧게 자른 검은 머리. 이제 서른아홉 살이라 엉덩이가 평퍼짐해질 체질이라면 지금쯤 살이 붙어야 하는데 여전히 날씬했다. 그 시점에 이르기까지 에머리의 남자친구 수와 깨진 약혼만 해도 셀 수 없을 정도였고, 그녀의 연애 편력은 거의 구독료 없는 홀마크 영화 스트리밍 서비스처럼 다채로운 볼거리를 제공하고 있었다. 그런데도 그중 에머리에게 어울릴 정도로 괜찮은 남자는 아무도 없었으니, 앞으로도 영원히 나타나지 않을 가능성이 대단히 높았다. '누가 로저한테 말해줘야 하는데.' 나는 속으로 생각했다.

에머리가 물었다. "그래, 볼테르대학교는 어때? 애들은 말 잘 듣고?"

평소였다면 한때 명망 높았던 볼테르대학교에서 영어를 가르치는 일조차 얼마나 고난의 연속으로 변했는지 신나게 떠벌렸겠지만, 지금은 입이 떨어지지 않았다. 로저가 에머리와 사귄다면 친구처럼 스스럼없이 대하고 싶었는데, 그는 좀처럼 속마음을 드러내지 않고 어딘가 알 수 없는 존재로 남아 있었다.

"음, 이번 가을이 무시험 입학제 첫 학기야. 비교적 보수적인 학교 몇 군데는 아직 버티고 있지만, 표준화 시험의 운명은 정해져 있어. 내년 이맘때면 지능검사와 마찬가지로 불법으로 규정될 거라고 예상돼. 유치원부터 고등학교 교육기관까지 시험이 완전히 사라지기 때문에 대학에서도 시험 점수를 사용할 수 없어. 전제는 모든 사람의 수준이 똑같다는 거니까…… 어떤 지원자를 합격시키고 누구를 불합격시킨다는 개념 자체가 용납될 수 없는 거지. 모자에 이름 쓴 쪽지를 넣고 추첨할지, 선착순으로 할지 모르겠어. 하지만 입학처라는 부서 자체가 필요 없어질 거야. 문만 잠그면 되니까 수위도 할 수 있는 일이지."

"돈 안 들어서 좋겠네." 에머리가 말했다.

"볼테르대학교에 불합격했을 때, 난 상처받았던 것 같아. 동시에 마음 깊은 곳에서는 내가 사실 합격할 수준은 아니다, 그 정도 자격이 없다는 걸 알고 있었지…… 그래도 만약 합격했다면 정말 뛸 듯이 기뻤을 거야. 그렇게 짜릿할 수 있는 통과의례를 우리가 젊은 사람들에게서 빼앗는 게 아닌가 하는 우려가 들어. 우편함에 도착한 합격통지서. 그 짜릿한 기쁨, 선택받았다는 기분, 자격을 갖추었다는, 승인받고 한 단계 올라섰다는 자부심, 특별한 존재로 인정받았다는 갑작스러운 뿌듯함, 마침내 내게도 미래가 생겼다는 믿음." 나는 약간 흥분해서 쏟아냈다가 다시 목소리를 진정시켰다. "볼테르에, 코넬에, 하버드에 '받아들여졌다'는 특별한 사건, 그

것이 아무 의미가 없어졌다는 걸 말하려는 거야. 그건 손실이 아닐까 생각해. 최소한 감정적인 손실."

로저가 말했다. "하지만 방금 말씀대로 당시 상처받았다고 하셨죠. 말씀을 들어보니, 그 거부당한 경험에서 비롯된 열등감을 아직도 갖고 계신 것 같습니다. 벌써 얼마나 지났습니까, 20년째? 짜릿한 기쁨을 느끼는 사람보다 훨씬 더 많은 숫자의 젊은이들이 입시 경쟁에서 패배한 충격에 시달리고 있지 않겠습니까? 극소수의 환희를 위해 공동체가 너무 지나친 대가를 치르고 있는 게 아닐까요?"

나는 그의 속마음이 무엇일까 짐작하려고 애썼다. 여전히 사교적인 자리에서 양해 가능할 정도로 중립의 정치적 입장이었지만, 로저의 말투는 조심스러웠다. 혹시 그가 정신평등주의 열혈 지지자라면, 여자친구 앞이라 수위를 조절하고 있을 수 있다. 어쨌든 에머리와 한 번이라도 데이트를 했다면 그녀가 최근의 교조적인 세태를 얼마나 인정사정없이 조롱하는 입장인지 알 것이다. 이 문제에 대해 의견이 정반대라면, 서로 충돌해서 관계가 파탄에 이르는 건 시간문제다. 에머리와 사랑에 빠진 남자들이 늘 그렇듯 그도 그녀에게 홀딱 반했다면 그런 상황을 당연히 막고 싶을 것이다. 대안은? 일반적인 여론 범위 안으로 간주될 만한 견해만 위험하지 않은 선에서(그 선이 극히 좁고 기다랗다는 것이 문제지만) 슬쩍 비추고 있겠지. 그에게는 아직 검증한 적이 없는 사교적인 자리이고, 상투적인 인지평등이니 하는 말을 입에 올렸다가 분위기가 싸해질 위험은 있겠지만 최소한 목이 잘리지는 않는다.

"우린 다 허물없는 친구 사이예요." 나는 말했다.

"그렇군요."

로저는 내가 무슨 뜻으로 한 말인지 못 알아들은 것 같았다.

"인간 지능에 대한 새로운 사고방식이 너무 빨리 자리 잡아서 놀라워요. 누가 퍼뜨렸는지도 모르겠어요. 이념의 변화 속도가 현기증 날 정도로 빨라요."

그는 대꾸했다. "재미있군요. 제 경험은 전혀 다르거든요. 생각해보면 너무나 짧은 시간이어서 흠칫흠칫 놀랍니다. 마치 인지 불평등이 아주 오래전부터 금지되어 있었던 것처럼 느껴져요."

에머리가 냉큼 끼어들지 않아서 당혹스러웠다. 바로 이 지점에서 '원래 무시무시한 일이 벌어지고 있을 때는 시간이 아주 느릿느릿 흘러가기 때문에 그런 거라고.' 이런 말을 해야 하는데. 하지만 에머리는 새 남자친구가 자기 몸에 영역표시 하듯 뺨을 문지르고, 어깨를 쓰다듬고, 무릎에 손가락 세 개를 올려놓는 동안 그냥 가만히 앉아 있기만 했다.

"올가을 교실에서 내가 경험한 이야기를 하자면, 무시험 입학제만 해도 뭐랄까…… 힘들고 도전적인 상황일 텐데, 뭔가 변한 게 더 있어." 내 집에서 달걀 껍데기라도 밟아 깨뜨리지 않을까 살금살금 눈치를 보며 말조심하는 것이 지겨웠다. 안 그래도 일주일에 며칠씩 대학 강의를 마치고 돌아올 때마다 발에 붙은 껍데기를 떼고 있는 상황이었다. 나는 솔직함 지수를 살짝 높였다. "학생들, 특히 신입생들이 영문 모를 호전성을 보이고 있어. 요즘 애들이 많이 달고 다니는 그 'IQ 안 사요' 배지라는 게 있는데, 그게 우리 어렸을 때 스마일리 얼굴 버튼처럼 흔해. 그 배지가 거의 필수품이기 때문에, 정신평등운동에 광적인 학생들과 유행 따라 흘러가는 비교적 수동적인 학생들을 구분할 수가 없어. 아니, 그래도 광적인 애들은 구분이 가지. 교실 앞쪽 책상에 앉거든. 앞자리에 앉아서 대체로 팔짱까지 낀 채 어디 모르는 거 한 수 가르쳐보라는 듯 나를 노려보고 있어. 이미 다 알고 있다, 모르는 건 배울 가치가 없다, 이런 느낌이야. 잘난 척하고 적대적이야. 아주 민감하고 경계심이 강해. 다윈이 그러는데…… 초등학생 때부터 이런 교활하고 공격적인 경계심을 보이는 애들이 있대. 대학에 다니는 목적이 마치 학생이 아니라 교수를 시험하기 위한 것 같은 애들."

"요즘도 학점 매기니?" 에머리는 물었다.

"요즘 모든 과목은 통과, 아니면 과락이야. 하지만 그것도 오래가지 않을 거야. 이미 강사가 학생에게 과락 점수를 주는 건 자살행위거든. 차별하는 것처럼 보이잖아. 아니, '변별력'이 있다는 말이 칭찬이었던 때 기억나지? 어쨌든 그런 분위기라 전부 다 통과해. 문제는, 난 이제 대학이 뭐 하는 곳인지 모르겠어. 특정 분야의 지식을 익히고 새로운 기술을 습득하려고 학교에 다니는 것 아니었나? 요즘 애들은 그렇게 생각하지 않는 것 같아. 그럼 우리는 뭐 하고 있는 거지? 난 애들 재미있게 해주는 사람인가? 요즘 애들은 교과서도 안 읽어. 안 읽어도 별일 안 생기니까, 암암리에 읽는 건 중요하지 않다는 의미가 되는 거지. 다들 강의 시간 절반은 나한테 집중도 안 하고 학생 식당에 와 있는 것처럼 자기들끼리 잡담이나 해. 난 자유 시간을 많이 가질 수 있는 가볍고 부담 없는 일이라고 생각해서 대학에서 영어를 가르치는 일을 선택했어. 한데 이제 일이 힘들어지고 있어. 정말 힘들어. 내가 뭘 하고 있는지도 모르겠고, 마치……." 나는 마지막 말이 나오기 전에 입을 다물었다.

에머리는 날카로운 눈길을 내게 보내더니 화제를 돌렸다. "이번에 새로 나온 소설 『내 탁월한brilliant 친구』를 둘러싸고 난리가 났던데 알고 있어?"

"당연하지." 나는 냉큼 말을 받았다. 입장을 분명히 해야겠다. 손님을 초대한 건 나고, 식탁 분위기를 이끌어가는 건 나다. "논란 같지도 않은 논란, 정말 멍청해."

'멍청하다'라는 단어가 폭탄처럼 식탁에 떨어졌다. 모두 아무 말도 없었다.

"탁월하다는 단어에는 '똑똑하다'라는 뜻만 있는 게 아니야. 멋지다, 끝내주다, 훌륭하다, 온갖 다른 맥락에서 사용될 수 있어. 영국인들은 툭하면 '탁월하다'를 입에 달고 다니던 시절도 있지 않았나."

"맞아. 빛이 반짝인다, 눈부시다, 이런 뜻도 있지. 하지만 보이콧이니 서점 반품, 아마존 판매 거부, 이 모든 게 정말 묘했던 건 전부 불필요한 난리법석이었다는 점이야. 원작이 이탈리아어로 쓰여진 소설이잖아. 제목은 애당초 다른 단어로 번역할 수 있었어. 얼마나 눈치가 없어야 이런 상황을 예상하지 못했을까?" 에머리는 이번에도 유난히 중립적인 어조로 말했다.

"'내 끝내주는 친구'는 어감이 별로야. '내 빛나는 친구'는 더하고."

에머리는 마음 놓인 듯 웃었다. "그랬다면 몇 권이나 팔렸을까. 다섯 권?"

"전부 그 활동가들이 갖다 불태워버리면 되겠네." 나는 점점 신경이 날카로워졌다. 내 직업이 얼마나 까다로워졌는지 실컷 말했는데도, 아무 반응이 없었다. 웨이드는 양파와 호박 요리를 진작 완성했을 것이다. 사교를 꺼리는 성격이라, 그는 숨기 위해 부엌을 이용한다.

루시에게 미리 저녁을 먹이고 잠자리에 들게 했지만, 나는 다윈과 잔지바를 TV가 있는 거실로 보내서 둘만 밥을 먹게 하지 않았다. 내가 어릴 때

손님이 가족과 함께 집에 놀러 와서 같이 저녁을 먹게 되면, 우리 남매들만 손님으로 온 아이들과 함께 '아동 탁자'로 쫓겨나는 것이 항상 굴욕적으로 느껴졌다. 아동 포용적인 집안 분위기 때문에, 다윈은 어른들 앞에서도 움츠러들지 않고 벌써 의젓했다.

모두 자리에 앉은 뒤, 나는 후쿠시마 문제가 어떻게 되어가고 있는지 알려달라고 다윈에게 말을 걸었다. 그 전년도에 딥워터 허라이즌 석유시추선이 폭발했을 때도 그랬지만, 다윈은 이번 원자력발전소 사고에 대해서도 열심히 뉴스를 챙겨 보고 있었다. 분명 과학 분야로 진출할 모양이었다. 멕시코만으로 유출되는 원유를 차단하려는 브리티시 퍼트롤리엄사의 필사적인 노력을 단계별로 환히 꿰고 있었던 것처럼, 다윈은 가동 불능 상태에 빠진 일본 발전소를 중심으로 한 거리별 방사선 수치와 아직도 태평양으로 계속 방출되고 있는 세슘-137양에 대해 설득력 있는 최신 정보를 들려줄 수 있었다. 화제에 열중해서 저녁 식사 자리를 혼자 독점하면 곤란하다는 것도 알고 있었기 때문에, 다윈은 긴장한 독일이 핵발전 투자에 대한 입장을 전환했다는 경고를 마지막으로 발표를 마쳤다(아이가 '입장 전환'이라는 뜻의 단어 '어바웃페이스about-face' 말고 '볼테페이스volte-face'를 쓰는 것이 엄마로서 너무나 뿌듯했다. '두뇌부심'이라는 이유로 외래어가 이제 곧 일상 대화에서 쫓겨나게 될 시점이었기 때문에, 일종의 향수랄까). 다윈은 이 시대에 흔치 않은 온건한 태도로, 본격적인 원자로 노심 용융이 발생하는 경우는 드물다고 지적했다. 이런 과잉 반응으로 인해 독일은 수입 화석연료에 과하게 의존하게 될 거라는 것이었다. "곧 러시아에서 천연가스를 수입해야 하는걸요. 러시아는 깡패잖아요."

"봤지?" 나는 좌중을 향해 말했다. "지능이 특출하게 뛰어난 사람은 없다니, 무슨 소리야."

그런 뒤 우리는 분주히 빵을 서로 건네고 버터 접시를 탁자에 돌렸다.

잔지바는 비슷한 상황에서 말을 길게 하는 경우가 없었고, 나도 부추기지 않았다. 딸은 대단히 차분한 성격이었다. 누가 말을 걸면 대답했고 낡은 원칙에 순순히 복종하지 않았다. 로저가 손님으로 이런저런 질문을 던질 때는, 그의 눈을 바라보며 정중하게 대답했다. 어른들은 아무 관심도 없고 듣고 있지도 않으면서 무슨 과목을 좋아하냐 따위의 형식적인 질문을 애들에게 던질 때가 많지만, 그럴 때도 잔지바는 짜증을 비추지 않았다. 아홉 살치고는 식탁 예절도 깍듯했다. 아이는 손과 냅킨을 무릎에 얹고 가만히 앉아 있었다. 접시가 앞에 올 때까지 참을성 있게 기다리고 있다가 얼른 탁자 위의 다른 접시들을 둘러본 뒤, 몇 개 안 되는 타이거새우를 욕심내지 않고 자기 몫만 챙겼다.

그럼에도 불구하고 잔지바는 머릿속으로 다른 생각을 하고 있었다. 창의적인 아이들이 대개 그렇듯, 딸은 평행우주에 살고 있었다. 우리 친구로저는 아이가 무슨 생각을 하고 있는지 몰랐고, 나도 마찬가지였다.

본인을 난처하게 하는 일이 아니기를 바라며, 나는 그날 오후 다윈이 학교에서 쫓겨난 사연을 설명했다. "다들 어떻게 생각해?" 나는 넌지시 물었다. "그런 티셔츠를 입고 다니는 사람에 대해서 함부로 말하면 안 되지만, 티셔츠 자체를 '멍청하다'고 할 수 있을까, 없을까? 각자 판단은?"

"넌 그렇게 똑똑하다면서 왜 그렇게 안 똑똑하냐.'" 에머리는 내게 조심스러운 눈빛을 던지며 말했다. "애매하네. 그냥 이런 뜻 아닐까? 이제 범주조차 인정되지 않는 낡은 꼬리표에 열심히 집착해봐."

"난 갈등 중이야. 그래도 티셔츠는 멍청하다고 할 수 있다는 쪽으로 하겠어." 확신할 수는 없었지만, 로저가 눈살을 찌푸리는 것 같았다.

로저가 말했다. "어쩌면, 다윈. 그런 부류의 논란을 불러일으킬 수 있는 언어를 피한다는 원칙을 세우는 것이 최선일 것 같다. 타인에 대한 배려도 커질 수 있고, 네 언어도 더 달변이 될 거야. 선생님들이 사용하는 것을 들었겠지만, 요즘에는 '대안적 프로세스'라는 말을 쓰지. 과거에 그 프로세스를 가리켰던 흉한 단어들은 대체로 일반적이고, 게으르고, 부정확한 경향이 있어. 네 친구의 티셔츠에 적힌 문구를 '불명확하다' 혹은 '이상하다' 혹은 에머리가 말한 대로 '애매하다', 즉 이해하기 힘들다고 할 수도 있지 않았을까. 단순히 남에게 잔인하기만 한 언어보다는 더 높은 가치와 깊은 내용을 전달하는 형용사를 선택하도록 노력하는 게 좋지 않겠니. 친구의 마음을 상하게 하려던 뜻은 아니었다는 걸 안다. 하지만 단순히 그냥 티셔츠에 대한 말이었다 해도 조롱으로 사용될 수도 있는 말을 할 때는 오해받을 수도 있다는 걸 알아야 해."

가치니 내용이니 하는 거창한 언어의 무게가 저기압처럼 좌중을 내리눌렀다. 로저가 오로지 사교적인 자리에서 자기 보호를 위해 시대의 감수성을 적당히 빌려 쓴 거라면, 수상할 정도로 설득력 있는 열변이었다.

다윈이 말했다. "재작년이었다면요, 제가 스티비한테 그…… 똑같은 말을 했다면, 스티비가 절 한 대 때렸을 거예요. 선생님은 우리한테 서로 더 잘 지내도록 노력하라고 하셨겠지만. 제가 행정실에 불려 가는 일은 절대 없었을 거예요. 저를 집으로 데려가라고 엄마한테 연락하는 사람도 없었을 거고요. 난 뭐가 변했는지 알고 싶어요. 왜 이제 시험을 보지 않는지. 전 시험 점수도 좋았는데요."

로저가 말했다. "가끔 어른들이 모두 모여서 지금부터는 이런 걸 다르게 하자고 결정하곤 하지. 더 나은 것에 대해 생각하자는 거란다."

"더 나빠질 수도 있죠. 초등학교에서도 역사를 약간은 배웁니다." 나는 말했다.

웨이드가 다윈에게 말했다. "이렇게 하자. 우리 친구 로저는 너무 복잡하게 생각하는 거고. 그냥 그 말은 쓰지 마라."

"그럼 문제가 생기니까 그러라는 거죠?"

"그래. 그리고 다른 말들도 쓰지 마. 무슨 말인지 네가 잘 알잖니. 굳이 입에 담을 가치가 없어."

"그럼 대놓고 멍청한 걸 우리 아들이 뭐라고 말해야 하는데? 오, 그것참 대안적 프로세스로군요?" 내가 폭발했다.

"굳이 뭐라고 말할 필요가 있나? 문제를 만들지 않아도 되는데 왜 굳이 만들겠다는 거야, 피어슨." 웨이드가 나를 이름으로 부르는 일은 드물다. 이름으로 부를 때는 날을 세울 때다.

"여긴 우리 집이고, 우리 가족이 모여 있어. 말조심할 의무가 없다고."

"잠비아?" 로저는 긴장감을 누그러뜨리려는지 아무 일 없었다는 듯 우리 딸을 돌아보았다. 잔지바는 이름 실수가 재미있다는 듯 그의 얼굴을 쳐다보았다. "너는 이 문제를 어떻게 생각하지? 이제 3학년이니 너무 똑똑하다고 눈치 볼 일도 없겠지?" 더 큰 실수였다. 잔지바는 4학년이었다.

아이는 침착하게 말했다. "전 아무 생각 없어요. 신경 안 써요. 그림을 그리거나 음악을 연주하거나 연극을 할 때 중요한 건, 똑똑하느냐 아니느냐가 아니에요. 좋으냐 안 좋으냐죠. 난 좋은 걸 하려고 노력해요."

"예술 순수주의자구나!" 로저는 탄성을 울렸다.

에머리가 말했다. "요즘은 웬 어휘가 후쿠시마보다 더 방사능오염이 심하잖아. 난 오랫동안 같이 일한 동료들 앞에서도 그런 말은 아예 피하는 훈련을 하고 있어. 아니, 심지어 혼자 있을 때도. 그냥 습관이 되게 하려고. 공적인 자리에서 자칫 실수했다가 경륜을 구렁텅이에 빠뜨리면 어떡해. 뭔가를 가리켜서 '멍'으로 시작하는 단어나 '바'로 시작되는 단어를 얼마나 많이 사용하고 있었는지 나도 새삼 늘랐어. 로저 말이 맞아. 이건 최소한 언어적인 게으름이야."

에머리는 내 앞에서 '멍'으로 시작되는 단어, '바'로 시작되는 단어, 이런 표현을 쓴 적이 한 번도 없었다. '장난쳐?' 이런 표정으로 쳐다보았더니, 에머리는 '장난 아님'이라는 침착한 눈빛으로 되받았다. 요즘은 서구 문명 전체가 에머리 편이었다.

웨이드는 내게 말했다. "에머리 말 들어. 당신은 끊임없이 남을 비아냥거리면서 선을 넘나들고 있어. 애당초 당신이 그은 선이 아니라는 건 알지만, 어쩔 거야. 거기 있는 걸. 넘지 마. 조심하라는 이야기야. 아무도 당신 대신 조심해주지 않을 테니까, 알겠어? 아직도 2009년인 것처럼 함부로 말했다가 득 될 거 하나 없어." 웨이드에게 이건 긴 연설이었다.

나는 받아쳤다. "소신을 지키는 건 득이 되려고 하는 일이 아니야. 게다가 당신은 요즘 분위기가 어떤지 모른다고, 대체로 혼자 일하니까. 하루종일 거의 말도 안 하잖아. 그리고 '멍청한 나무' 같은 건 세상에 없어."

손님 앞에서 부부 싸움을 하는 건 좋지 않은 행동이다. 따라서 웨이드는 자리에서 일어나서 접시를 치웠다. 나도 접시를 들고 그를 따라 말없이 주방으로 향했다.

웨이드는 나직하게 중얼거렸다. "세상이 뭐라 하든 난 할 말을 할 거야, 당신이 계속 그렇게 버티면, 애들이 보고 배울 거고 애들까지 박해받을 거야. 당신은 외로운 늑대가 아니야, 엄마라고. 아이들을 보호해야 해. 애들이 안전하게 보고 배울 수 있는 본보기가 되어줘."

"안전하게 처신하는 법보다 더 많은 걸 가르치는 게 내 직업이야." 나는 쏘아붙였다.

"그만해. 지금은 그럴 때가 아니고, 앞으로도 힘들 거야."

나는 마음을 가다듬었다. 사교 자리에서 빠져나올 수 있어서 홀가분하게 생각하는 웨이드에게 주방 뒷정리를 맡긴 뒤, 디저트를 들고 식탁으로 돌아와 아이들에게 주고 가져가서 먹으라고 했다. 자리에 돌아와서 다시 시사 문제를 화제로 꺼낸 건 어쩌면 시시해 보였겠지만, 그래도 시사라는 것도 어딘가에 쓸모가 있어야 하지 않나.

"아랍의 봄도 실패로 돌아가고." 나는 말했다.

"불가피했지. 시위대가 국제적인 응원을 받을 수 있었을지는 몰라도, 대학 시험과 졸업 요건을 되살리자고 농성을 해? 깨잖아. 퇴행하자는 것처럼 보여. 들뜬 분위기에 우르르 휩쓸렸겠지만, 무슨 두뇌우월주의자 같은 꼴이었어." 에머리는 말했다.

나는 평정을 유지하려고 애쓰며 말했다. "그 국가들은 심하게 부패했어. 목표는 높지만 제대로 된 일자리를 못 가진 청년인구가 대단히 많아. 연줄 없는 젊은이들이 성공할 수 있는 유일한 길은 그래도 아직 일말의 기준을 유지하고 있는 교육 시스템 안에서 자격을 획득하는 거야. 이집트, 튀니지, 리비아, 이런 나라들의 정부는 서구에서 유행하는 정신평등주의 열풍을 순전히 기회주의적인 이유로 받아들였어. 자격도 부족하고 멍청한 자기 패거리에게 상상할 수 있는 온갖 직책을 턱턱 던져주기 위해서 이 열풍을 핑계로 삼고 있다고. 애당초 정실 인사가 횡행하는 시스템이었지만 지금은 더 악화된 거야. 뻔뻔할 정도로 독선적이고 무원칙한 전횡으로."

에머리가 말했다. "아니, 피어슨. 홍보 측면에서 재앙이었다는 건 너도 인정해야지. 유행에 민감한 미국인들에게 그들은 대담한 혁명가로 보이지 않고 그저 한물간 잔인한 윤리관을 조국에 되살리려는 고집 센 우파로 보였어. 타흐리르 광장에는 이런 플래카드가 보이더라고. 능력주의를 되살리자! '무바라크'는…… 아니, 그냥 이렇게 말할게. '무바라크'는 '백'과 '치'를 결합한 단어다, 그 사람들이 왜 영어로 플래카드를 썼는지 모르겠어. 그게 서구 사람을 오히려 소외시켰다니까."

로저가 말했다. "시위를 효과적으로 하려면 이렇게 해야지. 뉴욕 다운타운을 점거하라는 그 시위 말이야. 주코티공원에 점점 더 많은 인파가 점점 더 굳건하게 진을 치고 있을 뿐 아니라, 이미 다른 도시까지 운동의 물결이 번져나가고 있어. 심지어 국제적으로도 '우리는 99퍼센트다!' 이 구호 판권은 내가 갖고 싶어. '넌 그렇게 똑똑하다면서 왜 그렇게 안 똑똑하냐?' 이게 말이 되는지 어떤지는 모르겠지만 그 티셔츠는 잘될 것 같은데."

지난달에 시작된 그 시위는 어느 정도 2008년 금융위기 때문에 촉발되었다. 하지만 그 운동에 진짜로 추동력을 제공한 것은 측정된 지능지수가 135 이상인 사람, 즉 인구의 1퍼센트가 미국의 부 58퍼센트를 소유하고 있다는 새로운 연구 결과였다.

"나는 그 통계를 믿지 않아요." 와인을 한 모금 더 마셨지만, 더 이상 자제력이 풀리는 것은 내게 좋지 않을 것 같았다. "제 경험상 영리한 사람도 멍청한 짓을 많이 하고, 돈 관리에 있어서도 여느 사람과 마찬가지로 서투른 판단을 많이 합니다."

로저는 힘들다는 표정을 지으며 아이스크림 숟가락을 탁자 위에 가만히 내려놓았다.

나는 말을 이었다. "게다가 새로 나온 그 책 있죠? 『인지능력에 따른 임금격차』. '측정된' 지능지수로 어마어마한 소득불평등을 설명할 수 있다고 주장하고 있는 책이죠. 나는 저자가 인종과 성별, 성적 지향 문제를 대놓고 무시하고 있다고 생각합니다. 근본적으로 오류가 있는 주장이에요. 인종차별은 실재할 뿐 아니라 정말로 불공정합니다. 피부색은 능력과 아무 관계가 없으니까요. 하지만 지적 능력을 요구하는 일자리에 얼간이를 고용하지 않는 이유는, 그 사람이 그 일을 할 수 없기 때문이에요."

"실례합니다." 로저는 손바닥을 허벅지에 평평하게 내려놓고 식탁을 뚫어지게 쳐다보았다. "초대받아 온 손님으로서 주제넘게 굴고 싶지 않았기 때문에 말을 삼가려고 노력했습니다. 하지만 비난만 계속되는 이 상황에 동조하기라도 하듯이 이의를 제기하지 않고 그냥 조용히 앉아 있을 수는 없군요. 저를 봐서라도 피어슨, 혐오 발언은 삼가주셨으면 좋겠습니다."

"아니, 내가 '얼간이'라는 말을 했다고 그러시나요? 죄송하지만 난 '이응'으로 시작되는 단어, 이런 식의 완곡어를 쓸 수가 없습니다. 맹한 의성어 '에'부터 시작해서 얼뜨기, 얼치기, 우둔한 사람 등 이응으로 시작되는 동의어가 너무나 많아서 말이죠."

"됐습니다!" 로저는 소리쳤다. "정신평등주의에 대해 미묘한 반감을 갖고 계신다는 것은 오늘 저녁 진작 눈치챘습니다만……."

"미묘한 정도가 아닙니다. 대놓고 반감이 있어요."

"그 부분은 우리가 서로 관용하고 존중하는 태도로 토론할 수 있겠습니다만, 그러려면 먼저 비하적인 표현을 삼가주셔야 합니다."

"혹시 개인적으로 불쾌하신가요? '이응'으로 시작되는, 차마 입에 담을 수 없는 단어 세례를 당한 경험이라도 있으신지요?"

"아뇨, 그렇지 않습니다." 그는 눈에 띄게 당황하며 대답했다.

나는 놀랐다. 이야기가 여기까지 왔으면, 동급생이나 동료들에게서 멍청이라고 조롱당했던 수많은 경험을 떠올린 뒤 그 외상이 자신의 정신세계에 영구적인 상해를 입히고 인생에 장애물이 되었다고 주장하는 것은 당연한 순서였다. 반푼이라는 욕설을 들었다는 경험은 논쟁에서 절대 패할 수 없는 카드였다.

로저는 말을 이었다. "에머리도 그랬듯이, 저는 사실 남보다 절대 뛰어나다고 할 수 없는 학생이었지만, 요즘 당연히 받아 마땅한 비판이 집중되고 있는 선택적 교육제도에서 혜택을 받았습니다. 저는 이 끔찍한 계층화에서 득을 본 우리 같은 사람들에게 시스템을 고칠 책임이 있다고 생각합니다."

나는 말했다. "그것 역시 당신이 주도권을 갖고 싶다는 말 아니에요? 시스템을 고친다는 말에는 여러 가지 의미가 있습니다. 이 운동에서 내게 가장 충격적인 부분은 십자군의 선봉에 선 사람들이 지식인 계층이라는 사실이에요. 당신도 극작가로서 문화의 최전방에 서 있으시니 그 부류에 포함됩니다. 이 운동에서 뭘 얻고 있으신가요?"

"이 운동에 대체 해로울 게 뭐가 있느냐, 차라리 이쪽이 더 나은 질문일 겁니다. 저나 모든 사람을 위해서. 다른 사람을 당신과 똑같이 머리 좋은 사람으로 취급하는 것이 당신 인생을 어떻게 망친다는 겁니까?"

"나보다 더 머리 좋은 사람을 더 머리 좋은 사람으로 대접하는 것이 난 좋습니다. 감사한 일 아닌가요. 이 괴상한 평등에 대한 집착이 무슨 해를 끼치냐고요? 에머리가 아까 군대에서 벌어지고 있는 상황들에 대해 이야기했습니다만, 지금 실상은 단순히 병사들에게 마스터마인드 게임을 금지한 정도가 아닙니다. 간부들은 이른바 '대안'을 육성하고 지적으로 평균 이하인—이 말은 괜찮나요? '평균 이하'라고 했는데도 아무렇지도 않습니까?—사람들을 지휘관으로 끌어올리는 데 혈안이 되어 있습니다. 군대가 이렇게 갓 진급한 백치 중 한 명에게……."

"이것 보세요!" 로저는 소리 질렀다.

나는 표현을 수정했다. "군이 '대안적 프로세스'를 하는 사람에게, 5월 오사마 암살 작전 지휘를 맡기는 바람에 그 개새끼가 도망치지 않았냐고요!"

"잘못된 일들이 많지만……."

"모든 일이 잘못되고 있어요! 덕분에 그 나쁜 놈이 살아남아서 스미스소니언 항공우주박물관을 폭탄으로 날려버렸단 말입니다!"

"두뇌 엘리트를 극찬해온 길고 긴 역사도 함께 날아갔지. 잘됐어." 에머리는 이번에도 시치미를 뚝 떼고 무표정한 얼굴로 말했지만, 의도한 냉소가 너무 미묘해서 별 효과가 없었다. 내가 마침 한창 열이 올라 있지 않다면 받아쳤을 것이다.

"재러드 러프너는 어때요? 다들 그가 평생 인지적 차별을 당했다는 이유로 동정하기에 여념이 없는데, 어쩌면 차별받은 것도 당연한 거 아니었을까요? 여섯 명을 살해하고 하원의원 한 사람에게 중상을 입혔는데, 새로 생긴 이 모든 특별한 규칙과 예의 덕분에 우리는 개브리엘 기퍼즈에게 무슨 일이 있었는지 입에도 담지 못하고 있습니다. 기퍼즈는 이제 세 단어 이상의 문장을 말할 수도 없게 됐는데, 요즘 횡행하는 교리에 따르면 그녀는 다른 사람들과 지적으로 아무 차이가 없으니 예전과 똑같은 것 아닙니까! 기본적으로 러프너는 그녀에게 영구적인 상해를 조금도 입히지 않은 것이 됩니다!"

나는 계속해서 열변을 토했다.

"자기가 '대단찮은' 지능 때문에—이건 어떻게 표현할 거죠, 로저?—얼마나 조롱당했는지 토로한 그 우스꽝스러운 성명서 하나로 일약 국제적인 아이콘으로 떠오르고 쟁점의 중심에 선 아네르스 브레이비크는 어떤가요. 노르웨이 군대에서도 거부당한 불쌍한 청년이었죠. 군대 입장에서는 얼마나 탁월한 판단이었나요. 그래서 너무나 절절히 공감이 가는 질투와 내적 고통으로 그는 그 섬에서 예순아홉 명을 살해했습니다. 그 청년들은 '유망한 미래의 지도자'로 뽑힌 반면, 그를 '유망하다'고 실수로 불러준 사람은 아무도 없었다는 이유만으로요. 브레이비크가 위험한 나르시시스트이자 반사회적 인격장애라는 진단만 나왔어도 최소한 정신병원에 수용할 수 있었을 텐데, 그것도 안 됐죠! 대신 국선 정신과 의사가 나서서 그가 어린 시절 아주 당연하게도 '바보 천치'라는 이유로 따돌림을 당해서 비극적인 정신적 상해를 입었다고 진단하는 바람에, 가벼운 형만 치르고 나올 판이에요."

"아니, 됐습니다." 로저는 아이스크림을 내버려두고 일어섰다. "에머리, 우린 이만 가보는 게 좋겠어. 이 편협한 독설을 가만히 듣고 있을 수는 없어. 암묵적으로 용납한다는 행동이니까."

나는 동행한 남자가 이렇게 가식적인 꼴을 보였으니 애인 관계는 깨질 것이고 에머리는 뒤에 남을 거라고 생각했다. 우리 둘이 와인 한 병을 더 따고 그의 위선적인 미사여구를 무자비하게 놀려댈 거라고 생각했다. 하지만 믿기지 않게도 내 가장 친한 친구는 그와 함께 식탁에서 일어났다. 에머리는 등을 돌렸다. 굳은 침묵 속에 그들은 둘 다 코트를 챙겼다.

3장

    정면으로 부딪치는 것을 혐오하는 성격인 웨이드는 당연히 잊으라고 했지만, 나는 도저히 그냥 넘어갈 수 없었다. 내가 내 집에서 모욕당하고 당황해 있는데, 에머리가 사실상 나를 모욕한 사람의 편을 든 것이다. 그날 밤에는 잠이 오지 않았다. 다음 날 나는 그녀에게 전화를 걸었다. 내가 쉽게 흥분하는 사람이라는 걸 누구보다 잘 알고 있었기 때문에, 나는 미리 평정을 유지하자고 다짐하며 심호흡을 했다.

    "이야기를 좀 해야 할 것 같은데."

    "피어슨, 지금 이야기하고 있잖아."

    "아니, 한번 만나는 게 좋지 않을까."

    "좋긴 한데…… 이번에 만나지 않았나?"

    "간밤은 빼고. 저녁 식사 끝이 좋지 않았잖아. 다시 마무리하고 싶어."

    "음, 읽을 것이 많아……. 이른바 '천재'로 불렸던 형을 편애한 부모에게

'학대'당한 어린 시절에 대해 600페이지짜리 대작을 써낸 지역 신진 회고록 작가를 인터뷰해야 해. '머저리'는 도발적인 제목이지만, 아마 갈색 종이에 포장해서 진열하겠지. 어쨌든 형편없는 책인데, 알잖아. 끝까지 읽으려면 시간이 두 배는 걸려. 그러니 다음 주는 곤란할 것 같아. 그다음 주는 어때?"

묘하게 에머리가 회고록 이야기를 ズ어낸 것 같다는 느낌이 들었다. 『머저리』 작가의 인터뷰 일정이 사실이라 해도, 자존심상 대충 읽어도 되는 책에 시간을 쏟아부을 사람이 아니었다. 뭐, 시간이 지나면 그 저녁 식사에서 상한 감정은 차츰 희석될 것이다. 나중에 만날수록 굳이 그 일에 집착하는 내가 비합리적으로 보일 것이다.

"오늘은 어때. 네가 5시에 일 마치고 나오면, 내가 역에 들를게."

순간 에머리에게 내가 뭔가 요구하는 것이 얼마나 흔치 않은 일인가 하는 기분이 새삼 들었고, 이후 그 생각이 계속 머릿속을 맴돌았다. 에머리와 그녀의 가족이 열여섯 살 때 나를 구해주었다는 사실 때문에, 우리 관계에서는 항상 이쪽이 약간 부탁하는 입장이라는 느낌이 있었다. 에머리에 대해서라면, 나는 기꺼이 먼저 사과했고 감사했고 절대 문제를 일으키지 않겠다고 다짐부터 했다. 따라서 고집을 부리는 것은 나답지 않았다. 볼테르대학교 영문과에서 내 입장을 관철하는 것은 어렵지 않았는데도. 우리 관계에 어딘가 약간 이상한 데가 있다는 것을, 아마도 언제나 그랬다는 것을 내가 최초로 깨달은 순간 중 하나였을 것이다.

평소 같지 않은 어색한 분위기에 에머리는 당황했다. "음……. 글쎄……."

"5시에 봐." 에머리가 시간이 겹치는 다른 약속을 꾸며내기 전에 나는 전화를 끊었다.

우리는 WVPA 방송국 근처 커피숍에서 만났고, 주문한 뒤 나는 곧장 용건으로 들어갔다.

"그날 네가 왜 그렇게 도덕적 허세를 부리며 우리 집에서 뛰쳐나가버렸는지 묻고 싶어서 만나자고 했어." 솔직히 말하자면 '도덕적 허세'는 미리 준비한 표현이었다.

"피어슨, 누가 뛰쳐나갔다고 그래."

"그럼 급발진했다고 할까. 자리를 박차고 일어났다고 할까. 문 앞에서 작별 키스하면서 정말 즐거운 저녁이었다, 조만간 이런 자리 다시 갖자고 약속하면서 헤어진 건 확실히 아니었잖아."

"어쨌든 일어날 때가 된 시각이었지, 뭐."

"겨우 10시 15분 전이었어. 새벽 두세시에 마지못해 비틀거리면서 일어서는 건 우리 사이에 흔한 일이잖아."

"동행한 사람을 혼자 보냈다면 로저한테 적대적이고 날 선 행동으로 비쳤을 거야."

"그와 같이 나가버리는 게 나한테 적대적이고 날 선 행동으로 비칠 거라는 생각은 안 했어?"

"우리는 나중에 이야기하면 되잖아."

"오늘 이 약속 잡는 것도 별로 내키지 않은 기색이었잖아."

"너 혼자 이상하게 열받아서 왜 내 탓을 해."

"이상하게 열받다니? '저녁 식사 잘 먹었다, 맛있었다' 이런 인사도 없이, 작별 인사 한마디 없이, 냉랭하게 입을 다물고, 문을 쾅 닫고 나가버리면……."

"누가 문을 쾅 닫았다고 그래……."

"에머리, 난 그 자리에 있었어. 문이 닫혔고, 쾅 소리가 났다고. 난 그 차이를 알아. 요점은, 그게 전부 그 남자와 손발이 맞았다는 거야. 네가 그 사람 의견에 동의한다는 인상을 줬어."

"당연하지. 그게 내 분명한 의도였어."

"왜? 그 사람이 그렇게 좋아? 이렇게 말해서 미안한데, 그 사람 정말……." 여기는 공공장소였다. "재수 없더라. 아니, 정말 그 사람 말에 동의한다고?"

"무슨 소리야. 그런 건 당연히 아니지."

"저녁 내내, 네가 소신을 똑똑히 드러내는 말을 한 기억이 없어." 옆자리에 다른 커플이 앉아 있었기 때문에 나는 목소리를 낮췄다. "정신평등주의에 대해 노골적인 지지를 표명한 적도 없지만, 조롱하는 입장도 아니었어. 볼테르대학교 상황이 얼마나 악몽처럼 변해가는지 내가 이야기했지. 공감도 걱정도 없었어. 그리고 저녁 내내 네 말투는 아주 얌전했어."

"말했잖아. 언어습관에 주의하지 않으면 자칫 방송국에서 큰일이 날 수 있다고."

"내 집이었잖아. 네가 무슨 말이든 속 편하게 할 수 있는 곳. 시원하게 속마음을 털어놓을 수 있는 공간이 있어서 난 네가 고마워할 거라고 생각했는데."

"피어슨, 볼테르대학교가 '악몽'처럼 변했다면서 이 문제의 심각성을 왜 네가 아직 잘 모르고 있는지 이해가 안 돼. 어쨌든 네가 그를 어떻게 생각하든, 로저 같은 사람이 사교적인 자리에서 내가 '두뇌부심에 용감하게 맞설' 줄도 모르는 겁쟁이라는 소문을 퍼뜨리고 다니면 골치 아파. 내가 원시적 정치관을 가진 사람과 친구 사이라는 걸 알게 된 것도 곤란한데."

"그냥 일개…… 그냥 극작가라면서 그렇게 힘이 세?"

"인터넷에 들어가면 모든 사람이 힘이 세."

"상대에 대해 두려운 마음을 갖고 관계를 지속한다니, 진짜 시시하다."

"난 모든 사람이 두려워."

"너답지 않은 말이야."

"난 원래 겁이 많지는 않았지만, 늘 실용적인 자세였어. 지금 당장은 주변 모든 사람을 경계하는 것이 실용적인 자세야."

"하지만 에머리, 너와 내가, 우리 모두가 이런 추세에 따르게 된다면……."

"그러면 이렇게 되는 거지." 그녀는 나직하게 말했다. "하지만 이미 일이 이렇게 됐잖아. 우리가 논쟁에서 밀렸어."

"난 거창한 논쟁을 한 기억이 없는데."

"내 솔직한 속내가 어떤지 너도 알 거야. 결국 변질된 건 단순히 대학교육뿐만이 아니야. 펜실베이니아 출신만 출연시키기 때문에, 우리 프로그램 인터뷰 대상은 수준이 안 그래도……." 손가락을 탁자 위에 튕기며, 에머리는 저절로 분류되지 않은 어휘 중에서 적당한 단어를 찾았다. 이미 일상이 되어버린 모습이었다. "기대 이하였어. 하지만 지금은…… 한층 더 기대 이하야. 그래도! 너와 네 가족 말고 아무도 없을 때가 아니면, 난 시키는 대로 하고 있어." 그녀는 옆자리 쪽으로 흘끗 눈길을 보냈다. "방송국에서 특정 종류의 농담을 그만둔 지도 오래됐어. 그런 농담이 그립냐고? 맞아. 항상 내 언어를 검열하는 게 힘드냐고? 맞아. 하지만 타인의 지적 능력에 의문을 제기할 수 있는 내 소중한 권리를 지키려다가 소셜미디어의 지탄을 한 몸에 받고 직장을 잃고 싶지는 않아."

"이건 그보다 더 많은 것이 달려 있는 문제야."

"내게는 오로지 나 자신의 미래가 달린 문제야. 내 평판과 내 경력. 너도 너 자신에게 무엇이 좋은지 생각해보고 대세를 따르는 게 좋을 거야, 집에서도. 웨이드 말이 맞아. 조심해야 한다고. 우리 방송국에서 가장 고참 기자 중 한 사람이 지난달에 해고당했는데, 그 이유가 어떤 원고를……."

에머리는 작은 탁자 건너편에서도 들리지 않을 정도로 소리를 낮췄다.

"뭐?"

에머리는 상체를 내밀더니 내 귀에 손을 감싸고 입을 바짝 갖다 댔다.

"'문맹' 수준이라고 비난했다고."

"그런 말도 못 한단 말이야?"

"못 해. 하지 마."

나는 커피잔을 내려다보며 말했다. "그러면 글을 읽거나 쓰지 못하는 사람을 뭐라고 부르지? 대안적 프로세스로는 할 수 있는 게 없잖아. 그건 프로세스가 아니야."

"피어슨, 정신 차려. 그런 사람은 그냥 부르지 마. 아예 부르지 말라고."

"이러다 우리 모두가 아예 말을 못 하게 되겠네."

"네 경우에는 그게 더 안전할 수도 있겠다. 너 슬슬 정말 걱정돼. 아무생각 없이 이런 경솔한 언어들을 마구 사용하면서 열변을 토하고 있잖아. 남들이 이래라저래라 하는 걸 네가 안 좋아한다는 건 알아. 하지만 이러다 정말 큰일 날 수 있어. 아무리 너 혼자 혼실이 네 마음대로 돌아간다는 것처럼 행동한다고 해서, 세상이 네 맘대로 바뀌진 않아."

"뭐가 그리 복잡해."

"무슨 소린지 알잖아. 우리가 기본적인 면에서 서로 생각이 같은 건 맞

아. 이놈의 정신평등주의는 정말 약간……." 이번에도 에머리는 아직 사용 가능한 형용사를 찾아 머리를 굴리다가 마침내 하나 골랐다. "엉뚱해. 일시적인 유행이라서 한참 이러다가 말 수도 있어. 하지만 그때까지는 무사히 살아남아야 할 거 아냐. 다른 사람과 같이 있을 때는 말조심해줘, 아무리 내가 데이트하는 남자라도. 지난번처럼 네가 다시 식탁에서 이 모든 새로운 금기에 속박당하지 않겠다는 결기를 뽐낸다면, 나도 똑같이 할 수밖에 없어. 투철한 윤리관을 최대한 그럴듯하게 뽐내면서 동행인과 함께 문을 쾅 닫고 나갈 거라고."

커피값을 계산하면서 나는 현 세대에 대한 에머리의 독해와—그녀 말에 따르면, 나보다는 비교할 수 없을 정도로 정확한 모양이다—우리 둘이 사적인 자리에서 '인지 평등'을 터무니없는 헛소리로 치부했다가 처할 수 있는 위험에 대한 인식—이것도 그녀 말에 따르면 나보다 훨씬 예리한 모양이다—속에서 누군가는 일종의 지적인 차별을 직감할 수도 있겠다고 삐딱하게 생각했다.

나는 카페를 나서며 말했다. "난 처음에 로저도 너 같은 입장인 줄 알았어. 안전하게 처신하려고 적당히 분위기를 맞추고 있는 거겠지 했는데, 아니 그 사람은 정말 신도 같더라. 왜 비슷한 생각을 하는 남자랑 사귀지 않니? 비판적인 입장을 가진 사람 말이야."

"그런 사람이 누군데, 피어슨? 없어."

로저와의 저녁 식사가 처음 시작되었던 점잖고 조심스러운 분위기와는 정반대로, 에머리와 나는 2010년 그녀의 아파트에서 기억에 남을 정도로 떠들썩하고 손발이 맞는 저녁을 보냈다. 그 시끌벅적했던 둘의 심야 회동이 있기 이틀 전, 나는 아무리 괴상할지언정 그래도 시대의 문화적 이정표와 보조를 맞추기 위해서 당시 겨우 몇 주 전에 출간되었던 『IQ 비방』하드커버를 샀다. 그래서 나는 그 책을 이야깃거리로 가져갔고, 에머리는 치즈보드를 준비해놓았다. 숙성한 고다치즈를 한 조각씩 집어 먹으며, 나는 서문에서 미리 밑줄 그어놓았던 부분을 낭독했다. 피노누아 세 병째로 접어들자, 우리는 카스웰 드레퓌스 복스퍼드의 우스꽝스러운 주장에 배를 잡고 뒹굴기 시작했다. 그러다 마침내 에머리와 나는 그 대단한 '평등 선언서'에 대한 각자의 인상을 한참 서로 교환했다.

변변찮게나마 변호하자면, 우리는 그냥 알딸딸한 정도를 훨씬 넘어선 상태였다. 당시 정신평등주의 운동은 세상에 전혀 알려지지 않았던 태동기였다. 우리 말에 기분이 상할 사람은 곁에 아무도 없었다. 그래도 보는 사람이 아무도 없을 때 어떻게 행동하느냐 하는 것이 한 인간의 품위를 가늠하는 진짜 지표가 아닌가 하는 생각은 이따금 든다. 혀 꼬인 발음으로 "난 네수술하는 으사가 될 끄야!"라고 흉내 내는 진부한 모습은, 카스웰 드레퓌스 복스퍼드가 '최후의 위대한 민권 투쟁'의 서막을 알리기 한참 전에도 구경꾼의 눈에 잔인하게 보였을 장면이었다. 아니, 장애인을 심술궂게 흉내 내면서 놀았던 그 장면을 전화로 녹화해두었기 때문에, 나는 우리가 얼마나 잔인했는지 정확하게 알고 있다. 그래서 그 불경한 술자리가 3월이었다는 것을 기억하고 있는 것이다. 영상에 기록된 촬영 날짜는, 정확히 2010년 3월 28일이었다.

나는 그 결정적인 파일을 지우지 않고 간직했고, 이후 1년 반 동안 파일은 소중한 부적이었다. 이건 에머리가 초기에 인지평등운동을 조롱했다는 기억이 단순한 내 착각이 아니라는 등영상 증거였다. 따라서 카페에서 에머리의 도덕적 허세에 대해 한판 했던 그날 밤, 나는 아이들을 재워놓고 욕실에 숨은 뒤 변기 뚜껑에 걸터앉아 이어폰을 꽂고 재생 버튼을 눌렀다.

"여러붕, 이거 다 헛소리! 다 허허허허헛소리!" 에머리는 쌀과자를 이마에 두드려 깨고 머리카락에 묻은 가루를 문질렀다. "나도 대똥령만큼 마니 아라요! 나도 대똥령 될 끄야! 카스웰 또라이푸스 박스 멍청이가 그랫대요!"

"나는 물리학 교수다!" 나도 합세했다. "내가 우주정거장을 만든 놈이다! 인터넷도 만들었다!"

겁 없고 말조심할 줄 모르고 순응할 줄 몰랐던 사람, 전복적이고 짓궂고 반항적인 사람. 그게 내 진짜 가장 친한 친구였다.

1972년~2010년

1장

나는 누군가를 단 하나의 경험으로 한정 짓고 그것으로 모든 것을 설명하고 싶지 않다. 중년의 나를 여전히 어린 시절에 겪었던 가장 끔찍한 경험 때문에 고통받고 있는 인간으로 상정하고, 그로 인해 그 경험에 스스로를 과도하게 옭아매는 힘을 부여하는 것도 원치 않는다. 그럼에도 불구하고 호박파이에 호박이 들어가듯이, 여호와의 증인 신도로 자랐던 어린 시절은 나라는 인간을 구성하는 재료다. 아니, 차라리 그건 호박파이에 든 쥐약에 가깝다. 재료로 얼마나 들어갔느냐 하는 비율의 문제가 아니라, 아예 독이었다는 점에서.

학창 시절, 같은 반 친구들은 특별한 기념일, 특히 생일이나 크리스마스를 즐기지 못하는 내 당혹스러운 상황에 주로 공감했다. 대부분의 사람들이 여호와의 증인에 대해 알고 있는 것은 그게 전부이고, 특별한 날의 즐거움을 빼앗기는 것이 어린이들에게 아주 잔인하다는 것은 사실이다.

남의 집에서 열리는 파티 초대도 수락할 수 없었지만, 학급에서 나눠 주는 다른 아이의 생일 케이크 한 조각도 얻어먹을 수 없었다. 10월에는 집에서 촛농으로 뾰족한 송곳니를 만들어 붙이고 립스틱으로 피를 그려 넣어 흡혈귀로 분장할 수도 없었고, 공짜 사탕도 모아 올 수 없었다. 핼러윈이랍시고 아몬드조이 같은 작은 초콜릿 대신 여호와의 증인 책자 『파수대』를 나눠 주곤 했으니, 이웃집 아이들도 곧 우리 집을 당연히 건너뛰게 되었다. 크리스마스가 다가와도 색종이 고리 장식으로 학교 복도를 꾸밀 수 없었고, 다들 산타클로스 마스크에 솜뭉치를 붙이고 있을 때 무기력하게 옆에 물러나 앉아 있어야 했다. 어머니의 날에 카드를 그린 적도, 휴지로 카네이션 꽃다발을 만든 적도 없었다. 독립기념일에 볼테르 시민 전체가 공원에서 피크닉을 즐기는 동안, 엄마는 불꽃놀이가 보이지 않도록 커튼을 치고 우리 세 남매에게 절대 훔쳐보지 말라고 했다.

그러니 5학년이 되어 내 앞자리 소년이 밸런타인데이 카드를 살짝 건넸을 때도 나는 거절해야 한다는 것을 알고 있었지만, 반항의 씨앗은 이미 싹트고 있었다. 나는 장삿속 가득한 알록달록한 카드를 책가방에 숨겼다. 엄마는 카드를 발견하고 부엌 싱크대에서 불태우라고 했다. 순간의 화재는 수도꼭지에서 쏟아져 나온 물로 진화할 수 있었다. 하지만 내 속의 불꽃은 한층 꺼뜨리기 힘들었다.

이런 기념일 대부분은 '이교도'의 날이라는 것이 문제였다. 하느님에게만 헌신해야 하는 마당에, 독립기념일이나 전몰장병 추모일은 세속의 정부에 충성을 맹세하는 날이었다. 나는 문자 그대로 잔칫상에 똥을 뿌리는 내적 논리에 일말의 관심도 없었지만, 평생 찬물이나 끼얹는 교회가 유일하게 기리는 것이 그리스도의 탄신일이 아니라 그 죽음을 묵상하는 날이라는 사실은 시사하는 바가 컸다. 장담하는데, 여호와의 증인 예수의 죽음을 기념하는 행사에는 아무것도 기대할 게 없다.

재미를 박탈하는 이 모든 관습이 무엇보다 고통스러웠던 점은 배제당한다는 기분이었다. 대신 나를 포용해주는 곳은 죄다 뭐 같았다. 나는 열여섯 살이 되던 날까지 종류를 불문하고 선물을 받아본 적이 없었다. 에머리는 자기가 진홍색 목도리 선물을 줬을 때 내가 펑펑 우는 것을 보고 마음에 안 드나 보다 생각했다고 한다.

전통적인 축제에 대한 금지는 자기만족적인 고결함을 키우는 동시에 미개한 자들의 한심한 이교도적인 행태에 경멸을 심어주려는 의도였다. 나를 지배하신 신학 대마왕들에게는 불행한 일이었지만, 금지된 것은 무엇이든 더 매력적으로 다가오기 마련이다. 또래들의 신비한 의식은 이웃을 겁주어 사탕을 얻는 으스스한 장난 이상으로 부러움과 경탄을 불러일으키고 욕망을 자극했다. 아이들은 달력에 빨갛게 표시된 날을 조바심 내며 기다리기 마련이지만, 그토록 기다리던 날이 실제 닥치면 기대했던 것보다 즐거움은 훨씬 못 미치기 마련이니까. 애타는 기대감이 내심 실망감으로 바뀌고 마침내 크리스마스 자체보다 기대감 자체가 진정한 보상이었다는 것을 깨닫게 되기까지는 이런 실망의 순환을 수없이 경험해야 한다. 숨죽인 기다림이 보상의 전주곡이 아니라 그 자체가 보상이었다는 사실을 깨닫게 되면, 환상은 무너지고 마법은 깨진다. 그래서 많은 어른들에게 크리스마스는 귀찮기 짝이 없는 날로 전락하는 것이다.

행복하게도, 나는 어른이 된 뒤 그런 증상을 겪지 않았다. 웨이드와 나는 크리스마스를 기념하지 않지만, 12월 25일이 되면 전나무와 반짝이, 포인세티아로 집을 한껏 장식한다. 실컷 부수고 놀 수 있도록 아이들에게 장난감도 산더미처럼 안겨준다. 애들이 뛰어다니며 집을 난장판으로 만드는 것이 개인적으로 즐거울 리야 없지만, 그래도 매년 색종이니 깃발이니 장식해서 세 아이 모두에게 대대적인 생일 파티를 열어주고 나도 케이크 한 쪽을 챙긴다. 매년 11월 네 번째 목요일에는 빠뜨리지 않고 추수감사절 만찬을 차리고, 크랜베리소스를 딱히 좋아하지는 않지만 전통적인 곁들임 음식도 모두 준비한다. 나는 언제나 자기기만적인 기대감보다 훨씬 풍부한 무언가에 의해 움직이는 사람이다. 이제 중년의 나이를 지나고 있지만, 연료는 바닥을 보일 기미가 보이지 않는다. 한이 맺혔기 때문일 것이다.

하지만 어린 시절, 최악은 명절 금지가 아니었다. 우아한 은판사진이라기보다 고약한 설사를 연상시키는 갈색으로 바랜 그 시절을 돌아보면, 가장 두드러진 이미지는 부활절에 먹는 노란 마시멜로 병아리 봉지에 대한 갈망이 아니다. 따분함이다. 식은 죽 먹기 같은 그 어떤 지능검사보다 지독한 아동학대로 분류해 마땅한, 멍청하고 맹한 따분함. '형제님' '자매님'도 따분했다. 몇 안 되는 흥미로운 예외는, 남달리 고압적이고 사디즘적인 사람들, 혹은(여자의 경우) 남달리 복종적이고 마조히즘적인 사람들이었다. 예배도 따분했고, 4시간씩 틀어박혀 중얼중얼 복음을 따라 읊는 성경학교도 따분했다. 반짝이는 스테인드글라스도 인간을 구원하는 그 어떤 아름다움도 없는, 교회라기보다 차라리 창고 같은 왕국회관도 따분했다. 예배는 일요일에만 드리지 않았다. 일주일에 두 번, 아니 가장 숨 막혔던 '가족 예배의 밤'을 포함하면 세 번이었다. 어머니의 날카로운 시선을 받으며 고분고분 성경 구절을 중얼거리는 아버지와 함께 탁자에 둘러앉아 있으면, 딴생각을 하는 것이 더 힘들었다. 필수 성경 강독은 믿을 수 없을 정도로 지루했다. 그 정도로 헛소리를 만들어내다 보면, 뉴욕주 워릭에 있는 교단 본부의 기름 부음 받은 허풍선이들도 실수로라도 우스운 말이나 날카로운 말 한두 마디 할 법하지 않나. 하지만, 아니 물 빠진 사진과 서툰 그래픽을 실은 『파수대』와 『깨어라!』는 처음부터 끝까지 따분한 소리 일색이었고, 세례받은 여호와의 증인들은 이따위 질 떨어지는 구구절절한 헛소리를 매년 3000페이지씩 소화해야 했다. 예수 그리스도는 이러저러해서 하느님과 동등하지 않다는 둥, 삼위일체 같은 것은 없다는 둥, 우리가 지난주에 세상이 멸망할 거라고 했다고 해서 내일 망하지 않는다는 뜻은 아니라는 둥. 십대가 되자 생명을 파괴하는 이따위 책자에 눈길만 닿아도 구역질 비슷한 혐오가 치밀어올랐다.

크리스마스를 기념하지 않는 삶보다 훨씬 더 나빴던 것이 있다면? 전도였다. 혹시 종말을 한 아름 품에 안고 집집마다 문을 두드리는 사람들이 자발적인 종교적 열정 때문에 그런다고 착각할 수 있지만, 아니 전도는 의무였다. 여호와의 증인은 일주일에 최소 18시간 이웃을 고문해야 했고, 아무 의심 없이 문을 열어준 가련한 사람들에게 얼마나 많은 적의를 불러일으켰는지 기록해서 매달 교회에 제출해야 했다. 슬프게도 부부는 아이까지 끌고 다니게 되어 있었다.

나는 싫었다. 단순히 부모님 중 한 사람이 이웃을 찾아가서 당신들의 믿음은 전부 잘못되었으니 당장 우리 재미없는 컬트 교단에 가입하지 않으면 곧 들이닥칠 '종말의 날'에 불타 죽게 될 것이다, 그러고 나면 스스로 기름 부음 받은 허풍쟁이 144000명이 여호와와 함께 다스리는 지상 낙원이 찾아올 거라고 다정하게 알리는 동안 현관 계단만 물끄러미 쳐다보면서 학교 밖에서 지내는 자유 시간 대부분을 낭비해야 했기 때문만이 아니었다. 어린 나이 때부터 나는 그 불쌍한 사람들이 갑작스럽게 누군가 들이닥치는 상황을 얼마나 지긋지긋하게 여기는지, 우리 가족이 제발 가주었으면 하고 얼마나 간절하게 바라는지 민감하게 의식했다. 아, 우리의 표적이 얼마나 오래 현관에 속절없이 서 있는지는—고맙게도 따뜻한 바람이나 에어컨 바람을 밖으로 허락해주기도 하고 때로는 현명하게도 방충문을 잠가놓은 채 그 뒤에 버티고 서 있기도 했다—사람마다 천차만별이었다. 그러다 단호하게 책자를 거부하는 경우도 있었지만, 책자를 받는 것이 거절하는 것보다 에너지를 덜 소모하기 때문에 그냥 말없이 받아 드는 사람도 있었다. 아니, 심지어 나는 우리 일행을 흘끗 보자마자 문을 쾅 닫아버리는 남자들에게(항상 남자였다) 거친 존경심을 품기까지 했다. 하지만 그들은 모두 우리를 질색했고, 어떤 사람은 숨기까지 했지만 엄마는 집요하게 초인종을 눌렀다. 나타나면 거의 모든 사람이 대체로 속으로 가만히, 하지만 이따금 소리 내어 "아, 싫다!"라고 외치는 아이가 되고 싶은지? 사실 나는 우리의 장광설에 정중하게 귀를 기울이고, 질문을 던지고, 이따금 답례로 찾아가겠다는 약속까지 하는 몇 안 되는 예외적인 이웃을 대부분 동정하게 되었다. 타인과의 접촉에 목마른 나머지 여호와의 증인과도 이야기를 나눌 정도라면, 이런 외톨이들은 인생의 바닥을 치는 상황일 것이기 때문이었다.

지금은 물어볼 입장이 아니지만 당시 나는, 최소한 엄마는 우리가 성경에 없는 열한 번째 재앙으로 여겨졌다는 것을 알고 있을 거라고 생각했다. 엄마는 아마 좋았을 것이다. 최대한 긍정적으로 해석해서, 엄마는 도전에 맞서는 것을 좋아했다. 하지만 사람을 고통스럽게 하는 것도 좋아했다. 엄마는 이웃들의 정중함을 계속 떠들어도 좋다는 무언의 허락으로 용의주도하게 이용했고, 무례하게 보이기 싫어하는 이웃의 상식적인 예의범절에 기대어 그 손에 선전 책자를 쥐여주었다. 달리 표현하자면, 가라테를 할 때 적의 힘을 받아 내 무기로 삼듯이, 엄마도 피해자의 품위를 우리 부대의 군수물자로 낚아챘다. 게다가 엄마는 그 반대 성격인 사람들이 무례하고 모욕적으로 굴기 시작하면 만족스러운 것 같았다. 그런 자들은 다가올 아마겟돈에 지상에서 깡그리 사라질 것이고, 그래도 싸다.

나는 어울리지 않는 촌스러운 무채색 옷과 무릎 아래로 내려오는 치마를 입고 다녀야 했다. 살집이 붙은 사춘기 시절에는 감당하기 어려운 옷차림이었지만, 우중충한 복장 덕분에 남의 눈에 덜 띄어서 오히려 고마웠다. 하지만 그래도 이따금 집주인의 눈에 띌 때가 있었는데, 우리 성가신 일당이 마침내 다른 집을 괴롭히러 돌아서는 순간 이교도와 내 눈이 마주칠 때가 있었다. 나는 눈빛으로 애타게 사과의 마음을 전하는 한편, 인질이라 어쩔 수 없다는 뜻으로 어깨를 으쓱했다. 돌아오는 것은 보통 동정과 용서의 눈빛이었다. 불쌍한 아이, 광신도들의 쓸데없는 임무에 끌려다녀야 하다니, 속살이 환히 보이는 드레스를 입고 여드름투성이 남자애들과 어울릴 나이에. 나야 다시 돌아오지 않을 소중한 시간을 겨우 10분 잃었을 뿐이야. 걱정 마라, 네 잘못이 아니야. 우리 종파 같은 광기가 띄엄띄엄 떠돌아다닐 뿐, 넓은 바깥세상은 그래도 비교적 제정신이라는 것을 내게 알려준 것은 이런 사람들이 베푼 무언의 친절이었다. 요즘 세상에는 이런 우안이―그래도 넓게 봤을 때 세상 모두가 완전한 미치광이는 아니라는 위안―더 이상 존재하지 않는 게 아닌가 걱정된다.

국기의 날 퍼레이드에 나가지 못하고 집에 처박혀 있어야 한다는 것보다 더 힘들었던 내 어린 시절의 또 다른 특징은, 친구가 없다는 것이었다.

우정 그 자체가 금지였다는 뜻은 아니다. '세속적인' 가치에 애착을 형성하는 것은 금지였지만, 신앙이 같은 또래 아이들과 어울리는 것은 얼마든지 괜찮았다. 하지만 언뜻 느슨해 보이는 이런 규제도 사실상 친구를 갖지 말라는 뜻이나 마찬가지였다. 이 지점에서 나는 고통스럽게 현재와 관련된 질문을 안고 고민하고 있기 때문이다.

이 애들은 대체 어디가 잘못된 거야?

불합리한 시비를 걸려는 건 아니다. 어린아이는 세상을 눈에 보이는 대로 받아들인다. 여덟 살 이전 나도 부모님이 했던 말을 전부 사실로 받아들였고, 혹시 내 생각이 다르면—왕국회관 예배에 참석하는 걸 내가 '원한' 적은 없었다—그건 부모님의 패러다임 전체에 오류가 있는 게 아니라 내가 버릇없고 나쁜 아이이기 때문인 줄 알았다. 나는 패러다임이라는 단어도 몰랐고 그런 개념 자체도 몰랐다. 거품 속에 완전히 갇혀 있으면, 거품은 없는 것이니까.

그건 그렇고, 여호와의 증인 아이들은 모두 공립학교에 다녔다. 우리는 우리 부모님 같은 사람들에게는—선거, 후보 지지 활동, 배심원 의무, 심지어 정치적인 의견을 갖는 것조차 금지된—존재하지 않아야 하는 정부에 대한 시민교육을 받았다. 역사도 공부했는데, 전 인류의 극소수에 해당하는 우리 계몽된 광대 집단도 1881년 이전에는 그 영향력이 아주 작지만은 않았다. 다른 미국인들과 마찬가지로 여호와의 증인 역시 세속의 책과 신문, TV 채널로 포화 상태인 세상을 살고 있었지만, 그중 어떤 것도 우리가 집에서 주입받고 있는 현실과 일치하지 않았다. 매일같이 우리와 어울리는 사람들은 천지를 뒤흔드는 신의 심판이 곧 찾아온다고 생각하지도 않았고, 주말마다 팸플릿을 들고 이집 저집 돌아다니며 비극 장사를 하지도 않았고, 요한계시록의 어느 한 구절을 맥락 없이 가져온 144000라는 숫자에 대해 끝도 없이 떠들어대지도 않았다. 어쩌면 '진실'을 모르는 이 모든 가련한 중생들은 진실로 사탄의 조종을 받고 있으며 정녕 모든 인류를 곡식과 쭉정이로 가르시는 야훼의 정의의 불에 타 영영 망각 속에 사라질지도 모른다. 하지만 최소한 열 살쯤 나이를 먹었다면 어떤 아이가 이런 생각 한 번 안 해봤겠는가. 그런데 아닐 수도 있잖아?

통계적으로나 심리적으로 신기한 일이었지만, 어린 시절과 사춘기 초기 내내 우리 교구에서는 반란을 일으킨 '형제'나 '자매' 한 사람 없었고, 내 오빠와 남동생도 마찬가지였다. 아, 이따금 루크와 케일럽, 둘의 친구도 규칙을 어기고 별점을 보거나 『피플』 잡지를 몰래 읽거나 욕설을 하기도 했지만, 아예 규칙을 부정하고 『이상한 나라의 앨리스』처럼 "아, 너희는 그저 카드 한 벌일 뿐이야!" 이렇게 외치는 것에 비하면 그 정도는 아무것도 아니었다. 아주 잠깐 나도 제이컵이라는 여호와의 증인 아이와 동맹을 맺은 적이 있었다. 제이컵은 어딘가 독특한 데가 있었고 딱히 말썽을 피웠다고 할 수는 없어도 바깥세상을 보는 눈이 있었다. 그는 과학소설을 찾아냈는데, 그건 규칙에 어긋난다고는 할 수 없었지만 분명 규칙에 부합되는 것도 아니었다. 한번은 6학년 영어 수업 시간에 선생님께 드릴 생일 카드가 손에서 손으로 전해졌을 때 나도 거기 이름을 적었다고 제이컵에게 고백한 적이 있었다. 그는 예상보다 훨씬 더 심하게 경악하더니 더 나쁜 짓을 했다. 그날 중으로 우리 부모님에게 고자질한 것이다(나는 징징거리면서 "그래도 다들 했단 말이야!" 하고 변명했고, 자기 딸을 너무나 몰랐던 엄마는 내가 둘러댄 그 이유가 전혀 나답지 않다는 것을 알아차리지 못했다). 그토록 주류에서 벗어나고 호감조차 전혀 주지 못하는 교파의 세뇌 공작이 어떻게 그렇게 성공할 수 있었을까. 교회 장로들이 제이컵의 부모님에게 아이작 아시모프, 레이 브래드버리, 로버트 하인라인 책을 빼앗으라고 지시했다는 소식을 듣고 나는 생각했다. 그것참 고소하다.

이 점에 대한 나의 무지는 대체로 부모님 때문이었다. 우리 엄마 글렌다 컨버스, 결혼 전 글렌다 테이트는 여호와의 증인으로 자랐는데, 사실 굳이 이 점을 변명으로 둘러대기도 민망하다. 미성년자라면 아직 덜 컸다, 사실상 멍청할 수도 있다고 이해하겠지만(익숙해지시길. 내 언어는 노골적이다), 글렌다 테이트는 열여덟 살이 되어 이제 어른이라는 사회문화적 이정표에 도달했으면서도 여전히 이 시기적 성취가 자신에게 부여하는 권한 행사를 거부했다. 물론 이 미치광이 종파 밖으로 감히 나가려고 하면 얼마나 싸늘하게 모든 사회적 네트워크에서 잘려 나갈 수 있는지 나는 누구보다 잘 알고 있었다. 하지만 엄마가 두려움 때문에 '진실 안'에 머물러 있었던 것 같지는 않다.

엄마는 전형적인 성취지향적 인간이다. 아니, 내가 알던 엄마는 그랬다. 그분이 돌아가셨다 해도 누가 나한테 알려줬을 것 같지는 않으니 과거형으로 해두자. 시작하자마자 자신을 선택된 자로 끌어올려 주었으니 교리문답이 얼마나 엄마 마음에 들었을까. 신도들에게 그것은 계급적 수직상승의 수단이었다. 여호와의 증인 신도는 전 세계에 겨우 몇백만 명뿐이었으니, 비교적 작은 영역만 뚫고 올라가면 탁월함을 인정받을 수 있었다. 인정욕구가 컸던 엄마는 파수대 협회의 분주한 잡무에 광적으로 매달렸다. 탁월한 월별 실적으로 회중 앞에서 장로들의 칭찬을 한 몸에 받고 싶었던 엄마가 점점 더 오랜 시간 아이들을 끌고 집집마다 돌아다녔기 때문에, 나는 그 야망의 희생양이 되었다. 어쩌면 에머리의 은근한 우월감을 내가 인지한 것도 엄마와 비슷해서였을 것이다. 에머리가 마치 신비주의자가 자연스럽게 공중 부양 하듯 타인을 의식하지 않고 고고하게 한 차원 높은 곳에 있는 것 같았다면, 엄마는 훨씬 더 현실적인 성정을 가진 사람이었다. 일반적인 사회생활을 했다면 그녀는 천박한 출세주의자라는 평판을 얻었을 것이다. 글렌다 컨버스에게는 다른 아내들보다 존경받는 일이 무엇보다 중요했고, 그들과 친구가 되기보다는 은혜라도 베푸는 듯, 내려다보는 태도를 더 선호했다.

달리 말해, 엄마는 이기고 싶었다. 이기고 싶다면, 규칙이 무엇인지 아는 것이 도움이 된다. 여호와의 증인에는 수많은 규칙이 있었다. 세상의 규칙은 끊임없이 변화하고, 여기 이 무한한 세속주의라는 허공에서는 실컷 앞서서 질주하다가도 엉뚱한 게임을 하고 있었다는 사실을 알게 되는 일이 비일비재하다(드디어 승진했는데, 놀랐지. 배우자가 헤어지자네). 글렌다 컨버스는 여호와의 증인으로 자랐고, 자신이 규칙을 잘 알고 있는 게임에 끝까지 매달렸다. 그렇다 해도, 이런 금빛 별을 수집하는 취향은 근본적으로 유아적이었다. 장로들의 쳇바퀴만 계속 다람쥐처럼 굴리고 있었다면, 엄마는 아마도 씁쓸한 노년으로 접어들고 있을 것이다. 글로리아 스타이넘이 잡지 『미즈』를 발간하는 동안, 엄마는 구닥다리 가부장제를 광적으로 떠받치고 있었다. 금빛 별이 뭐 그렇게 대단한지. 게다가 비범할 정도로 성공한 양으로 돋보인다 해도, 결국 그 사람은 여전히 양일 뿐인데.

앞에서 여호와의 증인을 기쁨 없는 종교로 묘사했지만, 사실 그렇지 않았다. 여호와의 증인에게는 기쁨이 없는 것 자체가 기쁨이었다. 축하할 일이 완벽하게 없는 상태를 끝없이 축하하는 일은 1년 내내 계속되는 파티와 비슷하고, 다른 사람들의 재미를 망치는 것도 사실 재미의 한 형태다. 따라서 내 어린 시절 내내 엄마는 너무나 신나고 유쾌한 시간을 보냈다.

물론 엄마에게 좋은 점도 있었지만, 장점을 애틋하게 사색하는 것이 내 관심사는 아니므로 굳이 입에 올리지 않는 것이 내 잘못은 아닐 것이다. 엄마는 집요하게 앙심을 품는 사람이었고 아마도 아직까지 그럴 것이며, 내가 기억해야 하는 점은 그것이다. 예를 들어볼까? 어린 시절, 나는 내 이름이 흔치 않다는 것이 속으로 은근히 기뻤다. 루크와 케일럽 같은 성경에 나오는 뻔한 이름은 에이브러햄, 애덤스, 일라이자 등등 비슷한 성경 이름에 묻혀 눈에 잘 띄지 않았지만, 나는 피어슨이라는 이름을 지닌 다른 아이를 만날 수 없다는 것이 좋았다. 본인이 워낙 교만에 빠지기 쉬운 성품이다 보니, 엄마는 타인에게서 자부심이라는 죄를 특히 민감하게 감별해냈다. 내가 초등학교에서 필기체를 막 배우기 시작했던 무렵 아홉 살, 열살 정도였을 때였다. 부엌 탁자에 앉아서 서명을 연습하느라 여러 가지 필체로 이름을 흘려 써보고 있었는데, 그 우쭐한 곡선이 분명 위험신호를 울린 모양이었다. 하필 그때 엄마는 여호와의 증인을 창설했던 앵거스 피어슨을 기리는 뜻에서 내 이름을 그렇게 지었다고 설명했다. 그는 1896년 먼로빌에서 기록적인 숫자를 개인적으로 전도했는데, 한 해에 그보다 많은 불행한 신도를 끌어들인 예가 그 뒤로 없었다고 했다. 내 이름에 종교적인 의미가 있다는 것만으로는 충분히 실망스럽지 않은지, 엄마는 피어슨이 '피어스의 아들'이라는 뜻이고 피어스는 피터의 초기 형태라고 했다. 그러니 지금까지 강렬하게 들렸던 내 이름 역시 루크와 마찬가지로 사도를 기리는 음침한 이름인 셈이었다. 그 이후 나는 내 이름에 대해 전과 같은 감정을 느낄 수 없었고, 엄마의 의도도 정확히 이것이었다. 엄마는 자기가 내게서 뭔가 빼앗아 간다는 것을 알고 있었고—소중한 차별성, 남들과 다르게 태어났다는 자부심—내게 평범한 사람이라는 기분을 안겨주면서 잔인한 기쁨을 느꼈다. 그러나 그런 충동은 변태적이었다. 애당초 자기가 준 것을 내게서 빼앗으려 했으니 말이다.

그런 그렇고, 딸이 어머니에게 원한을 품고 아버지를 우상화하는 현상은 구제불능일 정도로 진부하다. 그래도 나는 재미있는 사람처럼 보이기 위해 기록을 왜곡하고 싶지는 않다. 존 컨버스는—지난주에 길 건너편에서 봤으니 과거형을 쓰지는 않겠다—따뜻하고 품위 있는 남자이며, 타고난 비겁함을 극복하고 아내의 최악의 광신으로부터 자식들을 여러 번 지켜냈다. 아버지는 개종한 경우였는데, 어쩌면 무기쁨과 속박의 신조에 제 발로 걸어들어갔다는 점에서 엄마보다 더한 인물이라고 할 수 있을지 모른다. 단지 짐짓 쑥스러운 척 새침하게 엄마가 들려준 이야기에 따르면, 아버지는 열아홉 살에 엄마에게 반했다. (보호자 합석하에) 데이트하는 유일한 길은 결혼 의사가 있다고 고백하는 것뿐이었고, 결혼하는 유일한 길은 개종이었다. 그러니 아버지가 어머니와 맺어지려고 뻔히 정신 나간 교리문답에 충성을 맹세했다면, 비교적 나쁘지 않은 입교 동기인 셈이다.

곧 억척스러운 인상이 자리 잡았지만—엄마의 입가는 늘 아래쪽을 향해 꾹 닫혀 있었다—열여덟 살의 글렌다 테이트는 눈에 띄는 미인이었고, 이것이 가족에 전해 내려오는 전설 같은 이야기가 아니라는 점은 결혼식 사진이 입증하고 있다. 갈색 머리 타래는 타고난 매력적인 곱슬머리였고, 1968년이라는 시대 배경을 생각할 때 은유적인 의미가 아니면 좀처럼 찾기 힘든 처녀다운 순수함이 얼굴에서 빛났다. 아버지는 엄마의 야심에도 끌렸던 것 같은데—여자를 억압하기 위해 혈안이 된 숨 막히고 갑갑한 위계질서에서 높은 자리에 오르기를 꿈꾸었던 건 그렇다 치고—본인에게 야심이 없었기 때문이었다. 부정적으로 하는 말이 아니다. 모든 젊은이들이 이런저런 존재가 되고 싶다는 꿈을 반드시 꾸어야 한다는 법은 없다. 아버지는 사돈들이 자기에게 학위를 따야 한다고 압박하거나 남들보다 경제적으로 윤택하지 않다는 답답함을 표출하지 않는 울타리에 들어가는 것이 좋다고 생각했을 것이다. 여호와의 증인은 대학 진학을 결사적으로 막기 때문에 미국 내 종교 중 평균 학습 성취도가 가장 낮은 집단이며, 아버지가 가진 것은 고등학교 졸업장이 전부였지만 그것만으로도 아내 쪽 친지 대부분보다 더 버젓한 자격이었다. 아빠는 그냥 그럭저럭 먹고살기만 하면 되는 유순한 청년이었다. 내 어린 시절 내내, 아빠는 철물점에서 일주일에 30시간 일하면서 아등바등 매니저 자리 한번 욕심내지 않았다. 현명하게도, 그는 이런 보잘것없는 경력이 남성성의 모범으로 인정되는 펜실베이니아주 볼테르의 유일한 공동체에 자리를 잡았다. 교리상 가장의 지위였지만, 실질적으로 아버지는 가장과 거리가 멀었다. 아무것도 모르는 그 무지렁이들이 이런 표현에 익숙하지는 않겠지만, 여호와의 증인 아내들은 수동공격적인 성격으로 악명이 높다.

존과 글렌다 컨버스는 루크와 나, 케일럽을 연달아 빠르게 낳았다. 아버지는 언젠가 아내의 교단에 가입한 것이 예상보다 더 '벅찬' 일이었다고 내게 털어놓았고, 나는 이 말이 '비참하다'는 뜻을 완곡하게 표현한 거라고 생각했다. 하지만 중간에 얼마든지 도망칠 수 있었는데도 불구하고 아버지는 자신이 자초한 불행을 받아들였으며, 고맙게도 아이 셋을 내팽개칠 수 있는 성품이 아니었다.

부모님이 도대체 왜 제 발로 그 폐쇄적인 신앙 공동체라는 감옥에 걸어 들어가서 열쇠를 밖으로 던졌는지 아직도 머리를 싸매고 골똘히 생각해보지만, 도대체 이유를 알 수가 없다 여호와의 증인들조차 사후 세계에 대해 미신적인 믿음을 독려하지는 않았다. 죽으면, 그냥 죽는 것이다. 여호와의 증인도 환생을 믿지 않았다. 그러니 우리 부모님 입장에서도 단한 번 살고 나면 끝인 인생 아닌가. 그들은 성인이었다. 이런 문제에 머리를 싸맬 정도로 형이상학적인 성향은 아니었으니, 자기 운명을 스스로 결정한다는 전제도 그냥 태평스럽게 받아들였을 것이다. '자유국가', 이 명제를 어느 정도는 믿을 수 있었던 흘러간 시대였다. 오리건 딸기 농장에서 시작하기, 오클라호마에서 개 사육장 운영하기, 프랑스로 이주하기. 그들 앞에 놓인 이 수많은 선택지 중에서 도대체 어떻게 그토록 끔찍한 삶을 선택할 수 있었을까?

2장

십대 시절 내가 저질렀던 배교 행위는 대부분 사소하고 은밀했다. 독립기념일 며칠 뒤 공원을 걷다가 나는 이쑤시개로 만든 미국 국기 모형을 땅에서 주웠다. 뜨거운 벽돌처럼 얼른 다시 던져버리지 않고, 날카로운 끝에 묻은 크림을 닦아내고 필통에 넣었다(우리는 어떤 종류든 깃발을 소지하면 안 된다는 규칙이 있었다. 키와니스 자선 클럽 깃발조차 문제가 될 수 있었다). 한번은 어깨 너머를 불안하게 흘끗 확인한 뒤 (다른 종교단체에서 운영하는) 구세군 중고품 가게에 슬그머니 들어가서 셔츠 한 장을 샀다. 어머니가 어디서 났느냐고 묻자, 나는 학교에서 주인 없는 분실물 바자회를 열었다고 했다. 그냥 평범한 남성용 버튼다운셔츠였지만, 짙은 녹색과 바랜 붉은색이 교차한 체크무늬가 은은해서 마음에 들었다. 옷감은 얇았지만, 대담한 반항기가 몸을 따뜻하게 데워주는 것 같았다.

꽁초를 주워 마지막 남은 끝자락까지 몰래 피운 적도 여러 번 있었다.

폐를 비집고 들어가는 뜨끈한 느낌은 별로였지만, 규율 위반 행위는 오로지 규율 위반 자체로 만족스러운 법이다. 그런 뒤 나는 민트사탕을 사 먹고 물을 많이 마셨다. 담배라는 금기를 깨뜨리는 것은 종이 깃발 소지보다 더 중대한 위반 행위라는 직감이 들었다.

공동체 바깥으로 나오면, 과감하게 세속주의에도 손을 댔다. 곧 있을 시험에 '행운을 빈다'고 옆자리 친구를 격려했다. 아이는 묘한 눈으로 나를 보았지만, 나는 별다른 말을 하지 않았다. 그녀는 내가 행운을 빌어준 것이 자기와는 아무 관계가 없다는 것을 이해하지 못했다. 나는 혹시 나쁜 일이 생기는지 알아보고 싶었고, 조심스럽게 다른 사람이 되는 실험을 하고 있었다. 마찬가지로 학생 식당에서 재채기를 한 아이에게 "축복을!" 한 마디를 던지는 것도 내게는 사회적 관습을 따르는 행위가 아니었다. 관습을 깨뜨리는 행위였다.

하굣길에 미국 국가 첫 소절을 흥얼거리는 것을 신성모독이라고 생각하는 부모님이 뻔히 보는 앞에서도 이렇게 어둠에 발을 담가보는 짓을 시도할 수 있었다면, 나 자신이 훨씬 대견했을 것이다. 그래, 당연히 나는 두려웠다. 하지만 이건 훈련이기도 했다.

한 달 정도 이렇게 자신을 단련시킨 뒤, 열다섯이 되었을 때 나는 마침내 선을 넘었다. 다른 가족들이 외투를 입고 현관문으로 향하고 있을 때—나는 마지막 순간까지 개인적인 독립 선언을 미루었다—나는 예배 보러 가지 않겠다고 말했다. 당당하고 굳건한 목소리를 낼 생각이었지만, 목구멍에 걸려 쉰 목소리가 흘러나왔다.

엄마는 제대로 듣지도 않은 모양인지 무심하게 말했다. "당연히 가야지. 빨리 외투 입어라. 늦겠다."

나는 헛기침했다. "아니, 난 예배 싫어요. 너무 길고 단조롭고, 나는……
사실 그런 소리 믿지도 않아요! 억지로 믿으라고 하지 마세요."

"아니, 얼마든지 믿으라고 할 수 있다. 네가 이 집에 사는 동안은 믿어야
하는 거야." 엄마는 아빠에게 빨리 한마디 하라는 눈빛을 보냈다. "존?"

"얼른 가자." 내가 꿈쩍도 하지 않자, 아버지는 지쳐 포기하고 싶다는 듯
한 표정으로 다가와서 내 팔을 잡았다. 나는 팔을 뿌리쳤다. 그러자 아빠
는 내 스웨터 뒷덜미를 움켜잡았다. 진심으로 아빠는 살살 하려고 했다고
생각하지만, 몸부림치는 61킬로그램 되는 아이를 제압하고 싶다면 살살
하는 것도 한계가 있었다. 나는 아빠를 때리고 싶지 않았지만 그 문을 나
가고 싶지도 않았고, 결국 바둥거리는 나를 아빠는 반쯤 들다시피 해서 길
가에 세워놓은 중고 폭스바겐 비틀 뒷자리에 넣어야 했다.

집으로 돌아온 뒤 나는 부엌 식탁에 앉아 그 주 『파수대』 베끼는 벌을
받았다. 쓰고 있으면 읽는 척할 수 없기 때문이었다. 엄마는 내 반항을 장
로들에게 보고했고, 나는 징계위원회 청문회에 불려 갔다. 나는 묵묵부답
으로 뚱하게 버텼는데, 무사히 빠져나오는 데 도움이 되지는 않았다. 공
식적으로 2주 징계를 받았다. 교회 사람들이 나를 볼 때마다 멀찌감치 피
해 다니는 것은 그 시점에 대단한 일이 아니었지만, 가족에게 따돌림당하
는 것은 속이 쓰렸다. 나를 없는 사람으로 생각하라는 지시를 받았기 때문
에—여동생이자 누나를 투명 인간으로, 달리 말하자면 죽은 사람으로 생
각하라는 명령이었다—오빠와 남동생은 나와 이야기를 나눌 수 없었다.
놀랍게도 정말 그 둘은 내게 비밀스러운 속삭임 한마디 건네지 않았다. 부
모님이 뒷마당에 나가 있을 때조차도 그랬다. 돌아보니 미국 국기를 숨겼
던 경험이 그랬듯, 가족에게 무시당했던 그 2주도 내 남은 평생을 위한 좋

은 연습이 되었다.

　사회부적응자나 괴짜, 아웃사이더더라면 자연스럽게 다른 사회부적응자, 괴짜, 아웃사이더에게 끌릴 거라고 전제하는 경우가 있지만 사실과 너무나 먼 이야기다. 더 심하게 이상한 냄새가 풍기는 것을 막기 위해서, 특이한 사람들은 오히려 서로를 피한다. 보통 아이들의 눈에 특이해 보이는 괴짜는 다른 괴짜에게도 마찬가지로 특이해 보인다. 규범적인 사람과 마찬가지로 보통에서 어긋나는 사람도 사회적인 표준에 이끌린다. 뚱뚱한 사람도 촌스러워서 구제불능인 사람도, 풋볼팀 주장한테 끌리는 건 학교 퀸카와 마찬가지다. 그러니 중학교 때 에머리 루스가 내 눈에 들어오지 않았을 리가 없지 않나? 모두가 그랬다.

　에머리는 타인에게 잔인하게 굴지 않는 편안한 사교성을 지니고 있었다. 그녀는 뭐든지 잘했다. 그녀는 발표 수업 시간에 단연 돋보였고, 청중 앞에서 전혀 떨지 않았다. 메모장을 떨어뜨리거나 어디쯤 이야기했는지 잊어버렸을 때도, 오히려 즉흥적인 농담으로 상황을 반전시킬 줄 알았다. 심지어 손가락 튀겨 소리 내기, 동전 돌리기 같은 쓸데없는 잡기에도 능했다. 돌이켜보면 의미심장한 일이지만, 고등학교 시절 에머리의 정치적 감각도 흠잡을 데 없었다. 선생님들의 환심도 샀지만, 아첨꾼으로 따돌림당하지 않기 위해 우리 앞에서는 건방진 소리도 적절히 보탰다. 하지만 모두에게 좋은 사람으로 보이는 재주는 어느 한쪽 편을 들어야 하는 상황이 되었을 때 도움이 되지 않는다. 특정한 시점까지 에머리와 나는 심각하게 의견 대립한 적이 없었다. 지금 생각하니 에머리는 상대가 무슨 생각을 하든 누구와도 심각하게 대립한 적이 없지 않았을까 싶다. 대체로 강한 신념은 보상받지 못한다. 내가 잘 안다.

에머리는 비현실적일 정도로 예뻤지만, 고등학교 2학년 시절 내가 멀리서 에머리를 동경했던 것은 그저 외모에 대한 십대 소녀의 평범한 집착 탓만은 아니었을 것이다. 에머리는 똑똑했다. 두뇌 회전이 빠른 것이 미묘한 단점으로 작용하지 않던 시절이었다(이후 그것은 대놓고 단점이 되었다). 하지만 쉽게 좋은 성적을 받고 교실에서 재치 있는 말을 한다는 것이 내가 에머리에게 반한 이유는 아니었다. 십대 시절 에머리는 이미 '특권의식'으로 표현할 수 있는 분위기를 풍겼지만, 그렇다고 자기 것도 아닌 구체적인 보상을 터무니없이 자기가 받을 자격이 있다고 여기는 것 같지도 않았다. 에머리의 부모님이 우리 부모님보다 훨씬 돈을 많이 벌었던 것은 사실이다(넉넉한 '세속'의 소득을 벌기 거부했던 것은 전부 부모님 잘못이었다). 하지만 기저에 은근히 깔린 에머리의 우월감은 예쁘다거나 똑똑하다거나 잘산다는 것과 연관이 없는 것 같았다. 내가 그녀에게 매혹된 진짜 이유는 이것, 자기가 남보다 우월하다는 에머리의 믿음에 아무 근거가 없다는 점이었다.

본격적으로 들어가기 전에, 잠깐 내 편을 좀 들어야겠다. 내가 스스로를 미운 오리 새끼 같은 들러리로 그려놓은 건 아닐까 걱정되지만, 그런 투박한 자화상은 사실과는 꽤 다르다. 나는 고등학교 시절 약간 독특한 외모였고, 수많은 소녀들이 다 그렇듯 사춘기에 살이 좀 붙었다. 하지만 집에서 나와 에머리의 가족과 살기 시작한 뒤로(이야기가 앞서가긴 하지만), 나는 루스 집안 식량을 축내는 것이 너무나 수치스러워서 영양실조 환자처럼 비쩍 말랐고 에머리의 엄마 켈리는 너무 놀라서 초콜릿몰트단백질셰이크를 내게 규칙적으로 먹였다. 게다가 우리는 종종 자기 자신을 잘 알지 못

하지만 중립적인 입장이라면, 심지어 에거리 같은 이해관계의 당사자조차도 인정할 거라고 믿는다. 각각 다른 속도로 성장해서 어색했던 이목구비의 비율이 십대 후반에 마침내 자리를 잡고 나니, 내 '흥미로운 얼굴'은 '평범하다'를 둘러말하는 표현에서 오히려 칭찬을 절제하는 의미가 되었다. 육체적으로 코와 눈썹, 광대뼈 사이의 균형이 아주 약간 변했을 뿐이지만, 사회적인 격변이었다. 웨이드는 표현하기 어렵지만 내 외모에 항상 어딘가 '이국적'인 데가 있다고 했고, 마지못해 인정했지만 내 첫 두 아이가 절반 일본계라는 것도 내 외모와 잘 어울린다고 했다.

이런 말을 하는 것은 이런 신데렐라 같은 변화를 자랑하려는 것이 아니라, 그것이 에머리와의 우정에 관련이 있었기 때문이다. 내 외모가 차츰 나아진 것은 우리의 우정을 더 좋거나 나쁘게 한 것이 아니라 더 복잡하게 했다. 까놓고 말해, 초창기에 나는 자선을 베풀어야 하는 대상이었다. 2년 반이라는 세월 동안 문자 그대로 그랬다. 열두 살 무렵, 에머리는 어느 곳에서나 자신이 가장 예쁜 여자라는 사실에 무심할 정도로 익숙해 있었다. 그 묘한 우월감이 워낙 단단했기 때문인지, 그녀는 등 뒤에서 깜짝 경쟁자가 나타났을 때도 담담하게 받아들였다. 에머리는 단순한 고집 이상의 장점이 있는 동반자가 자신에게 이익이 된다는 것을 인식할 정도로 자신감이 있었다. 눈에 확 띄는 여자친구를 데리고 다니는 것이 오히려 에머리에게 더 큰 위상을 부여했다. 그럼에도 불구하고 내가 미적으로 미운 오리 새끼에서 벗어나다 보니 우리의 관계도 약간의 조정이 필요했는데, 그게 에머리 입장에서 좋기만 하지는 않았을 것이다.

말이 나왔으니 말인데, 그보다 쑥스러운 사실 한 가지도 인정해야겠다. 나는 그리 영리한 사람이 아니다. 학창 시절 수학은 영 구제 불능이었다.

과학 시간에 암석의 네 유형을 암기하는 것 정도는 록밴드 이름 네 개 외우는 것과 비슷했으니 가능했지만, 광합성보다 더 복잡한 것은 따라갈 수가 없었다. 나 같은 사람이 기계공학을 전공했다면, 인류는 아직도 물에 발을 담그고 강을 건너고 있었을 것이다. 별 노력 없이 높은 점수를 받는 에머리와 달리, 나는 열심히 노력해서 괜찮은 점수를 받는 학생이었지만 그래도 에머리가 편입된 심화반까지 들어간 적은 없었다. 게다가 1980년대 중반은 이미 학점 인플레이션이 심했던 시기였고, 미국 고등학생들에게 기대하는 수준은 다들 보잘것없었다. 대부분 그저 출석만 하면 괜찮았다. 나에 대한 의심을 정량적으로 표현하자면, ACT 같은 표준시험에서 내가 받은 점수는 보통이었다(기억해봤자 뿌듯한 숫자가 아니었기 때문에, 정확한 점수는 기억나지 않는다). 내가 알기로 나는 지능검사라는 '모욕과 수치'를 겪은 적이 없지만, 결과를 받았다 해도 역시 평균 수준이었을 것이다.

성인이 된 이후 내 수표 기록장의 숫자는 거래내역서와 일치한 적이 없고, 계좌 내역을 확인할 때마다 내가 잘못 계산한 숫자를 지우고 은행 기록을 곧이곧대로 믿어야 했다. 2008년 당시 나는 분명 경제학에 대해 아는 바가 없는 상태였다. 멍한 눈으로 여러 군데에서 의미를 찾아보았지만, 지금도 '신용부도 스와프'라고 하면 카드 마술처럼 들린다.

당시 우리 중에는 에머리가 관습적인 잣대로 더 미인이었고 훨씬 뛰어난 학생이었다. 사춘기 시절 이후 평생 이 사실은 상수였다. 그녀는 항상 유행하는 패션을 쫓아가는 마술 같은 능력을 갖고 있었고 늘 스타일이 앞서갔다. 유행할 헤어스타일을 대부분의 사람이 유행한다는 것을 알지도 못할 때 먼저 했다. 에머리는 트렌드를 쫓아가는 것이 아니라 선도한다는 인상을 주었다. 남들이 들어보지도 못한 새로운 유행어의 뜻을 알고 있었고, 이런 눈치 빠른 언어적 감각은 인터넷 시대 이전이었다. 검색엔진의 등장으로 빛이 바랬지만, 1980년대에 사전에 없는 신종 속어를 주워듣는 것은 세련된 사람들이 읽는 잡지를 읽어서 되는 일이 아니라 직감적으로 낚아채는 내적인 귀가 있어야 하는 일이었다. 등정적인 동물적 감각으로 에머리는 유행이 어디로 흐르는지 알고 있었다. 그 많은 첨단 열풍의 선두에 올라타는 모습을 보고, 나는 오랫동안 에머리가 진정 독창적인 사람인 줄 알았다. 하지만 지금은 그 조숙함이 달리 보인다. 그녀는 꾸준히 다른 누구보다 앞서가는 순응주의자였다.

안타깝지만 나는 우리가 함께한 역사를 이중적으로 그리고 있다. 에머리에 대해 나쁘게 말하는 것이 우리 이야기에 도움이 되지 않지만, 10학년 시절 그녀가 처음 내게 말을 걸기 시작했을 떠 가슴속에서 우러나왔던 기쁨은 이제 차게 식은 감정의 유물이자 추상적인 과거가 되어버렸다. 현재 관점에서 볼 때, 나라는 존재가 줄 수 있었던 이익이 아무리 별것 아니었을지언정, 나는 고등학생 시절 일종의 사회적 장벽을 뛰어넘었던 에머리의 행동을 자기중심적이었다고 해석할 수밖에 없다. 아마도 반에서 유일한 여호와의 증인이었으니, 외모가 자리 잡기 전에도 이국적으로 보였을 것이다. 아마도 옷깃에 장식할 만한 독특한 깃털이었을 것이다.

하지만 분명히 해두어야 할 것은, 고등학생은 야만적이라고들 하지만 내 또래들은 나를 따돌리지 않았다. 내가 나 자신을 소외시켰다. 우리는 여호와의 증인이 아닌 아이들과 어울리는 것이 금지되어 있었다. 학창 시절 내내, 나는 친하게 지내보자고 다가오는 접근을 모두 뿌리쳤다(대체 뭐하러? 그 애들 집에 놀러 갈 수도 없고, 내가 초대할 수도 없는데). 아웃사이더와 기꺼이 어울리기 위해 손을 내미는 용감한 아이는 에머리 혼자가 아니었지만, 내가 차마 물리칠 수 없었던 아이는 에머리 하나였다.

남의 눈에 띈다 해서 무슨 대가를 치르는 것도 아닌데, 에머리는 점심 시간에 둘이서 몰래 속삭이는 금기 같은 스릴을 즐겼다. 처음부터 나는 우리가 뭔가를 작당하는 것은 종교적인 규칙을 어기는 것이라고 설명했는데, '이른바 내가 믿는 종교라는 것'이라는 표현을 썼더니 에머리는 내가 벌써 종교에 대한 저항을 실천하고 있다면서 감탄했다. 우리 아빠가 내 목덜미를 움켜쥐고 차로 데려간 이야기를 좋아했고, 자라나면서 내게 금지되어 있었던 온갖 사소한 것을 함께 조롱했다. 나는 필통에 들어 있던 깃발을 보여주었다. 에머리는 가느다란 붉은빛 줄무늬가 있는 녹색 버튼다운셔츠가 내 개인적인 왕당파 군대에 게릴라 전술로 맞서는 후줄근한 반항의 제복이라는 것을 알아보았다.

우스운 것은, 에머리가 애당초 내게 끌렸던 특징이 결국 우리를 멀어지게 한 바로 그 점이라는 사실이다. 나는 천성이 호전적이었고, 내 타고난 불복종은 여호와의 증인에 대한 거부 정도에 머무르지 않았다. 나는 내가 항상 '권위를 받아들이지 못한다'고 생각하지 않는다. 권위가 올바른 방향에 있을 가능성을 배제하지 않기 때문이다. 하지만 나는 권위가 잘못되었을 때 결코 숙이지 않는다.

나는 그때 이미 책을 좋아했는데(『파수대』는 제외하고), 이건 빼기려고 하는 말이 아니다. 분명 내게 독서는 탈출구였지만, 게으름이기도 했다. 내가 다른 뭔가를 해야 할 때 하는 일이 독서였다. 나는 수업 내용을 효과적으로 무시하려고 교실에서 책을 펼쳐 무릎 위에 얹어놓곤 했다. 게다가 내가 팽이처럼 머리가 팽팽 돌아가는 축이 아니라는 것을 알고 있어서—아, 이런 장난스러운 은유가 얼마나 그리운지!—다른 사람들처럼 특정 맥락에서 어휘의 뜻을 정확히 추론할 수 있을 거라고 믿을 수 없었기 때문에 이따금 참고서를 확인했다. 달리 말해, 이 사소한 일화가 내가 받은 교육에 대한 찬사라고 생각지 말기를. 미국 공립학교는 2010년 카스웰 드레퓌스 복스퍼드가 극단으로 몰아가기 수십 년 전부터 이미 쇠락의 길을 걷고 있었다.

책을 불복종과 반항, 게으름, 꾀병과 연결시켰기 때문에, 나는 영어 수업을 혐오했다. 선생님이 뭘 읽으라고 정해주는 것이 싫었기 때문에, 숙제로 받은 모든 텍스트에는 낙인이 찍혔다. 즉, 반감부터 들었다는 뜻이다. 윗사람에게 책을 강요당하게 되면 그 책을 온전하게 내가 소유할 수 없었고, 학교와 여호와의 증인 바깥에서 보낼 수 있는 소중한 시간을 빼앗겼다. 구체적으로 10학년 때는 『사일러스 마너』와 『줄리어스 시저』가 싫었는데, 그건 그 책을 숙제로 내준 타운젠드 선생님 때문이었다. 이미 읽어서 내 것이 된 상태라 선생님과 굳이 공유해서 그 경험을 망치고 싶지 않았던 『파리대왕』을 숙제로 내준 데 대해서는 특히 원한을 품었다.

선생님은 피기와 그 상징에 대한 과제물을(나는 일부러 거리를 두고 단조롭게 에세이를 썼다) 우리에게 돌려주면서 가볍게 한마디 던졌다. "이런 말은 아끼겠지만, 대부분의 분석이 약간 피상적이었어."

나는 손을 들었다. 잘못된 인상을 주고 싶지 않다. 나는 '그 정도로' 멍청하지는 않았다. 이런 시비가 멍청한 짓이라는 것을 알 정도로 영리했다.

"피어슨?"

"그런 말은 내키지 않는다고 하셔야죠."

"무슨 소리야?"

"'이런 말은 아끼겠다'고 하셨는데, 그건 잘못된 어법입니다. '말을 아낀다'는 단어는 감정을 속에 담아둔다는 뜻입니다. 입을 다문다는 뜻이에요."

"그래?"

"네, 그렇습니다. 반면 '그런 말은 내키지 않는다'는 말은 뭔가 선뜻 하고 싶지 않다는 뜻입니다. 선생님은 '말을 아끼지' 않으셨어요. 우리 과제물에 대해 느낀 바, 즉 실망스러웠다는 감정을 혼자 담아두지 않으셨으니까요." 나는 평정한 태도를 유지했다.

"네 과제도 마찬가지였다고 덧붙이고 싶구나. 부모님한테서 윗사람의 잘못을 지적하는 것이 무례한 짓이라고 배운 적이 없니?" 타운젠드 선생님의 목소리에 날이 섰다.

"특정한 윗사람일 경우에만요." 나는 모호하게 말했다.

"그렇구나. 너야말로 말을 아끼는 법을 배워야 할 것 같다."

그거지, 나는 생각했다. 내가 선생님에게 그 단어의 용법을 제대로 가르쳤다.

내 건방진 태도에 대한 에머리의 반응이 시사하는 바가 컸기 때문에 이 일화를 굳이 적는 것이다. 뒷자리에 앉아서 문제 학생을 초조한 눈빛으로 힐금 바라보는 에머리는 기겁한 동시에 짜릿해하는 듯 보였다. 내 배짱에 끌리기는 했지만, 같이 싸잡혀서 그 대가를 치르기는 조심스러웠을 것이다. 미소 짓지도 않았고, 엄지손가락을 세워 보이지도, 우리가 한패라는 티를 낼 수 있는 어떤 짓도 하지 않았다. 이후 점심시간에 에머리는 은근한 질책의 뜻으로 '말을 아끼자는' 마음과 '내키지 않는' 감탄 사이에서 우왕좌왕하는 것 같았다. 에머리 본인은 절대 이렇게 심각한 오판을 저지를 애가 아니었다. 타운젠드 선생님의 실수를 지적해서 아주 작은 우위를 점하고 한 줌도 안 되는 학생들에게서 점수를 따봤자, 남은 한 해 동안 선생님의 눈 밖에 나서 불리해지면 훨씬 더 큰 문제가 생기기 때문이었다. 타운젠드 선생님의 잘못을 꼬집은 내 행동은 자기파괴적인 행위였다. 하지만 그 시절 내가 화장터 장작더미에 스스로 몸을 던지는 모습을 지켜보는 것이 에머리에게는 흥미진진한 스포츠 관람이었다.

반 아이들은 우리 둘을 알 수 없는 한 쌍으로 지켜보았지만, 이미 말했듯이 나는 따돌림받는 아웃사이더라기보다 진기한 존재였다. 따라서 또래들도 나를 동정의 대상으로 보지는 않았지만, 미개한 여호와의 증인 신도를 친구로 받아들이고 집에 들였다는 사실은 에머리를 한층 매혹적이고 복잡한 인간으로 보이게 했을 것이다. 시작부터 우리 우정에는 서로 쓸모 있다는 측면이 있었다. 내게 에머리는 여호와의 증인 바깥에 있는 멋진 세상으로 나가는 통로이자 그 세상으로의 수용을 뜻했다. 마찬가지로 에머리에게도 내 음울하고 폭압적인 상황은 신기했으니, 내가 열어주는 통로를 통해 전혀 다른 세상을 안전한 거리에서 관음적으로 지켜볼 수 있었을 것이다.

하지만 솔직히 말해서? 그냥 우리는 서로를 좋아했던 것 같다. 차차 우리의 애정을 보다 강하게 표현할 수도 있겠지만, 사실 예전에 내가 에머리 루스에게 어떤 감정을 느꼈는지는 기억나지 않는다. 그런 감정을 공개하고 싶지 않은 것도, 고집스레 부정하고 있는 것도 아니다. 경계선 계산곤란증 때문에, 내 수표책에는 숫자가 수없이 수정된 흔적이 있다. 어떤 갈림길에 다다르기까지 에머리와 내가 함께했던 세월에 쌓였던 날것의 감정들은 수학 계산 오류로 지워진 허술한 숫자들처럼 이제는 접근할 수 없는 재료다. 그러니 경고로 생각하시길. 이야기의 결말을 알고 있는 서술자가 전하는 사건의 전말을 신뢰할 수는 없는 법이다.

에머리 루스와 피어슨 컨버스가 어울리지 않을지언정 가장 친한 사이가 되었다는 소식이 퍼진 몇 달 뒤였다. 보통 사람 흉내를 그럴듯하게 내면서 살벌한 징계위원회 청문회에 끌려가지 않는 것은 있을 수 없는 일이라는 것을 빠르게 잊어버리고, 나는 눈앞에 펼쳐진 광활한 사교 무대에 어질어질한 기분으로 조심성을 잃고 있었다. 학교에서는 껍데기를 깨고 나왔다고 널리 알려져 있었지만, 한편으로 집에서의 생활은 여전히 폐쇄적이고 어둡고 불안정했으며 매일 그 껍데기 안에 다시 들어가야 했다. 이따금 이웃 전체의 주말을 망치려고 작정하고 가족이 거리를 조직적으로 훑으면서 전도하러 돌아다닐 때 같은 반 아이의 부모님을 현관에서 만나면 수치심에 몸부림쳐야 했지만, 내 블랙앤화이트 쿠키의 절반 두 쪽은 명확히 분리되어 있었다.

나를 일러바친 것은 남동생 케일럽이었다. 동생은 바로 옆 중학교에 다니고 있었기 때문에 두 학교가 교환 수업을 할 때 지붕 덮인 옥외 복도에서 내가 돌아다니는 것을 쉽게 볼 수 있었다. 케일럽은 왕국회관에서 에머리를 본 적이 없었을 뿐 아니라, 멀리서 속살이 훤히 드러나는 윗도리와 몸에 붙는 치마만 봐도 그 애가 우리 공동체 사람이 아니라는 것은 뻔히 알 수 있었다.

예배에 가지 않겠다는 고집을 관철하려는 노력이 좌절된 이후, 나는 로봇처럼 행동하며 강요된 신앙과 타협했다. 대략 실제로 읽는 데 걸리는 시간만큼 간격을 두고 메트로놈 같은 박자로 『파수대』 페이지를 넘겼다. 수요일마다 가족 예배의 밤 모임에 무표정하게 앉아 등을 꼿꼿이 세우고, 손을 깍지 끼고 부자연스러울 정도로 꿈쩍도 하지 않았다. 전도 순례에 나설 때면, 빨리 오라는 설교를 듣지 않을 정도만 아주 약간 뒤처진 채 묵묵히 집에서 집으로 돌아다녔다. 전도할 표적의 집 앞 포치에 서 있다가 가족이 (마침내) 돌아서도, 굳이 이런 모습에서 벗어날 이유가 없어서 집주인의 동정 어린 눈을 굳이 마주 보지 않았다. 집에 오던 누가 말을 걸 때만 입을 열었고, 대답은 퉁명스럽다는 잔소리를 듣지 않을 정도로만 꼬박꼬박 답했다. 아니, 나는 퉁명스럽게 행동하지 않았다. 눈에 띄게 음울하거나 원망하거나 반항적으로 굴지도 않았다. 아무 행동도 하지 않았다. 묘하게 즐거웠다고 기억되는 시절이다. 엄마도 왕국회관의 트집쟁이 종교재판관들도, 내가 무슨 잘못된 짓을 하는 것을 적발하거나 딱히 잘못을 지적할 수 없었다. 그게 그들을 열받게 했다. 나는 없는 사람처럼 지냈다. 그들은 내가 무슨 생각을 하는지 전혀 몰랐고, 의심은 했지만—저 무표정한 눈 뒤에 뭐가 들어앉아 있는지 모르겠지만, 그것이 좋은 것일 리가 없다—증거가 없었다. 겉보기에 나는 모범 신도였다. 그러나 극도의 순종은 불손함의 한 형태다. 복종을 가장한 불복종을 처벌할 방법이 없기 때문에, 이 교활한 도박은 특히 높으신 분들의 심기를 건드렸다.

내 이중생활이 노출되면서 이 도발적인 외줄타기도 끝이 났다.

그해 봄 우리는 다시 맛대가리 없는 식사를 마친 뒤 저녁 식탁에 앉아 있었다. 나는 에머리가 2월에 열여섯 살 생일 선물로 준 진홍색 실크 목도리를 매고 있었던 기억이 난다. 가급적 눈에 띄지 않게 목도리를 단단히 매듭지어서 끝자락을 블라우스 안에 집어넣었다. 학교에서 돌아오는 길에 '이 낡아빠진 물건'이 하수도에 버려져 있었다, 어쨌든 공짜이니 두르고 있으면 따뜻하지 않느냐, 나는 싸늘한 4월 초에 한기를 잘 느끼는 척하며 짐짓 아무렇지도 않은 듯 설명했다. 엄마는 '야한' 색깔이 마음에 들지 않는다고 했지만, 나는 하느님이 내가 다니는 길목에 실용적인 옷가지를 던져주신 거라고 주장했다. 버리는 것이 오히려 배은망덕일 것이라고.

"케일럽이 그러는데, 학교에서 매춘부 같은 애랑 어울린다면서." 엄마는 힐난했다.

이 대홍수 이전의 은어 같은 소리에 나는 하마터면 돌 같은 무표정을 잃고 눈알을 굴릴 뻔했다(솔직히 말해, 그냥 나를 매춘부라고 불렀다면 그게 1850년대에나 골수에 사무칠 모욕이었겠지 귀에나 들어왔을까). 조롱에 대한 반사적인 감정도 잠시, 들켰다는 생각에 얼굴이 확 달아올랐다. 남동생을 쏘아보았더니, 그는 자기는 아무 죄도 없다는 듯 뻔뻔하게 눈을 마주쳤다. 평정한 음성을 유지하려고 애썼지만, 목소리는 떨려 나왔다. "나는 성관계의 대가로 돈을 버는 친구가 없어요."

아버지는 말했다. "지엽적인 문제로 왈가왈부하지 말자. 우리를 이해하지 못하고 진리 밖에 있는 사람들과 너무 가까이 지내지 말라고 하지 않았니."

"그냥 가까이 지내지 말라고 한 게 아니라, 금지했어." 엄마가 정정했다.

"해야 할 일은 다 했어요. 내가 누구를 사귀는가 하는 건 상관하실 바가 아니에요."

엄마는 말했다. "사탄의 마수에 걸린 친구를 사귀고 있으면, 당연히 우리가 상관할 일이다. 케일럽 말로는 그 여자애가 반쯤 벌거벗은 채로 돌아다니고 관중석에서 남자애랑 뒤엉켜서 온몸을 더듬는 것도 봤다는데."

누군지 궁금했다. 에머리가 마음에 드는 대로 골랐겠지.

엄마는 명령했다. "난잡한 애와는 당장 관계를 끊고 조신하게 지내라. 우리가 널 신뢰할 수 있어야 해. 네가 그 너절한 여자애와 계속 어울리겠다면, 다른 학교로 전학시킬 수밖에 없다."

이미 남동생의 혐오스러운 눈길이 닿지 않는 곳에서 어떻게 에머리와 몰래 접선할 수 있을까, 나의 대담한 대안적 자아를 눈치나 보는 평범한 인물로 강등시키는 건 싫다, 고민하고 있는 마당에 엄마는 한층 무리한 요구를 했다.

"그게 싫다면, 엄마는 이쪽이 좋다만 아예 학교를 그만두게 할 수도 있어. 넌 이미 열여섯 살이고, 저 한심한 사람들이 우리 인생에 개입하는 걸 막으려고 마지못해 보내고 있을 뿐이지 법적으로도 넌 이제 거기서 시간을 낭비하지 않아도 된다. 진지하게 세례식 준비를 하는 것이 훨씬 중요한 일이야."

그 순간 진퇴양난의 난제는 긴급 상황으로 비약했다. 에머리의 우정은 그 자체로도 소중했지만 내게는 생명 줄이나 마찬가지였다. 함정에 빠져 있을 때는 시야가 좁아지게 마련이다. 중요한 것은 그저 빠져나가는 것뿐. 여호와의 증인에서 빠져나가겠다고 작정한 뒤 이미 그것이 가족의 울타리에서 빠져나가는 것과 같다는 현실과 씨름하고 있었지만, 그래도 그것이 감정적으로 어떤 결과를 가져올지 진지하게 생각해본 적은 없었다. 지금까지 구체적인 계획이 있었다면, 그냥 열여덟 살이 될 때까지 부모님 신앙의 엄격한 구속을 견뎌내자는 것뿐이었다. 서속의 세계에 이끌리는 마음 못지않게, 나는 그 세상이 두려웠다. 울타리의 철창 너머로 훔쳐보는 풍경은 아무 제약 없이 멍하니 바라볼 때보다 한층 현란한 법이니까. 종교의 익숙한 골방 바깥의 망망한 미래에서 어떻게 길을 찾아가야 할지 알 수 없었다. 어떤 전망이든 그저 막막하기만 했다. 하지만 이것만은 분명했다. 가족 친지의 도움 없이 고등학교 중퇴자로서 그 낯선 풍경을 뚫고 가야 한다면, 내게는 희망이 없을 것이다.

의외일 수 있겠지만, 엄마가 던진 두 개의 대안 중에서 후자가 한층 세게 나를 후려쳤다. 아직 미성년자였기 때문에, 먹을 것과 쉴 곳이 필요했기 때문에, 부모님의 기대에 순종하는 것이 생존하기 위해 치러야 할 대가였기 때문에, 나는 내면에서 이미 포기한 신앙을 그저 겉으로만 따르는 척 하루하루 살아가는 스스로를 용서할 수 있었다. 하지만 세례식은 자아의 핵심을 부정하는 행위였다. 여호와의 증인이라는 종교가 인정하고 싶지 않을 정도로 내면 깊이 자리하고 있었는지, 나는 그 맹세를 진지하게 여겼다. 너무 진지해서 차마 맹세 자체를 할 수 없을 정도로. 성호를 긋고 몸을 물에 담그는 행위는 내게 선택지가 아니었다.

"하지만 열여섯 살은 여호와의 증인 세례를 받기에 제일 어린 나이잖아요." 나는 법적인 성인으로 탈출구를 마련할 수 있을 때까지 이 겟세마네 동산에 올라가는 행위를 미룰 수 있을 것이라 생각했다.

"그건 그렇지." 아버지는 내 편을 들어준답시고 맞장구를 쳤다.

"올바른 행동을 하는 데 너무 이른 나이라는 건 있을 수 없어." 엄마는 식탁에서 일어서며 행주로 손을 닦았다. "장로님들께 네가 신앙 공부를 시작하고 싶어 한다고 말해두마. 그 행실 가벼운 애한테는 이제부터 어울리지 않겠다고 알리되 직접 만날 필요가 없어. 편지를 써라. 전화번호부에 그 집 주소가 있잖니. 간단하게 써."

모든 것이 순식간에 흘러갔다. 그때 내 감정이 정확히 어땠건 그걸 떠나서, 루스 가족이 같이 살자고 초대해준 것은 에머리 부모님은 물론 에머리 입장에서도 액면가 그대로 어마어마한 후의였다. 속마음을 털어놓고 점심시간을 함께 지내는 것과 어머니, 아버지, 여동생, 침실을 공유한다는

86

것은 전혀 다른 문제다. 내게 특히 끔찍했던 것은 세례식이었지만, 에머리 부모님이 그렇게 전격적인 제안을 하게 된 것은 고등교육을 중단시키겠다는 협박 때문이었다. 모든 사람이 일종의 종교를 하나씩 가지고 있다. 에머리 아버지 데이비드는 역사 교수였고, 어머니 켈리는 계약법 변호사였으며, 두 분 다 배움을 숭배했다. 졸업은 그들에게 세례식과 같았다. 가족끼리 특별한 행사가 있어서 딸을 데리러 학교에 찾아왔을 때 몇 번 지나치듯 만나본 것뿐이지만 내 친구가 그간의 사정을 꾸준히 알려두었기 때문에 광신도들의 손에서 가련한 피해자를 받아들이자는 결정이 신속하게 이루어졌을 것이다. 구개열 기형이 있고 코에 파리가 끼는 아프리카 아동에게 매달 3달러씩 지원할 수 있을지는 몰라도, 미개한 부랑아에게 우리 집에 들어와 살자고 말해주는 후원자는 드물다.

부산하게 쉬쉬하면서 말이 오갔던 것은 고작 이삼일이었지만, 그새 엄마는 에머리에게 네가 나쁜 영향을 끼치고 있다, 하느님을 찾길 바란다, 그러지 않으면 곧 닥칠 여호와와 세속 국가 사이의 전투 속에서 너는 이 땅에서 사라져버릴 것이다, 네가 개종하지 않는다면 우리의 잘못된 우정은 끝이라는 내용의 편지를 쓰라고 강요했다(짧게 쓰라고 본인이 경고했으면서도, 옆에서 내용을 불러주었던 엄마가 오히려 자제하지 못했다. 여호와의 증인들은 장황한 사람들이다). 내가 그 집으로 옮겨 간 뒤에 우체통에 도착한 편지를 에머리가 받았고, 우리는 편지를 액자에 끼워놓았다. 볼펜으로 쓴 필적이 거의 알아볼 수 없을 정도로 빛바랜 그 편지는, 안타깝게도 이제 시간이 꽤 흐른 일이지만 마지막에 내가 에머리의 아파트를 찾았을 때도 여전히 책장 옆에 걸려 있었다.

약속한 그날 아침, 나는 주의를 끌지 않도록 평소 매는 배낭에 얼마 안

되는 짐을 꾸렸다. 평소와 달리 엄마 뺨에 키스했고, 고개를 갸우뚱할 정
도로 아빠를 오랫동안 열렬히 포옹했다. 나는 학교로 출발했다. 그리고 다
시는 돌아가지 않았다.

켈리가 다그쳐서, 나는 마비될 듯한 두려움을 이기고 그날 밤 집에 전
화했다. 불행하게도 전화를 받은 것은 엄마였다. "엄마, 나예요. 걱정하지
마시라고 전화했어요. 난 친구 집에 있어요. 그…… 매춘부요."

정적이 흘렀다.

"그건 그렇고 당분간 이 집에서 지내려고 하는데……."

엄마는 전화를 끊었다.

켈리는 아마 시간이 흘러 모두 진정되면 서로 보고 싶을 거다, 부모님
에게는 내가 얼마나 학교에 계속 다니고 싶어 하는지 깨달을 기회가 될
거라고 했다……. 나는 집주인의 말을 잘랐다. 이미 공동체에서 나에 대한
제명 절차가 진행되고 있을 것이다. 왕국회관 사람들에게는 절대 나와 엮
이면 안 된다는 명령이 내려져 있을 것이다. 우리 가족에서 나는 지워진
거다. 죽은 것보다 못하다고 말했다. 문득 나는 이제 갈 곳 없는 딸의 친구
가 꼼짝없이 자기 책임이라는 사실을 이 친절한 여자분이 모르는 것 같아
걱정스러워서 말을 끊었다. "저기, 물론 댁에서 절 내보내고 싶으시다면
요." 나는 얌전하게 덧붙였다. "제가 장로님들에게 용서를 빌면 처벌 정도
로 끝날 수도……."

켈리는 절대 용납할 수 없다고 했다. 그녀는 에머리 방에 여분의 트윈
침대를 꾸며주었다. 그리고 에머리의 여동생 펠리시티가 내 긴 회갈색 치
마와 펑퍼짐한 회색 스웨터를 보고 영화 〈올리버〉 세트장에서 온 사람 같
다고 품평하자 쉿 하며 입을 막았다. 켈리는 맥앤치즈를 준비하면서 주

말에 같이 새 옷을 좀 사러 나가자고 조용히 말했다. 저녁을 먹은 뒤 나는 『파수대』를 읽지 않아도 된다는 생각에 행복하게 몸을 말고 누워 이 집 책장에서 『허영의 불꽃』 하드커버를 꺼내 읽었다. 곧 루스 집안에는 내가 자기네 '증인 보호 프로그램'에 들어왔다는 농담이 생겨났다.

3장

　켈리와 데이비드의 격려하에 나는 볼테르대학교에 지원했다. 에머리
가 다니게 된 곳이고 그녀의 아버지가 가르치는 대학이었기 때문이라도
갈 이유가 있었는데, 막상 떨어지고 보니 민망했다. 나는 인근 펜칼리지를
택하면서 학비가 싼 공립대학에 가게 된 것이 반가운 척했고 예산 부족에
시달리는 그 대학의 위대한 도서 프로그램에 대해 떠들었지만, 볼테르대
학교에 떨어진 것은 속이 쓰렸다(재미있는 것은, 요즘 '속 쓰리다smart'라는 속어
는 상처받았다는 의미로 사용되지 않는다. "그가 날 능가했어He smarted me!"에서처럼
한동안 정신적으로 열등함이 드러났다는 뜻의 타동사로 사용되었고, 곧 '지능 망신 주
기'라는 비난이 더 흔해졌다). 돌아보면 내가 어떤 대학에 갔든 그것은 중요하
지 않았지만, 그 시절 어느 열여덟 살짜리에게 물어봐도 답은 같을 것이
다. 당시에는 말도 안 되게 중요한 것 같았다고.
　진정한 성인기를 미루기 위해 석사학위를 딴 뒤—더 많은 이십대 애송

이들이 어른의 책임을 기꺼이 받아안으려 한다면, 수많은 대학원 과정이 망할 것이다—나는 지방대학 시간강사를 전전했는데 다른 일은 상상할 수 없었기 때문이었다. 강사 급여는 짰지만 혜택은 상당했다. 수영장 사용권 같은 것을 말하는 것이 아니다. 돌아보면 나는 내가 책임지고 있는 학생과 거의 비슷한 나이였고, 술집 같은 중립적인 장소에서는 괜찮은 연애 상대처럼 보였을 것이다. 스물여섯 살 여자가 열아홉 살 난 연하남과 사귀는 것을 보고 아무도 굳이 눈썹을 찌푸릴 이유가 없었다. 하지만 그들을 가르친다는 사실 때문에 그들은 내게 접근 금지였다. 1998년, 대부분의 학교에서 아직 학생과 교수 사이의 관계에 대해 엄격한 지침이 없었던 시기지만, 그런 종류의 어울림이 빈축을 살 수 있다는 것을 직감하기 위해 굳이 지침서를 읽을 필요는 없었다. 따라서 상상은 더욱 유혹적으로 다가왔다.

이십대 시절 나는 약간 자유분방했다. 원래 그것이 보통이겠지만, 대다수 청년들에 비해 내 삶의 중심은 조금 더 흔들렸다. 과거와 가차 없이 단절되어서 가족도 믿음도 없었고 나를 붙잡아줄 만한 것도 전혀 없었으니까. 나는 불손한 1990년대 그런지 문화에 취해 좁은 아파트에서 픽시즈와 스매싱 펌킨스를 틀고 이웃이 항의할 때까지 난장판을 벌었다. 자유란 단순히 뭔가를 할 수 있는 자유이기만 한 것이 아니라 스스로 절제를 행사하는 자유이기도 하다는 사실을 깨닫지 못한 채, 나는 자유에 마냥 들뜨고 설렜다. 간단히 말해 나는 상당수의 남자들과 잤다. 돌아보면 너무 많은 수였다. 자도 되기 때문에, 잤다. 그중 정말로 즐겼던 만남이 몇 번이나 있었는지 모르겠다.

그러나 나는 파브리치오를 즐겼다. 그는 1학년 작문 시간에 뒷자리에 푹 몸을 묻고 앉아 있던 이탈리아 남학생이었는데, 내게서 눈을 떼지 않았다. 몇 주 동안 그 서늘한 눈빛은 도발적으로 보였다. 그도 수업에 참여했지만, 대체로 내 전문적인 지식에 도전하기 위해서였다. 생각이 아직 마무리되지 않았다면, 완성된 문장 끝에 쉼표를 찍는 것이 뭐가 잘못됐나? 이런 식이었다. 에세이 쓰는 솜씨는 보통이었지만, 주제는 독창적이었다. 그는 작은 이야기 속에서 더 큰 진실을 끌어내는 재주가 있었다. 이탈리아인의 상투적인 특징이지만 그는 강한 도덕적 신념에 따라 사는 사람 같았고, 나는 그 점에 반응했다. 아마 내게 그런 신념이 없었기 때문이었을 것이다. 수업을 마치면 그는 강의실에 마지막까지 남아 내 책상 옆에서 미적거리면서 방금 강독 중에 내가 가르친 문법이나 문체의 법칙과 어긋나는 예를 찾아내서 지분거리곤 했다(나도 '법칙'에 그렇게 연연하지는 않았지만, 작문 가르치는 법을 내게 알려준 사람은 아무도 없었고 나도 어떻게든 수업 시간을 채워야 했다). 일대일 개별 면담 기회가 생기면, 그는 언제나 마지막 순서를 신청해서 끝까지 남았다. 내 누추한 베이지색 사무실에서 주고받는 과열된 재담에는 서로 신경을 건드리고 집적거리는 미묘한 분위기가 있어서 나를 흥분시켰다. 그는 절대 내 지적을 받아들이지 않으려 했고 문법에 맞지 않는 수식어를 두고 끝까지 고집을 부렸다. 우리가 벌이는 진짜 게임이 표면에 가까이 올라올 때마다 한층 위험하게 느껴졌고, 따라서 가식을 그대로 유지하는 것이 더욱 중요했다. 나는 선생님이고 파브리치오는 학생에 지나지 않았으니까, 우리는 그의 논증을 개선하는 수업을 하는 중이었으니까.

그 가을 학기를 우리가 어떻게 무사히 넘겼는지 모르겠다. 학내 규율에 워낙 무심했기 때문에 대학 본부에 잘 보이기 위해 그에게 손대지 않는 것은 아니었다. 차라리 누가 물 밑에서 오래 숨을 참고 있는지 경쟁하고 있는 것 같았다는 표현이 맞을 것이다. 게다가 일단 둘 중 하나가 무릎을 허벅지에 스치고 그대로 있기라도 하면, 거기부터는 완전히 다른 세상이 펼쳐질 것이고 뭔가가—우리 사이에 부적절한 상황은 전혀 없다는 감질나는, 애타는, 짐짓 과장된 거짓 같은 것이—사라질 것 같았다.

학기 말 수강생 모임에서 나는 맥주 피자 파티를 열었고, 몸을 훤히 드러내는 드레스를 입고 참석해서 큐대를 들고 당구대에 몸을 기댔다. 모두 상당히 취했고 파브리치오와 나도 약간 선을 넘었는지도 모르겠지만, 그때 나는 '뭐 어때?' 하는 생각이었다. 학생들 전체가 파브리치오와 컨버스 강사가 그렇고 그런 사이라는 걸 다 알고 있는 것 같았다.

간략하게 말해, 우리는 그날 밤 그의 기숙사 방에서 관계를 진전시켰는데, 그토록 오랫동안 전희를 벌여온 것을 감안할 때 정작 경험 자체는 급했고 묘하게 시시했다. 파브리치오는 크리스마스 휴가 때 고향으로 돌아갔고, 그동안 우리는 서로 연락하지 않았다(둘 다 당황했던 것 같다). 봄학기 초반—하필 2월, 내 스물일곱 번째 생일에—나는 임신했다는 것을 알았다. 나는 그에게 말하지 않았다.

자신을 통제하지 못한 나에게 극도로 화가 났다. 어린 시절부터 내가 무엇보다 원했던 것이 있다면, 그것은 내 인생에 대한 통제력이었다. 그다지 똑똑하지 않은 이탈리아 남자의 피를 절반 받은 아이가 덜컥 생겼는데, 반대쪽 절반인 나 역시 아이의 지능 측면에서 별 도움이 되는 바가 없다니. 우리 둘 다 관계를 가진 것은 실수였다는 것을 알고 있었지만, 아버지가 된다는 것이 열아홉 청년의 미래를 얼마나 숨 막히게 하든 말든 상관없이 파브리치오는 운명으로 묵묵히 받아들일 유형이었다. 용감하게 잘못을 인정하고 죗값을 치르는 것이야말로 분명 그의 윤리관의 핵심이었다. 앞머리 선이 벌써 뒤로 물러나기 시작하고 영화 취향이 〈오스틴 파워〉 정도에 머무르는 남자가 영원히 내 인생의 한 부분이 될 수도 있다는 이야기였다. 낙태는 가족의 계율을 극단적으로 위배한 것이었고, 내게도 아무 기쁨을 주지 않았다.

스물일곱 살은 전통적인 방식으로 아이를 가지는 것을 포기하기에는 약간 이른 나이이니, 여기서 설명이 필요하겠다. 나는 내가 우리 부모님보다는 나을 거라는 전제하에 언젠가 아이를 가질 거라고 이미 계획하고 있었다(기준이 워낙 낮기는 하지만). 웨이드와 같이 살면서 타인을 보다 신뢰하게 되었다고 생각하지만, 당시만 해도 자기 자식이라는 내밀한 존재를 내가 절반만 소유한다고 생각하면 몸서리가 쳐졌다. 나는 내 자식이 전적으로 내 것이기를 원했다. 자식을 구성하는 유전자를 고르는 일을 우연에 맡긴다는 것도 싫었다. 오전 11시가 아니라 오후 2시 1학년 작문 수업을 선택한 꾸물거리는 남자에게 도박을 걸다니. 나는 정자 쇼핑을 시작했다.

여기서 내가 기증자 명단에서 지능 수준이 높은 사람을 남기고 걸러냈다는 이야기까지 하면, 요즘 같은 세상에 동정표를 얻기란 불가능한 일일 것이다. 하지만 후회는 없다. 나는 익명의 일본인 신사의 분비물을 최소한 하나 이상의 형제자매까지 둘 수 있을 정도로 충분히 구매했는데, 그의 지능지수는 146이었다. 그렇게 나온 게 다윈이었고, 그 이름과 생물학적 부친 둘 다 내가 버리고 온 신앙에 대한 의기양양한 조롱이었다. 여호와의 증인은 진화론과 인공수정 둘 다 개탄했으니.

다윈은 얌전하고 경계심 많은 아이였는데, 세월이 흐르면서 혹시 아이가 아버지의 신상 명세와 정반대로 다른 아이들보다 발달이 느린 것이 아닌가 하는 걱정이 들었다. 정자은행이 내게 거짓말을 했나? 아이는 뭔가 손에 붙잡을 수 있는 것을 갖고 싶을 때만 울었고, 옹알이나 귀여운 소리를 낸 적도 없었다. 첫돌이 지나기 전에, 최소한 18개월 안에 '엄마!' 소리는 내봐야 하는 거 아닌가? 하지만 걱정할 필요는 없었다. 두 살 때 마침내 말을 시작했을 때, 다윈은 자음을 또렷하게 발음했고 문법적으로 완전한 문장을 만들 줄 알았다. 아이의 입에서 맨 처음 나온 말은 "포도주스 좀 주세요"였다.

그래서 다윈에게 똑같은 두뇌를 지닌 친구를 선물하기로 했을 때, 둘째 잔지바는 약간 예술적인 기질 쪽으로 기울어지긴 했지만 역시 탁월한 아이로 태어났다.

나는 다윈과 잔지바가 같은 부모에게서 태어났다는 것이 흡족했다. 둘은 어울리는 한 쌍이었다. 둘 다 질문하듯 얇고 높은 속눈썹, 달걀 껍데기 같은 얼굴, 새까만 직모였지만 다윈의 머리카락은 약간 위로 뻗쳤고, 잔지바는 긴 머리였다. 둘은 사이가 좋았다. 겨우 두 살 터울이었지만, 성별이 달라서 경쟁심이 누그러지는 데 도움이 되었다. 자주 있는 일이었지만, 말하지 않고 있을 때도 같이 있으면 미묘한 분위기가 감돌았다. 둘은 주파수가 잘 맞았다. 손이 많이 가지 않았고, 디지털 베이비시터의 도움이 없어도 혼자 잘 놀았다. 솔직히 재수 없이 들릴 수도 있고 질투하라는 뜻은 아니지만—곧 그런 마음이 없어질 것이다—2004년 웨이드가 미혼모와 같이 사는 것이 그렇게 쉬웠던 이유 중 하나는 내 아이들이 완벽했기 때문이었다.

웨이드는 빈사 상태의 참나무 때문에 예전 셋집 지붕이 무너질 위험이 있었을 때 나무를 잘라내기 위해 집주인이 보낸 호리호리하고 마른 목공이었다. 그는 흔히 '수목관리사'라고 부르는 직업이었지만, 본인은 '나무

의사'라는 호칭을 더 편하게 여겼다. 처음부터 내게 그는 정신 나갈 정도로 매력적이었다. 한 다발로 묶은 숱 많은 검은 머리, 갸름하고 사색적인 얼굴, 강한 콧대와 높이 솟은 이마, 부정적인 비유만 아니라면 말 같은 인상이었는데, 사실 '말 얼굴'이라는 표현은 비하어로 분류될 이유가 없다. 오랜 세월 실외에서 일해서 볕에 그을린 피부는 올리브나무색이었고, 육체노동을 직업으로 가진 사람답게 온몸에 근육이 발달한 탄탄한 몸매였다. 툭 튀어나온 쇄골 그리고 나는 언제나 목젖이 솟은 남자에게 약했다. 그가 집에 도착한 순간부터, 나는 마치 간식을 달라고 낑낑거리는 강아지처럼 그 낮게 처진 엉덩이와 굵은 팔뚝을 졸졸 따라다녔다. 참나무 위치를 알려준 뒤 나는 곧장 집 안에 들어가서 하던 일을 계속했지만, 작업이 진행되는 서너 시간 동안 틈만 나면 정원에 나가서 아도니스 같은 남자가 나무둥치에 몸을 묶고 소형 전기톱으로 가지를 잘라내는 모습을 뻔뻔스러울 정도로 빤히 쳐다보았다. 그는 왜 계속 거기 계시냐는 듯한 시선을 내게 보내지는 않았다. 그렇게 끝내주는 몸매라면 나뭇잎으로 위장한 자신의 모습을 동경하듯 감상하는 여성 고객들의 눈길에도 워낙 익숙했을 것이다.

나는 볼테르대학교의 동료 학자들과 최대한 적게 어울렸다. 대학에서 주로 영어를 가르쳤는데, 에머리와 달리 나는 잘하는 것이 별로 없었기 때문이다. 아니, 사실상 잘하는 것이 아무것도 없었다. 나는 뭘 잘 못하는 사람이 남을 가르치는 일을 한다는 금언에 모욕감을 느낀 적이 없었다. 그게 난데 뭘. 나는 아무것도 할 수 없었다. 지어낸 이야기를 읽기만 하는 일로 돈을 주는 직업을 찾아내다니 터무니없을 정도로 솔깃했지만, 학계는 견딜 수 없이 답답했다. 현실과 유리되고 중요하지도 않은, 심지어 때로는 맞지도 않는 교수들만의 용어. 그래서 나는 손으로 만질 수 있는 세상과 일차적인 관계를 형성하고 있는 남자에게 반응했다. 곧 알게 되었지만, 그는 변기 뚫기나 생선 내장 손질 같은 일들을 꺼리지 않았다. 옥스퍼드 영어사전 정식판을 꽂아도 젖은 석고보드가 무너지지 않을 정도로 단단하게 브래킷을 달 수 있었다. 나는 손재주가 없었다. 의미론보다 물질세계를 두려움 없이 다루는 이런 남자가 내게는 더할 나위 없이 섹시했다.

신화적으로 전해지는 웨이드 하빅의 지능지수에 대해서는 아는 바가 없다. 근본주의자들의 주장대로 그가 '인간성의 가치를 몇 자리 숫자로 환원시키는' 행위를 한 적이 있는지는 모르겠지만 그는 지능지수를 내게 알려준 적이 없고, 이제 지능검사가 법적으로 금지되었으니 영영 알 수 없게 되었다. 하지만 분명 그는 멍청하지 않았다. 직관은 합리적이었고, 별로 아는 것이 없는 주제에 대해서도 그랬다. 게다가 그의 학구적인 능력은 논점이 아니었다. 그는 물리적인 세계가 어떻게 작동하는지 잘 알았다. 물질에 대해 웨이드가 통달한 것은 일종의 평행 지능 같은 것이었고, 나는 책에서 배우는 종류의 지식보다 어쩌면 그런 것을 더 높이 평가하고 있는지도 모른다.

앞으로 하게 될 이야기와 우울할 정도로 관계된 부분이니, 웨이드 하빅이 전통적인 캘리포니아 권위주의 성향 F-척도에서 정확히 어디에 위치하는지 생각해보는 것도 가치가 있을 것이다(이것도 일종의 권위주의에 대한 굴복이긴 한데, 자기 자신의 판단을 지나치게 신뢰하는 경향을 제외하면 나 자신의 성향은 0에 해당한다고 자부한다). 웨이드는 아첨하지 않았지만, 권위에 대한 태도는 회피적이었다. 사회생활에서는 자영업으로 일하면서 위계 관계를 피했다. 정치적 잡음에 대해서는 본능적으로 '음소거' 버튼을 눌렀다. 그는 참여하지 않았다. 갈등을 피했다. 검사 예약 일정을 잡아놓아도 그 자리에 나타나지 않아서 권위주의 척도에 자기 자리가 없을 사람이었다.

나보다 다섯 살 연상인 웨이드 하빅은 극도로 사적인 사람이었다. 자기 혼자 있는 것을 좋아했다. 침묵을 사랑했다. 숲을 사랑했다. 할 수 있는 한 최대한 온라인 활동을 피했고, 요리와 음식을 좋아했다. 그에게 딱 어울리는 표현이지만, 통나무처럼 잤다. 섹스도 좋아했다. 우리 집 벽난로에 땔 참나무를 잘라준 뒤 와인과 간식을 먹으며 잠시 쉬는 동안, 나는 그의 접합 기술을 살짝 맛보았다. 우리는 장부이음처럼 서로 잘 들어맞았다.

망설임도 조바심도 전혀 없이, 그는 낡은 더플백 두 개에 자기 세간 전부를 꾸려서 곧 우리 집에 들어왔다. 그는 조용한 사람이었고, 과묵한 사람이 곁에 있으니 편안했다. 나는 어느 모로 보나 조용한 사람이 아니지만, 말수가 적은 동반자는 내게 여유를 더 많이 내주었다. 그렇다 보니 그가 입을 열 때면 반드시 주의를 기울여 들어야 한다는 확실성도 중요해졌다.

어머니로서의 경험이 그토록 평온하다 보니 셋째에 대해서도 긍정적이었지만, 같이 살기 시작한 첫해에 웨이드가 이야기를 꺼냈을 때 나는 클리닉에 아직 저장되어 있는 마지막 똑똑이 정자 몇 숟가락을 사용하면 된다고 태평하게 생각했다. 그러면 셋 다 한 부모일 것이고, 셋 다 똑똑할 테니까. 하지만 나는 이런 생각이 상대에게 상처를 준다는 것을 알게 되었다. 서른여덟 살의 웨이드는 자식을 둔 적이 없었고 생물학적인 아버지가 되고 싶은 것 같았다. 그래서 나는 양보했다. 아이가 우리의 '가식(그는 '창의성'이라는 표현을 썼지만 솔직한 속뜻은 그것이 아니었다)' 때문에 쓸데없는 주목을 받고 고통받는 것은 원치 않는다고 해서, 19세기 자연과학자나 인도양 어딘가에서 주운 희한한 이름 대신 '일반적인' 이름을 고르자는 그의 뜻도 존중했다. 딸의 유치원 친구들 이름 중에 '히아신스' '세쿼이아' '마지 킨' '야밀렛' '과달루페' 같은 이름이 있는 것을 보면, 그의 직감이 구닥다 리였던 모양이었다. 결국 '루시'라는 평범한 이름이 가장 튀었다.

아버지를 선택하는 과정에서 항복하고 나니 희생이 따랐다. 루시와 언 니 오빠 사이의 간극이 나이만으로 설명할 수 없을 정도로 너무나 컸다. 여동생을 대할 때, 다윈과 잔지바는 자상하고 배려심이 많았고 정중했다. 하지만 주파수가 맞지 않았다. 첫째와 둘째가 이해할 수 있을 정도로 자랐 을 때—워낙 빨리 세상을 이해하는 아이들이다 보니 그래도 아주 어렸을 때였다—나는 우편 주문한 아버지에 대해 솔직하게 알려주었다. 루시는 이부동생이라고 대놓고 말하지는 않았지만, 두 아이는 처음부터 막내가 똑같은 재료로 되어 있지 않다는 것을 눈치챈 것 같았다.

그 점은 내 눈에도 보였다. 네 살쯤 되자 두 아이는 북실북실하고 알록 달록한 동물 인형들이 약간 모욕적으로 다가왔는지 〈세서미 스트리트〉에 시들해졌다. 둘 다 네 살에 글을 뗐고, 그 아이들을 가르치는 것은 너무나 쉬웠다. 'L' 소리를 한 번 이상 설명할 필요가 없었다. 그 나이에 숫자도 셀 줄 알았던 것은 물론이고, 다섯 살이 되자 여러 숫자의 덧셈과 뺄셈도 가 능했다. 좀 더 열심히 시켰더라면, 다윈은 1학년 때 2학년 수준의 대수학 도 마쳤을 것이다.

잔지바는 여덟 살에 이미 크레용으로 카라바조 뺨치는 그림을 그렸다. 게다가 조잡한 교습용 운지법 차트만으로 리코더 주법을 읽혔다. 그 못생 긴 갈색 플라스틱 관에서 어떻게 그렇게 꽉 찬 소리를 내는지 알 수 없을 지경이었다. 나는 곧장 나무로 된 악기를 사주었다. 노래도 나이답지 않 게 음정이 정확했다. 친구들이 모으고 자기가 대장을 맡아서 즉흥극 줄거리를 짜고, 역할을 고안하고, 연출을 맡고, 심지어 주인공 역할까지 했다. 부모의 자식 자랑은 따분하기 마련이고, 굳이 말할 것도 없겠지만, 나는 #83748번 정자 기증자가 그저 수학만 잘한 게 아니라 팔방미인이 아니었나 생각하게 되었다.

반면 루시는 다섯 살에 아직 알파벳 노래도 버거운지, 이 노래에서 중요한 것은 멜로디가 아니라는 것도 모르고 그냥 나나나, 나나나, 나나나나로 따라불렀다. 'A' 자 하나를 익히게 하기 위해 피곤할 정도로 여러 번 반복해야 했다. 주의가 산만했고 쉽게 흥미를 잃었다. 다음 날이면 A 쓰는 법은 물론 A라는 글자가 있는지조차 기억하지 못했다. 루시는 활기 넘치는 꼬마였고 장난기가 많았는데 그것이 유일하게 조숙한 점이었다. 자기 자식에게 이런 말을 하다니 너무 지독한 부모 아니냐고 하겠지만, 최소한 오빠와 언니에 비하면 루시는 내게 약간 따분했다.

너무 쌀쌀하게 들린다면, 진작 털어놓았듯 나는 나 자신도 특별히 똑똑한 사람으로 여기지 않았고 남들에게 그런 평가를 받은 적도 없었다. 하지만 이런 고백이 남에게 환심을 사려는 자기 비하로 오해받는 것도 원치 않는다. 동정을 얻고자 하는 것은 더더욱 아니다. 그보다 나는 닥쳐올 집중포화를 피하고 싶었다. 겉보기에 불쾌할 수도 있는 내 의견이 타인을 억누르려는 사람의 비겁한 자기중심적 정당화로 치부되면 곤란하다. 게다가 지능 그 자체는, 내 특기가 아니고 과거에도 아니었다. 내 특기는 '반항'이다.

반항에는 대가가 따랐다. 볼테르는 펜실베이니아주에서 세 번째로 큰 도시인데, 꽤 넓어서 우연히 길을 가다 아는 사람을 마주치는 일이 자주 일어나지는 않지만, 한편으로는 꽤 좁아서 가끔 그런 일이 실제로 일어나기도 한다. 소원해진 가족을 길에서 우연히 마주칠 때마다, 나는 똑바로 쳐다보는 것을 원칙으로 했고 이따금 눈썹을 치켜세우거나 냉소적으로 손을 흔들기도 했다. 그 쾌활한 뻔뻔함과 은근한 익살은 연기다. 그럴 때마다 사실 내 심장박동은 두 배로 빨라지고, 위산이 목구멍까지 치밀어 올라온다. 그쪽은 소화전 바라보듯 무관심을 가장하고 나를 무시하며 아무렇지 않게 지나치니까, 그 이상 내게 무슨 짓을 할지 긴장할 일도 딱히 없는데 말이다. 세 번인가 네 번 엄마와 마주쳤을 때, 나는 그 원한 서린 독한 즐거움을, 어린 시절 내내 익히 보았던 그 특유의 즐거움 없는 즐거움을 감지할 수 있었다. 단 한 번 혼자 길을 걷던 아빠와 마주쳤을 때, 아빠는 감정이 잔뜩 담긴 눈빛을 내게 보냈지만 돌아서서 반대 방향으로 서둘러 가버렸다. 오빠와 남동생은 한 번도 전열을 흐트러뜨린 적이 없었다. 그들은 이제 어른이 되어 각자 가족을 꾸렸지만, 아마 조카들은 자기들한테 고모가 있다는 사실조차 모르고 있을 것이다.

의도하지 않았지만, 나 역시 내 아이들에게서 친척을 빼앗았다. 엄마가 변절자였기 때문에 아이들은 조부모와 삼촌, 사촌들과 아무 접촉 없이 자랐고, 그중 한 사람도 만난 적이 없었다. 다원과 잔지바의 아버지는 익명이고 웨이드는 외아들이니 빈약하나마 직계가족은 웨이드의 부모님뿐이었지만, 두 분은 플로리다로 이주한 뒤로 거의 뵐 일이 없었다. 혈연이 부재한 상황에서 가족의 더 넓은 사회적 울타리를 위해 나는 친구 몇몇에 의존했고, 그중 특히 한 명이 큰 비중을 차지했다. 켈리와 데이비드가 내게는 양부모나 다름없었지만, 그것조차 한층 더 에머리 루스에게 불균형적으로 의존하는 결과를 낳았다. 버젓이 성인이 된 뒤에도 '단짝'이라는 청소년기에나 쓸 만한 호칭으로 부르고 있었으니 말이다.

돌아보면, 과연 에머리도 나를 똑같은 호칭으로 부른 적이 있었을까.

　요약하자면, 여호와의 증인이 단호히 '세속에서 분리되어' 존재하고자 한다면 나 역시 마찬가지로 단호히 여호와의 증인과 분리되어 존재하고자 한다. 그러나 이런 반대항에 대한 의존은 내 성격상 약점이기도 하다. 나를 이루는 근간이 무언가에 대한 거부라는 사실이다. 나는 부정으로 이루어진 구조물이다. 대다수 사람들이 신념을 저장하는 공간에, 나는 내가 믿지 않는 것들을 차곡차곡 쌓아 올린다. 내게는 열정적인 수용보다 격렬한 불호가 쉽다. 스스로 무언가를 하고 싶다는 마음보다 남들에게서 무언가를 하라고 지시받는 것에 대한 혐오감이 크다. 나는 여전히 자극에 반사적인 사람이고, 그건 그 나름대로 생각 없는 방식이다. 나는 여호와의 증인이 금지하는 것은 뭐든지 행동하고 말한다. 성격상 애국적인 사람인지는 모르겠지만, 나는 매년 현충일과 독립기념일에 국기를 내건다. 욕을 하지만 비교적 늦게 배웠고, 내가 가끔 입에 담는 욕설은 부자연스럽고 심지어 참하다 싶기도 하다. 두 아이는 여호와의 증인에서 금지하는 인공수정으로 가졌다. 나는 아직도 심장협회보다 구세군 중고가게를 더 좋아한다. 별로 좋아하지도 않으면서 피순대를 이따금 의식처럼 사들인다. 내 큰딸 맹장에 단 하나 장점이 있었다면 자유롭게 수술에 동의할 수 있다는 사실이었다. 나는 대학 교육을 받았을 뿐만 아니라 석사학위를 땄고, 펜칼리지에서 시간강사로, 이후 볼테르대학교 영문과 강사로 일하는 동안 언제나 내 어린 시절의 전제군주들이 최대한 경멸할 만한 독서 목록을 작성했다.
　비록 공허하고 파괴적일 수 있다 해도, 반대는 내게 무엇인가를 추구하는 긍정적인 동력이 절대 따라올 수 없는 에너지와 인내심을 심어주었다.

어두운 감정은 밝은 감정보다 더 강력하고 더 오래 지속된다. 자동차 탱크에 역겨움과 격분, 분노, 적개심 같은 것을 주입한다면 까마득한 지평선까지 힘차게 달려갈 수 있겠지만, 자비와 공감, 감사, 용서에서 추출한 원료로는 몇백 미터 못 가 털털거리다 길가에 서버리고 말 것이다. 따라서 나는 어린 시절 축적한 타는 듯한 원한이 성미 고약한 노년기까지 나를 추동하는 힘이 될 거라고 오래전부터 믿어왔다.

　하지만 중년으로 접어들면서 이 활활 타오르는 반독선의 불길이 언젠가 사그라드는 게 아닐까 차츰 걱정스러운 마음이 들기 시작했다. 어쨌든 2010년경, 나는 자칫 안온한 자족에 빠져들 위험에 처해 있었다. 말도 안 되게 큰 집, 끝내주게 잘생기고 든든한 동거인, 건강한 세 아이, 적어도 그 중 둘은 영재, 비록 일 자체에 대한 열의는 없지만 어쨌든 여름방학과 긴 휴가가 보장되는 직업, 가까운 평생 친구. 하지만 걱정할 것까지는 없었다. 인간이란 존재가 원래 그런 것이지만, 새로이 경멸할 대상은 언제나 곧 나타나기 마련이었으니.

평행력 2012년

1장

에머리의 '소나기 피하기' 전략에는 많은 장점이 있었다. 몸을 낮추고, 회색 군복을 입은 사막의 군인처럼 위장한 채 세상을 조심스럽게 상대하고, 새로운 언어적 금지에 고분고분 순종하고, 한때 주류였던 인식을 억누르고, 시대에 역행하고, 튀지 않으면 된다. 이단적인 비밀은 미리 철저하게 검증된 비슷한 생각을 지닌 사람끼리 소규모로 모일 때나 공유했다. 모임은 드물었고, 문을 잠그고 휴대전화를 꺼야 했다. 2012년 당시 나는 에머리가 칭찬했던 '좋은 습관'을 이미 오래전에 체화한 상태여서 특이한 생각이나 취향이 의심스러운 농담 같은 것은 절대 글이나 이메일에 남기지 않았다. 덕분에 내 편지는 따분해졌다. 가만히 웅크리고 있으면 모래 폭풍은 절정에 다다랐다가 사그라들 것이다. 역사적인 관점에서 우리가 별로 튀지 않는다면 그 점에서는 동지가 많을 테니 포괄적인 사면의 가능성도 높았다. 무엇보다도 우리는 살아남을 수 있을 것이다.

잔뜩 웅크린 채로 지적평등주의 열풍이 잠잠해지기를 바라는 것이 성격상 맞지 않는다는 사실을 제외하고는 모든 것이 괜찮았다. 게다가 사회적 히스테리는 가만있지 않는다. 동력을 잃지 않으면 점점 더 악화된다. 이 경우는 점점 더 악화되고 있었다. 성공만큼 명분을 약화시키는 것은 없기 때문에, 급진적인 움직임은 요구수준을 점점 더 높이고 있었다. 십자군은 목표가 실현되어 자기들의 존재 가치가 사라진 데 대해 분개한다. 약속된 땅에 도달하면 상실감에 빠진다. 낙원의 오아시스에서는 코코넛 물을 마시는 것 말고 할 일이 별로 없다. 그러니 여정은 결코 완수되어서는 안 된다. 목표는 손에 닿지 않는 곳에 있어야 한다. 도달할 수 없는 완벽한 불가능성을 유지하기 위해, 원하는 목표 지점은 한층 극단적으로 변한다.

분명 많은 문화적 희생자는 하찮은 것들 같았다. 내 아들은 다윈상 취소 소식에 화를 냈다. 가장 어리석은 방식으로 인류와 작별함으로써 유전자 풀을 개선한 사람들에게 매년 수여하는 이 상은 당시 흑인 분장쇼와 동급으로 개탄의 대상이 되고 있었다. 하지만 이 나사 빠진 웹사이트에 대한 아들의 애착은 아마 그 명칭 때문이었을 것이다. 오래전부터 계획이 잡혀 있던 〈바보 삼총사〉 리메이크 일정이 취소된 것 역시 그리 놀라울 일도, 통탄스러운 문명 차원의 손실도 아니었다. 그 슬랩스틱 보드빌극은 잔인한 검투사식의 오락을 위해 소재를 그로테스크하게 비하한 예일 뿐이었다.

잘난 척하는 만물박사 주인공이 자신의 '배제적 지능'을 뻔뻔스럽게 선전하는 영국 드라마 〈셜록〉 역시 똑같은 운명을 맞았다. 해적판 DVD는 아직 얼마간 유통되고 있을지 몰라도 요즘 그 고루하고 한심한 드라마를 본다고 할 사람은 없어서, 처음 방송되었을 때 이 시리즈가 얼마나 인기를 끌었는지 잊어버리기 쉽다. 하지만 하필 이 시리즈 첫 에피소드는 2010년 여름 새로이 등장한 반지식계급적 지식인 사이에서 거의 보편적으로 발생한 이념적 전환과 겹쳤다. 베네딕트 컴버배치 하면 이 드라마에서 연기한 전형적인 혐오자가 연상되기 때문에, 아마도 상당 기간 그의 연기 경력은 끝장이라고 봐야 할 것이다.

나로 말하자면, 〈빅뱅 이론〉에 대해 개인적으로 안타까움을 갖고 있다. 흔치 않은 위트가 있는 어른을 위한 시트콤은 2007년부터 대성공을 거두었는데, 2012년까지 인기가 식을 기미를 보이지 않았다. 작가들은 출연진 중에서 눈에 거슬리는 얼간이들이 큰 실수를 하게 해서 '시대에 걸맞은' 대본을 만들려고 필사적으로 노력했고—물론 '실수'라는 개념 자체에 문제가 생기고 있었지만—내보일 만한 지능이란 게 없어 보이는 대안적 프로세서라는 인물을 포함시켜서 그를 통해 박사학위를 자랑하는 다른 캐릭터들의 사고에 있는 결함을 드러낸다는 식의 시도도 했다. 이런 용감한 시도도 시리즈를 살리지는 못했는데, 결국 〈빅뱅 이론〉은 여전히 위트 있는 쇼였고 위트 자체가 의심받는 시대기 때문이었다. CBS는 새 프로그램 〈영 셸던〉을 제작해서 잘난 척하는 원작의 물리학자를 또래보다 조금도 잘난 게 없는 완벽하게 평범한 청년으로 묘사했는데, 인기는 얻지 못했지만 최소한 프로그램을 폐지하라는 플래카드를 들고 방송국 앞에서 시위하는 사람들은 없었다. 방송국은 비난할 여지 없는 온건한 소재를 찾느라 혈안이 되어 있지만 그런 소재는 놀랄 정도로 드물다고 하는데, 내가 마지막으로 확인했을 때는 특별한 구석 하나 없이 지극히 평범한 초등학교 아이들을 등장시켜 12시즌째 방송하고 있었다.

물론 셸던 쿠퍼와 그 거만한 친구들을 방송에서 추방한 것은 시작에 불과했다. 도태 작업은 두 갈래였다. 첫째, 잊을 만하면 재방송되는 고전 속에서 뛰어난 지능을 묘사하는 부분은 모두 두뇌우월주의의 표현이라는 이유로 삭제되었다. 〈패밀리 가이〉의 작가들은 잘난 천재 아기 스티위를 요람에서 재빨리 죽여버렸다. 역사적 편견에 동참한 부끄러움 때문에, 파라마운트는 진 로든베리의 원고 중에서 촬영되지 않은 〈스타트렉: 넥스트 제너레이션〉의 마지막 에피소드를 발굴했다고 선전했다. 기대를 모은 최종회 추가 방송분에서, 우주의 알려진 모든 정보를 저장하고 있다고 알려진 '데이터'는 자신의 데이터셋을 완벽하게 완성시키는 마지막 바이트를 추가한다. 바로 '미시시피'의 철자다. 하지만 단 한 가지 사실을 추가할 공간이 없기 때문에, 그의 머리는 산산조각 나서 스타십 안에 흩뿌려진다. 반면, 〈스타트렉〉 원작과 그 속편은 에피소드마다 지적 쇼비니즘이 분리할 수 없을 정도로 얽혀 있어서, 제작사는 귀가 뾰족하고 잘난 척하는 벌컨족이 등장하는 장면을 일일이 잘라내기보다 아예 관련 플롯을 통째로 들어내버렸다(스팍은 가장 잘 팔리는 캐릭터였기 때문에, 상업적인 캐릭터 인형이나 화려한 코스튬, 기타 수익성 높은 상품들의 판매 중지는 프랜차이즈에 매우 큰 손실을 안겼다. 해당 프로그램 박스세트는 현재 수천 달러에 다크웹에서 거래되고 있다). 나일스와 프레이저 크레인, 멸시로 가득 찬 전처 릴리스는 구제불능의 두뇌부심 속물들이기 때문에, NBC는 〈프레이저〉 열한 개 시즌 전부를 폐기한다고 자랑스럽게 발표했다.

둘째, 얼간이 캐릭터 묘사 역시 중단되었다. 〈덤 앤 더머〉는 지능이 열등한 사람을 비하적으로 묘사했다는 이유로 도입부에 경고문이 표시된 최초의 영화 중 하나였다. 한데 이것조차 농담으로 받아들인 눈치 없는 관객들이 있어서 경고문이 뜰 때마다 계속 객석에서 웃음소리가 흘러나오자, 결국 검열관들은 영화 전체에 상영금지 처분을 내렸다. 〈레인 맨〉도 극장에서 사라졌을 뿐만 아니라, 아카데미는 1989년 더스틴 호프만에게 수여했던 최우수 남자배우상을 취소하고 심지어 오스카 트로피까지 반납할 것을 요구했다(그의 캐릭터 레이먼드는 명청이가 아니라 자폐적 기질이 있는 천재백치에 해당되었지만, 2012년 기준으로는 이것도 너무 미세한 구분이었다). 〈포레스트 검프〉가 정치적으로 구원 서사를 말하고 있다는 목소리 큰 소규모 관객의 항의에도 불구하고, 톰 행크스 역시 똑같은 신세가 되었다. 포레스트는 대단히 똑똑하지는 않았을지언정, 아주 현명했다. 이 역시 그 시대에는 너무 미묘한 차이였다. 다음으로, 지식인과 명청이를 동시에 묘사했다는 이유로 폐지된 프로그램도 있었다. 〈심슨〉은 얼간이 호머와 책벌레 딸 리사 때문에 이중으로 비난받았다. 〈길리건의 섬〉은 교수 대 명청이 부선장이라는, 요즘 같아서는 용납되지 않는 대결 구도를 그리고 있었다. 〈로드 러너 쇼〉도 마찬가지로 양극단의 지적 대립 구도에 의존했기 때문에 교활한 뻐꾸기나 어수룩한 코요테조차 안전하지 못했다.

이 글을 읽고 있는 독자 대부분은—읽는 사람이 있다 치고—이런 프로그램들이 사라지고 있을 당시 그 사실을 알고 있었을 것이다. 하지만 눈에서 멀어지면 마음에서도 멀어지는 법. 그러니 얼마나 많은 대중문화의 정전 같은 프로그램들이 역사의 쓰레기장으로 처박혔는지 기억할 가치가 있다. 우리는 단지 나사가 조금 빠졌다는 이유로 저 수많은 원형적인 캐릭터들을 잃어버렸다. 〈치어스〉에서 우디 해럴슨이 연기한 우디 보이드, 〈휴가 대소동〉에서 체비 체이스가 연기한 클라크 그리즈월드, 〈바보 네이빈〉에서 스티브 마틴이 연기한 네이빈, 로언 앳킨슨의 〈미스터 빈〉, 심지어 〈네모바지 스폰지밥〉의 불가사리에 이르기까지. 〈골든 걸스〉에서 베티 화이트가 연기한 로즈, 〈프렌즈〉에서 맷 르블랑이 연기한 조이, 〈에어 플레인〉에서 레슬리 닐슨이 연기한 닥터 루맥……. "날 셜리라고 부르지 마!"나 "금주하기에 하필 안 좋은 주를 고른 것 같군" 같은 대사를 기억하는 사람이 누가 있을까? 심지어 〈앤디 그리피스 쇼〉의 순박한 바니 파이프까지 조악한 고정관념이라는 이유로 쓰레기통 신세가 되었다. 벤 스틸러, 애덤 샌들러, 짐 캐리, 사샤 배런 코언 같은 배우들이 수치스럽게 은퇴한 뒤로 우리가 보지 못하는 배꼽 잡는 영화가 얼마나 많은가 말이다.

나는 특정인을 기리는 다큐멘터리나 전기물 역시 씨가 말랐다는 것을 한참 지나서야 깨달았다. 사람들이 '하지 않는' 것은 간과하기 쉽기 때문이다. 그러고 보니 레오나르도 다빈치, 마리 퀴리, 제임스 왓슨, 아이작 뉴턴, 알렉산더 그레이엄 벨의 전기물이 나오지 않고 있었다. 론 하워드의 〈뷰티풀 마인드〉가 사라진 것만이 아니었다. 갈릴레오나 앨런 튜링 같은 고통받았던 천재들의 일대기를 쓰는 사람이 아무도 없었다. 소위 우상으로 일컬어지는 이 모든 사람들 역시 그저 길을 가다 우연히 뭔가를 발견하고 발명한, 평범한 멍청이에 불과했다는 비열한 오만이 만연해 있었다. 미켈란젤로의 과일 장수도 얼마든지 시스티나 성당 벽화를 그릴 수 있었지만, 단지 그럴 마음이 생기지 않았을 뿐이라는 식이다.

2012년 베스트셀러 시장을 점령했던 『IQ 비방』의 수많은 아류가 시대에 뒤떨어진 것처럼 보였다면, 그것은 대형 상업 출판사들이 『전문가의 몰락』이나 『반지능주의자가 되는 법: 실용 가이드』 같은 책을 기획하고 출간하기 시작했기 때문이었다. 아동문학 역시 이 흐름에 참여했는데, 웨이드의 부모님은 루시의 일곱 살 생일날 『내 친구는 모두 영리해』라는 책을 보내주었다. 요즘 아이들 모두 천부적으로 타고나는 '수동적 영리함'이라는 재능 덕분에, 루시는 읽을 수가 없었다. 독자 중에서 어느 신경학자가 쓴 『우리 정신 바로 알기』를 잊은 사람은 없을 것이다. 모든 사람의 뇌는 근본적으로 동일하다고 주장하는 그 책에 수록된 MRI 사진이 트위터에서 바이럴로 돌았고 PBS 〈뉴스아워〉 캔버스 코너에 20분간 방송되었으니 말이다. 반면, 성난 독자들의 보이콧 사태를 촉발시키고 바위처럼 가라앉아버린 월터 아이작슨의 두꺼운 전기 『스티브 잡스』를 기억할 사람은 많지 않을 것이다. 당연히 『그레이의 50가지 그림자』는 멍청하기 때문에 계속해서 팔리고 있었다.

한편, 미디어 전체가 멍청해지고(할 수 없다. 어쩌라고) 있다는 느낌이 그저 나만의 상상은 아니라는 결론을 내가 내린 것도 2012년쯤이었을 것이다. 토크쇼에서 오가는 말은 눈에 띄게 단순해졌다. 그들은 짧은 어휘, 짧은 문장을 선호했다. 사고의 흐름을 생략하거나 아예 앞뒤가 맞지 않는 말을 할 때마다, 호스트는 동감이라는 듯 고개를 끄덕였다. 뉴스 앵커들은 '생각하다' '싫다' 같은 짧고 효과적인 앵글로색슨식 단어로 어휘를 제한하고 '추론하다' 혹은 '기피하다' 같은 난해한 단어는 기피했다. 신문도 이에 발맞춰 복문과 종속절을 체계적으로 제거하다 보니, 콜로라도의 어느 극장에서 발생한 총기 난사 사건에 대한 기사는 마치 다원과 잔지바도 네 살이 되면서 유치해서 읽지 않는 『잘한다, 샐리, 잘한다!』 같은 아동용 입문서처럼 읽혔다. "제임스 홈스는 영화를 보고 있었다. 영화는 〈다크 나이트 라이즈〉였다. 이건 배트맨 영화다. 홈스 씨는 열두 명을 쏘아 죽였다. 또한 일곱 명에게 부상을 입혔다." 이런 식이었다. 아, 분명 기사 어딘가에는 "홈스 씨는 다른 모든 사람들과 똑같은 지적 능력을 갖고 있다" 같은 표준적인 면책조항도 틀림없이 들어 있을 것이다. 하지만 5센티미터 이쑤

시개를 받쳐서 억지로 뜨게 한 것 같은 홈스 씨의 눈과 광대 보조^{Bozo}처럼 ('대안적 프로세싱의 혐오스러운 희화화' 같은 소리는 집어치우시길) 현란한 오렌지색으로 염색한 머리를 한 번이라도 봤다면, 완전히 세뇌당하지 않은 사람이라면 누구든지 언론의 형식적인 장담이 새빨간 거짓말이라는 것을 알았을 것이다. 완전 또라이라는 것이 존재한다면, 제임스 홈스가 그런 사람이었다.

그해 언젠가 《뉴욕타임스》 한 부를 집어 들어보니, 십자말풀이 퍼즐이 예술면에서 사라지고 없었다. 신문을 처음부터 끝까지 넘겨보았지만, 다른 면으로 옮겨 간 것이 아니라 아예 빠진 것이었다. 웹사이트를 찾아보니, 독자 의견 수렴 지면에 해명과 사과문이 게시되어 있었다. 월요일마다 간단한 퍼즐 하나 완성할 수 없다는 사실이 1950년 이래 독자의 말할 수 없는 트라우마를 건드려온 마당에, 심지어 더 크고 어려운 일요일 버전이 생기니 구독자들은 '나는 뭐가 잘못됐나' '내게 뭐가 빠졌다'는 자괴감에 빠졌다는 것이었다. 낱말 수수께끼, 철자 바꾸기, 스도쿠 퍼즐 같은 것들도 인쇄 매체에서 완전히 사라졌는데, 아마도 퍼즐을 푼 사람들에게 편협한 자기만족을, 풀지 못한 사람들에게 유해한 심리적 무능력감을 안겨주었기 때문일 것이다.

TV 편성표가 칼질당한 것보다 더 중대한 사건이 있었다. 1월이 되자 민주당 당직자들은 버락 오바마가 당에 부담이 된다고 판단했다. 대통령은 너무 고고하고 오만하고 건방졌다. 유창한 언변을 자제하라는 조언을 받지 못했는지, 그는 여전히 현란한 말솜씨를 의도적으로 대중의 코앞에 들이밀고 있었다. 국민 정서를 파악하지 못한 것이 아니라면, 이런 분위기가 마음에 들지 않는 것이 분명했다. 언론 담당 보좌관이 다급하게 조언했는데도 불구하고, 그는 여전히 자기가 보통 사람들보다 똑똑하다는 인상을 주고 있었다. 지금은 기억에도 가물거리겠지만, 시대를 막론하고 남달리 예리하고 유창하고 아는 것이 많은 지도자를 지닌다는 것은 어떤 나라에도 상당히 득이 되는 일이었다. 하지만 2012년이 되자, 보통 사람이 아닌 특별한 존재처럼 보이는 것은 선거에 독으로 작용했다. 권력을 지닌 누군가를 우러러본다는 것은 터무니없는 일이라는 생각이 퍼졌기 때문이었다. 게다가 대통령의 물 흐르듯 세련되고 건조한 유머 감각은《뉴욕타임스》십자말풀이와 같은 효과를 낳았다. 그와 비교하면 유권자들이 '나는 뭐가 잘못됐나' '내게 뭐가 빠졌다'는 자괴감을 느끼게 된 것이다.

확신하지만, 정당 당직자들이 현직 대통령의 직속 부통령에게 예비선거에서 현직에 도전하라고 설득한 것은 역사적으로 유례없는 일일 것이다. 그럼에도 불구하고, 나는 조 바이든이 이 시대에 이상적인 대통령 후보라는 데 누구보다 먼저 동의한다. 그는 인상적일 정도로 인상적인 데가 없었다. 짜증 날 정도로 영감을 주는 오바마의 연설에 비하면, 바이든의 연설 스타일은 유쾌할 정도로 뻣뻣했다. 평범한 요점을 말하고 그것을 한 단어 한 단어 되풀이하는 것이 바이든의 심오함이었다. 할 말이 없으면 부통령이 상습적으로 끼워 넣는 "그렇잖아, 이 사람들아!" 같은 말은 힘차지도 멋지지도 않았지만, 선거가 있던 그해에는 단점을 강조하는 행동이라면 뭐든지 통했다. 달리 말해, 바이든의 선거운동이 무능하면 무능할수록 그는 더 많은 유권자를 얻었다. 시청자의 환심을 사기 위해 몸부림쳤던 토크쇼 〈더 뷰〉 출연분에서 부통령은 완결된 문장을 단 한 마디도 뱉지 않았고, 스포츠 비유를 잔뜩 버무린 그의 화법에 청중은 '이게 무슨 비유야?' 하고 어리둥절했지만, 그 영상은 유튜브에서 수백만 뷰를 기록하고 바이든에게 영원한 국민적 애정을 안기며 오바마가 사우스캐럴라이나 예비선거에서 충격적인 표차로 패하는 데 큰 공을 세웠다. 대통령이 대선 포기를 선언했던 대국민 연설은 오바마가 왜 당선될 수 없는지 투명하게 강조했을 뿐이었다. 그 짧은 연설에서조차 그는 언변이 뛰어났고 우아했고 익살스러웠다. 오바마에게 품격이 있다는 사실이 그저 그를 미워해야 하는 또 하나의 이유였던 것을 기억하는지? 탁월함을 구성하는 다른 모든 특질과 마찬가지로, 품격도 유행에 뒤떨어진 것이었다.

2장

한편 집에서는 다윈이 점점 걱정스러워졌다. 다윈은 언제나 스스로 동기를 찾는 아이였고 딥워터 허라이즌 폭발 사고와 후쿠시마 원전 사고처럼 수업 외의 문제에 대해서도 관심이 많았으며, 숙제를 하라고 다그칠 필요가 없는 아이였다. 하지만 중학교 1학년이 되자 숙제도 없어졌고 새 학교의 수업 수준이 워낙 낮았기 때문에, 한때 열정적이었던 열두 살 아이가 수업 시간에 발작성 수면 증세를 보일 정도였다. 화려한 혁명이 일어나기 전만 해도, 나는 다윈이 볼테르의 다그넷 특성화학교, 헨리하인즈 과학·기술·공학 아카데미에 들어가길 기대했다. 입학시험은 어렵기로 악명 높았지만, 아버지 지능이 146인 아이에겐 그 정도쯤은 식은 죽 먹기일 것이다. 하지만 아니었다. 재능 있는 아동을 위한 학교라는 분류 자체가 지탄의 대상이 된 마당에 그런 학교가 유지될 리가 없었다. 그 전해 기준으로 헨리하인즈의 커리큘럼은 다른 공립학교나 다를 바 없이 수준 낮고 형편없어서, 5킬로미터나 더 멀리 떨어진 그 육중한 벽돌 건물까지 매일 통학할 이유가 없었다.

아들은 점점 시무룩하고 우울해졌다. 방과 후에는 비디오게임을 몇 시간이나 했고, 한번은 이런 반복적인 행동이 뭐가 그렇게 재미있냐고 물으니 그냥 우물거렸다. "다들 하는 거예요, 저도 다른 애들과 마찬가지잖아요." 학교에서 입고 있는 평준화의 폐해를 고스란히 드러내는 듯, 말투는 단조롭고 생기가 없었다. 다원과 반 아이들은 잔디처럼 깎여나가고 있었다.

첫째와 둘째 다 어린 나이부터 방대한 어휘를 빨아들였지만, 예전에 내가 일방통행이라고 생각했던 성장과정은 역전했다. 전반적으로 말수도 적어졌고, 사용하는 표현도 밋밋하고 툭툭 끊겼다. 이 딱딱한 외래어를 영리한 사회적 위장 수단으로 이용하고 있는 것이 아니라면, 두 아이는 조숙했던 언어 세계를 의도적으로 지우고 있는 것이 분명했다.

잔지바는 계속 그림을 그렸지만, 그림은 차츰 작아졌다. 8절 도화지 한복판에 엽서 절반밖에 안 되는 구성을 배치했다. 세부 묘사가 정확하긴 했지만, 드넓은 흰 공간 속에서 쓸데없이 갑갑한 느낌을 주는 작품이었다. 예전에는 풍경과 고양이, 식물, 가족 같은 생물들을 즐겨 그렸지만, 요즘은 실내와 정물 묘사를 좋아했다. 최근 작품의 차분하고 정적이고 고요한 분위기는 확연히 단순해진 어휘와 대비되어 오싹할 정도로 어른스러운 느낌이었다. 요즘은 색깔도 포기하고 뾰족하게 깎은 연필이나 제도펜만 사용했다. 소묘 솜씨에는 감탄했지만, 나는 크레욜라64로 조합하던 풍성한 왁스 질감의 색채가 그리웠다.

친구들과 꾸리던 연극 역시 사정이 달라져, 함께하던 아이들이 줄었다. 토요일 오후면 몇 시간이고 웃음소리가 터져 나오던 리허설도 차츰 고요해졌다. 거기서 빚어지는 이야기는 점점 음울해졌다. 우리 가족을 위해 잔지바가 즉흥적으로 연출한 공연이 있었는데, 아서 밀러의 『시련』과 셜리 잭슨의 『로터리』를 섞어놓은 듯한 내용이었다. 들 다 우리 불쌍한 딸이 속해 있는 수준 낮은 5학년 교과에서 배울 만한 작품이 아니었다.

주인공(당연히 잔지바였다)은 수학 공식을 줄줄 외고 인간 계산기 같은 믿기지 않는 능력으로 친구들을 주눅 들게 하는 천재였다. 극 중에서 인물이 선보이는 수학 내용은 모두 정확했고, 나는 미소를 억누를 수가 없었다. 내 어린 여배우는 답을 숫자까지 다 외우고 있었다. 하지만 영재의 친구들에게는 수학 실력을 과시하는 이런 곡예가 피곤했고, 자기들의 산수 능력은 비교가 되지 않는다는 사실에 수치심을 느꼈다(실질적으로 합창단 역할이었던 다른 여자아이들은 우리 집 거실에서 풀이 죽은 채 원숭이처럼 웅크리고 앉아 중얼거리기만 했다. "8 더하기 3이 뭐지? 나는 모르겠는데……"). 재수 없는 주인공이 계속해서 포도(우리 집 냉장고에 있었다) 같은 다른 공물을 요구하는 동안, 마침내 합창단은 인내심이 다했다. 교육적인 면에서 노동계급에 해당했던 그들은 함께 일어나 압제자에게 반란을 일으켜서 바닥에 내동댕이치고 (내 서재에서 가져온) 하드커버 책을 높이 들어 걱정스러울 만큼 설득력 있는 연기력으로 힘차게 내리찍었다. 분명 여자아이들은 이 장면이 가장 마음에 드는 것 같았고, 팔매질은 한동안 계속되었다. 그 뒤 아이들은 축 늘어져서 울고 있는 내 딸을 둘러싸고 기분 좋게 춤을 추었다. "8 더하기 3이 뭐지? 나는 관심 없어어어어어어!"

이 작품은 이교도적인 시각을 갖고 있었고, 아서 밀러와 셜리 잭슨과 윤리적 의도가 달랐다. 잘난 사람은 독재자였고 마땅한 최후를 맞았다. 수학 자체도 폭정이었다. 마지막 부분에서 해방된 합창단은 우리 집 양탄자 위에서 뛰어다니며 으르릉거리고 꼬끼오 울고 멍멍 짖었다. 자유롭게 풀려나서 동물이 된 것이다. 누가 봐도 잔지바가 감독한 것이 분명했다. 친구들이 연극을 핑계 삼아 마음껏 날뛰는 동안, 나는 불편한 마음으로 열 살 난 내 딸이 혹시 유아적인 허무주의에 감염된 게 아닌가 생각했다.

다윈처럼 극적이지는 않았지만, 잔지바 역시 한층 내성적으로 변했다. 뭔가에 골몰하고, 주위를 경계하고, 웨이드와 나를 배제한 채 다윈과 비밀스럽게 뭔가를 공모하는 것 같았다. 반면 루시는 잘 자라고 있었다, 어느 정도는. 이제 2학년이 된 루시는 굳이 아마추어 연극이라는 형식을 빌리지 않아도 얼마든지 제멋대로 굴 수 있었는데, 학습에 대한 기대치가 낮아진 것이 어째서 곧장 규율 문제로 이어지는지 나는 알 수 없었다. 루시의 교실 칠판 위에는 전통적인 알파벳과 숫자가 걸려 있었지만, 수업 시간에 선생님이 학생들의 읽고 쓰기와 숫자 계산에 할애하는 관심 수준을 생각하면 전부 이집트 상형문자와 다를 것이 없었다. 나는 조심스럽게 주말마다 홈스쿨링으로 루시의 학업을 도우려고 해보았지만, 주의를 집중하게 할 수 있었던 드문 경우에조차 아이가 읽기를 배우고 있다는 징후를 발견할 수 없었다.

그해 가을, 치과 검진 때문에 루시를 데리러 거트루드스타인초등학교에 가보니 교실은 난장판이었다. 설령 막내에게 글자 'T'를 가르치는 학습은 아닐지언정, 그래도 나는 아이들이 조직적인 활동에 참여하고 있는 것 같아 마음이 놓였다. 아이들은 알록달록한 사탕 막대기로 바구니를 만들고 있었다.

"캐애애애애러어어얼!" 루시는 선생님에게 고막이 찢어질 듯한 소리로 외쳤다. 내 딸은 엄마가 왔다는 것을 모르고 있었다. "수즈-커치-원이 안 좋은 말을 했어요!"

얼굴은 풀 범벅이었고, 분주한 선생님이 서둘러 다가갔다. 나도 조심스럽게 따라갔다. 최근 교대를 졸업한 듯한 선생님은 지난 3년 동안의 교육 혁명에 처음부터 동참했을 정도로 젊었다. 그러니 분명히 이 프로젝트는 아이들 모두가 다 완수할 수 있는 수준이기 때문에 특별히 선정되었을 것이다.

하지만 루시의 원탁에 둘러앉은 여섯 명의 학생들은 불길할 정도로 다양한 재주를 보였다. 루시 왼쪽에 앉은 예쁘고 섬세한 여자아이는 너무나 꼼꼼했다. 그런 유형 있지 않나. 집요할 정도로 깔끔하게 정확하게 공을 들이는 유형. 팝시클 상자 모퉁이는 정확하게 직각이었고, 아이는 막대기를 붙이는 데 필요한 최소한의 풀만 사용하고 있었다. 재료는 색깔별로 작게 나눠 놓았기 때문에, 각 면마다 파랑색, 녹색, 노랑색 무늬를 반복해서 구성할 수 있었다. 반면 대부분 아이들의 색깔 배열은 멋대로였고 풀칠도 제대로 되어 있지 않았다. 그 반대편에 앉은 남자아이는 손으로 턱을 괴고 친구의 경이로운 건축물을 멍하니 바라보고 있었다.

루시는 섬세한 것과는 거리가 멀었다. 나이에 비해 체격이 컸고, 일곱 살짜리가 다들 그렇듯 귀여웠지만 참을성이 없었다. 물리적인 세계와의 관계가 서툰 것을 보니, 아직까지는 아버지의 손재주를 물려받지 못한 것 같았다. 뭔가 잘 안되면 억지로 하려 들었고, 절대 귀를 기울이지 않았다. 따라서 지금도 기본적인 원리를 파악하지 못하고 있었다. 평행하게 배치된 두 면 사이에 막대기를 번갈아가면서 붙여 바구니 효과를 만들지 않고, 루시는 상자 각 면에 막대기를 그냥 쌓아 올려서 마치 석고보드처럼 붙이고 있었다. 맙소사, 단단하긴 했지만, 벽이 서로 연결되지 않았다. 이건 상자도 아니고 바구니도 아니었다. 루시는 화가 나 있었다.

"자, 문제가 뭐니, 얘들아?" 캐럴 선생님은 학부모 앞에서나 쓰는 다정한 목소리로 물었다.

"수즈-커치-원이 내 바구니가 형편없대요. 자기 게 더 낫대요."

캐럴은 걱정스럽게 물었다. "그랬니? 네 바구니가 더 낫다고 그랬어?"

"안 그랬어요." 서스캐처원의 목소리는 떨렸지만, 아이는 아직 확고한 태도를 유지하고 있었다. "제대로 안 하고 있다고 했을 뿐이에요."

캐럴 뇌에 과부하가 걸린 것을 짐작할 수 있었다. 뭔가를 '제대로 안 한다'는 표현도 금지어 목록에 들어가는지 분석하기란 쉽지 않았을 것이다. "음, 바구니를 만드는 방법은 여러 가지가 있어." 선생님은 말했다. "다 멋진 거란다!"

루시는 누가 봐도 그리 멋지지 않은 자기 판을 노려보다가 울기 시작했다. 눈은 찌그러졌고, 눈물은 절망에서 나오는 것이 아니었다. 공격적인 눈물이었다. "미음으로 시작하는 단어를 말했다고요! 내가 멍……." 루시는 짐짓 커다랗게 연극적으로 흐느꼈다.

"아무한테도 절대 써서는 안 되는 그 단어를 썼니?" 캐럴은 막대사탕 천재에게 엄격하게 물었다.

"안 썼어요! 거짓말쟁이예요! 난 어떻게 하는지 말해주려고 했던 건데!" 소녀는 주장했다.

캐럴은 꾸짖었다. "나만 다른 사람보다 더 많이 안다는 식으로 굴면 안 돼. 다른 아이들을 욕해서도 안 된다. 이렇게 해야 하는 게 미안하지만, 네 바구니를 가져가야겠다. 그래야 학급의 다른 모든 아이들도 너 못지않게 잘하고 있고 다른 아이들이 만드는 것도 똑같이 좋다는 걸 배울 수 있지 않겠니."

캐럴이 타인에게 불쾌감을 준 창작물을 고지식하게 거둬 가자, 옆에 있던 소년이 선생님을 향해 울부짖었다. "게가 그거 가져도 돼요?"

조금만 더 지체하면 치과 예약에 늦을 참이었고, 루시의 울음은 이제 기관총처럼 불안정하게 더듬거리는 목소리로 잦아들었다. 딸을 품에 안으며, 나는 이것이 단지 우리 아이들의 미래뿐만 아니라 미국의 미래가 달려 있는 문제라는 사실을 직감했던 것 같다. 그해 8월 미연방 항공우주국은 큐리오시티호를 화성에 착륙시키는 책임을 다른 모든 사람과 똑같이 훌륭한, 다른 모든 사람과 똑같이 훌륭하게 업무를 수행하는 케이프 커내버럴의 직원에게 맡겼다. 그 결과 수십 년간의 자본과 정밀한 노력이 투입된 연구의 산물은 먼지 더미로 산화했다. 착륙선이 마지막으로 지구에 보낸 이미지는 죽은 거미처럼 보이는 셀카였다.

3장

질투할 이유가 있어 보일지 모르겠지만, 그런 것은 아니었다. 에머리와 나의 가장 큰 차이는 야심의 크기였고, 나는 내 포부가 대단찮다는 사실에 대해 변명할 생각이 조금도 없었다. 나는 웨이드와 내게 크고 멋진 집이 있다는 사실이 뿌듯했다. 잘생긴 애인이 있다는 것이 뿌듯했다. 업무가 버겁지 않고 자유 시간을 넉넉히 쓸 수 있는 직업이 있다는 것도 뿌듯했다. 내게 진짜 야심이 있었다면 그것은 내가 제법 공을 들여 만들어낸, 성공적인 미래가 약속된 유전적 재능을 지닌 첫째와 둘째 아이에 대한 것이었는데, 요즘 유행하는 얄궂은 사상이 한때 빛나는 장래가 약속되어 있던 아이들의 재능을 무효화하려고 혈안이 되어 있었다. 하지만 나는 수업 시간에 학생들 앞에서 발언하는 정도 이상으로 공적인 인물이 될 마음이 없었기 때문에, 에머리가 WVPA 방송국에서 승진한 것도 시기할 이유가 없었다. 에머리가 마침내 〈탤런트 쇼〉에 출연하는 동네 이류 작가 인터뷰를 그만

둘 수 있게 되었다니, 진심으로 기뻤다. 그건 그렇고 〈탤런트 쇼〉 제목은 경영진의 발작적인 불안감 때문에 〈모든 사람이 예술가예요〉로 바뀌었는데, 차라리 〈모든 사람이 자기가 예술가라고 생각해요〉로 바뀌었다면 에머리와 나는 100퍼센트 동의하는 마음으로 박수를 보냈을 것이다.

에머리는 오후 6시 오늘의 요약 뉴스가 끝난 뒤 상당히 괜찮은 논평 시간대를 맡았기 때문에, 위상도 꽤 높아졌고 출퇴근 시간 청취자도 한층 많이 확보하게 되었다. 에머리의 성공이 내게 기뻤다는 사실을 증명하기 위해 적지만, 10월 마지막 주 첫 방송 시간에 나는 다윈과 잔지바가 장난스럽게 별명으로 부르는 '에머리 이모'의 방송을 듣기 위해 저녁을 먹기 전 부엌 식탁 컴퓨터에 가족을 불러 모았다. 아이들은 에머리를 좋아했다. 엄마보다 외모도 늘 화려했으니, 아이들이 홀딱 반한 것도 기분 나쁘지 않았다. 아이들이 어른과 기꺼이 이야기를 나누는 것이 기뻤고, 재치 있고 영리한 손님이 드나든다는 것은 아이들을 자극할 뿐만 아니라 간접적으로 내게도 체면이 서는 효과가 있었기 때문이었다.

"쉬!" 뉴스가 끝나자, 나는 꺅 소리 지르고 싶은 내면의 일곱 살짜리를 억눌렀다. "조용히 못 하겠으면 다른 사람들이나 듣게 방에서 나가라."

에머리는 낮고 유혹적인 목소리를 지니고 있었다. 첫 두어 마디를 듣자, 그녀가 나를 직접 만나 인사를 건넬 때마다 느끼는 쾌감이 뿌듯하게 밀려왔다.

나는 암묵적인 편견에 대한 은유인 '개 호루라기'라는 표현이 완전히 탐탁했던 적이 없다. 개 호루라기 소리를 들을 수 있는 것은 개뿐이다. 따라서 이런 암호화된 신호가 목표로 하는 청중만이 그 잠재적인 증오 선동을 감지할 수 있다는 뜻이다. 나머지는 아무도 별다른 소리가 나지 않았다는 듯 순진하게 그냥 앉아 있게 된다. 하지만 내 경험상 소위 개 호루라기 소리는 평범한 인간의 귀에도 뻔히 들린다. 그들의 메시지는 미묘하지 않다. 우리 모두 화자가 말하는 내용을 커다랗게 분명히 들을 수 있다.

낙후된 제도를 뒤흔든 정신평등주의 운동이 마침내 한층 공정하고 한층 적절하고 한층 존중하는 공적 프로토콜을 제안한 이래, 다양한 형태의 무시와 모욕이 더 이상 용납되지 않는다는 것을 우리 모두 알고 있다. 우리 모두 이런 표현들이 무엇인지, 그것이 과거에 얼마나 잔인하게 누군가를 폄하하고 비인간화하는 데 사용되었는지 알고 있다. 하지만 모든 사회적 진보는 멈추기 마련이다. 한 걸음 내디딘 뒤, 너무나 많은 동료 시민들이 비척비척 두 걸음 물러난다.

이 방송에서 언급할 수 없는 종류의 언어를 사용하는 모습을 절대 노출하지 않는 친구, 직장 동료, 심지어 정치가들을 관찰해보자. NPR에는 엄격한 지침이 있어서 아무리 무모하더라도 나 역시 절대 그런 말을 할 수 없다. 그러나 그 와중에도 너무나 많은 동료 미국인들이—겉으로는 순종적이고 공손하고 문화적 규범을 문자 그대로 엄격하게 따르는 것처럼 보이는 사람들이—우리가 그간 근절하려고 노력해온 편견을 전파하는 새로운 암호를 개발하고 있다. 모호하고 행간에 함축적인 의미를 담은 표현을 통해 '알아듣겠지?'라며 날카롭게, 비밀스럽게 옆구리를 쿡 찌르는 식이다.

현재 '대안적 프로세서'라고 불리는 사람들이 대화 중에 언급되는 것을 수없이 들었지만, 그들은 언제나 '비관습적인' '특별한' '색다른' '별난' 등의 단어로 은밀하게 언급된다. '다른' 사람들 역시 '예외적인' 지능을 가진 사람으로 표현되기도 하는데, 사실 이 단어로 화자가 뜻하는 것은 '예외적으로 낮은 지능'이라는 뜻이다. 물론 이 박해받는 사람들은 한때 대놓고 비방의 대상이었고, 수많은 노골적인 모욕이 혐오스럽게 여겨지게 되었다는 것은 축하할 일이다. 그러나 나는 이 교묘한 새 언어를 바로 여기 이 라디오 방송국에서도 여러 번 경험했다. 요즘은 '다른' 사람들이 직장에서 제안하는 내용에 대해 뻔뻔하게 조롱하는 대신 '이상적이지는 않다' '약간 비실용적이다' '최선은 아니다' '충분히 숙고되지 못한 것 같다'는 식으로 은근히 둘러 표현하는 관행이 있다. 그들이 쓴 글은 '완성되지 않았다' '시작은 좋다' '다시 검토해야 할 것 같다' '아주 약간 부족하다' 정도로 묘사된다. 그들이 하는 말은 '약간 불명확하다' '조금 모호하다' '논리가 빈약하다' '의심스러운 사실에 근거한다'고 부드럽게 묵살되거나 혹은 심지어 대담하게 노골적으로 '틀렸다'고 일축된다.

이런 것들은 '개 호루라기'가 아니다. 인간 호루라기다. 우리 모두 들을 수 있다. 때로 호루라기는 뭐라고 말하는 사람이 없을 때 가장 날카롭게 울린다. 특권을 누리며 보호받는 엘리트 집단의 구성원이었던 사람들이 특유의 눈빛을 공모하듯 마주친다. 짜증 난다는 듯한 이심전심의 눈빛과 함께 아주 약간, 하지만 분명 눈에 띄게 눈동자를 굴린다. 이건 "아, 젠장"이라는 뜻이다. 이건 "얼마 전까지만 해도 너랑 나랑 이 열등한 종자한테 꺼지라고 할 수 있었는데, 지금은 그럴 수가 없네"라는 뜻이다. 이건 "우린 서로 알아볼 수 있어. 표면적으로 규칙은 변했지만, 우리 같은 사람들이 아직 결정권을 갖고 있잖아. 우리가 사회의 보상 대부분을 다 따먹고 모든 걸 우리 방식대로 할 수 있을 거야"라는 뜻이다.

그래서 대단치 않은 제안을 하나 하고 싶다. '대안적 프로세서'라는 표현을 없애자. 우리 모두 이 단어가 오염되었다는 데 동의하리라고 생각한다. '다른' 사람이라는 표현도 탐탁지 않다. 이 표현은 사실 '현명한 사람'이라는 뜻인데, 결국 인류 전체를 지칭하기 때문이다. 그럼 그 대신 무슨 용어를 써야 하느냐고 묻는다면, 나는 이렇게 말하겠다. 아무 용어도 정하지 말자고. 인간의 두뇌는 모두 똑같다. 지혜는 소수의 전유물이 아니라 대중의 것이다. 지적 능력이 측정 가능할 정도로 부족한 사람이란 것이 실제로 존재하지 않는다면, 그런 사람을 부르는 이름도 필요하지 않다.

덧붙여, 이제는 가볍고 간접적인 편견도 그냥 지나치지 말아야 할 때다. 동료들이 어떤 사람들의 제안을 '빈약한 논리' 혹은 '의도하지 않은 결과를 낳을 수 있다'고 일축하면, 지금 그게 무슨 뜻으로 하는 말이냐고 단호하게 되물어야 한다. 은밀하게 공모하는 편견에 협조하지 말고, 그러한 공룡들을 본보기로 만들어, 얇은 베일로 위장한 차별조차 용인되지 않는다는 것을 참석한 모두에게 보여주어야 한다. 동감할 거라고 생각하고 누군가 그 익숙한 짜증이 담긴 눈빛을 보낸다 해도, 협조해서는 안 된다. 눈동자를 위로 굴리지 말고, 도전적인 눈빛으로 마주 보자. "날 왜 그렇게 쳐다보는 거야? 지적평등주의에 불만 있으면, 난 인정사정 안 봐줘."

험악한 날씨를 예측하는 일기예보로 방송이 넘어가는 동안, 우리 넷은 식탁에 둘러앉아 망연자실하게 침묵을 지켰다. 마침내 다윈이 우리 모두가 생각하던 것을 입 밖에 냈다. "난 에머리 이모가 정신평등주의가 멍청하다고 생각하시는 줄 알았어요."

"나도 그랬어." 나는 무겁게 말했다.

"에머리는 당신하고 아이들에게 계속 말조심하라고 일렀었지, 당신을 위해서. 그건 맞았어. 하지만 이건 약간 다른 문제인 것 같은데." 웨이드가 말했다.

"아주 달라."

"에머리 이모한테 화났어요?" 잔지바가 물었다.

"지금 내 기분이 화난 건지 모르겠다. 그냥 실망스러워."

"에머리 이모하고 싸울 거예요?" 역시 잔지바는 극작가 지망생이었다. 구경거리를 좋아했다.

"가장하는 거겠지?" 웨이드가 물었다.

"내가 어떻게 알아? 이게 연기라면 아주 명연기라고 해야지."

"라디오 방송국 윗사람이 듣고 싶어 하는 걸 말한 것 같아요."

"그 말이 맞아, 다윈."

"그럼 선택의 여지가 없었을 수도 있었겠죠.' 다윈은 희망 섞인 목소리로 말했다.

"아니, 선택의 여지는 언제나 있어. 그냥 선거 이야기나 해도 되잖아, 허리케인 이야기나. 그런데 굳이 이런 이야기를 한 거야."

"이 문제에 대해 에머리한테 직접 둘어볼지, 그냥 넘어갈지 마음을 정해." 웨이드가 말했다.

"당신은 그냥 넘어가야 한다고 생각하는 거잖아. 내 인생을 망치고 있는 온갖 부조리에 대해서 그냥 넘어가야 하듯이. 이 집 수리공인 당신한테는 벽지 한 장 발라서 가리지 못할 정도로 큰 흠이 어디 있겠어?"

"나는 그런 말을 한 적이 없고, 그런 말은 부당해. 하지만 에머리는 자신의 입장을 분명히 했어. 앞으로도 아마 계속 이런 내용을 방송할 거야. 그러니 입장은 이미 정해진 거야. 굳이 들을 거 없잖아? 당신이 안 듣는 게 나아. 계속 친구로 남고 싶다면, 그렇게 해. 대신 펄 잼 시디나 들어."

"손으로 귀를 막는다고 해서 에머리의 논평이 세상에 있다는 사실이 바뀌는 건 아니고, 그 내용이 바뀌는 것도 아니야."

다윈이 말했다. "이야기를 해보면 어떨까요? 학교에서 시험을 치던 시절이 훨씬 좋았다고 설명하면 되잖아요. 선생님의 설명을 따라가지 못했던 학생들이 최소한 입을 다물기는 하던 시절. 어려운 내용, 흥미로운 내용을 배우던 시절. 아직 모르고 있는 걸 배우던 시절. 엄마는 볼테르대학교에서 느낀 걸 설명해주면 되고……."

"그런 이야기야 이미 해봤지."

"하지만 에머리 이모는 라디오에서 항상 사람들에게 무슨 말을 하는 사람이잖아요. 예전으로 돌아가야 한다고 우리의 경험을 이용해서 사람들을 설득할 수 있을 거예요."

"응, 그렇지. 하지만 그 대신 에머리는 모든 걸 악화시키기 위해 작고 성실한 자기 역할을 다하고 있어."

나는 친구들에게 정치적 순결성 테스트 같은 것을 하지 않는다. 하물며 스물다섯 해를 같이 지내면서 내 가족 전체와의 단절, 대학 시절, 이십대 시절의 거듭된 연애 실패, 한 번 이상의 낙태(에머리는 두 번), 어른인 척하는 와중에 필사적인 첫 취업 노력, 시험관 시술과 세 번의 임신을 함께 겪었던 에머리야 두말할 것 없다. 평생을 같이한 사이에도 건널 수 없는 간극이었을 단절에 가교를 놓기도 했다. 한쪽은 함께할 사람을 얻었고, 한쪽은 그러지 못했다. 에머리는 언제나 웨이드가 그리 마음에 들지 않는 것 같았지만, 내가 한 남자에게 정착했다는 사실은 흔쾌히 받아들였다. 직접 아이를 낳은 적이 없으면서도 우리 아이들에게 정성을 다하고 진짜 사람처럼 대해준다는 사실은 더욱 대단했다. 한낱 변덕스러운 정치적 파벌 싸움으로 시험에 들게 할 수 없는, 많은 것이 걸린 우정이었다.

그렇기는 하지만, 에머리와 현실적인 문제를 놓고 심각하게 의견이 어긋난 기억이 없었기 때문에 이것은 내게 새로운 영역이었다. 우리 사이에 시사 문제에 대해 갈등이 없는 것은 세상에 대한 근본적인 관점이 같아서 자연스럽게 서로에게 동의하게 되는 거라고 막연히 생각하고 있었다. 하지만 이제는 확신할 수 없었다. 어쩌면 다른 자리에서 에머리는, 환경파괴 논란이 심한 셰일가스 채굴법을 두고도 '최고다'라며 치켜세우고 있을지도 모른다.

그때 허리케인 샌디는 동부 해안을 따라 밀고 올라오고 있었는데, 뉴저지에 상륙할 예정이었기 때문에 펜실베이니아 남쪽에 위치한 볼테르가 다음 목표가 될 가능성이 높았다. 비상 대비를 강화하라는 경고가 내려졌고, 주 전체에 비상경보가 발령되었다. 29일 밤 정점에 도달한 허리케인이 도시를 덮치자, 펜실베이니아 남동부 전역의 주민들은 가능하면 지하실이나 창고에서 잠자는 것이 좋을 거라는 권고가 내려졌다. 그 전해 괴물 허리케인이 온다는 예보에 똑같은 권고를 따랐다가 다음 날 아침 딱딱한 바닥에서 일어나보니, 온몸만 쑤시고 하늘은 쨍쨍하고 새들이 지저귀고 마당에는 이슬이 맺혀 있었다. 비조차 오지 않았다. 하지만 양치기 소년이 마지막에 얼마나 참혹한 운명을 맞았는지 기억하고, 나는 당국의 권고를 진지하게 받아들였다. 게다가 에머리 아파트 건물에는 세입자를 위한 지하 대피소가 충분하지 않았고, 현대적이고 화려한 27층 아파트에는 안전이력이 의심스러운 커다란 판 유리창이 끼워져 있었다. 평소 이럴 때면, 나는 핑계 삼아 어른들을 불러모아 하룻밤 같이 노는 자리를 만들곤 했다. 이번 라디오 논평의 구절이 아직 머릿속에 생생한 가운데―"인간의 두뇌는 모두 다 같다" "지혜는 소수의 전유물이 아니라 대중의 것이다"―나는 찜찜한 기분으로 우리 집 지하실로 에머리를 초대했다.

그 주말, 나는 식료품과 생수 같은 물품을 준비했다. 이웃들도 대부분 그렇게 했고, 많은 슈퍼 매대가 텅 비어 있었다. 나는 벽난로에 땔 장작을 헛간에서 두 배로 갖다 놓았다. 한편 강풍이 불 때를 대비해서 나뭇가지를 다듬거나 나무를 통째로 잘라버리려는 집주인들의 요청이 쏟아져서, 웨이드 혼자 일을 감당하기 힘들 정도였다. 하루 14시간 동안 강행군을 하고 들어온 웨이드는 한 해 내내 시간이 있었는데도 사람들이 진작 안 하고 서두른다고 투덜거렸다.

그 월요일 아침 오바마는 펜실베이니아주에 비상사태를 선포했는데, 그러면 복구 작업에 연방 예산이 투입된다는 뜻이다. 볼테르대학교는 휴교를 선언했다. 공립학교가 문을 닫았으니까, 예전 같았다면 적어도 다윈과 잔지바만은 답답하다고 했겠지만―그 아이들은 학교를 좋아했다―이제는 복음처럼 반가워했다. 오후 2시가 되자 운전자들이 헤드라이트를 켜야 할 정도로 하늘이 어두컴컴해졌다. 오후 내내 돌풍이 휘몰아쳤다. 쏟아지는 비와 후려치는 빗줄기가 어떻게 다른 건지 나는 잘 모르겠지만, 어쨌든 비가 후드득 쏟아지기 시작했다. 잔지바는 이 풍경을 홀린 듯 지켜보았다. 라디오에서 '슈퍼 폭풍 샌디'라고 거듭 언급하자, 다윈은 피곤한 듯 냉소하며 '후 열대성 사이클론'이라고 정정했다. 소용돌이치는 낙엽과 날아다니는 쓰레기, 휘청거리는 나무를 한참 바라보던 아들이 중얼거리는 소리가 들렸다. "전부 다 무너졌으면 좋겠네." 무서워해야 할지 신이 나야 할지 알 수 없는지, 루시는 어떤 경우에나 무작정 꺅꺅거리는 소리를 지르며 집 안을 뛰어다녔다.

에머리는 자동차를 끌고 도로에 올라가지 말라는 권고가 내려진 한참 뒤에 도착했고, 초저녁에 우리 집에 들어왔을 때 비는 쏟아지는 수준에서 후려치는 수준으로 격상해 있었다. 드라이브길에서 옆문까지 스무 걸음 사이에, 에머리의 파카와 배낭은 흠뻑 젖었다. 그녀는 스낵 여러 봉지와 메를로 와인 3리터들이 상자를 가지고 들어왔다. 두서없이 지껄이는 말투는 아마 날씨 때문이었겠지만, 어쩐지 대화를 피하려는 것처럼 느껴지기도 했다.

"지붕이 날아갔으면 좋겠다고 생각하는 건 너무 삐딱한 건가?" 그녀는 콘칩과 소스, 견과류, 크래커, 골드피시, 자른 생당근, 치즈스낵 같은 것을 꺼내놓으며 연신 떠들었다. 그저 우리 지하실 신세를 지게 된 것보다 더 마음에 걸리는 것이 있어 보였다. "그래도 진짜 어느 집 지붕이 날아가는 것도 구경했으면 좋겠다니까. 지난번 허리케인은 너무 공주님처럼 얌전했잖아."

"어쩌면 허리케인 아이린은 우리가 경계를 풀도록 일부러 그런 거겠지." 나는 말했다. 에머리 본인에 대해서도 똑같은 말을 할 수 있을 것 같았다.

"아, 그리고 내 침낭과 베개도 가져왔어. 잠옷도 따로 사야 했다고. 평소에는 잘 때 실오라기 하나 안 걸치거든." 에머리는 다윈을 향해 눈썹을 의미심장하게 찡그려 보였다.

나는 뭐라도 할 일이 있어야 할 것 같아 팝콘을 하나 뜯었다. 우리는 언제라도 지하로 대피할 수 있도록 이미 샌드위치로 간단하게 저녁을 때운 상태였다. 바깥에서는 '후!' 하는 소리가 들리면서, 누가 몸으로 들이받기라도 하는지 강풍이 창문을 불규칙하게 흔들었다. 하지만 역설적이게도 상대편의 힘이 방어망을 뚫지 못하는 한, 난리법석 속에서 집 안에 있다는 것은 안전하다는 기분을 증폭시킨다.

에머리는 부엌 식탁 위에 전리품을 늘어놓으며 다윈에게 물었다. "그래, 만에 하나 오늘 밤에 온 마을이 쑥대밭이 되지 않는다면 핼러윈에는 뭘로 분장할 거니?"

"미친 과학자요."

에머리는 콩소스 뚜껑을 열었다. "흠……. 그게 좋은 생각이야?"

미친 과학자 분장은 우월주의적인 표현으로 폄하되고 있었고, 흰 실험복과 부스스한 머리라는 클리셰는 심지어 KKK 망토와 뾰족 모자와 비견되기까지 했다. 〈백 투 더 퓨처〉는 수많은 1950년대 고전 SF와 함께 심야 영화 시간표에서 사라졌다. 에디 머피가 뚱뚱하게 분장한, 고정관념을 찬양하지 않는 〈너티 프로페서〉 같은 가벼운 코미디조차 영화적 금기로 간주되고 있었다.

다윈은 조심스럽게 말했다. "싫어하는 사람들이 있겠죠. 그게 요점이에요. 그러니까, 네. 저한테는 아주 좋은 생각이에요."

아들은 올해 학교에서 워낙 잔소리를 많이 들었기 때문에 나는 이런 투지를 보여주는 것이 반가웠다. 신성모독적인 의상이 마음에 들어서 비커에 넣을 드라이아이스까지 사줄 참이었다.

"혹시 달걀 세례를 받으면, 그때 가서 후회하지 말아라. 잔지바, 넌? 너도 바보 모자 쓰고 돌아다니려는 건 아니지?"

"전 색깔 '파랑'으로 분장할 거예요."

에머리는 폭소했다. "넌 정말 못 말리겠다!" 그녀는 내게 돌아섰다. 팝콘의 솔로 드럼 연주가 차츰 음량을 높이고 있었다. "대체 이런 생각은 어디서 난다니?"

"잔지바는, 흔한 표현으로, 상자 밖에서 생각하는 아이지." 나는 말했다. 핼러윈에 색깔로 분장한다는 것은 흥미로운 중립성이었다. 아무도 달걀을 던지지 않을 것이다. 그 추상성은 일종의 참여 거부 의사였다.

"그럼 루시, 넌? 넌 무슨 분장 할 거니?" 에머리는 물었다.

"전 MPC가 될 거예요!" 루시는 위아래로 뛰면서 외쳤다.

"정신평등주의 챔피언을 말하는 거예요." 다윈이 어둡게 해설했다.

"MPC는 어떻게 생긴 건데?" 에머리는 물었다.

"크고, 무시무시하고, 커다란 배지를 달고, 수첩을 들고 있어요! 수즈-커치-원을 선생님한테 일러바칠 거예요. 자기가 다른 사람보다 잘났다고 생각하는데, 그걸 반성해야 해요."

나는 팝콘을 내가며 중얼거렸다. "마오쩌둥이 얼마나 자랑스러워할까."

"참, 바이든이 다 이긴 것 같아." 에머리가 말했다.

둘 다 사실 다음 주 있을 대통령 선거에 대해 진지하게 토론할 마음이 없었지만, 정말 털어놓고 논해야 하는 문제는 더욱 입 밖에 내고 싶지 않았다. "그래, 하지만 말더듬기는 제발 그만했으면 좋겠어. 초창기에는 언어장애를 극복했다고 자랑하더니, 이제 언어장애를 내세우고 있잖아. 이용하는 것 같아. 〈루니 툰〉 낙천가 돼지 같은 소리야."

"좀 과할 수는 있겠는데, 그래도 영리한 전략이잖아."

"불필요해. 공화당은 밋 롬니를 후보로 내세울 때부터 애당초 가망이 없었던 선거야. 무엇보다 부자잖아. 작금의 괴상한 논리에 따르면, 그건 지능지수 분포에서 상위 1퍼센트에 해당된다는 뜻이야."

"점거하라, 그 시위 문구 정말 괴상해. '우리는 99퍼센트다!'는 '우리는 멍청이다'라고 광고하는 거나 마찬가지인데."

나는 친구를 곁눈으로 흘끗 보았다. '멍청이'라는 단어를 사용하다니, 에머리는 내 비위를 맞추고 있었다. 비위를 맞춘다는 것은 그녀답지 않았기 때문에, 아마도 그 세련되게 손질한 머릿속 어딘가에서 죄책감을 느끼고 있는 것 같았다.

"오바마가 그리울 거야. 최초의 흑인 대통령이 임기 한 번 만에 내려오다니, 역사적인 오점이야."

"그가 흑인 대통령이라고 문제 삼는 사람은 없어. 문제는 그가 만물박사 대통령이라는 점이야. 그건 사망선고라고. 롬니조차 조심하고 있는데 말이야. 단순한 단어들만 쓰고 '돈 많이 벌게 해드리겠습니다' 이런 식으로. 한데 오바마는 그 재미있다는 듯한, 약간 자포자기한 듯한 표정을 띠고 우아한 종속절을 줄줄이 쏟아내고 있으니. 도대체 이해를 못 해."

"이해하고 싶지 않은 거겠지."

웨이드는 우리가 사용할 침낭을 펼쳐놓고 지하실에서 올라왔다. 우리가 선거, 정치 이야기에 쓸데없이 얽혀 있는 것을 보고, 그는 전략적으로 개입했다. "안녕, 에머리. 우리 전부 당신 라디오 논평을 들었습니다."

에머리는 말했다. "아, 그럴 필요 없었는데! 아직 감을 잡지 못해서."

"글쎄요, 내가 듣기에는 충분히 감 잡았던데." 웨이드는 기분 좋게 말했다.

"너무 친절하시네요."

"무슨 말씀을. 진심이에요."

"얘들아, 이제 과자 한두 봉 들고 아래층으로 가서 각자 침낭 골라라. 아이패드 들고 가서 남획에 대한 다큐멘터리나 보렴."

"아뇨, 난 여기 있을래요." 다윈이 말했고, 잔지바도 계속 이 상황을 지켜보고 싶은 것 같았다. "에머리 이모, 방송국 상관이 그 논평 마음에 든다고 했어요?"

"재미있는 질문이네, 다윈. 그렇지 않았어, 전부 다는. 사실 이 이야기 하려고 했는데, 피어슨 네가 들으면 정말 웃기다고 생각할 거야. 우울하다고 생각하거나. 방송국에서는 내 어휘 선택이 지나치게 현학적이었대. 어디 보자, 빨간줄이 그어진 단어가…… '폿하', 믿거나 말거나. '묵살'. 아, 그리고 '일축'. 이건 말도 아니래. 다음번에는 알파벳 수를 세보고 네 글자 이상이면 단음절 동의어를 찾아볼까 해."

"하지만 어휘를 떠나서, 관계자들이 그 내용을 좋아했어?" 에머리의 눈을 마주 볼 수가 없었다.

"그럼." 그녀는 가볍게 화제를 돌렸다. "그런데 잔지바, 너도 대단한 연기자니까 재미있다고 생각할 거야. 난 처음에 이렇게 생각했단 말이야. '흠, 나는 라디오에서 사람들한테 질문하는 일을 해온 사람인데, 미리 작성한 원고 녹음하는 정도야 아무것도 아니잖아.' 그런데 웬걸. 얼마나 긴장되는지. 처음에는 그럭저럭 괜찮았는데, 말실수가 나왔어……. '개 호루라기' 단어 말이야. 그게 평론의 주제였잖아! 그런데 호루라기 가운데 연속되는 'ㄹ' 발음에서 혀가 꼬였어. 어디 모자란 사람처럼 말이야! 그렇게 한번 망치고 나니까 계속 더 심해지는 거야. 6분짜리 원고를 녹음하는 데 1시간이 걸렸다! 불쌍한 음향기사가 어쩔 줄을 몰랐어."

에머리는 확실히 죄책감을 느끼고 있었다. '모자란 사람'이라는 단어를 쓰다니, 이건 비위를 맞춘 정도가 아니라 그냥 나 같은 이교도에게 대놓고 아첨한 것으로 봐야 한다. 나는 바람이 몰아치는 부엌 유리창으로 시선을 돌렸다. 바람 소리, 천둥소리가 한층 심해지고 있었다. "논평 내용에 혀가 꼬여 실수한 건 아니고?"

"알았어, 알았다고!" 에머리는 치즈 가루가 잔뜩 묻은 두 손을 들어 보였다. "네가 잔소리할 줄 알고 있었다. 하지만 이건 내게 좋은 기회야. 내가 얼마나 오랫동안 그 묘지 같은 예술 프로그램에서 빠져나오고 싶었는지 뻔히 알면서, 어떻게 이걸 못마땅하게 생각할 수가 있니. 여기서 시청자들에게 강한 인상을 주면 TV로 가는 길이 열릴 수도 있어. 내가 원한 게 오직 그것뿐이었다는 걸 너도 알잖아."

"오직 그것뿐이었다고?"

"핵심은 그거였지."

"고지식한 네 친구 로저가 도덕적 우월감을 한껏 과시한 뒤에 네 이야기를 들었을 때는, 그래, 일리가 있다고 생각했어." 나는 팝콘이 신기하기라도 한 듯 손가락으로 집어 들고 유심히 뜯어보았다. "정신평등주의 유행이 워낙 빠르게 도를 넘고 있어서 멈출 수가 없다, 당분간 입을 닫고 잠잠해질 때까지 기다리자. 하지만 네 이번 논평은 달랐어. 그건 적극적인 옹호였어. 한데 변명이라고 하는 소리가⋯⋯."

"굳이 변명하고 싶은 생각은 없어⋯⋯."

"네게 유일한 변명이 있다면 냉소적인 기회주의겠지." 나는 소리치지 않았다. 언짢게 들렸을 수는 있었을 것이다. 실제로 그런 기분이었으니까.

"세상 물정에 밝다는 표현도 좋잖아."

"난 변절이라는 표현이 좋겠습니다." 이따금 웨이드는 나를 놀라게 했다. 부드러운 어조였지만, 단어는 그렇지 않았다.

"하루 종일 나무나 자르느라 정치적인 입장 표명 한번 할 필요가 없는 사람치고 심한 말 아닌가요!"

웨이드는 침착하게 말했다. "맞습니다. 난 당신과 당신 이웃들이 다칠까 봐 지난 닷새 동안 새벽부터 해 질 녘까지 나무만 잘랐어요. 사람들의 헛소리에 맞서야 하는 직업을 선택한 건 내가 아닙니다. 당신이에요."

"난 그냥…… 당황스러워. 우린 이 인지평등운동에 대해 처음부터 경멸하는 입장이었잖아. 한데 이제 넌 라디오에서 저들과 똑같은 소리를 하고 있어!"

"피어슨, 넌 너무 순진해. 정신평등주의 일파로 입지를 굳히고 나면, 다른 많은 주제에 대해서 논쟁적인 입장을 취할 권리가 생기는 거야. 그러다 보면 입학 기준이나 시험, 학점, 졸업 요건 같은 것을 철폐한 것이 미국 교육의 질에 어떤 영향을 끼치고 있는지 질문을 제기할 수 있을 정도로—조심스럽게, 세심하게, 신중하게—신뢰가 쌓이겠지. 그 시점이 되면 어쩌면 나도 내 주장을 펼칠 수 있을지 몰라. 청취자의 신뢰가 쌓이고 내가 그저 권력에 집착하는 두뇌우월주의자가 아니라는 걸 믿어줄 테니까."

"내부에서 개혁한다 어쩐다 하는 낡은 핑계는 아니겠지." 나는 비꼬았다.

"미안하지만, 이제 정말 집단으로 몰매 맞는 기분이야. 허리케인이 지나갈 동안 같이 지내면 재미있을 줄 알고 왔는데. 대심문이 펼쳐질 줄은 몰랐어. 갇힌 기분이야. 몰린 기분이라그." 에머리는 항의했다.

옆문이 다시 쿵 울렸다. 빗줄기가 자갈처럼 창틀을 두드렸다.

"상황이 상황이니만큼, 지금 이 집에서 도망칠 수는 없겠네. 하지만 우리가 무슨 신종 물고문 즐기듯 널 가둬놓고 괴롭히려고 허리케인을 청한 건 아니잖아."

"아니, 정신평등주의는 유행이야. 그냥 한때 흐름. 요즘 사실상 모든 사람이 그렇게 생각하고 있고, 이게 그냥 지나갈지 영원히 현실을 재편하게 될지 아무도 몰라. 어느 쪽이든 이것도 내 잘못은 아니잖아? 내가 그걸 발명한 게 아니야. 그런데 왜 나를 탓하는 거니? 난 단지 상황을 어떻게든 빠져나가……."

"아니지, 넌 네게 유리하게 상황을 이용하고 있어. 네 입으로 그렇게 말했어."

"여기서 누가 이득 보면 안 돼? 내가 좀 그러면 안 되느냐고."

"넌 내 친구니까, 난 널 더 나은 사람으로 봤으니까."

"왜 이렇게 이 일을 개인적으로 받아들이는 거야, 피어슨? 지능이라는 것이 사람마다 다를 수 있고 그렇지 않을 수도 있겠지. 그게 뭐가 그렇게 중요해? 무엇보다 우리 사이에 그게 왜 중요하냐고. 우린 지금 내가 라디오에서 취한 입장에 대해서 이야기하고 있잖아. 내게 선택의 여지가 없었던 상황 아니냐고."

"엄마는 우리한테 항상 선택의 여지가 있다고 하세요." 다윈이 말했다.

"네 엄마 말이 틀렸어. 어째서 그 멍청한 논평이 변절씩이나 되는 건데, 피어슨? 너 개인에 대한 변절이라니. 내가 밋 롬니에게 표를 던질 거라고 하면, 그게 우리 우정의 끝이기라도 해?"

"그런 건 아니지. 누가 지금 우정이 끝났다고 했어?"

"그래, 됐어. 그럼 지금 무슨 이야기를 하는 건데?"

그때 전깃불이 나갔다.

"야, 끝내준다!" 다윈이 말했고, 잔지바도 "재밌다!" 하고 외치며 동참했다. 루시는 "이야!" 소리쳤다. 아이들은 전기가 나가면 항상 들떴다. 역사적으로 볼 때 전기가 들어온다는 사실이 더 신기한 일인데 말이다.

웨이드와 나는 전화를 전등처럼 비추며 양초, 성냥, 촛대를 찾았다. 나는 모두에게 냉장고를 열지 말라고 당부했다. 정전이 몇 시간 계속될지 며칠 계속될지 모르는 판이라, 전화와 태블릿의 남은 전기도 급할 때만 사용하자고 제안했다. 다윈은 비디오게임도 못 하게 된 것이었다. 강풍이 불고 있어서 집이 빠르게 추워지고 있었기 때문에 나는 벽난로에 불을 땠다. 웨이드는 에머리와 내게 둘만 이야기할 시간을 주려고 자기가 아이들을 욕실에 데려가서 양치질을 시키고 지하실 침낭에 눕히겠다고 했다.

흔들리는 노란 양초에서 발산되는 따뜻하고 너그러운 불빛이 먹고 남은 콩소스를 비추는 가운데, 우리는 부엌 탁자에 다시 앉았다. 멀리서 사이렌이 울렸고, 나는 와인을 한 잔씩 더 따랐다. 연약한 피난처 밖에서 휘몰아치는 대자연의 위력은 원하든 원치 않든 우리가 운명공동체라는 사실을 상기시켰다.

나는 에머리에게 말했다. "뭔가 계속 사과해야 할 것 같아서 찜찜한데, 뭘 사과해야 할지 모르겠다. 넌 이 IQ 안 사요니 뭐니 하는 유행에 대해 내가 어떻게 생각하는지 잘 알고 있을 거야. 그건 바뀌지 않아. 이 또라이 신념 체계가 이 나라 전체에 재앙적인 결과를 낳을 거라는 사실도 변하지 않겠지."

"넌 언제나 무슨 십자군처럼……."

"아니, 그렇지 않아. 나는 활동가 단체에 들어간 적도 없고, 항의 시위에 참여한 적도 청원서를 돌린 적도 없어. 세상을 바라보는 혁명적인 방식을 받아들이고 그걸 다른 모든 사람에게 강요한 적도 없어. 다른 사람들이 내게 자기들의 혁명을 강요하고 있는 거야. 내가 한 일은 굴복을 거부한 게 다야. 세상이 꿈의 나라로 몰려가는 동안, 나는 똑같은 자리를 지켰어."

"넌 항상 이단아가 되려고 하지. 아웃사이더. 반대파. 그런다고 나까지 똑같이 '다 꺼져' 식의 호전성을 보여야 해? 그래야 우리의 연대를, 다른 사람들에 대한 비웃음과 경멸을 유지할 수 있으니까? 지금 내가 반대 입장을 취했다가는 내 경력이 끝장난다는데도. 아니, 미안하지만 모든 사람이 너처럼 용감하고 고귀하고 항상 신념을 지킬 수는 없어." 이 형용사들은 칭찬이 아니었다.

"이건 고결함과 상관없는 문제야. 이건 정상이냐 비정상이냐 하는 문제라고."

"내가 설사 이 운동에 반대할 마음이 있다 해도, 내겐 영향력이 없어." 에머리는 말했다.

"무슨 소리야. 모두가 널 좋아하잖아. 원래부터 그랬어. 제정신 박힌 말 좀 했다고 난리 안 날 사람이 있다면 그건 바로 너야."

"말은 황송하지만, 착각이야. 논평에서 독자적인 발언을 하고 싶다? 대본은 미리 녹음돼. '두뇌우월주의'를 두둔하는 편협한 논리는 절대 방송을 못 타. 난 그냥 해고당할 거고, 너희 말고 내가 아는 사람들은 일말의 동정도 해주지 않아. 희생만 하고 얻는 건 없다고. 그 개 호루라기 논평은, 마지막이 아닐 거야. 그럴 수가 없어. 일주일에 두 번 시의적절하고 예리한 주제를 찾아내야 하니까. 정신평등주의 문제를 피한다면, 눈에 띌 거야. 비겁한 사람, 위험인물로 보이겠지. 그러니 매번 방송할 때마다 네 마음에 안 든다고 해서 이렇게 난리 치지 않겠다고 확답해줬으면 좋겠어. 이게 패턴이 돼가는 것 같아서 그래. 나는 내 이익을 보호하기 위해 계산적으로 활동하고 있는데, 그럴 때마다 인간성에 무슨 치명적인 결함이 있는 사람인 양 죽도록 들들 볶일 거 아냐."

나는 반론했다. "내가 언제……."

"그걸 꼭 말해야 알겠니? '적군에 가담했다'는 것 자체를 네가 개인적인 배반으로까지 보는지는 몰라도—그렇게 보고 있는 게 명백하지만—년 그걸 분명 나약함이라고 생각해. 좋아, 어쩌면 그럴지도 몰라. 널 실망시켰다면 미안해. 하지만 네가 갖고 있는 어떤 기대치에 맞춰 사는 게 내 의무는 아니야. 어쩌면 난 네가 생각하는 것보다 더 평범한 사람일 거야. 도대체 볼테르대학교에서 강사 노릇을 하면서 어떻게 전혀 타협하지 않고 사는지는 몰라도, 그걸 갖고 왈가왈부할 생각은 없어. 절대로. 우리 둘 다 이 위태로운 국면을 조심스럽게 헤쳐나가고 있어. 괴상하기 짝이 없는 새로운 사조가 소행성처럼 느닷없이 우리를 덮친 거야. 하지만 이 사회학적인 불운 때문에 내 경력을 망칠 수는 없어. 지능 개념에 대한 신념을 지키고 싶어? 아니, 이 시류에서 살아남는 데 그치지 않고 오히려 시류를 이용하는 것이야말로 지능이겠지."

나는 한숨을 쉬었다. "서로 생각이 다르다는 걸 인정해야 할 것 같다. 년 내가 도저히 견딜 수 없는 시류의 대변자가 되는 것이 방송국에서 성공하는 유일한 길이라고 생각하는 것 같네. 난 그렇게 생각하지 않아. 그래도 네가 마음에 없는 정신평등주의를 옹호하는 것이 우리의 우정을 위태롭게 한다는 뜻은 아니었어. 우리 우정은 무조건적인 거잖아. 우린 너무나 오랜 세월 알고 지냈고, 넌…… 내게 너무나 중요한 사람이야." 목소리가 약간 쉬었다.

에머리는 손을 뻗어 내 손을 잡았다. "동감이야, 친구."

지하실에서 돌아온 웨이드는 서로 싸우는 두 여자를 격리시키자는 자신의 전략이 성공했는지 살피는 것 같았다.

"그래도 난 한 가지만은 아직 저항을 포기하지 않았어. 다음 학기 해외문학개론 시간에 뭘 읽기로 했게? 도스토옙스키." 나는 마무리했다.

"설마."

"정말."

"하지 마."

"네가 그럴 줄 알았어."

"넌 정말 그렇게 하겠지! 하지 마."

"무슨 말이야?" 웨이드가 물었다.

나는 대답하지 않았다.

그래서 결론은, 우리는 당연히 계속 친구로 지내기로 했다. 그 점을 명확히 하는 것은 좋은 일이었지만, 내 입장에서 우리 관계의 존재 자체는 문제 된 적이 없었다. 사실 에머리가 그렇게 극단적인 차원에서 생각하는 것이 약간 불길했다. 하지만 라디오에서 혐오스러운 소리를 입에 담는다 해도 이제 트집 잡지 않겠다고 약속했으니, 사실상 내가 허락한 셈인 것 같기도 했다. 이것이 뭔가 진전된 것인지는 알 수 없었다. 위층에서 촛불을 켜놓고 양치를 마쳤을 때, 웨이드가 말했다. "무슨 일을 하고 싶다는 야망이 아니라, 그냥 야망 자체가 중요한 사람은 에머리 이전에도 많았어."

나는 양칫물을 뱉어냈다. "내용 없는 야망."

"내용이 있는 야망이야말로 예외적인 거지."

"당신의 야망에는 내용이 있어?"

"그럼." 그는 촛대를 집어들고 내 머리 위에 키스했다. "앞으로 몇 주 동안 쓰러진 나무를 치워주고 돈을 산더미처럼 벌어들인 뒤 50년 동안 우리 집에 땔 장작을 비축하는 게 내 야망이야."

볼테르는 난장판이었지만, 뉴욕시와 저지 쇼어는 타격이 훨씬 심했다. 냉장고와 냉동실의 음식은 이미 폐기해야 했기 때문에, 그 주 금요일 전기가 돌아왔을 때 나는 묘하게 실망했다. 아이들처럼 벽난로 앞에 둘러앉아 즉석 식량을 축내는 캠핑 분위기를 은근히 즐기고 있었기 때문이다. 우리는 꼬챙이에 핫도그를 꿰고, 마시멜로를 굽고, 주물 주전자에 물을 끓이고 (천년만년 걸렸다), 치즈샌드위치를 만들어 먹었다. 무엇보다 비디오게임을 못 하다 보니, 나흘 내내 아들과 함께 있을 수 있었다.

다음 주에는 가족 모두가 한데 모여 선거방송을 시청하면서 즐겁게 지내려고 애썼다. 하지만 긴장감이 아예 없다 보니, 아이들은 각자 전자기기로 뿔뿔이 흩어졌다. 출구 조사 결과 바이든이 쉽게 이길 것이 확실했고, 이건 내가 그리 반기지 않는 결과였다. 아, 어린 시절을 생각할 때 여전히 누군가에게 표를 던진다는 행위는 내게 금기를 행한다는 전율을 안겨주었지만, 내가 정말 원했던 것은 오바마의 재선이었다. 그가 흑인이어서가 아니라, 재미있어서였다.

진짜 드라마는 12월 중순에 펼쳐졌다. 대중은 재러드 러프너나 제임스 홈스 같은 대량 살인범에 대해 기꺼이 동정심을 보냈다. 그들은 보통 이하의 지능으로 조롱당하고 분노하여 살인을 저질렀는데, '지능' 개념은 이제 간단히 말해 과학적 환영이라는 사실이 널리 밝혀져 있었다. 하지만 초등학교 1학년생 스무 명이 사망자에 포함된 사건이 발생했을 때, 미국인의 동정심은 단단한 벽을 만났다. 섣부른 결론을 내릴 만한 증거가 없었음에도 불구하고, 시사 해설자들은 코네티컷주 샌디훅의 비쩍 마른 비호감 괴짜가 자기 자신과 모친을 포함, 스물여덟 명을 학살하게 된 동기는 전국적인 만악의 근원, 두뇌우월주의 외에 다른 이유가 없다고 입을 모았다. 만성적인 영양부족으로 인해 두개골만 유난히 커 보였던 반사회적 부적응자에게 왜곡된 우월감을 투사하는 것은 사실 쉬웠다. 하지만 에드바르 뭉크를 연상시키는 튀어나온 눈과 좁고 긴 얼굴은, 쪼그라든 몸 때문에 언뜻 초등학생처럼 보였던 스무 살 청년이 정신이상이었다는 사실을 뚜렷이 보여주었다. 살인 충동, 부도덕함, 정신이상, 아동학대 등을 뛰어난 지능과 연관시키는 흐름 속에서, 애덤 랜자는 정신평등주의 운동의 이상적인 악당이 되었다. 따라서 청년이 벌인 이해할 수 없는 참극은 구식 인지체계의 질서를 고수하려는 고립된 반대파를 불쾌하고 편협할 뿐 아니라 위험한 사람으로 비치게 했다.

'이거 봐라. 다른 사람들보다 똑똑할 것도 없는 사람들이 IQ 신화에 빠져드는 것을 용납할 때 이런 일이 생기는 거다.'

평행력 2013년

1장

　솔직히 내 학생들이 왜 아직 수업에 참석하는지 알 수 없었다. 달리 할 일이 없을 수도 있었을 것이고, 아직 집에 얹혀살고 있어서 부모님에게서 벗어나는 기회가 필요했는지도 모른다. 고등교육의 부가적인 사회적 기능이 일차적 목적으로 격상했는지, 교실은 마치 화장실을 이용하기 위해 굳이 카라멜 코르타도를 사지 않아도 되는 스타벅스 같은 분위기였다. 어쩌면 무시험 입학제로 들어온 이 학생들이 워낙 멍청해서 교수가 낙제점을 줄 수 없고 대학도 성적과 관계없이 무조건 졸업장을 발급해야 한다면, 4년 내내 앵그리버드 게임만 해도 학위를 '따게' 된다는 사실조차 모르고 있을지도.

　그래도 아주 낙관적인 기분일 때면, 나는 깊은 차원에서 문화는 절대 하룻밤 사이에 변화하는 것이 아니며 '대학에 간다'는 의례는 여전히 다음 관문으로 고등학생들의 기대감 속에 뿌리박혀 있을 거라고 상정하곤

했다. 이 기념할 만한 의례를 단 두 개의 괄호 안에—입학 서류를 들고 하루 동안 줄서기, 태슬이 달린 우스꽝스러운 사각모를 쓰고 동급생들과 모이기—축소시킨다는 것은 정신평등주의 헛소리에 세뇌당한 신입생한테조차 너무 혼란스러운 일이었다. 혁명가들은, 설령 그것이 자신들의 개혁을 적용할 캔버스에 지나지 않는다 해도 표준을 중요하게 여긴다. 〈굿 윌 헌팅〉과 〈소셜 네트워크〉가 차별적인 두뇌우월주의자 칭송담으로 혐오의 대상이 되었을지라도 학생들 대부분은 금지되기 전에 영화를 보았을 텐데, 윌 헌팅이나 마크 저커버그가 통과한 것과 같은 성장의례가 이제 짤막한 익살극으로 전락했다면 그들은 이제 그 경험에 참여할 수 없는 것이다.

게다가 내 학생들은 동질적인 집단이 아니었다. 일부는 열여덟 살 청년들이 평일을 보내는 대안적인 전통을 만들어내지 못해서 학문을 건성으로 배우고 있었다. 비밀경찰처럼 맨 앞자리에 앉아 나를 뚫어지게 쳐다보면서 혹시 자기들 하나하나를 주인님처럼 섬기지 않는 게 아닌가 흠잡으려고 혈안 되어 있는 학생들로 말하자면, 수업은 토끼몰이 비슷한 스포츠였고 내가 토끼였다. 하지만 공정하게 말하자면 뭔가 배우고 싶어 하는 소수도 있었다.

이제 우리 모두 공평하게 '현명해'졌으니, 대학을 (나아가 학교 일반을) 생산적인 제도로 유지해주는 것은 지능과 지식의 미묘하지만 중요한 구분이었다. 무엇을 담는 용기로서의 인간 정신은 모두 똑같은 크기이고 정보를 담는 능력도 동일했지만, 교수법은 여전히 조심스럽게 무지라는 개념을 방어하고 있었다. 인구 전반에 걸쳐 무지는 치유 가능한 상태이며, 교육이 그 치료법이었다. 그러므로 나 같은 사람도 계속 직장을 유지하고 있었다.

지능과 지식의 구분은 이론적으로는 굳건했지만, 실제로는 취약했다. '백치'라는 단어는 아무것도 모르는 사람이라는 뜻과 오랫동안 동의어였기 때문에, 정신평등운동이 나타나기 전에도 멍청한 사람과 아는 것이 없는 사람은 상당 부분 겹쳤다. 누군가를 '무지하다'라고 부르는 것은 원래부터 중립적인 평가가 아니었고, 지금도 그랬다. 그래서 선생으로서 내가 혹시 학생들에게 그들이 원래 모르고 있는 것을 가르친다는 식으로 발언하면 문제 생길 소지가 있었다.

이것도 불편한 진실이었지만, 정보에 노출된다고 해서 '평등한' 모든 사람이 그 내용을 계속 기억한다는 보장이 없었다. 바로 오늘 오후에도 나는 이런 현상을 목격했다. 낮 시간 TV 리얼리티 쇼나 시청하고 있다는 사실이 내가 하고자 하는 이야기의 요점에 오해를 남기지 않기를 바란다. TV 요리 경연대회에 출전한 뚱뚱한 45세 여성은 습관적으로 파스타를 '알리간테' 하다고 표현하고 있지만, 21세기 대도시에 거주한다는 점을 감안할 때 '알 덴테'라는 정확한 용어에 수동적으로 노출된 경험이 수백 번은 될 것이다. 이 출연자가 계속해서 '알리간티'라는 잘못된 표현을 사용하는 것은 특이함이나 변덕의 소치가 아니었다. 그 불쌍한 여자는 '렌틸'이 무엇인지 몰랐고, 다른 출연자가 여러 번 고쳐주었는데도 불구하고 크루통을 계속 '크루손'이라고 불렀다. 이 예는 단순히 무지한 것이 아니다. 그녀는 멍청하다. 볼테르대학교에서 강사들이 더 이상 시험을 내거나 점수를 매기지 않는 이유가 이것이다. 학습 능력은 지능이다. 그러므로 수업에 대한 학생들의 반응의 편차는 존재해서는 안 된다.

하지만 지식 대 지능보다 지금까지 학문적인 주목을 덜 받은 인지적 차이도 내 관심을 끌었다. 그것은 바로 지능과 요령 사이의 애매한 경계선이었다.

사실 2013년 당시 볼테르대학교의 모든 추천 도서 목록은 수많은 암묵적인 제약에 갇혀 있었고, 이는 이후 교수들에게 '우리 공동체의 핵심 가치'를 존중하도록 하는 대학 지침으로 명문화된다. 그럼에도 불구하고, 내가 맡은 해외문학개론 수업은 꽤 범위가 넓어서 내가 좋아하는 책이면 원칙적으로 무엇이든 과제로 낼 수 있었다. 학생 중 다수가 어차피 우리 독서 목록의 책을 읽지 않는다는 사실은 오히려 내 커리큘럼의 선택권을 한층 넓혔다. 슬프게도, 이런 아이들 역시 책등에 적힌 관사 더하기 알파벳 다섯 글자짜리 단어 정도는 해독할 수 있었다. 따라서 아이들을 숙제에서 보호해준 자유 선택 과제 방식도, 가장 자극적인 요소가 제목인 책까지는 보호해주지 못했다.

1월 말의 어느 월요일 캠퍼스를 걷고 있는데, 나는 전에 느꼈던 묘한 부조화에 다시 불편한 기분이 들었다. 1906년 카네기의 후원금으로 건립된 볼테르대학교는 견고하고 단단히 뿌리내린 느낌, 그리고 시대를 넘어 지속될 것 같은 영속성을 품은 미학으로 설계되었다. 대학 행정처는 수많은 자매학교를 망친 조화롭지 않은 현대식 건축을 도입하는 데 저항해왔기 때문에, 캠퍼스 전체가 신고전주의 양식으로 통일되어 있었다. 건물은 붉은색 점이 박힌 회색과 흰색의 벨리니 화강암이었고 모두 5층이었다. 묵직하고 단단한 참나무 쌍여닫이문은 걸핏하면 문틀에 끼었다. 내부는 한 번도 뜯어내고 새로 수리한 적이 없지만, 조금 허름하다는 느낌은—발길에 닳은 대리석 문지방, 손때가 검게 묻은 걸쇠와 유리를 끼운 책장, 빛바랜 모자이크 타일 바닥—지금까지 여러 세대가 이 홀에서 겸허한 자세를 취했다는 사실을 생각할 때 위풍당당한 인상을 더했다. 잘 관리된 정원에는 아름드리 낙엽수들이 우뚝 서서 교정을 내려다보았다. 내가 태어나기 전에 이 자리에 심어진 나무들이었고, 내가 세상을 떠난 뒤에도 이 자리에 남아 있을 것이다. 열일곱 살 때 나는 이 교정에 반했는데, 입시에 낙방한 뒤 실망했던 얄팍한 이유 중 하나였다. 이렇게 안정적이고 평온한 업무 환경은 내가 일개 강사로라도 여기서 일한다는 것이 기쁜, 또 다른 얄팍한 이유 중 하나였다.

근래 학교 분위기는 어딘가 이상해졌지만, 이 고색창연한 휴식의 섬 같은 곳에 자기 이름을 새긴 명판을 넣고 싶어서 유리와 철로 된 괴물 같은 도서관을 짓자고 안달하는 기부자는 아직 없었다(게다가 대학 같은 곳에 통 크게 돈을 내놓는 부자 자선사업가가 요즘 어디 있나? 뭐 하러?). 근년 들어 대학에 추가된 시설의 분위기와 느낌은 정확히 말해 가짜 같지는 않았다. 앞면만 평평하게 기둥으로 받쳐 세워놓은 영화 세트는 아닌지 확인하러 과학 및 공학 건물 뒤를 들여다보고 싶은 생각은 들지 않았다. 시설의 질감은 사기 같다기보다 우스꽝스러웠다. 1990년대 후반 어느 여름에 일주일 휴가를 보냈던 비엔나를 생각하면 될 것이다. 오스트리아는 감히 말해 별것 아닌 힘조차 유럽연합의 위세에 희석된 작고 한물간 나라지만, 그 수도는 으리으리하고 서로 걸돌았다. 토피어리 정원! 분수대! 전차 위에 세운 번들번들한 대리석 조각상! 날개를 펼친 금빛 독수리! 조그마한 사람들을 굽어보며 우뚝 서 있는 웨딩케이크 장식 같은 희고 거대한 건물! 하지만 그 모든 위용을 뒷받침해줄 제국이 없다 보니, 도시는 허무맹랑했다. 이런 눈먼 허영과 근거 없는 위세가 프린스턴과 컬럼비아, 하버드의 품위 있는 교정에도 서서히 퍼지고 있는 게 아닌가 하는 기분이 들었다. 곧 미국의 교육 시스템 전체가 비엔나처럼 변하는 게 아닐까.

교실에 도착하니, 학생들은 아직 하나씩 느릿느릿 들어오고 있었지만, 이제 나는 학생들이 모두 자리 잡을 때까지 기다릴 필요가 없다는 것을 알고 있었다. 자리 잡는 일은 없었다. 나는 끊임없는 잡담을 견디고 수업을 이어가는 법을 배워야 했다. 이것이 영화 〈언제나 마음은 태양〉이라면, 우리는 도입부에 멈춰 있었다. 나는 아이들의 전화와 경쟁하는 데도 단련되어 있었다. 지는 데 익숙해진 싸움이었지만, 오늘 오후만 해도 나는 이번에는 이길지도 모른다는 대담한 생각을 품었다.

나는 입을 열었다. "독서 목록을 수정하기로 했습니다. 이번 주에는 『죄와 벌』로 시작할 예정이었지만, 더 흥미로운 게 생각났어요."

학생들은 자리를 마음대로 골랐기 때문에, 늘 뒷줄 왼쪽에 앉는 소수만 수업에 주의를 기울였다. 젊은 여학생 세 명이었는데, 그중 두 명은 동아시아계, 하나는 겉보기에 평범한 외모였지만 독창적인 사고와 문학적 재능이 넘치는 글을 쓰는 캐머런이라는 흑인이었다. 캐머런은 자신이 학급에서 단연 가장 똑똑한 학생이라는 사실을 감춰야 한다는 독특한 골칫거리를 안고 있었다. 이들은 교육에 대한 열망을 지닌 주변부의 소수로서 본능적으로 서로를 알아보고 있었다. 초등학교 때는 아마 선생님이 예뻐한다고 해서 따돌림당했을 것이다. 똑같은 역학이 대학에서도 펼쳐지고 있었다.

"하지만 컨버스 선생님." 옛날식이었다. 내가 머릿속에서 학생 중의 학생이라고 분류한 모범생들만 요즘도 손을 들었다. 내가 고개를 끄덕이자 한국인 학생 지민이 말을 이었다. "저는 『죄와 벌』을 벌써 시작했는데요. 200페이지나 읽었어요!"

아, 역시 먼저 시작했구나. 정신평등주의 때문에 가장 힘들어진 것이 아시아계 학생들이었다. 지나치게 일반화하고 싶지는 않지만 성취 중심적 문화권에서는 가시적으로 측정할 수 있는 성과를 중요하게 생각하는데, 숫자로 표현할 수 있는 학습 성취의 척도가 없으니 아시아계 학생들은 혼란스러워했다. 부모님이 격려한 대로 열심히 느력하면 언젠가 누가 먼지투성이 책상 서랍에서 파이 베타 카파 열쇠, 오늘날 나치 무장친위대 휘장과 동급이 되어버린 우수함의 상징을 꺼내 수여할 거라는 믿음을 버리지 않고 아무것도 변하지 않은 것처럼 행동하는 것이 그들에게 가장 일반적인 대처 기제였다.

"도스토옙스키 조금 더 해치웠다고 나쁠 건 없겠지, 안 그래?" 나는 잡담 위로 말했다.

지민은 서둘러 단서를 달았다. "독서 목록을 앞서갔다고 말씀드린 게 그런 뜻은 아니고요. 제가 앞서가지 않은 학생들보다 조금, 낫다고 생각하는 게 아니라요. 다른 할 일이 없어서……. 저는, 그냥 저도 다른 애들과 똑같다고요."

초조하게 늘 따라붙는 이런 의례적인 단서는 수업 흐름을 저하했지만, 조심하는 것이 지민의 잘못은 아니었다. 다른 학생들은 모범생을 경멸했고, 앞줄에 앉은 트집쟁이들은 누가 아는 걸 과시한다 싶으면 당장 끼어들어 잘난 척한다고 난리를 피울 것이다. 두려움의 냄새를 맡은 맹금들이 이미 한국인 학생을 쏘아보고 있었다.

"라스콜니코프가 오해될 여지가 있다는 것이 약간 염려됩니다. 『죄와 벌』의 주인공은 자신을 아주 대단한 사람으로 여기고 있어요. 자신이 '똑똑하기 때문에' 일반적인 윤리 위에 있는 존재이고 그래서 노파를 도끼로 죽여도 된다고 생각한 것은 지적 오만이죠. 도스토옙스키는 분명 이 청년을 우월하다고 생각하지 않습니다. 여러 면에서 라스콜니코프는 한심한 사람으로 보여요. 사실 지난달 어떤 평자는 라스콜니코프를 애덤 랜자와 비교하기도 했습니다. 그래도 노골적인 두뇌우월주의자를 공부하는 건 좋은 생각이 아닐지도 모릅니다. 주인공이 자기 자신을 치켜올리는 구절은 어떤 사람들에게 거북하겠죠. 라스콜니코프는 예외적인 지능이란 것이 존재한다고 믿는데, 여러분 대부분은 분명 거기 포함되지 않으니까요." 아슬아슬한 발언이었다.

"그게 무슨 뜻이죠?" 앞줄에 앉은 떡진 금발머리 남학생 레인이 물었다.

"아무것도 아니야." 나는 가볍게 물러섰다. 교육의 본질은 원래 이단적일 정도로 위계적이기 때문에, 어떤 종류이든 '교수'나 선생 자리에 있는 사람은 언젠가 모두 실질적으로 자연히, 두뇌부심을 부린다는 비난을 받게 되어 있다는 생각이 든 것이 바로 그때였다. 어쩌면 나도 이제 '학생'이라고 부를 필요도 없는 아이들과 나란히 책상에 앉는 게 낫지 않을까, 수업계획서 따위 준비할 필요도 없지 않을까. 그래, 그것도 기대할 만했다. "도스토옙스키의 주제는 오늘날에도 여전히 유효하기 때문에 그래도 그의 작품을 읽겠습니다. 이번에는 그의 작품 중 작가 본인이 가장 좋아했던 후기 소설을 골랐어요. 내 의견이 여러분의 의견보다 중요할 이유는 없겠지만, 내가 가장 좋아하는 작품이기도 합니다."

나는 화이트보드에 적혀 있던 글쓰기 요령을 지웠다(① 한 가지 주장을 제시하라. ② 왜 그렇게 생각하는지 서술하라. ③ 주장을 다시 제시하되 다른 표현을 사용하라). 그리고 나는 대체 작품의 제목을 선명한 검정색 마커로 적었다.

효과가 있었다. 휴대전화만 들여다보던 학생들이 그 제목을 힐끗 보더니 일제히 고개를 들었다. 내가 전화를 이겼다. 처음으로 교실은 고요해졌다.

앞줄에 앉은 맹금들은 노골적인 적대감이 이글거리는 눈빛으로 강사를 노려보았다. 나는 물리적으로 뒤로 물러섰다. 순간 역설적인 성취감이 밀려왔다. 미소를 참는 것이 힘들었다.

맨끝 한가운데 앉은 건방진 학생 드루가 말했다. "컨버스 선생님, 책 이름을 직접 말씀해주셔야죠? 제일 좋아하신다는 책 이름인데 커다랗게 소리 내서 안 알려주실 겁니까?"

"그럴 필요는 없을 것 같구나. 짧은 제목이잖니. 너도 읽을 수 있지. 그럴 거라고 가정하자. 프로세스에 문제 있는 사람은 여기 없잖니, 안 그래?"

엄밀히 말해 드루 패터슨은 잘생긴 젊은 남학생이지만—대칭적인 얼굴, 날렵한 몸매—늘 호전적인 표정이라 귀여운 인상이 눈에 잘 들어오지 않았다. 진짜 멍청한지 그냥 게으른 건지 아무리 봐도 알 수 없었다. 잘 모르는 단어가 눈에 들어오면, 배워야겠다는 생각보다 본능적으로 분한 마음이 드는 것 같았다. 학생이라는 신분에 본질적으로 굴욕적인 점이 있다는 사실을 시대에 앞서 알아차린 학생일지도 몰랐다. 내가 아무리 잘 감춰도, 거만하다고 나를 의심했다. 나 역시 그에 대해 똑같은 생각을 했다. 드루는 유독 키가 컸는데, 수직적인 이점을 지닌 사람들은 항상 타인을 내려다보는 행동을 은유적으로 진지하게 실천하는 경향이 종종 있는 것 같다.

우리는 서로를 싫어했다. 우리 사이의 반감에는 중독성이 있었다. 일종의 즐거움이 있었다고 해야 할까. 드루는 내게서 트집을 잡으려고 수업에 한 번도 빠지지 않았다. 나는 웨이드와 에머리가 생각하는 것처럼 자기파괴적인 사람도 아니고 규칙에 따라 행동했지만, 드루는 시대의 진부한 원칙을 앵무새처럼 주워섬기는 문학 강사의 강의 속에 반항적인 태도가 도사리고 있다는 것을 예리하게 간파했다. 하지만 내 반항은 전부 어감에 머물렀다. 건조한 말투, 눈빛, 절대 대학 당국에 신고감은 아닌 그런 것들. 내가 한 발만 잘못 디뎠어도, 괴물 석상처럼 맨 앞줄에 앉은 드루 패터슨이 전부 다 기록했을 것이다. 역설적으로, 15년 전만 해도 똑같은 시비조의 자세가 저항할 수 없을 정도로 유혹적이었는데, 대체 무슨 차이였을까? 파브리치오는 나와 자고 싶었던 거지만, 드루는 내 경력에 엿을 먹이고 싶었던 거라서 그런지도. 그건 별로 섹시하지 않았다.

나는 계속 말을 이었다. "이제 고전의 반열에 올랐지만, 1869년 러시아에서 이 소설이 처음 출간되었을 때, 반응은 좋지 않았습니다. 구성이 허술하다는 비판을 받았고, 산만하다는 단점도 있지요. 러시아 이름을 모두 기억하면서 읽어야 하니까 머리도 아플 겁니다. 하지만 여러분 모두 똑같이 능력이 있으니 문제없을 거예요."

나는 우리 친구 표도르가 간질 환자였다는 사실 등 작품 배경을 학생들에게 알려주고 지금 학내 서점에 재고가 있다고 귀띔했지만, 끝내 제목은 입에 담지 않았다. '이상하게도' 서점 관리자가 책을 공개된 장소에 진열하는 것을 불편하게 여기고 있으니 직접 가서 달라고 해야 한다는 경고도 덧붙였다. 학생들이 서점에서 쭈뼛거리면서 당황스러워하는 모습이 눈에 선했다. 어떻게 할까? 제목을 써서 보여줄까? 행맨 게임 하듯이 머리글자만 써놓고 나머지 자리에는 밑줄만 그어서 점원에게 보여줄 수도 있겠지? 현명한 사람을 위해 권하는데(내 학생들 역시 모두 너무나 현명하지 않던가) 오해받지 않으려면 페이퍼백을 배낭 안에 잘 숨기고 다녀야 할 거라는 말도 잊지 않았다.

강의실을 나서기 전, 나는 화이트보드를 지웠다. 안전띠를 매고 나서도 혹시 레인지에 불이 켜져 있나 확인하러 부엌으로 달려가야 하는 불안 발작이 치밀어 올라, 나는 문을 나섰다가 다시 강의실로 돌아가서 화이트보드를 한 번 더 박박 닦았다. 변명이지만, 내 집에 불을 지를 마음은 추호도 없었다.

"왜 그랬어?"

나는 잠자리에 들 준비를 마친 뒤까지 기다렸다가 내일 정신평등처장에게 호출되었다고 웨이드에게 말했다. 아이들을 걱정시키고 싶지 않다고 스스로에게 되뇌고 있었지만, 사실 나는 이 대화를 최대한 미루고 있었다.

"모르겠어. 장난기?"

"치실 내려놔. 이건 너무 중요한 일이야." 나는 그의 말대로 했지만, 손이 계속 묶여 있었다. "그래서 충동적인 발상이었다고? 학생들 앞에 서 있는데, 갑자기 요절복통 짓궂은 장난이 생각났다는 거야?"

"정확히 그런 건 아니고. 미리 생각한 거였어."

"그렇게 깊이 생각한 건 아니었겠지. 아무 이유 없이 제 발등을 찍다니. 이렇게 해서 얻는 게 뭐야? 골칫거리 말고."

"자존심? 어디 엿 먹어봐라 하는 짜릿함? 솔직히, 난 그냥 재미였어."

"그건 열두 살짜리나 하는 소리야. 아니, 다윈한테 모욕이지. 그 애도 그렇게 멍청한 짓은 안 할 테니까. 자존심이라니, 왜 당신은 자기 발로 불구덩이에 들어가서 자존심을 찾는 거야?"

나는 치실을 풀어서 버렸다. 손이 묶여 있으니 체포당한 기분이 들었다. 나는 침대에 앉았다. "한 번씩 이런 짓을 해서 자기 주장을 해야 해. 안 그러면 외계인에게 뇌를 빼앗긴 좀비 같은 기분이 들어서."

"이 헛짓거리를 무슨 장기전으로 생각하는 거라면, 상대방에게 이렇게 쉽게 승리를 헌납하면서 어떻게 이기겠다는 거야? 그 책은 황소 앞에서 빨간 천을 흔드는 꼴이잖아. 나 잡아봐라! 이런 걸로 뭘 얻겠다고? 얻는 것 하나 없이 순교자가 될 뿐이야."

"난 몇 안 되는 아주 똑똑한 학생들을 생각해야 해. 아직 제대로 된 기준이 있는 대학이었다면 많은 성취를 했을 텐데 그 대신 벌받고 있는 학생들을. 장난처럼 도발적인 과제를 내준 건 그 애들한테 희망을 버려서는 안 된다는 신호였어. 이따금 난 신호탄을 쏘아 올려. 이 헛짓거리에 모두가 휩쓸린 건 아니다. 어딘가, 언젠가, 정신평등주의 이후의 삶이 있을 거라고."

"우리에게는 그런 세상이 있어……." 웨이드는 조롱하듯 노래했다.

"누가 일러바칠 줄은 몰랐지."

"왜 몰라? 수업마다 맨 앞줄에 사냥꾼들이 기관총이라도 맨 태세로 앉아 있다면서. 왜 표적을 줘?"

"그건 훌륭한 책이야!"

"이런 말 해서 미안한데, 당신은 무책임해. 좋아, 허리케인 샌디는 큰 행운이었지만……."

"그랬지."

"하지만 대체로 트리하우스 회사에서는 가족 전부를 먹여 살릴 정도로는 돈이 안 들어와. 융자금을 갚으려면 당신 월급이 있어야 해. 그러니까 내일 사무실에 가서 무릎을 꿇어. 아무 생각이 없었다, 큰 실수를 저질렀다고 해. 절대로, 절대로 이런 실수는 다시 하지 않겠다고 해. 그리고 학생들 앞에서 사과하겠다고 약속해."

"비굴하게 굴란 말이지."

"맞아."

2장

 사실 나는 독서 목록에서 하람 음식어 해당하는 것들을 지워나가는 데 익숙해졌다. 대부분의 대학이 아직 문학에서 금기를 명시적으로 지정하지는 않았지만, 미국 내 영문학과에서는 『소리와 분노』의 등장인물 벤지 콤슨이 많은 독자를 불편하게 한다는 공감대가 형성되어 있었다. 포크너의 화자는 전형적인 '지적장애인'의 예였지만, 공식적으로 이런 사람은 이제 존재하지 않았기에 무엇으로 불러야 하는지, 혹은 부르지 말아야 하는지 갈피를 잡을 수가 없었다(내게 정신평등운동의 서글픈 결과 중 하나는 내가 어렸을 때 '특수교육 대상'으로 불렸던 인구 집단에 대한 교육 및 자립 서비스 분야의 필연적인 재원 삭감이었다. 특별히 지능이 부족한 사람 따위는 존재하지 않기 때문에, 그런 사람들을 지원하기 위한 예산도 없었다). 벤지의 어머니는 서른세 살 난 아들을 여전히 '우리 아기'라고 부른다. 벤지의 혼란스럽고 소란스러운 일인칭 서술 시점에서 독자는 현실의 본질을 인지하지 못하는 화자의 상태를 추론할 수 있다. "내 목구멍에서 소리가 났다. 다시 소리가 났고, 나는 일어나려고 애쓰는 것을 멈췄고, 목구멍에서 다시 소리가 났고, 나는 울기 시작했다." 대안적 프로세싱에 대해 어색하게 토론하느니, 차라리 『내가 누워 죽어갈 때』를 가르치는 것이 훨씬 우아했고 그쪽이 더 짧다는 장점도 있었다. 이 점은 인정해야겠지만, '대안적 프로세싱'이라는 표현이 완곡한 돌려 말하기를 지나 모욕의 단계에 이르렀다고 표현한 에머리의 말은 정확했다.

이쯤 되면 내가 무슨 말을 하려는지 눈치챘을 것이다. 한 명의 예외도 없이 겁쟁이인 동료 학자들은 『생쥐와 인간』의 조연에 대해서도 무언의 불편함을 느끼고 있었다. 비슷한 장애가 있는 레니 스몰은(여기서 반어법. 레니는 덩치 큰 인물이다) 마찬가지로 혐오적인 고정관념을 표상하는 인물이었지만, 역시 더 이상 어떤 종류의 분류를 형성하지 않는 인구 집단 전체를 정형화한다는 것은 이해하기 힘든 일이었다. 레니가 호감 가는 인물이라는 점, 그의 '부드러운 것들'에 대한 열정이 사랑스럽다(비극으로 얼룩졌다 해도)는 점, 사랑하는 것을 항상 죽이게 된다는 격언을 통렬한 문학으로 승화시켰다는 점을 들어 스타인벡의 중편을 망각에서 구출하기 위한 노력도 있었지만, 성과는 없었다.

상사들에게 굳이 알린 적은 없었지만, 내가 받은 문학 교육은 잘 봐줘야 듬성듬성해서, 그 악명 높은 또라이가 등장하는 돈키호테가 외면당했을 때는 마음이 놓였다. 그 소설은 내가 읽은 적이 없는 묵직한 고전 중 하나였기 때문에, 1605년에 집필된 1000페이지 넘는 장편을 꾸역꾸역 넘기지 않아도 된다는 것이 기뻤다. 『앨저넌에게 꽃을』은 그보다 떠나보내기 아쉬운 책이었다. 하지만 지능지수라는 개념 자체가 해로운 신화로 간주되는 마당에, 등장인물이 뇌수술을 받고 지능지수가 68에서 185까지 올라갔다는 줄거리는 당연히 문제가 있었다. 우습게도 이 플롯에는 정신평등운동의 선전을 오히려 뒷받침할 수 있는 잠재력이 있었지만—찰리는 자기 자신을 대단히 머리가 좋다고 생각하지만, 점점 더 불행해지고 인간관계를 유지하지 못하게 된다—I와 Q라는 대문자가 연달아서 나온다는 사실만으로도 어떤 소설이든 문학의 창고에 유배시킬 이유가 충분했다.

영화와 TV에서 상영 금지 조치가 단행된 것과 동시에, 얼간이가 등장하는 책은 물론 만물박사가 나오는 책들도 대학 울타리 바깥으로 쫓겨났다. 책 속의 셜록 홈스는 화면에 등장하는 베네딕트 컴버배치보다 더 문제가 많았다. 항상 옳다고 설정된 기만적인 허구의 인물들도 마찬가지였다. 애거서 크리스티의 심리를 꿰뚫는 까탈스러운 탐정 에르퀼 푸아로, 한니발 렉터(그가 연쇄살인범이라는 사실은 아무도 신경 쓰지 않았다). 〈퀸스 갬빗〉의 체스 신동은 틱택토 게임조차 이기지 못하는 학생들에게 열등하다는 기분을 느끼게 할 위험이 있었다. 빅터 프랑켄슈타인은 지적 오만이라는 위험을 경고하는 전형적인 인물일지 몰라도, 작가 메리 셸리는 그 한심한 영화만 보고 작품을 평가한 평범한 경영진에게 낙인이 찍혔다. 〈2001 스페이스 오디세이〉와 〈은하수를 여행하는 히치하이커를 위한 안내서〉는 HAL(〈2001 스페이스 오디세이〉에 등장하는 인공지능 컴퓨터. 우주선을 조종하며 승무원과 소통하지만, 임무를 위해서 필요하다는 판단이 서자 승무원을 죽이려고 한다-옮긴이)과 깊은 생각(Deep Thought, 〈은하수를 여행하는 히치하이커를 위한 안내서〉에서 생명과 우주, 만물의 궁극적인 질문에 대한 답을 계산하기 위해 만든 컴퓨터-옮긴이)으로 인해 문학의 쓰레기 매립지로 추방되었지만, 이 디지털 의존 시대에 컴퓨터조차 잘난 척할 수 없다면 이건 정말 뭐 같은 상황이었다.

잠시 전문가로서 한마디 하자면, 고전에 등장하는 인상적인 주인공들은 종종 어리석은 행동을 저지른다(전당포 주인을 충동적으로 해치운 라스콜니코프가 대표적인 예다. 범인은 살인을 통해 손에 잡히는 이득을 전혀 얻지 못했고 어처구니없는 초인 이론조차 증명하지 못했다). 하지만 서구 문학의 거장 대부분은 지적으로 우수하다는 이유로 인물을 창조하지 않았다. 오로지 천재성만으로 등장인물을 두드러지게 하는 것은(키보드만 두드리면 박사 학위 몇 개 정도는 쉽게 줄 수 있다) 영어덜트, 판타지, 범죄물 같은 장르소설에서 더 흔히 볼 수 있는 싸구려 캐릭터 구축 방식이다. 그러므로 정신평등운동이 남긴 유일한 가치 있는 교훈, 태어날 때 우연히 얻은 지적 능력으로만 타인을 평가하지 말라는 교훈은 이미 우리의 문화적 전통에 깊이 뿌리박혀 있다. 문학은 잠시 접어두고, 대부분의 미국인은 어리석인 행동보다는 탐욕, 이기심, 기만, 잔인함 등 개인의 선택으로 바뀔 수 있다고 여겨지는 결함을 언제나 가장 가혹하게 평가해왔다. 단순히 무기력한 어리석음은—멍청한 행동과는 다른 문제다—애당초 비호감 순위의 상위권을 차지하지 않았다. 달리 말해, 우리에게는 정신평등주의 운동이 필요하지 않았다. 내게 아무 해도 주지 않는데 남보다 약간 모자라는 사람들을 조롱하는 것은 이미 부끄러운 일이라고 여겨지고 있었다.

　그러나 눈살 찌푸리게 하는 이 모든 책을 돌아보면서, 나는 사후에 출간된 존 케네디 툴의 소설이 커리큘럼이란 커리큘럼에서 모조리 금서 처분을 받은 이유가 익살스럽게 멍청한 반영웅적 주인공 때문이 아니라 오로지 그 제목 때문이었다는 사실을 주목했어야 했다. 섣불리 그 러시아 소설을 농담이랍시고 과제로 내주기 전에 『바보들의 결탁』에 드리운 먹구름을 떠올렸다면, 어쩌면 좀 더 자제할 수 있었을 텐데.

조교의 안내로 들어가보니, 정신평등처장이 으리으리한 사무공간을 배정받았다는 것을 알 수 있었다. 보기 드물게 넓고 난방도 세고 실내장식도 새것이었다. 아니, 도무지 개성이 없었으니 장식이 부족했다고 해야 할까. 벽은 흰색이었고, 흔한 추상적 인상주의 작품들이 걸려 있었다. 유리 책상은 너무나 깨끗하고 깔끔하게 정돈되어 있어서 하루 종일 무슨 일을 해서 돈을 받나 싶을 정도였다(분명 급여도 셀 텐데). 가족사진은 없었다. 원래 바탕이었던 다크우드 벽면과 모퉁이 장식에는 페인트가 칠해져 있었는데, 현재 사무실을 사용하는 사람을 탓할 문제만은 아닐 것이다. 하지만 다이앤 풋을 한번 척 보니 100년도 넘은 마호가니에 아무 고민 없이 흰 반광 페인트를 발라버리고도 남을 사람으로 보였다.

우아하게 화장한 풋은 매력적인 사십대 여성이었지만, 정신평등처장의 격식을 갖춘 빛바랜 분홍색 정장에는 여성적인 면이나 부드러움이라고는 찾아볼 수가 없었다. 대형 백화점 꼭대기 층에 입점한 디자이너 컬렉션 특유의 놋쇠 단추 달린 각진 스타일이었다. 나는 사람들이 왜 그렇게 큰돈을 주고 무성적인 옷을 사 입는지 알 수가 없었다. 업무 외 시간에는 거울 앞에서 무표정한 얼굴을 연습하는 게 아닐까 하는 생각도 들었다. 연습 없이 저렇게 딱딱한 표정을 연출할 수 있는 사람은 없을 것 같았기 때문이었다.

"세상에." 나는 목도리와 패딩 코트를 입은 채 급히 들어섰다. 티끌 하나 없는 아이보리색 양탄자 위에 백팩을 내려놓는 것조차 공공기물 파손처럼 느껴졌다. "눈이 올 것 같아요! 일기예보는……."

"앉으세요."

나는 지시에 따랐다. 책상 앞에 놓인 푹신한 검은 가죽 의자는 치과에서 스케일링을 받는 각도로 젖혀지는 현대적인 스타일이었다. 이 의자는 바닥에 가까울 정도로 낮았지만, 풋은 훨씬 높은 위치에 꼿꼿하게 앉아 있었다. 나중에 생각해보니, 우리가 의자를 바꿔 앉았다면 면담이 다르게 진행되었을 것 같았다.

"불만이 접수되었다는 걸 알고 계십니까?"

"네, 아마 제 해외문학 학생 중 한 사람이 제가 과제로 내준 소설에 이의를 제기한 것 같습니다." 나는 외투를 벗지 않았다. 이제 벗을 수도 없었다.

"한 사람이 아닙니다, 컨버스 강사."

"유감입니다. 하지만 소설은…….'

"이 과제가 의도적인 도발로 느껴질 수도 있다는 걸 알고 계셨겠지요? 이건 놀랄 일이 아닙니다."

웨이드도 같은 말을 했다. "저는 도발보다는 유희라고 생각하고 싶습니다. 또한 대학 수준의 강의에서는 학생들을 도발하고, 생각하게 하고, 질문을 제기하는 시도가 반드시 필요한…….'

"그럼 이렇게 표현해보죠. 이 과제가 학생들을 불쾌하게 하고, 화나게 하고, 모욕하고, 불편하게 할 거라는 점을 모르셨을 리가 없습니다. 강사의 공정성과 올바름에 대한 판단력에 의문을 갖게 하고, 극단적인 정치관을 가진 사람에게 가르침을 받고 있는 것이 아닌가 불안하게 한다는 점을 말입니다."

"1869년의 표도르한테 너무 많은 의미를 부여하시는 것 아닐까요."

"이 불만은 도스토옙스키에 대한 것이 아니라 강사에 대한 것입니다. 원래 다른 책이었는데, 막판에 이걸로 바꾸셨다죠? 왜 그 책을 선택했습니까, 컨버스 강사?"

'선택하면 안 되는 책이었으니까요'라는 대답이 나도 모르게 흘러나오려는 것을 간신히 참았다. "그 책은 러시아 문학의 위대한 고전 중 하나입니다. 저는 제목을 소리 내어 입에 담지도 않았고……."

"그런다고 무슨 차이가 있나요?"

이 말은 일리가 있었다. "별 차이는 없겠죠."

"한 학생의 항의에 따르면, 과제에서 학생들이 읽는 텍스트는 제목뿐이라고 질책도 하셨다지요."

"맞습니다." 나는 중얼거렸다.

"그런데 그 제목은 혐오적인 단어고요."

나는 입장을 다시 정리하려고 노력했다. "음, 저는 그 소설의 주제가 현대적 감수성과 잘 맞아떨어진다고 생각했습니다. 다른 모든 등장인물들은 미시킨 공작을…… 무개념한……." '무개념'이라는 말을 써도 되는지 자신이 없었다. "……열등한 사람으로 여깁니다. 하지만 실제로 그는 가장 현명한 인물로서……."

"사람마다 현명함의 정도가 다르게 나타난다고 생각하십니까?"

"미시킨 공작이 한심하게 묘사되는 것이 부당하다고 생각합니다. 그는 선한 사람이고 고결한 사람입니다. 그의 순수함, 타인의 선함에 대한 믿음, 구원받을 힘이 있다는 믿음은 타인의 눈에 어딘가 잘못된 사람이라는 신호로 받아들여집니다. 그래서 그는 순교자가 되지요. 비읍으로 시작하는 그 인물은 사실상 대안적 프로세싱의 궁극적인 상징입니다." 이제 '대안적 프로세싱'이라는 표현에도 자신이 없었다.

풋은 말없이 그냥 앉아 있었고, 나는 말을 이었다. "동일한 오해가 셰익스피어의 바보들까지 몰아내고 있습니다. 비읍으로 시작되는 단어를 쓰게 되어 유감이지만, 이건 아직 대체할 용어가 없는 극작법의 전통적인 역할입니다. 수많은 셰익스피어 희곡이 그렇듯 『리어왕』에서 '바보'는 왕족들보다 더 똑똑하고, 바보의 농담은 지배계급을 조롱하지요. 바보는 진실을 말하는 자입니다. 경멸적인 고정관념과는 정반대입니다."

이 짧은 문학 강의가 펼쳐지는 동안 풋이 지었던 표정을 '관용'으로 표현하는 것은 너무 너그러운 평가일 것이다. 그는 광고가 끝나기를 기다리는 TV 시청자 같은 표정을 짓고 있었다. 그사이 간신히 패딩 외투 지퍼를 내리긴 했지만, 나는 땀을 뻘뻘 흘리고 있었고 얼굴이 땀에 젖어 있지 않나 신경 쓰였다. 어금니 치료받듯 뒤로 몸이 넘어가는 것이 싫어서 허리를 세우고 의자 끝에 걸터앉으려다가, 몸이 앞으로 쏠려 하마터면 의자에 깔릴 뻔했다.

나는 불확실한 음성으로 말했다. "게다가, 과거를 다시 쓰는 것이 정신평등주의 운동에 도움이 될까요? 인지평등의 중요성을 인식하려면, 지적능력이 모자란다고 여겨지는 사람들이 역사적으로 얼마나 잔인한 취급을 당했는지 또한 인식해야 하지 않겠습니까? 모든 '비하어'를 지워버리면, 우리의 진보까지 지워지게 됩니다. 과거의 잘못에 대한 기억을 간직하여 그 잘못을 바로잡은 공로를 인정하는 것이……."

계속 침묵이 흘렀다. 오래 이야기하면 할수록 내 발등에 총을 쏘게 된다는 것을, 풋도 나와 마찬가지로 아주 잘 알고 있는 것 같았다. 나는 입을 다물었다.

풋은 마침내 말했다. "당신은 여기서 그냥 강사 직책이시죠, 안 그렇습니까? 종신직도 아니고, 심지어 조교수도 아니시죠."

"음, 저는 연구하고 논문 쓰는 것보다는 학생들을 가르치는 일에 더 관심이……."

"그럼 이 사무실에 상당한 힘이 있다는 것을 다시겠지요? 인지평등 관련 불만 처리 절차는 단순히 징징거리는 학생을 달래는 의례적인 과정이 아닙니다."

"음, 제가 징징거린다는 표현을 쓴 적은……."

"그런데 지금까지 반성하는 기색이 없군요."

역시 이거였다. 웨이드가 나를 쏘아보고 있는 기분이 들었다. 우리는 아이 셋을 키우고 있다. 멋진 집에는 아직 갚아야 할 융자금이 남아 있다. 볼테르대학교는 이 도시에서 가장 평판 좋은 고등교육기관이었다. 좋지 않은 일로 이 학교를 떠나게 된다면, 다른 곳에서 자리를 잡는 것도 너무나 힘들어진다. 아무도 내게 그 소설을 과제로 내라고 강요하지 않았다. 이건 오로지 내가 자초한 상황이었다. 우치하고 충동적인 행동으로 심각한 결과를 초래한다면, 다른 많은 사람은 물론 나 자신조차 스스로를 동정할 수 없을 것이다. 나는 의자와 싸우는 것을 포기하고 굴복하는 자세로 다시 뒤로 몸을 기울였지만, 이제는 치과보다 산부인과 의자에 드러눕는 기분에 가까웠다.

"아뇨, 당연히 전적으로 반성하고 있습니다." 나는 고개를 숙이고 얌전하게 두 손을 무릎 위에 모았다. "저는 그 과제를 선택한 것을 깊이 후회하고 있습니다. 곰곰이 생각해보니, 소설 제목 자체만으로도 학생들의 감정을 배려하지 않고 불필요한 상처를 주는 선택이었다는 것을 깨달았습니다. 대체 무슨 생각이었는지 모르겠지만, 이런 경솔한 판단은 전혀 저답지 않은 행동이었다는 점을 분명히 말씀드리고 싶고, 앞으로 이렇게 중대한 실수는 절대 다시 저지르지 않겠습니다. 불만을 제기한 사람들에게 일일이 개인적으로 사과하겠으며, 강의를 듣는 전체 학생들 앞에서도 기꺼이 사과하겠습니다. 제가 자격이 없다고 판단하셔도 이해합니다만, 한 번만 더 기회를 주신다면 제가 정신평등주의의 열렬한 지지자이고 학생들 한 사람 한 사람 다 지적으로 동등하다고 굳게 믿는다는 사실을 반드시 입증해 보이겠습니다."

나는 고개를 들었다. 그날 오후 처음으로 다이앤 풋은 일말의 감정을 드러냈다. 눈썹이 잘했다는 듯 손톱만큼 올라갔다. 하지만 그 표정이 '계속하라'는 뜻이라 해도, 파충류처럼 배를 바닥에 대고 기는 이런 짓을 내가 얼마나 더 할 수 있을지 알 수 없었다.

"그냥 죄송할 뿐입니다." 나는 자신 없게 말을 맺었다. "정말, 정말, 정말 죄송합니다." 강조어는 ('아주' '너무나') 효과가 없고 오히려 정반대의 결과를 불러일으킬 수 있다는 것이—오히려 전혀 미안하지 않게 들린다—내가 1학년 작문 시간에 가르치는 주제 중 하나다.

풋 정신평등처장은 보고서를 쓰겠다, 곧 행정실에서 연락이 갈 거다, 라고 했지만 어딘가 자기만족에 젖은 듯한 태도를 보니 내 읍소가 성공을 거둔 것 같았다. 나는 목도리와 백팩을 잊지 않고 챙겼다. 물론 자존심은 뒤에 남겼다.

후기를 덧붙이자면, 이 일이 있었던 때가 고작 2013년이었다. 아직 원칙이 확립되지 않았던 시절이었고, 곧 정신평등주의 교리를 위반하고 사과하면 할수록 더욱 깊이 무덤을 파게 되는 시대가 도래했다. 만약 똑같은 면담이 1년 뒤에 있었다면, 풋 정신평등처장은 후회와 부끄러움, 만회하려는 필사적인 헛소리를 최소 10분은 더 늘어놓게 한 뒤 그 자리에서 나를 해고했을 것이다.

3장

대학은 거의 학기가 다 끝난 4월 말까지 내 고용 상태에 대해 확답을 주지 않았고, 나는 만화 〈피너츠〉에 나오는 픽펜처럼 비난의 구름을 몰고 힘겹게 교정에 드나들어야 했다. 그동안 동료들은 나를 멀찍이 피해 다녔다. 나는 학교 회의에도 초대받지 못했다(이건 다행이었다). 유난히 길게 끄는 절차에서 내가 읽을 수 있었던 것은 일말의 새디즘이었다. 두 번째 면담은 없었고, 내 실수는 단 한 번의 수업이었지만, 해외문학 학생들의 불만 내용은 더 이상 다채로울 수 없었다. 한편 풋과의 면담 이후 나는 학생들에게 변경된 독서 목록을 공지했다. 해당 제목에 '문제의 소지'가 많을 뿐만 아니라, 개론 강의에서 도스토옙스키 소설은 어차피 너무 장황하다고 설명했다. '장황하다'는 맹금들이 사전에서 찾아봐야 할 단어였지만, 그럴 리가 없었다.

마침내 도착한 통보는 면죄부가 아니었다. 정신평등처는 이번 일을 더 이상 문제 삼지 않겠다, 하지만 접수된 불만은 계속 기록에 남는다는 내용이었다. 내게는 수습 자격으로 강사 업무를 계속할 수 있다는 처분이 내려졌지만, 계속 감시당하고 있다는 것은 분명했다.

파티를 열 만한 핑계는 아니었지만, 타락한 여호와의 증인으로서 나는 기회가 생길 때마다 악착같이 챙겼다. 나는 가정의 금융 안정성을 유지하게 된 기념으로 주말에 한잔하자고 에머리를 불렀다. 모처럼 애인이 없는 에머리는 의분에 차 씩씩거리며 자리를 박차고 나갈지도 모르는 까탈스러운 윤리 재판관을 달지 않고 홀가분하게 왔기 때문에 얼마든지 머리를 풀어헤치고 한껏 긴장을 풀 수 있었다. 지금은 아주 짧은 커트 머리여서 풀어헤쳐봤자 그게 그거긴 했다.

에머리 루스의 옷차림을 항상 묘사하게 되는 것 같아 신경이 쓰인다. 나는 다른 사람들의 옷차림을 기억하는 경우가 거의 없는데, 사실 그게 정상이다. 의복 문제에 사람들은 온갖 고뇌를 쏟지만 사실 며칠 동안 똑같은 옷을 입고 다닌다 해도 아무도 알아차리지 못한다. 하지만 에머리는 이런 법칙에서 예외였다. 나는 어느 특정한 저녁에 그녀가 무슨 옷을 입고 왔는지 항상 시각적으로 떠올릴 수 있다. 옷에 과한 투자를 하는 것 같지는 않지만, 에머리는 이것저것 섞어서 세련되게 연출하는 데 능숙했기 때문에 도무지 같은 옷을 두 번 입는 것 같지 않았다. 에머리가 찾아올 때마다 내가 유난히 내 외모에도 신경 쓴다는 것을 알아차린 것은 세월이 한참 흘러서였다. 내가 그녀와 경쟁하고 있나? 그보다는 미묘했다. 나는 동등하게 받아들여지기 위해 항상 투쟁하는 사람이었다. 어쨌든 그것이 경쟁이라면, 나는 지고 있었다. 내가 액세서리를 잔뜩 달고 나오면 에머리는 너무나 자제한 스타일로 등장해서, 그 단순성에 비교하면 내 치장은 과하고 정신없어 보였다. 내가 단순한 스타일을 선택하면 에머리는 한껏 현란하게 치장해서, 내 미니멀리즘은 평범하게 빛이 바랬다.

그날 밤 에머리는 단순한 스타일을 선택했다. 허리선이 엉덩이로 낮게 처진 종아리 절반 높이의 헐렁한 검은 바지, 목선이 깊이 파인 마젠타 민소매 톱, 허리에서 묶은 발레복 같은 검정색 블라우스. 그녀는 우아하고 편안해 보였다. 절대 애써 꾸민 느낌이 들지 않았다.

"반갑다, 고용노동자!" 그녀는 내 뺨에 키스했다. "허리케인 샌디가 왔을 때 네가 그 입에 담을 수 없는 소설을 가르칠 거라고 하긴 했지만, 정말 그걸 실행에 옮길 줄은 몰랐어."

"대단하다는 거야, 한심하다는 거야?"

"양쪽 다 조금씩. 교훈은 얻었니?"

"이 나라가 빠져든 광기의 수렁이 얼마나 깊은지 더 분명히 깨닫게 되었다고나 할까. 네 말이 이런 뜻인지는 모르겠지만."

"그렇지는 않아. 그런데 아이들은 어디 있니?"

보통 때라면 지금쯤 에머리 이모를 부르며 들이닥쳐야 한다. "루시는 자러 갔어. 다윈과 잔지바는 조금…… 차분해졌어. 뭔가 꾸미는 것 같기도 하고. 항상 둘만 머리를 맞대고 뭘 그렇게 쑥덕거리는지. 예전에는 나도 같이했는데, 요즘은 날 끼워주지 않네."

에머리는 어깨를 으쓱했다. "다윈은 이제 섭대잖아."

"다음 달까지는 아니야." 나는 와인 상자 포장을 뜯었다. "그 애는 격분과 무기력 사이를 오가고 있어. 난 차라리 격분 쪽이 나은 것 같아. 잔지바는…… 요즘 '모든 것이 평등하고 우리는 모두 똑같다' 주의가 정말 번지고 있는 거 알고 있어? 그러니까, 말도 안 되는 수준으로. 잔지바는 학교

봄 연극을 신청했는데, 너무 잘해서 선정되지 않을 게 분명해."

"잘하는 게 뭐가 중요하겠어? 모두가 '똑같다'면서."

"재능은 거짓을 폭로하니까. 그러니 재능 있는 아이들에게 벌을 줘야하는 거지. 억압하고, 벽장 안에 밀어 넣어야 하는 거지."

에머리는 평범한 메를로 와인 따른 잔을 받아 들고 나를 비판적으로 쳐다보았다. "이 일을 너무 마음에 깊이 담아두지 마. 원한은 반감기가 스트론튬-90만큼 긴 지독한 감정이야."

"기껏 말장난으로 하마터면 직장을 잃을 뻔했어. 그럼 무슨 감정을 느끼라는 거야?"

"안심해야지. 우린 축하하러 모인 거잖아."

"아, 경찰이 드디어 그놈 잡았대." 웨이드가 작업실에서 맥주를 가지러 나왔다.

에머리는 말했다. "그 테러범, 이런 말 하기는 민망한데 섹시하더라."

"길 잃은 개 같던데. FBI가 배포한 사진은 고등학교 졸업앨범 사진 같았어. 여학생들이 전부 마음에 두고 있지만, 정작 본인은 자기가 그렇게 인기 있다는 것도 모르는 그런 남학생. 너무 순진해 보였어. 한데 웃긴 건, 보스턴 마라톤 폭탄테러가 뉴스에서 싹 사라졌다는 거야. 그렇게 상징적인 행사에 대한 공격이라면 전국적인 관심이 집중될 만도 한데 말이야. 그런데 '범인에 대한 수사는 계속되고 있습니다' 한마디뿐이라니. 언뜻 생각나서 끝에 덧붙이는 것처럼."

에머리가 말을 받았다. "미국인의 집단정신은 한 번에 한 가지 이상 생각할 능력이 없다 보니. 이슬람 테러리즘은 한물갔어."

"진짜 그래. 그건 '최후의 위대한 인권운동'이 아니잖아."

"고생도 많이 했던데. 그 단단한 압력밥솥 하며, 치밀한 계획이었는데. 그게 다 무시당하다니, 그놈들 기분 상하겠다."

웨이드가 말했다. "난 무시할 수가 없어. 죽은 사람뿐만이 아니야. 수십 명의 인생이 완전히 바뀌었어. 다리가 잘리고. 얼굴이 망가지고. 내가 그 사람들 입장이었다면 화가 났을 거야."

우리 모두 육체적인 손상을 두려워하지만, 웨이드는 특히나 자신의 생계를 파괴할 수 있는 재난에 민감했다. 게다가 다른 사람들보다 자신의 몸을 더 깊이 체험하는 사람들이 있는데, 웨이드가 그런 부류였다.

"테러리즘 말고도 다른 많은 뉴스들이 밀려나고 있어." 나는 말했다. "동성결혼 합법화 운동은 어떻게 됐지? 한창 잘나가고 있었는데, 지금은 완전히 논외로 빠졌어. 동성결혼은 여전히 불법이야. 유일하게 변한 건 아무도 신경 안 쓴다는 거지."

"하. 그러고 보니 그렇네. 나도 완전히 잊고 있었어." 에머리가 말했다.

"중요한 건, 멍청한 사람들이 결혼할 수 있다는 것뿐이지."

에머리가 무슨 대답을 할지는 뻔했지만—다행히 그건 항상 그래왔지. 안 그랬으면 결혼제도 자체가 진작 사라졌을걸—아무 말도 하지 않았다.

나는 와인 잔을 들고 부엌 의자에 주저앉았다. "근데 터널 시야라는 게 이런 건지 말이야. 풋 정신평등처장과 가졌던 면담이 계속 생각나. 그때도 그랬지만 지금도, 난 그 사람이 이 헛짓거리를 진심으로 믿는 건지 믿는 척하는 건지 알 수가 없어. 분명 풋은 가면을 쓰고 있었어. 얼굴에서 아무것도 읽을 수가 없었거든. 그 밑에 뭐가 있을까? 완전히 다른 얼굴, 다른 사람이 있을 수도 있어. 이따위 심문 다 쓸데없다, 문학 강사가 러시아 고전을 과제로 내는 건 잘못된 게 없지 않나, 이렇게 생각하고 있었을 수도

175

있지 않을까? '멍청함'이라는 개념이 존재하던 시절, 멍청한 사람은 볼테르대학교에 입학할 수 없던 시절이 돌아오기를 간절히 바라고 있지 않을까? 가면 속의 얼굴도 반대로 가면과 정확히 똑같았을 수도 있겠지. 해야 되는 말만 앵무새처럼 되풀이하는 데 정말 능한 사람, 아니면 아예 뼛속까지 광신도 같은 사람." 나는 다이앤 풋에 대한 진솔한 상념으로 이야기를 시작했지만, 어느새 열이 올랐는지 에머리 루스에 대한 이야기라 해도 진배없을 말을 하고 있었다.

에머리는 까칠하게 말했다. "다들 살아남기 위해 해야 하는 일을 하는 거야. 말이 나와서 말인데, 나도 새로운 소식이 있어. 뉴욕에 있는 누가 내 WVPA 방송 논평을 인상 깊게 들었대. 케이블 TV에서 카메라 앞에 출연하는 2시간짜리 인터뷰 제안을 받았어. 뉴욕원 방송국이야. 아직 CNN은 아니지만 그래도 내가 가려는 방향으로 한 단계 올라선 셈이야."

"이야. 그 기름진 봉을 잽싸게 타고 올라가고 있구나."

"난 이제 곧 마흔하나야. 급속도로 치고 올라간다고 말할 수는 없어. 게다가 '기름진' 봉을 타고 올라간다는 묘사는 좀 흉하다. 대학을 졸업한 뒤로 줄곧 기다려온 기회라고."

나는 물러났다. "미안해. 그냥 표현이 그렇다고. 다른 뜻이 있었던 건 아니야. 뉴욕으로 갈 건 아니지? 그럼 정말 섭섭할 거야."

"아니, 출퇴근하기 어렵지도 않고. 생활비는 볼테르가 훨씬 싸니까."

"다행이다. 단지……." 거기서 입을 다물었어야 했지만, 참을 수가 없었다. "비록 재능 있는 사람을 찾기 힘들긴 해도 네가 지역 예술 프로그램으로 대성공을 거둬서 뉴욕원에 좋은 인상을 남겼다면 진짜 더 반갑긴 했을 텐데."

웨이드의 충고대로 나는 에머리의 라디오 논평을 듣고 있지 않았지만, 어깨 너머로 학과 교수진이 그 내용에 대해 이야기를 나누는 것을 들어보면 이따금 상당히 화제가 되고 있는 모양이었다. 항상 진정성이 모호한 피상적인 찬성 표명이었다. 정신평등운동에 대한 공격적인 옹호가 여전히 에머리의 논평 내용을 주도하고 있는 것 같았다.

에머리는 침착하게 말했다. "뉴욕원은 대신 라디오 논평을 인상 깊게 들었어. 논평이 더 인상적이었으니까."

"그럴 수도 있겠네⋯⋯. 뭐, 난 잘 모르겠어."

"넌 안 듣잖아."

"내가 논평을 듣는 게 우리 우정에 도움이 안 될 것 같아서."

"또 이런 식이구나. 날 파문하겠다는 식으로 협박하는 거. 은연중에 내가 뭔가 사악한 짓을 저지르고 있는 것처럼 뒷맛을 남기면서."

웨이드는 나를 날카롭게 쏘아보았다. 그는 네가 뭐라고 대꾸할 참인지 잘 알고 있었다. "난 네가 실제로 사악한 짓을 하고 있다고 생각해." 대신 나는 외교적인 화법을 유지하려고 애썼다. "내가 지지하지 않는 이념에 대해서 네가 입에 발린 말을 하고 있다는 건 부정할 수 없는 사실이잖아. 뉴욕원은 그래도 균형이 좀 잡혔을까? 반대 의견도 방송하나?"

"어떤 방송국도 정신평등운동에 대해 반대 의견을 방송하지는 않을 거야. 폭스조차 이런 논란은 피해."

"폭스는 이제 백치라는 비판을 안 듣게 돼서 마음 놓이는 사람들이 바글바글하니까 그럴 수도 있겠네." 화가 끓어오르는 것을 참으려는 노력은 내 경험상 안타깝게도 거의 효과가 없다. 지금도 소용이 없었다.

웨이드가 애원했다. "제발 그만 좀 하자. 당신이 이 문제를 왜 이렇게 물고 늘어지는지 난 정말 모르겠어. 지는 싸움이잖아. 당신은 일자리까지 잃을 뻔했어. 그냥 포기한다고 손해 볼 거 없잖아. 그냥 받아들여. 모든 사람은 다 똑같이 똑똑해. 그러고 넘어가. 당신 인생을 살아. 누가 상관한다고."

에머리도 말을 보탰다. "어떤 면에서 네가 계속해서 저항한다는 것은 반대편이 계속 이기고 있다는 뜻이야. 지엽적인 문제, 아니 문제조차 아닌 문제에 넌 가진 에너지를 모두 쏟고 있어. 시간을 소모하고 있다고. 개인적인 저항으로 이루는 것도 없어. 그냥 중독된 거야. 여기 함몰돼 있다고. 너 자신의 의제는 하나도 없어. 웨이드 말이 맞아. 진짜 승리는 네 인생을 되찾는 거야. 진심이 아니더라도, 그냥 항복해. 그래야 다른 걸 생각할 수 있어."

"내가 왜 그냥 항복할 수 없는지 둘이 모른다면, 날 전혀 모르는 거야. 모든 사람은 똑같이 똑똑하지 않다, 이건 사실이야. 주택융자금을 갚아야 하니까 볼테르대학교에서는 적당히 시류에 영합할 수 있어. 하지만 최소한 여기 이 닫힌 문 안에서는 내 평생 다른 사람들을 관찰하며 얻은 통찰과 모순되는 그 얼토당토않은 패러다임을 억지로 수용하고 싶지 않아. 나 자신을 관찰하며 얻은 통찰이기도 해. 내가 똑똑하다는 생각은 해본 적이 없다는 걸 너도 잘 알 거고……."

"피어슨, 그건 네 허영심일 뿐이야. 난 너무나 똑똑해서 자신이 얼마나 멍청한지도 안다, 이런 뜻이라고. 사실 '난 정말, 정말 똑똑해' 이 말과 다를 게 없어."

"또 라디오 논평 쓰는 것 같구나."

"네가 어떻게 알아?"

웨이드가 끼어들었다. "이봐. 제발 같은 편한테 싸움 걸지 마. 당신은 해

178

고당할 뻔했어. 에머리는 기적적으로 당신이 잘리지 않은 걸 축하하려고 여기 와 있는 거야. 내 질문에 대답이나 해보라고. 당신이 잃을 게 뭐야? 정신평등운동의 존재로 인해 당신이 무슨 손해를 보냐고. 이게 왜 그렇게 중요해?"

"음, 일단 이 운동이 미국 교육의 질에 얼마나 파괴적인 영향을 끼쳤는지 하는 점을 접어두자면—우리한테는 이게 중요해. 내가 직접 가르치지 않으면 사실상 아무것도 안 배우고 있는 아이들이 있으니까. 다윈은 날 가르쳐야 할 수학 영재인데도……. 음, 이 허무맹랑한 평등주의는 우리 가족이라는 맥락 속에서도 말이 안 돼. 내가 이 이야기를 자주 입에 올리지 않는 건 서로의 관계에 좋지 않을 것 같아서인데, 다윈과 잔지바는……."

"내가 그 애들의 생부가 아니라는 건 알고 있어." 웨이드는 피곤한 듯 답했다.

"그렇지, 생부는 따로 있지. 익명으로 남아 있을지 몰라도 그는 천재 수준의 지능지수였어. 그렇지? 그러니까—이건 허영심이 아니야, 에머리—두 아이는 나보다 훨씬 똑똑해. 그 애들이 두 살 때 말을 배우고 네 살 때 글을 읽을 줄 알았던 건 이유가 있어. 그 애들은 정보를 스펀지처럼 빨아들이고, 뭐든지 두 번 설명할 필요가 없어. 둘 다 어떤 분야를 선택하든지 최정상에서 활동할 수 있을 정도로 빠른 두뇌 회전을 타고났어. 엄마라서 눈에 콩깍지가 낀 게 아니야. 의학적 현실이라고. 그 애들은 자신의 잠재력을 실현할 기회를 가질 자격이 있고, 이 나라도 그 잠재력에서 이득을 취할 자격이 있어. 반면, 이런 말 하긴 뭐한데, 당신의 유전자를 폄하하려는 건 아니야, 웨이드. 그건 내 유전자이기도 해. 하지만 루시는…… 그 애는 정보를 받아들이고 새로운 기술을 익히는 속도가 특별히 빠르지 않잖아?

아니, 정말 사랑스러운 아이고 힘이 넘쳐나지만, 새로운 걸 암기하게 하려면 뭐, 오십 번은 반복해야 해! 그렇다고 인간으로서의 가치가 낮다는 뜻은 아니지만……."

"우리 딸을 멍청하다고 하다니."

"상대적으로 그렇다는 말이야! 절대 그 애 잘못이 아니고, 그건 그냥 뽑기 운이라고. 전체 인구를 놓고 볼 때, 루시는 대다수가 그렇듯 종 모양의 그래프 한가운데에 있을 거야. 하지만 다윈과 잔지바와 비교할 때는, 그래, 멍청한 게 맞아."

그때 무슨 소리가 주의를 끌었다. 어른들의 말다툼에 깼는지, 일곱 살 난 딸이 문간에 서서 적개심이 이글거리는 눈으로 엄마를 노려보고 있었다.

평행력 2014년

1장

직업상 내가 하는 '강의'는 나이를 먹을 만큼 먹어서 누가 돌봐줄 필요가 없는 어린 성인들을 돌봐주면서 시끌시끌한 분위기 속에서 무의미한 이야기를 계속하는 것에 지나지 않지만, 그래도 나는 여전히 교육제도의 미흡함을 우리 집에서 해결하겠다 마음먹고 있었다. 3학년이 벌써 절반쯤 지났는데도, 루시의 읽기는 통 진전이 없었다. 아이가 관심이 있든 없든, 학교가 관심이 있든 없든 상관없었다. 내가 관심이 있었다. 온통 디지털 뭐시기에 둘러싸여 있는 환경이지만, 그래도 어쨌든 페-이-스-북과 트-위-터의 차이는 알아야 한다. 내 딸을 문맹으로 키울 수는 없었다.

하지만 주말 가정교육 시간마다 루시의 반항은 점점 심해졌다. 아무리 몸에 좋은 간식으로 꼬드기고 각종 게임 형식을 활용해도, 루시는 자기도 모르게 흡수한 지식은 다 손해라는 듯 뻗댔다. 분명 아이의 학교교육은 미국 전역에 퍼지고 있던 반지성주의를 미시적 수준에서 반영하고 있었다.

뭔가를 안다는 것은 그것을 모르는 사람에 대해 우월함을 주장하는 것이었으며, 따라서 잘난 척한다고 따돌림당하는 것을 각오해야 했다. 루시는 괴상한 모양의 공작물을 계속 집으로 가져왔지만, 책은 없었다.

게다가 어쩌면 막내에 대해 잘못된 인상을 주었는지도 모르겠다. 루시는 절대 유난히 느린 아이가 아니었다. 최소한 지능지수와는 좀 다른 방향으로 빗나가는 꾀가 있었다. 나는 루시가 싫든 좋든 이미 읽기를 다 배우고도 온갖 약삭빠른 수를 총동원하여 그 사실을 숨기고 있는 게 아닌가 하는 의심이 들었다. 아이는 전혀 멍청하지 않았지만, 멍청한 척하는 데 일가견이 있었다. 학습에 대한 이런 알력은 거식증인 아이에게 부모가 아무리 억지로 먹이려 들어도 소용없는 것과 종종 비슷했다. '집'의 자음과 모음을 모두 다 쓸 때까지 보내주지 않겠다고 하면, 루시는 결국 마지못해 굴복했다. 하지만 마치 쫄쫄 굶다가 억지로 새 모이만큼 입에 넣은 아이가 욕실로 달려가서 토해버리는 것처럼, 아이는 다음 가정학습 시간이 되면 우리가 살고 있는 구조물의 철자를 도로 모르는 척했다.

나는 완벽한 인간이 아니고, 완벽한 엄마는 더더욱 아니다. 그래서 이따금 욱 치밀어 오를 때도 있었다. "알면서 모르는 척하는 이런 건 어디서 배워가지고!" 2월, 나는 폭발했다. "똑같은 이야기를 벌써 몇 번이나 읽었니! 이제 외울 때도 됐고, 아마 외우고 있을 거 아냐. 공부를 안 하고도 한 척하는 학생들은 이해라도 하지, 멍청한 척하는 건 도대체 영문을 모르겠네!" 말을 조심하려고 노력하고 있었지만, '멍청한'이라는 단어는 입에 담지 말았어야 했다. 이 말이 나오는 순간, 루시의 눈이 비난하듯 가늘어졌다. 하지만 나는 정말 이런 짓을 하면서 토요일 오후를 보내고 싶지 않았다. 솔직히 나는 딸을 교육해달라고 이 자치구에 상당한 액수의 재산세를 내고 있는데도 전혀 돈값을 못 한다는 짜증을 엉뚱한 딸에게 투사하고 있었다.

"자, 다시 해보자." 나는 더욱 차분히 말을 이었다. "짧은 문장 하나만 써봐. 딱 하나만. 그러면 오늘은 이만 끝내자."

루시는 불안정한 손으로, 하지만 분명히 알아볼 수 있게 공책에 썼다. "멈머는 나뿐 새럼."

말했듯이 루시는 잔꾀가 많은 아이이고, 가정학습을 하고 싶지 않았던 게 분명했다. 아이는 몇 달이나 시간을 끌다가 마침내 행동으로 옮겼는데, 만족감을 미루는 능력은—일반적인 마시멜로 검사를 생각하면 된다—높은 지능의 지표로 알려져 있다. 그러니 펜실베이니아주 아동보호국에서 편지를 받았을 때, 나는 내가 막내딸의 지능을 상당히 과소평가했던 게 아닌가 생각하지 않을 수 없었다.

에머리는 '가정방문'을 좀 더 진지하게 생각하라고 했지만, 처음에 나는 별일 아닐 거라고 치부했다. 두 부모가 있는 우리의 건실한 중산층 가정에 사회복지사가 개입한다니 그야말로 희극 같았던 것이다. 사회복지사는 식료품 지원을 받는 알코올중독증 미혼모 밑에서 자라면서 공짜 학교급식 말고는 따뜻한 음식을 먹을 수 없는 아이들한테나 필요하다. 사회복지사는 청소년범죄, 걸핏하면 거리로 나앉는 집, 아버지가 여럿 있고 전부 교도소에 들어가 있는 가정의 세계다. 내가 서글픈 TV 연속 기획물에서나 보아온 세계였다. 하지만 가장 친한 친구가 단호하게 경고하는 것을 볼 때, 에머리는 이제 TV 방송계에 종사하고 있어서 줄기차게 뉴스에 나오는 극단적인 사연들을 일차적으로 접하고 있으니 나 같은 물정 모르는 문학 강사보다 상황의 심각성을 잘 알고 있을지도 모른다는 생각이 들었다. 그래서 에머리가 '인물 보증인'으로 회의에 같이 참석하겠다고 했을 때, 나는 지나친 염려라고 생각하면서도 그 제안을 받아들였다.

에머리는 섹시하다기보다 '보기 좋은' 옷차림으로 일찌감치 도착했다. 그녀는 나를 곧장 침실로 데려가더니 청바지와 운동화를 벗고 치마와 구두로 갈아입으라고 했다. "그리고 제발 부탁인데, 말은 최대한 내가 할 테니까 넌 가만히 있어."

웨이드도 전날 밤 이 집에서 '반항적인' 태도로 문제가 되는 건 우리 딸만이 아니라고 경고하면서 부디 따뜻하고, 협조적이고, '같은 편으로' 행동하라고 간곡히 말했다. 말대답하지 마. 방어적으로 굴지 말고, 반론을 제기하지 마. 무엇보다도 화내지 마. 나는 주위 사람들이 내가 어른처럼 행동할 거라고 믿지 않는 것이 어이가 없었다.

행정기관에서는 아동을 '현장'에 동석시키는 것을 피하기 위해 아이들이 학교에 가 있는 시간대에 면담 일정을 잡았다. 온갖 전형적인 인물들이 머릿속에 가득했기 때문에, 너무나 이성적이고 합리적인 이십대 중반 여성이 현관에 나타난 것을 보고 나는 마음을 놓았다. 소니아 화이트헤드는—본인은 청바지와 운동화 차림이었다—엄격하거나 의심이 많거나 비판적인 사람으로 보이지 않았다. 그래도 이렇게 젊은 사람이라면 '최후의 위대한 인권운동'이 시작된 뒤 이 분야 학위를 땄을 것 같았다. 게다가 언뜻 볼 때 정석적으로 대칭적이고 균형 잡힌 이목구비였지만 안타깝게도 미묘한 미적 이유로 예쁘다고는 할 수 없는, 젊은 여성 다수가 속하는 묘한 부류였다. 어쩌면 사회복지 분야의 여성들이 띠는 전형적인 경향인지도 모른다.

"바쁜 일정에도 우리 가정을 위해 시간을 내주셔서 정말 감사합니다." 나는 상대가 무슨 대단한 호의라도 베푼다는 듯 선뜻 말했다. "하지만 무슨 이유 때문이든 이건 분명 오해 때문에 생긴 일이에요."

"네." 소니아는 조심스럽게 중립적인 태도를 취했다. "제가 맡는 사례 대부분이 오해로 시작됩니다." 돌아보면 어느 쪽이 오해했는지 서로 의견이 달랐던 것 같았다.

미처 나에 대해 말해줄 보증인을 소개할 사이도 없이, 소니아는 거실로 들어와 손을 내밀며 외쳤다. "세상에, 에머리 루스! 당신 쇼를 매주 유튜브에서 보고 있어요!"

나는 에머리 방송에 흐린 눈을 했지만, 뉴욕원 방송 클립을 온라인에 게시할 때마다 수십만 건의 조회수가 기록된다는 말을 에머리가 가볍게 한 적이 있었다. 같이 거리를 걸을 때 낯선 사람들이 미소 짓거나 손을 흔드는 일도 점점 잦아졌다. 그제야 나는 에머리가 왜 굳이 참석하겠다고 했는지 이해할 수 있었다. 그녀는 정신평등주의의 진정한 신도로 인식되고 있었으니, 친한 사이라고 하면 웨이드와 나까지 덩달아 좋게 보일 것이다.

"저는 이 가족과 오랜 친구 사이라서 나왔습니다. 루시가 정말 큰 관심과 지지를 받는 환경에서 자라고 있다는 건 분명히 말씀드릴 수 있어요. 피어슨과 웨이드가 모두의 특별한 지혜를 얼마나 소중하게 생각하는지 누구보다 잘 압니다. 그래도 팬을 만나는 건 항상 반갑네요."

아무도 차를 청하지 않았다. 나는 소니아에게 집 구경을 하겠느냐고 물으며 유쾌하게 장담했다. "쥐가 들끓지도 않습니다. 검은 곰팡이도 없고요. 신문지와 지저분한 포장 음식 쓰레기가 방마다 천장까지 쌓여 있지도 않아요. 지하실 난방 파이프에 수갑으로 묶여 있는 이웃도 없어요." 뭐, 난 긴장한 상태였고 그래서 약간 과했던 것 같다. 우리의 소위 '오해'가 얼마나 우스운지 희극적으로 강조하고 싶었을 것이다. 나는 '같은 편으로' 행동하고 있었다. 하지만 에머리는 내게 딱딱하게 고개를 저어 보였다.

소니아는 말했다. "그럴 필요는 없습니다. 저는 곰팡이 때문에 온 것이 아니라서요."

"제 친구 피어슨이 약간 긴장했어요. 같은 입장이라면 누가 안 그렇겠어요. 딸을 정말 열심히 키우고 있는 친구고, 염려하시는 마음을 덜어드리고 싶다는 뜻밖에 없답니다. 더 좋은 엄마가 되는 법에 대한 전문적인 조언도 당연히 환영이고요." 에머리는 설명했다.

웨이드도 딸의 복지에 공동으로 참여하고 있다는 사실을 보여주기 위해 잠깐 일을 쉬고 같이 참석하기로 했지만, 그는 수동공격성을 드러내는지 머리부터 발끝까지 톱밥과 흙을 뒤집어쓴 채 10분이나 약속 시간에 늦었다. 말없이 고개를 끄덕이고 뻣뻣하게 앉아 있는 자세를 보니, 큰 도움이 되지 않을 것 같았다. 그가 악착같이 피하려고 하는 것이 정확히 바로 이런 권위 있는 관계 기관과의 만남이었다. 그는 마치 사냥막 안에 웅크리고 앉아 짐승을 놀라게 하지 않으려고 노력하는 사냥꾼처럼 꼼짝도 하지 않고 조용히 자리를 지켰다. 나는 수다를 떨었다. 웨이드와 나는 10년 넘게 같이 살고 있다, 결혼은 하지 않았지만 그건 알지 않느냐, 굳이 그럴 필요조차 없었고, 그도 정식으로 다윈과 잔지바를 입양하지는 않았지만 그것도 단지 별 신경을 안 써서 미루다 보니 그렇게 된 것이다……. 소니아는 내가 할 말을 다 할 때까지 차분히 기다리고 있었다.

"거트루드스타인초등학교 정신평등부에서 제출한 보고서는 상당히 심각합니다." 그녀는 무릎 위에서 파일 폴더를 집어 들었다. 주 정부와 지방 정부 기관은 아직도 종이 문서와 심지어 팩스 기계 의존도가 높다는 악명을 떨치고 있다. "루시는 자기 엄마가 '미음'으로 시작되는 단어를 썼다고 털어놓았습니다."

"무슨 미음? 미음으로 시작되는 단어는 많은데요." 나는 말했다.

"똑같은 자음으로 시작되는 혐오어 목록을 머릿속에 담고 계십니까?"

"아뇨. 단지…… 미음이라는 글자가 신경 쓰여서요. 그 소리 자체가 좀 신경 쓰였다고나 할까요. 입을 막는 소리 같아서. 좀 이상했어요." 나는 물러났다.

"문제 되는 것은 그 단어의 가혹함입니다. 기관에서는 이 점에 대해 엄격한 지침을 갖고 있습니다. 미성년자에게 그런 경멸적인 언어를 사용하는 것은 아동학대로 분류됩니다. 우리는 언어적인 폭력을 신체적 폭행과 마찬가지로 심각하게 취급하고 있습니다. 상처가 눈에 잘 보이지 않을 뿐 더 오래 남지요. 우리는 특히 루시처럼 어린아이에게 부모님이 쏟아붓는 언어에 대해 걱정이 많습니다. 루시가 털어놓은 이야기는 더 영리한 형제자매와 비교해서 루시를 깎아내리는 말이었기 때문에 더욱 파괴적이었어요. 아이들의 연약한 자존감에 상처를 입히고, 형제자매를 서로 반목하게 하고, 가족의 유대감을 망가뜨리는 최악의 공식입니다. 이 사건 하나만 놓고도 아이를 위탁가정에 보낼 수 있는 이유로 충분합니다."

"아니, 잠깐만요. 위탁가정이라뇨?" 나는 몸을 곧게 펴고 앉았다.

에머리가 끼어들었다. "제가 도움이 될 수도 있을 것 같네요. 화이트헤드 씨, 이번 조사의 원인으로 추측되는 그 '사건' 당시 저도 같이 있었습니다. 우리 어른들 셋이서 이야기하던 중이었어요. 루시는 오래전에 자러 갔고, 다른 두 아이들은 2층에 있었습니다. 피어슨은 루시의 프로세스 과정이 약간 전통적이지 않기 때문에 혹시 같은 반 아이들에게 따돌림받지 않을까 걱정하고 있었습니다……. 말씀하셨듯이, 피어슨은 미음으로 시작되는 단어를 사용했는데." 에머리는 나를 향해 달콤한 미소를 지었다. "그런 단어는 많지. 한데 진심으로 저는, 손위 아이 둘과 루시를 비교하는 말이 나온 기억은 전혀 없어요. 심리학을 깊이 연구하셨을 테니, 선생님이야말로 아이들이 이런 경쟁 구도에 얼마나 민감한지 아실 겁니다. 셋 사이의 경쟁심이 루시의 기억에 영향을 주었다 해도 놀랄 일이 아니지 않을까요. 형제자매들이 서로 비교하지 않는 게 좋겠지만, 그게 마음대로 되나요."

에머리는 말을 이었다.

"불행히도 잠에서 깬 루시가 부엌으로 들어와서 피어슨이 걱정하던 말 마지막 부분을 듣게 됐습니다. 부분적으로 넘겨들었으니 오해할 수밖에 없죠. 그 당시 아무도, 엄마조차도 사랑스럽고 능력이 충만한 아이에게 그 끔찍한 말이 무슨 의미였는지 정확히 설명해주지 않은 것이 저희 실수라면 실수일 겁니다. 사실 제 탓도 있어요. 우린 그냥 계속 이야기를 했고, 웨이드가 루시를 다시 침대로 데려갔습니다. 우리는 아이가 대화를 들었다 해도 맥락을 이해할 정도로 충분히 들었을 거라고 태평하게 생각했던 것 같아요."

"애당초 컨버스 씨가 미음으로 시작되는 단어를 사용한 이유는 무엇이었습니까?" 소니아는 물었다.

에머리는 잘 단련된 연극적인 태도로 한숨을 쉬었다. "화이트헤드 씨, 저도 직장에서 늘 이런 문제를 다룹니다. 개인적으로 정말 다행스러운 것은 우리 또래, 무엇보다 미국의 청소년들은 이제 무심코 던지는 악의적이고 의학적인 근거가 없는 꼬리표로 인해 자존감에 영구적인 상처를 입지 않는다는 거예요. 우리 모두 대단한 사회적 반환점을 돌았습니다. 하지만 공평하게 말하자면, 마치 우리는 원래부터 이렇게 생각하고 있었던 것 같지만 사실 정신을 차린 것이 불과 얼마 되지 않습니다. 나이 든 미국인들은 이렇게 거칠고 비하적인 언어가 흔할 뿐 아니라 얼마든지 용인되는 환경에서 자랐습니다. 우리 모두 보다 개화된 어휘가 사회에 뿌리내리도록 노력하고 있어요. 우리 모두 과거에 우리가 타인에게 던졌던 특정 언어들이 얼마나 상처 주는 말이었는지 알고 있습니다. 하지만 수십 년 동안 게으른 비위생적 발화로 생긴 지저분한 언어습관은 좀처럼 바뀌지 않네요. 모두 이따금 실수를 합니다. 저 자신도 스스로를 향해 이따금 혼잣말로 그런 말을 쓸 때가 있어요. '아, 에머리, 이 어쩌고저쩌고한 인간 같으니!' 이런 거 아시죠? 사실 지난달에도 이 주제를 논평에서 다루면서 자기 자신의 지능을 모욕하는 짓은 그만두자고 도두에게 권고했어요. 어떤 면에서는 이게 마지막 전선입니다. 그래도 전 이 집에 늘 드나들어요. 이 멋진 가족, 이 멋진 커플과 항상 교류하고 지낸답니다. 아주 예의 바른 분들이에요. 지적평등주의를 포용하고요. 그날 밤 루시가 옛들은 종류의 언어는 이 집 안에서 거의 오가지 않고, 이번 일은 루시에 대한 걱정 때문에 일어난 겁니다. 정말, 정말 드문 일이에요. 이런 말을 입 밖에 내는 일이 있으면 피어슨은 곧장 사과하는데, 그럴 일도 거의 없어요."

"지금도 반성하고 있습니다." 웨이드는 나를 날카롭게 쳐다보았다. "그렇지?"

"네, 맞아요." 나는 말했다.

"뭐가 맞다고?"

"네, 반성하고 있습니다. 지난 4년 동안 후회와 절망뿐이었어요."

"하지만 루시가 묘사한 이 가정의 언어 환경은 '예의'나 '평등주의'가 아니었습니다. 루시가 정신평등부에서 입에 담은 다채로운 욕설은 분명 가정에서 지속적으로 들은 것 같던데요. 보고서를 읽는 동안 얼굴이 붉어질 지경이었습니다."

에머리가 나섰다. "어린애들은 이따금 과장을 하니까요. 불행히도 학교에서는 그런 욕설이 근절되지 않았습니다. 미움을 억누르다 보면 그 감정이 마음 깊이 숨어 있다가 원유처럼 솟구칠 때가 있지요. 루시가 그런 말을 배울 만한 곳은 많지 않을까요."

"루시가 거짓말쟁이라는 건가요?"

"루시는 악동처럼 굴 때가 있지요." 에머리는 단어를 신중하게 골랐다. '악동'을 입에 담는 말투에는 애정이 흘러넘쳤다.

TV 진행자와 이야기를 나누게 된 것이 반가운지, 소니아는 진짜 주 정부의 관심사인 내게 마지못해 주의를 돌렸다. "컨버스 씨, 이 보고서에는 더욱 심각한 증언도 담겨 있습니다. 루시의 이야기를 토대로 정신평등부는 어머님이 '가정학습'이라는 명목으로 주말마다 불쌍한 어린 딸을 '으르대서' 지식을 억지로 주입하고 있다고 생각하고 있습니다. 어머님이 요구하는 방식대로 지식을 습득하지 않는다고 따님을 질책하고요. 루시는 몇 시간이나 잡혀서 음식도 화장실도 허락되지 않는다고 주장하고 있고, 어머님이 만족하는 형태로 지식을 재생산해야만 풀려난다고 했습니다. 그 과정에서 눈물도 흘린다고요."

"루시가 약간 과장한 거예요. 저희 가정학습은 길면 이따금 1시간 정도예요. 제가 간식도 줍니다. 화장실에는 얼마든지 갈 수 있어요. 저는 딸에게 읽기를 가르치고 있습니다. 주 정부는 그것도 아동학대로 보고 있나요?"

"루시가 묘사하는 방식대로 어머님이 집착하신다면? 그렇습니다. 정신 평등부에서는 어머님의 양육이 너무 엄격한 게 아닌가, 따님이 나름의 방식대로 현명하게 자라도록 허락하지 않는 게 아닌가 걱정하고 있습니다."

"저는 그 애가 나름의 방식대로 무지하게 자라는 걸 허락하고 싶지 않아요."

웨이드가 다시 끼어들었다. "피어슨의 말뜻은, 가정학습을 그만두겠다는 약속입니다."

나는 내 귀가 잘못되었나 싶어 파트너를 돌아보았다. "뭐라고?"

웨이드는 나를 뚫어지게 쳐다보며 재차 물었다. "그런 뜻으로 말한 거아냐? 루시한테 뭔가 가르치는 걸 완전히 포기하-겠다는 뜻이었잖아. 자기나름대로 현명하게 자랄 수 있도록 하겠다고."

나는 의자에 앉아 헛기침을 했다. "진심이야?"

에머리가 조심스럽게 끼어들었다. "웨이드의 말이 일리가 있어. 방과외 가정학습이…… 원만하게 이루어지고 있지 않은 것 같아. 그냥 중단하는 게…… 신중할지도. 그러면 루시와의 관계도 나아질지 모르지. 대신…… 빵 굽는 걸 해보면 어떨까. 쿠키 굽기 같은 거 말이야."

"에머리, 빵 하나 굽는 데도 밀가루 한 컵 계량하는 법을 '가르쳐야' 해."

"그럼 자기 방식대로 계량하게 두는 게 어떨까." 에머리가 간절하게 말했다.

"야생동물로 키우란 말이군." 나는 중얼거렸다.

"뭐라고 하셨죠?" 소니아가 물었다

에머리가 얼른 설명했다. "피어슨의 말은, 현명한 영양으로 키운다는 뜻이에요. 루시는 항상 신이 나서 펄쩍펄쩍 뛰는 아이거든요. 보시면 알겠지만 아주 우아해요. 영양처럼요."

소니아는 믿기지 않는 눈으로 우리를 가만히 쳐다보다가 공식적으로 나와 웨이드를 향했다. "이 보고서에는 루시를 보다 세심한 보살핌을 받을 수 있는 환경으로 옮기는 것이 정당하다고 볼 수 있는 증거가 충분히 있습니다. 하지만 이 가정의 건전한 사회적 영향력을 감안하지 않을 수 없네요. 윤리적 등대로 널리 존경받는 에머리 루스 같은 여론주도층이 가까운 곳에서 조언해줄 수 있다는 것이 루시에게 얼마다 다행인지 모르겠어요. 그러니 일단은 두고 보자고 건의하겠습니다. 컨버스 씨, 일반적인 절차에 따라 선생님은 '두뇌 수용과 의미 감수성'이라는 과정을 개인 비용으로 이수하셔야 합니다. 그리고 하빅 씨, 주말마다 아이를 으르대는 이 학습은 그만두어야 한다는 선생님 말씀에도 동의합니다. 두 분께 경고하지만 이것으로 이 문제가 종결되는 것은 아닙니다. 루시나 다른 누구에게서든 추가 신고가 접수될 경우, 위탁가정은 그저 한 가지 선택지가 아닙니다. 위탁가정이 최선의 선택이 될 겁니다."

우리는 그녀를 현관으로 배웅했다. 웨이드는 사회복지사가 나가고 안전하게 잠시 기다렸다가 내뱉었다. "휴, 일단은 피했군. 당분간은." 그는 내 팔을 잡았다. "당신이 잘해서가 아니야."

"내가 일말의 자존심을 지켰다는 이유로 사과라도 해야 해?"

"당연하지. 이런 상황에서? 저 사람들이 우리 애 하나를 빼앗아 가겠다고 협박하고 있는데? 당신의 자존심 따위 지킬 여유가 없어."

"안타깝지만 웨이드의 말이 맞아. 반성해야 끝나는 상황이었어. 넌 그걸 참 못 하지, 피어슨." 에머리가 말했다.

"난 어마어마한 자제력을 발휘했다고 생각해!"

"자제력을 잃었다면 무슨 꼴이었을지 상상하기도 싫군." 웨이드가 말했다.

우리는 커피를 마신 뒤 현관 포치에서 에머리에게 작별 인사를 했다. "열여섯 살 때부터 네가 줄곧 날 구해주고 있구나." 나는 에머리를 품에 가득 껴안았다. "고마워, 고마워. 네 도움이 없었다면 우리 아이 셋 문제에 저런 심문이 들어오는데 빠져나가지 못했을 거야. 네가 마음에 없는 소리를 못 한다고 생각하다니. 너 진짜 입에 발린 말 잘도 주워섬기더라."

웨이드는 에머리가 떠난 뒤 잠시 그 자리에서 서성거렸다. 십여 년을 같이 살아온 남자와 한 방에 있는 것이 너무나 불편하다는 사실이 어색했다. 치워야 할 접시가 있다는 것이 감사할 지경이었지만, 웨이드는 굳은 목소리로 말했다. "그냥 둬." 이 순간만은 회피성 인간도 집중되지 않는 것을 용납하지 않았다.

"이건 저녁 식사 손님의 기분을 상하게 하거나 학생들을 골탕 먹이려고 과제를 내준 것과는 다른 문제야. 아예 차원이 다른 문제란 말이야."

"나도 알아, 안다고. 설교는 필요……."

"모르는 것 같아."

눈물이 나와도 웨이드에게 보이고 싶지 않아서, 나는 옆얼굴에 손바닥을 대고 표정을 숨겼다. "이게 전부 내 잘못일 수도 있겠지만, 제발 내 탓은 하지 마. 잠시만이라도. 견딜 수가 없어. 우리가 정상적인 세상에 살고 있다면 이런 일은 절대로……."

"정상적이든 아니든, 이건 우리에게 유일한 세상이야. 당신을 용서할 수 없는 일은 많지 않겠지만, 만약 루시가……." 그는 누그러지지 않았다.

"지금 날 협박하는 거야?"

"협박이 아니라 사실을 이야기하는 거야. 상황이 이렇다는 거라고. 그리고 사실 하나 더 말해두는데, 지금부터 당신은 완벽해야 해. 당신 기준대로가 아니라, 저 사람들 기준으로."

웨이드는 나무를 자르러 뻣뻣하게 일터로 복귀했다. 루시가 버스에서 내리자마자, 나는 아이를 지칠 때까지 집 안에서 실컷 뛰어다니게 내버려둔 뒤 루트비어 한 잔과 피그뉴튼스쿠키 한 접시로 부엌 식탁에 앉혔다. 평소 단 음식을 많이 허락하지 않았기 때문에, 이 간식이 절대 부추기고 싶지 않은 행동에 대한 보상처럼 보이지 않을까 뒤늦게 걱정스러웠다. 나는 딸 앞에서 묘하게 꺼림칙한 기분이 들었고, 둘이 마주 앉아 이야기를 나누는 것을 피하고 싶어서 냅킨을 갖다준다 부산을 떨었다. 우리 가족이 〈환상특급〉의 끔찍한 에피소드에 인질로 갇혀 여덟 살짜리의 변덕에 좌지우지되고 있다는 생각이 들었다.

"루시?" 나는 입에 쿠키를 가득 넣고 우물거리고 있는 루시 앞에 의자를 빼고 앉았다. "오늘 너에 대해 이야기하려고 여자분이 왔다 간 거 아니? 네가 슬프거나 상처 입을까 봐 걱정이 돼서 왔대."

"정신평등부가 그러는데 엄마가 나한테 잘해주게 만들 거래." 루시는 과자 부스러기를 흘리면서 말했다.

"우리가 너한테 잘해주지 않았다고 생각하니?"

"엄마가."

루시는 내가 자기한테 하기 싫은 일을 시키는 유일한 사람이라는 이유로 엄마인 나를 적대시하고 있었다. "우리 독서 시간이 이따금 힘든 건 사실이야. 하지만 아무 의미 없는 선이나 원만 보이다가, 나중에 기호를 읽고 웹사이트를 줄줄 읽고 책 한 권을 다 읽을 줄 알게 되면, 너도 정말 뿌듯할 거야. 네 입장에서 늘 그런 기분이 들지 않을 수 있겠지만, 엄마는 네게 정말 잘하고 있단다, 루시. 다른 어느 누구보다 더."

"정신평등부가 그러는데, 이제 가-종-학-섭을 안 해도 된대. 그건 우르 렁대는 거래."

"네가 하기 싫으면 주말마다 공부를 계속할 필요는 없어. 하지만 나중에 후회할 거다. 책 읽는 건 어릴 때 배워두는 것이 나이 들어서 배우는 것보다 훨씬 쉬워."

"난 그렇게 어리지 않아."

"맞아, 엄마가 생각했던 것보다 훨씬 더 많이 자랐다는 걸 엄마도 이제 알겠어. 하지만 이건 너도 알고 있어야 해. 정신평등부에 불만을 제기할 때는 몰랐겠지만, 이건 자칫 아주 심각해질 수 있어. 여기서 사는 게 좋으니? 엄마랑 아빠랑 오빠랑 언니랑 같이 사는 게 안 좋아?"

"다윈과 잔지바는 자기들이 나보다 낫다고 생각해."

"무슨 말이야. 언니 오빠는 너보다 나이가 많잖니. 네가 더 크면 당연히 따라잡을 거야."(그럴 리가 없다.) "그래도 말해봐. 우리 집에서 살고 싶지 않아?"

루시는 나한테 불만이 있었는지는 몰라도, 아빠가 방을 돌아다닐 때 발목에 매달려 끌려다닐 정도로 아빠한테 강렬한 애착을 품고 있었다. "그건 그래." 루시는 마지못해 말했다.

"그럼 정신평등부에 무슨 문제가 있다고 말하지 않는 게 아마 좋을 거야. 여기서 마음에 안 드는 일이 있으면 엄마나 아빠한테 곧장 와서 말하면 되잖니. 겁주고 싶지 않지만, 오늘 오신 그 여자분이 널 우리한테서 빼앗아 갈 수도 있어."

"알아." 루시는 태평스럽게 쿠키를 하나 더 집어 들었다.

나는 당국에서 아동에게 '위탁가정'에 대한 이야기를 직접적으로 했다는 사실에 극도로 놀랐다. 감정적으로 너무나 무신경한 처사 같았다. 기관의 이런 엉성한 일 처리는 에머리가 말한 '비위생적 발화'로 인해 아동이 부모의 집에서 분리되는 사례가 항상 벌어지고 있을 때나 가능한 무심함이었다.

"그 사람들이 널 빼앗아 가면, 우린 모두 정말 슬플 거야. 너도 슬플 거고. 언젠가 들려주고 싶은데, 엄마도 십대 시절에 가족과 헤어져서 얼마나 슬펐는지 몰라." 마흔두 살이 된 지금까지도 머릿속에 떠올리는 일이 거의 없을 정도로 슬펐다.

루시는 내 슬픈 사연에는 관심이 없었다. 게다가 자기가 이 집 대장이라는 것을 분명하게 해두고 싶은 것 같았다. "엄마는 나쁜 말을 많이 해. 미음으로 시작되는 말, 비읍으로 시작되는 말, '지능지수'. 우리 정신평등부 선생님이 그러는데 엄마가 혐오자라서 그렇대. 엄마가 나쁜 말을 할 때는 반드시 알리라고 했어. 그러면 엄마가 곤란해질 거라고."

웨이드가 집에 와서 루시를 봐주는 동안, 나는 위층으로 살짝 올라가서 다윈의 방문을 두드렸다. 방 안에서는 다윈과 잔지바가 늘 그렇듯 둘이서 소곤거리고 있었다. 문간에 선 채로—우리 아이들은 내게 들어오라는 법이 없다—나는 아이들을 놀라게 하지 않도록 조심하면서, 하지만 아이들이 심각하게 받아들이도록 충분히 진지하게 상황을 설명했다.

"그럴 수도 있잖아요." 내가 소니아 화이트헤드의 방문에 대해 이야기하자, 다윈이 말했다. "루시를 위탁가정에 그냥 넘길 생각은 안 해보셨어요?"

나는 소리쳤다. "다윈, 무슨 말을 그렇게 하니! 그 앤 네 동생이잖아!"

"절반만 동생이죠. 느낌상은 4분의 1만 동생 같아요. 아예 아닌 것 같기도 하고."

"루시는 우릴 염탐해요." 잔지바가 말했다.

"너희가 이렇게 비밀스럽지만 않다면, 그 애가 그러지 않을 거 아냐. 자기가 아직 어리다는 게 못마땅한 거야. 너희도 크면 명심해라. 계속해서 연락하고 만날 수 있는 형제자매가 있다는 게 얼마나 고마운 일인지 깨닫게 될 거야."

"휴, 그날이 빨리 왔으면 좋겠네. 루시 같은 아들은 안 변해요." 다윈은 어느새 삐딱한 성격이 보였다. 마음에 들지 않았다.

"네 막냇동생은 유치원에서부터 정신평등주의가 어쩌고 하는 소리를 들으면서 자랐잖아. 다른 사고방식을 알지도 못하고, 자기가 배운 것을 의심하거나 해롭다고 생각할 이유도 없잖니. 그건 루시 잘못이 아니야. 좀 더 전통적인 관점도 접하게 해주려고 노력하고는 있는데, 내가 하는 말이 온 세상의 합창을 어떻게 이기겠니."

잔지바가 말했다. "그 애 같은 유형이 있어요. 집까지 끄나풀을 달고 오지 않아도 저런 애 학교에 득실거린다고요."

나는 목소리를 낮추었다. "내가 너희에게 강조하고 싶었던 게 바로 그점이야. 지금부터 우리 모두 입조심을 해야 해, 집에서도. 알겠니? 나랑 네아빠도 마찬가지고. '멍청한 뭐' '바보 저거' 이런 소리는 절대 하면 안 돼. 아무리 집이라도 다른 사람 앞에서 해도 되는 말만 해야 한다. 우리가 집에서 '혐오' 발언이나 비하어를 쓴다는 것이 알려지면, 관계 당국은 며칠 안에 네 동생을 빼앗아 갈 수 있어."

등 뒤 복도에서 노래하는 듯한 목소리가 들려와서 나는 퍼뜩 놀랐다. 루시는 정말 사람들을 염탐하는 솜씨가 좋아지고 있었다. "에헴, 나만 그런 건 아니야."

"무슨 소리야?" 나는 물었다.

루시는 의기양양하게 말했다. "정신평등부 선생님은 다윈과 잔지바도 이탈가정에 보낼 수 있다고 했어."

2장

　사회복지기관이 강요한 6주짜리 '두뇌 수용과 의미 감수성' 과정은 회당 569달러였고―재교육 분야는 돈이 된다―확실히 의식 교육에 효과가 있었다. 우리는 우선 기본적으로 삼가야 할 표현부터 시작했다. '위쪽이 확실히 딸린다' '반푼이' '비읍으로 시작하는 단어는 약으로 못 고친다' 등 가벼운 모욕이 담겨 있지만 아무렇지 않게 사용되면서 상처가 오래 남는 표현들이었다. 타인을 '바보'라고 부르면 안 된다는 것은 배우지 않아도 알고 있으니, 공립학교 시절을 견뎠던 방식대로 무릎 위에 몰래 책을 숨겨놓으면 이런 세뇌 교육을 꾸역꾸역 흘려보낼 수 있을 것 같았다.

　하지만 이내 수업은 이보다 더 미묘한 금지어로 넘어갔다. '멍청한 dumb'은 더 이상 '벙어리'라는 뜻으로도 사용할 수 없었다. '말문이 막히다 dumbstruck'도 잊어야 했다. 마르고 약해 보이는 젊고 열성적인 강사 티미 머스웰은 대신 밋밋한 '깜짝 놀라다 surprised'를 권했다. '식품 운반용 소형 승강기dumbwaiter'는 '멍청한 웨이터'를 비유적으로 이르는 말이기 때문에 접객업계에서 심각한 비하어였다. 이미 수없이 읽었던 이블린 워 소설에 몰입하는 것보다 아무것도 모르는 척 강사를 괴롭히는 것이 재미있어보여서, 나는 손을 들었다.

"그럼 낡은 집에 그런 기계가 있다면, 무슨 무슨 웨이터라는 표현 대신 뭐라고 불러야 할까요?"

티미는 휴대전화를 확인했다. "그런 경우라면…… 음식과 접시, 작은 물품을 같은 건물의 다른 층으로 운반하는 작은 승강기라고 부르시면 되겠습니다."

"그런 경우라면, 아예 기계를 없애는 것이 효율적이지 않을까 싶은데요."

사람들이 킥킥거렸다. 강사는 즐겁지 않은 것 같았다. 그는 절대 즐거운 표정을 짓지 않았다.

우리는 무생물의 감정도 존중해야 했다. 그러므로 자동차 안전업계는 '충돌실험 모형dummy'이라는 단어를 쓸 수 없었다(스포티파이는 동명의 밴드를 오래전에 퇴출시켰다). 유리섬유 모형은 '마네킹'이라고 정중하게 불러야 했다. '덤벨dumbbell'은 웨이트로 불러야 했다. 이제 누군가를 '둔하다'고 하는 것이 혐오 발언이라는 것은 모두 알고 있지만, 몸이 '둔하다'라는 표현도 금지라는 것은 모르고 있었다. 대신 목공소에서는 '2인치 두께'의 판자라는 표현 대신 '2인치 깊이'의 판자를 달라고 해야 했다.

사람에 대해 머리가 '안 돌아간다'는 표현을 쓰면 안 되듯, 시곗바늘에 대해서도 '안 돌아간다'라는 표현을 쓸 수 없었다. 사람은 '단순'할 수 없었고, 수학 문제도 마찬가지였다. 대신 '쉬운' 문제라고 칭해야 했지만, 사실 그 둘은 같은 뜻이 아니었다. 하지만 정신적 어려움을 칭하는 각종 언어를 입에 담으면 초조해졌기 때문에, 티미는 얼른 넘어갔다. '깊다'는 말은 심오한 대상을 구별하여 칭찬하는 단어로 사용될 수 있기 때문에, 수영장에서 '깊은 쪽'은 조심스럽게 '물이 더 많이 들어 있는 쪽'이라고 불러야 했다. '느린'은 혐오적인 의미가 있는 단어였다. 지원 과정이 느리다고 표현할 때는 '점진적인' 혹은 '장기적인'을 써야 했고, 앞에 가는 차 때문에 우리 차가 잘 달리지 못할 때는 '속도가 저하되었다'로 표현했다. 왈츠는 '느린' 것이 아니라 '굼뜬' 음악이었는데, 이렇게 표현하니 춤추고 싶은 마음이 사라졌다. '퇴보'는 사람의 자존심에 상처를 줄 수 있으니, '뒤로' 간다고 표현해야 했다. 통찰력에 대한 비하적인 표현이 중독자에게는 손톱만큼도 중요한 문제가 아니긴 하겠지만, 당연히 헤로인 사용자를 이제는 '마약 상용자dope fiend'로 부를 수 없었다. 누군가에 대해 '뽕dope을 입수했다'는 표현 대신 '정보를 얻었다'고 표현해야 했지만, '정보'는 '지능'이라는 뜻도 있기 때문에 이 단어를 설명할 때 티미는 당황하면서 말을 더듬었다. "'인텔intel'도 괜찮겠습니다." 그는 말을 고쳤다. 하지만 이것 역시 '우리 모두 평등하게 갖고 있는' 특징을 단순히 축약한 단어에 지나지 않는다는 것을 깨닫고, 그는 '누군가에 대한 뒷조사를 했다'라는 표현을 추천했다.

사람에 대해 '깜깜하다dim'라는 표현을 쓸 수 없었기 때문에 '빛이 어둡다'를 표현할 길이 없었다. 어두운 방은 '조명이 좋지 않다'로, '깜깜하게 해라'는 말은 '밝음 조절 손잡이를 낮추거나 올려라'로 표현해야 했다. 하지만 이번에도 '밝음bright'이라는 단어마저 금지어였기 때문에, 티미의 실수였다. 그는 얼른 고쳤다. "그러지 말고 '세상을 잘 보게 해주는 손잡이를 낮추거나 올린다'고 표현해야겠습니다." 어떤 사람도 다른 사람과 비교할 때 남들보다 이해력이 빠르지 않기 때문에 '탁월한brilliant 교수'라는 표현은 불가능했고, '빛나는brilliant 석양'은 '붉은 석양'으로 대체하는 것이 바람직했다. 아, 실수. 티미가 만약 '이해력이 빠르지 않다'라는 표현을 실제 썼다면 분명 그런 표현은 절대 금지라는 말도 덧붙였을 것이다. '재빠르다'는 말도 퇴출 대상이었다. 안전한 형용사는 '신속한'이었다.

내가 끼어들었다. "질문이 있는데요, 킹 제임스 성경도 그럼 '신속한 자와 죽은 자('the quick and the dead'는 사도행전 10장 42절에 나오는 표현으로 산 자와 죽은 자 모두를 가리킨다-옮긴이)'로 다시 번역해야 할까요?"

티미는 내 질문을 무시했다.

강사는 직장에서 '오늘 정말 맵시smart 좋습니다' '그거 맵시 좋은 복장인데요' 같은 칭찬 한마디 잘못 던졌다가 해고당할 수 있다고 주의를 주었다. '이해심 깊은' 처사라는 칭찬 역시 어떤 사람이 다른 사람보다 생각을 더 많이 한다는 뜻을 내포할 위험이 있기 때문에, '배려했다' 혹은 '내가 무엇을 더 좋아할지 신경을 썼다' 같은 표현으로 풀어쓰는 것이 더 안전했다. 덧붙여 티미는 누군가 다른 사람에게 없는 '재능gift'을 갖고 있을 수 있다는 개념 자체에 문제가 있기 때문에 앞으로는 크리스마스에도 '선물present'만 주고받아야 한다고 말했다.

'깨다'라는 단어는 어떤 사람에게 없는 분별력을 뜻할 수 있기 때문에, 이제 우리는 아침에 '일어나다', 마취에서 '풀리다'라는 표현만 쓸 수 있었다. '그릇'이라는 단어는 정당화될 수 없는 지적 역량의 크기를 뜻하기 때문에, 이제 우리는 물을 담아 마실 때 오직 '잔'이나 '컵'만 사용해야 했다. '상식이 많다' '학자답다' '박식하다' 등 칭찬의 의미를 담은 범주는 이런 특성을 전혀 지니지 못한 무지몽매한 인간의 존재를 시사할 수밖에 없으므로, 동료에게 아무리 칭찬을 퍼붓고 싶어서 안달이 난다 해도 '난 당신이 좋아요' 혹은 '그거 좋군요' 등의 건전하고 단순한—아니, 복잡하지 않은—칭찬만 하도록 주의해야 한다. 또한 '날카롭다'라는 형용사는 잘난 척하는 사람과 그의 과대평가된 노동의 결실을 의미할 수 있기 때문에('날카로운 분석' 같은 것이 그 예다) 피해야 하고, 따라서 연필을 깎을 때도 그 정도를 표현할 때는 주의해야 한다. '뾰족하게' 깎는다 정도면 충분했다. '우둔살'이라는 단어는 소고기 부위를 지칭할 때도 쓸 수 없었다.

그중에서도 가장 건전한 주제는 부엌에서의 인지 평등이었다. '돼지'는 두말할 것 없이 지적 모욕이기 때문에, 고기완자를 만들 때는 소고기와 '돈육'을 반반씩 갈아 섞어야 했다. '닭더가리'는 물론 '닭' 자체에도 비하의 의미가 있어서 백숙을 끓일 때는 '가장 친숙한 가금류의 몸통'만 사야 했지만, 강사 티미조차도 '가금류'라는 단어를 잘 몰라 수첩을 확인해야 했다. 이제는 '호박'으로 죽을 만들 수가 없기 때문에, 굳이 누군가의 얼굴을 비하하는 열매로 음식을 만들고 싶다면 '박과 식용작물' 정도만 말해도 대충 다 알아듣는다. 무능하다는 말과 동의어이기 때문에 '밥값을 못 한다'는 표현은 이제 쓸 수 없다. '밥값 한다'는 표현도 마찬가지다.

소시지는 속어로 비하적인 뜻이 있기 때문에, 야구장에서는 '핫도그'만 먹어야 한다. 옛날엔 '감자'가 '멍청이'를 뜻했기에, 이제부터 우리는 덩이줄기만 구울 수 있었다. '깊이'가 있다는 표현을 피해야 하기 때문에, 딥deep디시피자는 앞으로 '톨tall디시피자'로 불러야 하고, 퀵quick브레드는 앞으로 급한hasty빵으로 부른다.

최신 먹을거리에 얽힌 이야기도 들을 수 있었다. 티미는 재미있는 해외 사례를 소개하기도 했다. 과자 '에이스'가 새로운 디자인으로 리브랜딩되어 광고가 나가기 시작하자, 소셜미디어의 언어 감시단은 우월감의 표현이라는 이유로 회사에 해명을 요구했다. 영국에서 M&M에 해당하는 사탕도 상표 문제를 겪었는데, 2012년에는 전국적인 보이콧이 벌어지기도 했다. '스마티'라는 이름을 '스마디'로 바꾸었지만 조롱만 받았고, 자회사는 문을 닫았다.

'둔하다'라는 단어도 입에 담을 수 없는 혐오 단어기 때문에, 날이 무딘 칼은 '잘 잘리지 않는다'고 해야 하지만, '무디다'는 표현 자체도 감각이 떨어진다는 뜻으로 해석될 소지가 있었다. 마찬가지로 예외적으로 '예리한' 사람들의 존재가 오류로 판명 났으므로, 효과적인 칼날과 조리 도구는 뭐라고 불러야 할까······. '매섭다'도 눈썰미가 뛰어나다는 뜻으로 사용될 수 있기 때문에, 그냥 '자르기 좋은 상태' 혹은 '손가락을 다칠 수 있는 칼' 정도로 표현하는 것이 좋겠다. '깡통' '빈 깡통 소리' 모두 머리에 든 게 없다는 부적절한 뜻으로 들리기 때문에, 강사는 아예 깡통이라는 단어를 피하는 것이 신중하겠다고 했다. 인스턴트 음식이 들어 있는 쇠 용기를 지칭할 때는 '통조림'이라고 부르자.

처음 수업이 시작되었을 때는 고등학교 벌칙 수업 같은 분위기가 있었다. 정신평등주의 교리를 위반하고 끌려와서 구부정하게 앉은 채 삐딱하게 웃는 반항적인 십대 아이들 같았다. 초기에만 해도 지긋지긋한 수업을 마치면 몇몇이 모여 각자 어쩌다 수업에 끌려오게 됐는지 무용담을 교환하고 티미가 쓰지 말라고 했던 표현들을 들먹이며 함께 비웃었다. 하지만 이런 반항적인 분위기는 오래가지 않았다. 대부분은 혹시 뭐라도 실수할까 봐 겁에 질려 있었다. 아이들 양육권이 걸려 있는 것은 나뿐만이 아니었고—실망했으면 미안하지만—상황이 상황이니만큼 첫 하루이틀이 지난 뒤 나는 삐딱한 냉소를 완전히 접고 수업에 몰두했다. 열다섯 살에 로봇처럼 가족의 신앙에서 요구하는 의식을 따르던 기락이 있었기 때문에, 나는 곧 존중과 포용의 언어를 익히려고 노력하는 착실한 학생으로 통할 수 있었다. 게다가 삐딱한 태도를 보였던 부류조차도, 이내 강사가 놓친 금지 단어를 누가 더 많이 생각해내는지 경쟁하듯 수업에 참여하게 되었다.

"저, 티미." 같이 수업을 듣던 사람이 결성적으로 목소리를 높여 말했다. "'천재whiz kid'라는 단어를 못 쓴다면 '오줌 갈긴다take a whiz'도 안 되겠네요, 그렇죠? '소변 본다'만 되는 거죠?"

여자 한 사람이 대단한 것을 발견해서 신이 나는지 한마디 보탰던 기억도 있다. "누군가 '사색적이다'고 표현하는 건 그 외의 다른 모든 사람은 사색적이지 않다는 뜻이겠네요. 어떤 사람은 사물에 대해 열심히 생각하지 않는다, 미묘한 뉘앙스를 담아 세상을 바라보지 않는다는 뜻으로."

티미는 동의했다. "맞습니다. 특정인의 지적 능력을 높이는 것은 분명 타인에 대한 비하입니다. 비교의 의미가 없다면—비하적인 비교 말입니다—칭찬은 의미가 없지요."

여자가 말을 이었다. "하지만 제 말뜻은. '사색적인reflective 사람'이란 표현을 쓸 수 없다면, 반사reflective 테이프도 못 쓰나요?"

처음 출석하던 때만 해도 상당히 깐족거리던 사람이 있었는데—냉소적이었고 소곤소곤 강사를 조롱하기도 했다—그는 4주째에 손을 들어 물었다. "질문 있습니다. 직장 동료가 '그 친구 정말 얼간이야tool'라는 표현을 자주 썼는데요. '얼간이'라는 표현은 분명 지능을 비하하는 단어입니다. 그럼 스크루드라이버를 뜻하는 '도구tool'는 어떨까요? 대신 '기구'를 써야 할까요?"

"기구 창고?" 나는 어감이 이상하다는 듯 되물었다.

"안 될 것 있습니까?" 그는 쏘아붙였다.

"마치……." 나는 말하려다 아슬아슬하게 입을 다물었다. 특정 언어를 아무 생각 없이 입 밖에 낼 뻔했다는 사실 자체가 약간 아찔했다. "그냥 이 상하게 들리네요." 나는 자신 없이 말을 맺고 수업 내내 입을 다물었다.

나중에 웨이드와 에머리에게 갖가지 기기묘묘한 대체어를 들려줄 생각에 나는 대충 메모를 끄적였지만, 우리 집에서 와인으로 알딸딸한 상태로 시끌벅적하게 조롱하던 밤도 이제 과거의 추억이 되고 말았다. 둘만 잠자리에 든 뒤 웨이드에게 살짝 들려주거나, 아주 드물게 1시간 정도 시간이 날 때(에머리는 뉴욕에서 더 많은 시간을 보내고 있었다) 가장 친한 친구와 커피를 마시며 한탄조로 토로하는 정도였다. 소니아 화이트헤드는 한때 불경하고 활기찼던 우리 가정의 분위기에 찬물을 끼얹었다. 소니아를 탓하고는 있지만, 사실 그보다 더 직접적인 찬물은 우리 막내였다. 루시는 별생각 없이 어떤 시트콤이 '멍청하다'고 한마디 던지는 경우처럼 아무리 사소한 말실수에도 극도로 민감했다. 우리는 아직 막내에게 컴퓨터나 태블릿, 휴대전화를 사주지 않았기 때문에, 식구들의 무심한 실수를 기록해서 소니아의 정규적인 '가정방문' 때 신고하고 싶은 욕구가 아마도 루시가 마침내 글쓰기를 배우게 된 약간의 동기부여가 된 것 같았다.

하지만 티미의 금기는 웃기지만 않다면 굳이 외울 이유가 없었다. 정신평등주의 운동은 시험을 부정했기 때문에, 우리가 이 모든 '의미 감수성'을 얼마나 체화했는지 측정하기 위해 최종 시험을 볼 수도 없었다. 시험을 치른다면 모든 사람을 다 통과시켜야 했다. 성적의 차이는 단순히 두뇌 처리 프로세스의 '다름'으로 인한 결과일 뿐, 즉 모든 사람의 놀라운 동일성을 감추는 행동 양태의 변수라는 것이다. 그래서 기관은 결과에 관심이 없었다. 커뮤니티 센터 책상에 기대앉아 온갖 잡생각에 빠져 있다 보니, 공상에 빠져 내 수업 시간을 흘려보내는 학생들이 어떤 기분인지 직접적으로 체험할 수 있었다. 의욕이 사라지는 기분이었다.

한 가족으로서 모범적인 생활을 하는 것은 특히 다른 곳에서 일상을 지배하는 정신평등운동의 교리를 가정 내에서나마 조롱하는 것이 중요한 스트레스 해소 창구였던 다윈과 잔지바에게 힘들었다. 저녁 식탁에서 스스로 이야기를 검열하는 대신, 두 아이는 입을 닫았다. 둘은 자기들끼리 있을 때만 이야기꽃을 피웠지만, 정신 건강에 좋지 않을 것 같았다. 형제자매 관계를 묘사하기에는 적절치 않은 표현이지만, 그 애들이 루시를 대하는 태도는 '정중'했다. 루시 본인은 나이로도 재능으로도 정당화할 수 없는 우월감을 얻은 것 같았다. 아이는 위세 부리듯 턱을 치켜들고 마치 검열이라도 하듯 집 안을 분주하게 돌아다니곤 했다. 무의식적인 충동이었겠지만, 나는 식탁에서 특별 음식이나 양이 모자란 요리도 두 번씩 루시에게 덜어주었다. 아이는 방과 후 루트비어를 마음껏 마셨고, 7월에 돌아오는 아홉 번째 생일에는 벌써 최신 아이패드를 선물로 예약해놓았다.

3장

　바깥세상에서는 보다 중대한 사건들이 벌어지던 시기였지만, 민망하게
도 나는 여기서 언어학적인 파시즘의 자질구레한 현상들이나—'깡통'이
라는 표현의 죽음이라든가—일일이 늘어놓고 있다. 하지만 어차피 똑같
은 근시안적 세계관이 나라 전체를 지배하고 있었다. 하마터면 제3차 세
계대전을 일으킬 수도 있었을 갈등 두 개를 접어두고 티미 머스웰의 어휘
수업을 시시콜콜 묘사하고 있는 내 모습 자체가 그 시대의 전형적인 풍경
이었다.

　잠시 이러한 전 세계적인 사건과 관련하여 정신평등운동이라는 거대
한 흐름 전체의 자가당착을 지적하지 않을 수 없다. 한편으로는 인간 지능
에 좋고 나쁨이 없다고 하면서, 다른 한편으로는 멍청이의 인권을 위해 싸
우라니. 존재하지도 않는 인구 집단을 위해 어떻게 싸우는가? 광신도들은
'간주되는' 이라는 표현을 사용하면서 이 모순을 가리려고 했지만, 실제로

2014년에 진행되고 있었던 위대한 미국 프로젝트는 카스웰 드레퓌스 복스퍼드가 애당초 상상한 대로 지능 개념 자체의 완전한 퇴출이 아니라 멍청한 사람들의 공격적인 부상이었다.

　멘사는 일종의 두뇌우월주의 조직이라는 이유로 금지되었고, FBI는 이 조직을 미국 시민 질서에 대한 최대의 위협으로 규정했다(이 뻔뻔스럽고 편협한 조직의 회원 중 소수의 두뇌부심 저항분자들은 콜로라도와 뉴햄프셔산맥으로 숨어들어 갔다고 알려져 있었다. 무장한 멘사 회원들과 연방 요원이 볼더 외곽에서 교전하던 장면이 수없이 방송을 탔지만, 어느 용감한《롤링스톤》기자는 이 화면이 연출된 영상이라는 믿을 만한 증거를 수집했다). 철자 맞추기 대회도 역시 아동학대라는 이유로 금지되었다(머리 깊숙한 곳에서는 우리 모두 완벽한 철자를 알고 있지만, 바른 철자를 끌어내는 것이 어떤 사람들에게는 힘들다는 논리였다). 맥아더 재단은 '천재상'을 없애는 대신, 역사적인 차별에 공모한 과오를 극구 사과하고 자기들이 찾아낼 수 있는 가장 멍청한 후보자에게 5년간 625000달러를 수여하기 시작했다. 로즈 장학금 역시 그 뒤를 따랐는데, 장학금을 받을 자격 없는, 아니 자격 있는 학생들을 찾아내는 것은 그리 어려운 일이 아니었을 것이다. 자격이 없는 것이야말로 수업료를 내지 않고 옥스퍼드에서 수학할 수 있는 최고의 자격 조건이었기 때문이다. 미국과 기타 '문명'국가는 단체로 국제 체스 경기 불참을 선언했는데, 사악한 제국이 계속해서 신동들을 출전시키고 있다는 사실을 부정행위로 보았기 때문이었다. 아예 대회에서 철수하기 전, 미국은 체스를 못하는 선수가 아니라 아예 선수가 아닌 사람들로 대표팀을 구성하기도 했다. 그들은 게임 규칙조차 몰랐다. 최신 시각으로 볼 때, 이미 게임 규칙을 아는 오만한 선수를 국가의 대표로 내세우는 것은 부적절한 처사였다.

내가 이런 유행을 언급하는 것은 이것이 정치적으로도 밀접한 관련이 있었기 때문이다. 보좌관과 정부를 구성할 때, 조 바이든은 인물이 얼마나 똑똑한가 하는 점을 단순히 외면하는 정도에서 그치지 않고 아예 지능이 모자란 사람에게 재무부장관을 맡겼다. 그것도 그냥 지능이 모자란 사람이 아니라, 누구나 알아볼 수 있도록 지능이 모자란 사람, 말투와 태도가 눈에 띄게 멍청한 사람이었다. 아첨하는 언론과 바이든 본인의 대변인은 대통령이 '역사적으로 소외된 사람들', 즉 멍청한 사람들을 의도적으로 찾고 있다고 선전했다.

국방부에서도 똑같은 공식이 적용되었다. 합동참모본부는 단순히 계급을 샐러드처럼 뒤섞는 정도로 그치지 않았다. 실패한 오사마 빈 라덴 제거 작전의 교훈도 무시한 채, 그들은 군대에서 가장 덜떨어진 이등병을 대위로, 소령으로, 중장으로 정신없이 진급시켰다. 미국인들은 2011년까지 자국 군대가 모든 지원자를 대상으로 '군사 직업 적성검사'라는 지능검사를 실시했다는 '스캔들'의 충격에서 헤어나지 못하고 있었다. 떠들썩하게 검사를 철회하기 전만 해도, 미국 군대는 적성검사에서 85점 이하를 기록한 지원자를 입대시키지 않았다. 상원 청문회가 몇 년간 지지부진하게 이어졌지만, 결론은 필연적이었다. 그 시험이 시행된 적이 있다는 사실만으로도 수많은 목이 날아가게 되어 있었다.

머리가 나쁘다고 '간주되는' 사람들을 공무원으로 적극 채용하는 바이든 행정부의 정책에는 불쾌한 귀결이 당연히 따랐다. 똑똑한 사람들은—재미있게도 한눈에 티가 난다. 눈빛, 얼굴 근육에서 드러나는 미묘한 기민함, 그들이 하는 말보다 하지 않는 말 같은 것을 보면 알 수 있다—좌천되고 조용히 해고당하고 아예 채용 대상에도 오르지 않았다. 경험적으로 추산해보면, 대충 지능지수 95 이하인 사람들은 백지수표를 받았다. 지능지수 115 이상인 사람들은 가망이 없었다. 지정학적 영향력을 놓고 각축을 벌이는 세계 각국의 지도자들이 해외에서 이런 패턴을 감지하는 데는 대단한 첩보망조차 필요 없었을 것이다. 인터넷 접속망이 있어서 주요 미국 신문 두세 군데 디지털 구독만 하고 있으면 충분했을 테니까.

크림반도에서 시작하여, 2014년 블라디미르 푸틴의 러시아군은 우크라이나 전체를 병합했다. 미 국방부는 군 내에서 '지능적인 불만분자'를 축출하는 작업에 몰두하느라 우크라이나 군대를 미리 훈련시키거나 필요한 장비를 지원할 생각조차 하지 못했기 때문에, 한때 독립국이었던 우크라이나 군대는 준비 부족과 자원 부족으로 변변한 저항조차 하지 못했다. 러시아군은 거기서 그치지 않고 곧장 돋도바로 진격했다. 조지아와 발트해 3국, 심지어 폴란드까지 푸틴의 다음 최우선 표적이라는 추측이 돌았지만, 고작 650단어 분량으로 꾹꾹 눌러쓴 이런 지식인 사설을 읽는 사람은 아무도 없었다.

미국에서 러시아 침공을 이야기하는 사람은 극소수였기 때문에, 푸틴의 군대가 에스토니아 국경을 넘어간 것이 중국의 대만 침공 전이었는지 그 후였는지 기억이 나지 않아서 방금 찾아보아야 했다(궁금하지는 않겠지만, 그 후였다). 베이징의 해상 침공은 지리멸렬해 보였지만, 얼마 지나지 않아 중국공산당이 타이베이에서 흘러나오는 정보를 차단했고, '제2차 중국 내전'에 대한 소식은 거의 말라버렸다. 드문드문 들리는 소식은 참혹했다. 결국 중국은 대만을 점령하고 괴뢰정부를 건설했고, 본토에 반기를 든 정부에 '협조한 사람들'을 투옥하거나 처형했으며, 국제적인 마이크로칩 산업의 통제권까지 거의 대부분 장악했다. 이 눈부신 군사력의 과시 이후 일본, 베트남, 말레이시아, 필리핀 모두 남중국해 문제에 대해서는 입을 다물고 중국이 마음대로 좌지우지하게 내버려두었다.

미국 언론이 국제적인 힘의 균형에 생긴 이러한 지각변동을 완전히 무시했다고 말하려는 것은 아니지만, 두 독재국가를 향한 비판의 화살은 만연한 인권침해에만 집중되었다. 대학, 정부기관, 러시아와 중국 내 회사들은 높은 지능을 가진 사람들을 우대하고 지적으로 덜 뛰어난 사람들을 높은 자리에 올라가지 못하게 하여 단순 업무로 밀어내는 분명한 두뇌지상주의 정책을 공개적으로 추구했다. 모스크바와 베이징 학교에 대한 암울한 내부자 고발 실태를 여러 번 본 기억이 있는데, 학생들은 아직도 잔인하고 힘든 시험을 치르고 있었고 단지 '다르기만' 한 사람들이 본보기로 벌을 받고 있었다. 사람들이 살해당하고 강간당하고 폭사하고 자기 아파트에서 불에 타 죽고, 산 채로 매장된 우크라이나와 몰도바, 에스토니아, 대만에 대한 기사는 별로 기억나지 않는다.

중국과 러시아가 대담하게 광대한 영토를 합병할 수 있었던 것은 서구 사회가 온통 이 정신평등이라는 헛짓거리에 한심해 보일 정도로 집착했기 때문이라고 지적하는 주류 언론의 분석 한 번 접한 적도 없었다. 해외에서 볼 때 우리의 관심은 온통 명청이들의 감정을 상하게 하지 않는 데 쏠려 있는 것이 분명했다. 바이든과 기타 G7 정상들은 '선택된 전쟁'을 놓고 쯧쯧거리며 비판적인 태도를 취했지만, 실제로는 아무것도 하지 않았다. 유권자들이 똥통에 머리를 처박고 있다 보니, 국내적으로 무시당할 수밖에 없는 적극적인 외교정책에 진짜 돈은 고사하고 정치적인 자산조차 투자할 이유가 없었기 때문이다. 정부가 이성적인 정책 결정을 했다고 억지로라도 해석할 때의 이야기다. 냉소적인 마음 한구석에서는 명청이와 낙제생들로 행정부와 보좌관 자리를 가득 채웠다면 그 대가를 치러야 하는 것이 아닌가 하는 마음도 있었다. 핵무기로 무장한 적대적인 국가의 노골적인 영토 침략을 어떻게 제어하는 것이 최선일지 분석하는 것은 '어려운' 일이었지만, 바이든 일당이 연방정부 조직의 층위마다 자랑스럽게 심어놓은 사람들은 어려운 일 따위는 하지 않았다.

미국 시민 대부분이 그렇듯, 나 역시 당시 우크라이나나 대만을 지도에서 찾아보라면 몰랐을 것이다. 그럼에도 불구하고 내가 볼 때 특히 영어권 국가를 중심으로—캐나다, 아일랜드, 뉴질랜드, 오스트레일리아는 애당초 두뇌평등운동이 시작된 미국보다 더 광적인 분위기였다—전파된 이런 유토피아적 집착에 서구 사회가 계속 빠져 있다면, '두뇌지상주의' 국가들이 세상을 통째로 장악하는 것을 막을 수 없을 것 같았다. 시진핑이 코넬대학교에 왕림해서 물리학과 교수들에게 다시 학점을 매기는 정책을 강제해야 우리에게도 구원이 찾아오는 것이 아닌가 하는 생각이 들기 시작할 정도였으니 말이다.

평행력 2015년

1장

어느 날 저녁 웨이드가 유난히 어두운 기분이라는 것을 내가 눈치챈 것이 그해 여름이었을 것이다. 나는 분위기 변화를 알아차리고 속으로 뿌듯했다. 웨이드는 오랫동안 말수 없이 지내는 일이 잦은 사람이었고, 나는 나대로 내면의 고민에 휩싸이곤 했다. 에머리는 이런 나에 대해 역사가 우리 가족에게 시원하게 똥을 뿌렸다는 사실에 대한 원한을 스트론튬-90 수준으로 사방에 발산한다고 했다. 파트너의 일상적인 과묵함과 평소와 다른 침울함을 구분해내다니, 어쩌면 나도 스스로 두려워한 만큼 그렇게 무관심하고 자기중심적인 동거인이 아닐지 모른다는 희망이 생겼다.

아이들은 각자 방으로 흩어졌고, 웨이드는 로즈메리 양고기 꼬치를 남긴 채 여전히 뭔가를 곱씹고 있었다.

"무슨 일이야?"

그의 긴 침묵 속에서 나는 익숙한 미신을 읽었다. 입 밖에 내지 않은 문제는 아직 현실이 아니라는 믿음이었다. "새 조수를 고용했어." 그는 마침 내 말했다.

"그건 잘된 일 아니야? 벤저민이 자기 조경 회사를 차려서 떠난 뒤로 늘 일손이 부족했잖아."

웨이드는 나를 쳐다보지 않고 손가락으로 탁자를 두드렸다. "이 사람을 고용하고 싶지 않았어. 자격이 없어서. 나무 수술 분야에서 교육받은 경험이 없어."

"그런데 왜 뽑았어?"

"이 자격 문제가 말이야……. 너무 복잡해진 것 같아. 이력서를 요구하는 것 자체가 허용되지 않는 것 같아. 기준을 충족한다는 건 시험에 통과했다는 뜻이잖아. 그런데 시험이 없어……. 차별이라고."

"그래도 자기가 무슨 일을 하는지도 모르는 사람을 채용하는 건 거부할 수 있는 거 아니야?"

"아니, 그렇지가 않아. 그가 날 협박했어. 자기 '기술'을 보여주겠다면서, 안전장치도 없이 내 전기톱을 마구 휘두르기 시작하더라고. 나는…… 너무 놀라서…… 아무 생각 없이 해서는 안 되는 말을 해버렸어. 저절로 튀어나온 반응이었어. 나도 모르게 입에서 나와버렸어. 그는 고소하겠다고 협박했고."

"무슨 말이었는데?"

"당신이 볼테르대학교에서 곤란에 처했던 그 단어야. 당신이 집에서 워낙 자유롭게 말을 하니까…… 너무 쉽게 머릿속에서 떠오른 것 같아."

"요즘 난 집에서 '자유롭게 말을 하지' 않잖아, 안타깝게도. 내 탓을 하려는 건 아니지?"

"아니, 당연히 아니지. 미안해. 하지만 이제 난 좋아하지도 않고 신뢰하지도 않는 사람과 매일 같이 일해야 해. 이름은 댄슨이야. 건방져. 게을러. 한번 휴식하러 나가면 돌아올 줄 몰라. 전자담배를 피워대고. 무슨 솜사탕 향인가 뭔가. 그 냄새만 맡으면 속이 울렁거려. 그리고 그 사람은……."

"멍청하다고." 그가 하려던 말이 내 입에서 튀어나왔다. 다행히도 아이들, 특히 루시는 모두 위층에 있었다.

"그렇게 표현할 수도 있겠지."

"매일 수십 가지 표현법으로 머리가 터질 지경이야." 나는 잘생긴 파트너를 쳐다보았지만, 그는 여전히 내 눈을 쳐다보지 않았다. "당신은 이 모든 문제를 비켜 갈 수 있다고 생각했지, 안 그래? 정신평등운동은 당신이나 당신 일과 아무 상관도 없으니까 손을 더럽히지 않고 피해 갈 수 있을 거라고 생각했겠지. 구경꾼처럼 바깥에 서서 지켜보거나 외면하거나 하면 될 줄 알고. 불똥이 당신한테까지 튈 줄 무슨 수로 알았겠어."

"난 나무를 다루는 사람이야, 피어슨."

"사람들과 같이 일하기도 하잖아."

"내 업무에서 견딜 수 없는 유일한 게 그거야."

나는 물러앉아 팔짱을 꼈다. "지난주에 내가 에머리와 같이 무용 공연 보러 갔던 이야기 당신한테 안 했지. 워낙 오랫동안 〈탤런트 쇼〉를 진행했으니, 에머리는 아직도 지역 예술계에 관심이 많아. 난 특별히 무용에 관심은 없지만, 이건 정말 대단하더라고. 지역 공연이야 수준이 떨어질 수 있지만, 이번 공연은 아주 새로운 수준이었어. 관객이 왜 그렇게 없는지 알겠더라고. 무용수는 대부분 과체중이었어. 몸이 탄탄하지 않았어. 리듬감도 없었고, 동작이 우아하지도 않았어. 웨이드, 무용수들이 아예 춤을 못 추더라고. 중간 휴식시간 동안 에머리와 나는 객석에 앉은 채 아무 말도 못 했어. 관객 대부분이 빠져나갔지만, 우린 불쌍해서 남아 있었지. 끝까지 본 몇 안 되는 다른 사람들은 멍한 얼굴로 꼿꼿이 앉아 있다가 커튼이 내려오자 미친 듯이 박수를 쳤어. 마치 호전적으로 찬사를 보내면 방금 무대에서 펼쳐졌던 희극도 무마할 수 있다는 듯이. 잔지바가 당했던 일이 딱 그런 경우였어. 그 아이는 학교에서 가장 뛰어난 배우지. 그래서 선생들은 그 애한테 배역을 맡기질 않아. 앞으로도 안 맡길 거야. 애당초 춤을 못 추기 때문에 그 무용수들이 뽑힌 거야. 강하고 날씬한 몸을 가진 사람, 오랫동안 무용을 잘하기 위해 노력한 사람을 뽑는 것은 이제 '공정'하게 느껴지지 않는 거야."

"요점이 뭐야?"

"숨을 곳이 없다는 거야. 이 게임에는 관객이 없어. 결국 당신도 나와 마찬가지로 운동장에 끌려 나왔잖아. 그래, 정신평등운동은 애당초 지능 부문에서 평준화하자는 거대한 프로젝트였지. 하지만 지금은 모든 분야에서 평준화가 진행되고 있어. 이러다가는 미국도 푸틴에게 유린당한 우크라이나 꼴이 되고 말 거야. 뇌수술을 잘하고 못하고가 없어졌듯이, 이제 나무 수술도 잘하고 못하는 게 없어진 거라고. 사실 상황은 그보다 더해. 단순히 모든 사람을 똑같이 잘한다고 표현하는 정도가 아니야. 우린 아예 반대로 가고 있어. 못하는 사람들이 못하는 일을 하게 되고, 잘하는 사람들은 짜증스러운 존재고 못하는 사람들에게 열등감을 느끼게 하기 때문에 억눌러야 해. 재능 있는 발레 무용수들을 총으로 쏴서 구덩이에 묻는 지경까지 가지는 않았으니 다행이라고 생각해야 할까. 당신도 그 댄슨이라는 친구가 오로지 나무에 대해서 아무것도 모른다는 윤리적인 권리로 트리하우스 회사를 빼앗지 않은 걸 천만다행으로 여겨야 할지 몰라. '못 하는 자는 복이 있나니, 천국이 그들의 것이요. 모든 것을 망치는 자는 복이 있나니, 그들이 위로를 받을 것이요―아무도 그들이 저질러놓은 난장판을 지적하지 않을 것이라. 솜씨 없는 자는 복이 있나니, 그들이 땅을 물려받을 것이요.'" 이따금 어린 시절 배운 성경 지식이 유용할 때가 있는데, 웨이드는 특별히 신자로 자라지 않아서 마태복음 5장 3절부터 12절까지를 빗댄 내 풍자를 알아듣지 못했다.

웨이드가 이런 판에 박힌 내 불만을 지겨워하지 않았다면 아마 한참 더 주절거렸을 것이다. 2015년에는 앞에 말한 '반대로 가고 있는' 상황이 거의 모든 분야를 뒤집어놓았다. 퓰리처와 노벨상 같은 문학상은 단순히 복권으로 전락한 것을 넘어서, 저질 책, 진정 한심한 책을 쓴 작가에게 의도적으로 수여되었다. 오스카상은 형편없는 영화와 형편없는 배우에게 주어졌고, 토니상은 최악의 연극에 돌아갔다(경쟁은 치열했다). 공격적인 무능함의 진격도 뚫지 못한 유일한 부문은 시각예술이었는데, 바닥에 쌓아놓은 똥 덩어리와 벽돌을 향해 찬사를 늘어놓던 세월이 이미 수십 년이다 보니 시대를 앞서갔다고 할 수 있었다.

이후 웨이드는 댄슨 펠링에게 쓰레기 치우기, 파쇄기에 나무 넣기, 땅바닥에서 전기톱으로 통나무 자르기 같은 비교적 안전하고 따분한 일거리만 맡기고 있다고 내게 말했지만, 정작 중요한 일에 쓸 수 없으면 조수를 둘 이유가 없었다. 이 기간 동안 웨이드는 걸핏하면 화를 냈는데, 솜사탕 향 전자담배 냄새를 계속 맡아야 했을 뿐 아니라 댄슨은 도대체 입을 다물지 않았다. 이 점이 우리 관계에 유독 부정적인 영향을 끼쳤다. 웨이드는 대화 없이 아주 오랜 시간 일터에서 지낸 뒤에야 집에 와서 나와 소통하고 싶다는 욕구가 쌓이는 사람이었기 때문이었다. 그는 한층 뚱하고 무반응해졌다. 반면 나는 게으름을 부리며 책을 실컷 읽는 계절의 축복을 한껏 누리고 있었지만, 여름방학에 교실에서 해방되는 것이 예전보다 훨씬 더 큰 안도감을 준다는 사실은 마음 한편으로 찜찜했다.

2장

이야기 전개에 소홀한 점이 있었다! 중국과 러시아가 세계를 지배한다는 사소한 주제를 앞서서 다루었어야 했던 것처럼, 그해 봄 에머리가 CNN에 특채됐다는 이야기도 진작 해야 했다. 돈독한 우의를 유지하기 위해 나는 그녀가 거들먹거리는 모습을—미안, 친절한 단어는 아니다—계속 피해 다녔지만, 회피는 점점 더 힘들어졌다. 꽤 많은 사람이 우리가 친구라는 것을 알고 있었고(에머리가 암묵적으로 허락했기 때문에 나는 이 사실을 영문과 내에서 쏠쏠한 방패로 써먹을 수 있었다), 내가 찾아보지 않더라도 동료들이 이런저런 프로그램 도입부나 강력한 인터뷰를 화제로 꺼냈다. 유튜브는 에머리 루스를 검색한 기록을 기억하고 있기 때문에, 일부러 요청하지 않아도 최신 출연 클립이 추천 동영상으로 항상 내 화면에 떴다. 동영상은 CNN에만 국한되지 않았다. 에머리가 나오지 않는 곳이 없었다. 팟캐스트, 회의 패널, 연설, 전부 다였다. 케이블 채널을 훑어볼 때마다 가장 친한 친구가 장황하게 말을 늘어놓고 있는 모습이 눈에 띈 적이 수 없이 많았다.

짐작하건대, 에머리는 저능한 사람들의 지적인 대변인으로 자리 잡아 가는 것 같았다. 공식은 형식이 내용을 따라가는 것이 아니라 내용과 요란하게 어긋나는 방식 같았다. 에머리는 유창하고 매력적이고 섹시했지만, 무엇보다 언제나 노골적으로 똑똑했다. 모든 사람이 다른 모든 사람과 평등하게 똑똑하다면, 여러분 모두가 이 말주변 좋은 방송인과도 평등하게 똑똑하다는 사실을 웅변하는 방식으로 시청자들에게 영합하고 있었다. '일축'이라는 단어를 써서 여론의 뭇매를 맞은 뒤 현학적인 어휘를 자제하기는 했지만, 에머리는 다른 경쟁자 언론인들 수준만큼 언어 수준을 낮추지 않았다. 영리한 선택이었다. 에머리는 청중을 낮춰 보는 것처럼 비치지 않았고, 종종 반지성주의적인 주장을 펼치기는 했지만 문장과 전달 방식은 수준이 높았다. 형식적인 면에서, 에머리는 이 나라가 그래도 완전히 야만인들의 손에 넘어간 것은 아니라고 대대적으로 몰락한 진퇴양난의 지식인 계급을—문화의 전개 방향에 대한 이들의 우려는 입 밖에 낼 수 없는 것이 되었다—다독이고 있었다. 이런 생각을 명시적으로 표현할 마음은 없었지만, 에머리는 성공적인 포퓰리스트 선동가의 조건을 모조리 충족하고 있었다.

예를 들어, 어느 일요일 아침 TV를 켜보니 〈페이스 더 네이션〉에 채널이 맞춰져 있었는데 놀랍게도 컬럼비아대학교의 어느 근엄한 학자와 에머리가 대담을 나누고 있었다. 이 프로그램을 내가 일부러 보려고 했을 리는 없었지만, 채널을 곧장 돌릴 수가 없었다.

의견 대립을 보여주는 포맷이기는 했으나 이 시점에서는 누구도, 절대 누구도 감히 TV에 나와 정신평등운동이라는 이념에 찬물을 끼얹거나 고용, 교육, 예술의 수준을 과거로 되돌리자고 주장할 수 없었다. 오히려 '논란을 벌이는' 역할로 초대된 전문가까지 소중한 방송 시간을 낭비해가면서 혹시 지능 아파르트헤이트가 만연했던 잔인한 옛 시절로 돌아가려는 게 아닌가 하는 청중의 두려움을 완화하기 위해 배려하고 있었다. 당연히 내가 프로그램을 보기 시작했을 때도 턱수염을 기른 오십대의 아든 휴스 박사는 의무적인 안전장치를 한창 깔고 있었다.

"과거에 우리가 표현 방식이 다른, 풍부한 인식을 지닌 사람들을 너무나 많이 소외시켰고 그로 인해 눈에 덜 띄는 재능을 놓쳤을지도 모른다는 데는 의문의 여지가 없습니다. 하나의 사회로서 우리는 이로 인해 빈곤해졌습니다. 정신평등이 과학적으로 입증되었다는 사실에는 의문의 여지가 없고……"

늘 그렇듯 이 사람은 정말로 반대되는 입장을 가진 것이 아니었고, 시간을 때우기 위해 정확히 똑같은 지능을 가진 사람들이 얼마나 많이 똑같은 주제를 놓고 시시콜콜 왈가왈부할 수 있는지 보여주는 재주를 부리고 있었다. 이 시절에는 반대편이라는 것이 없었다는 것도 기억할 가치가 있다. 정신평등운동에 열광하거나 미친 듯이 열광하거나, 둘 중 하나였다.

마침 이 영상이 아직 온라인에 있으니, 당시 무슨 말이 오갔는지 맛보기로 옮겨보겠다.

"그러나 어쩌면 형사 콜롬보는 정신평등운동의 영웅입니다. 자칭 우월한 사람들에게 똑똑하지 않다는 오해를 받고 지속적으로 과소평가된 인물의 전형이지요. 우스꽝스러운 것은 소위 지적인 인물이며, 그는 스스로의 우월감 때문에 파멸합니다. 이 번드르르하고 잘난 척하는 살인범들

227

은 지적으로 열등한 것으로 '인식되는' 형사를 경멸했기 때문에 실수를 저지르고 정체가 발각됩니다. 회차 하나하나가 정신평등에 관한 이야기죠. 멍…… 실례했습니다. 거친 표현을 써서 죄송합니다만, 미음으로 시작되는 단어가 항상 승리하고, 콧대 높고 잘난 척하는 소위 전문가들이 결국 감옥에 갑니다. 이 시리즈는 무려 1968년까지 거슬러 올라갑니다만, 그 주제는 극도로 현대적입니다. 재방송을 금지하는 것은 안타까운 일입니다. 당연히 이 프로그램은 새로운 팬층을 많이 끌어모을 겁니다."

〈형사 콜롬보〉가 도마 위에 올랐다는 소식은 금시초문이었다.

"어떻게 생각하세요, 에머리?" 진행자가 물었다. 휴스 박사가 말하고 있는 동안에도 나이 지긋한 여성 진행자의 몸이 에머리 쪽을 향하고 있는 것으로 보아, CNN의 떠오르는 샛별에게 잘 보이고 싶은 마음을 읽을 수 있었다. "피터 포크를 그냥 창고에 가둬두지 말고 황금시간대로 복귀시켜야 하지 않을까요?"

"음, 요즘 시청자 눈높이에 비해 제작 수준이 낮고 설정이 너무 도식적이라는 단점이 있습니다." 흰 가운을 입은 에머리는 천사 같은 분위기였다. 〈엘머 갠트리〉 부흥회 장면의 진 시먼스를 연상시키는 옷차림이었다. "하지만 제가 이 프로그램을 땅속 깊이 파묻어야 한다고 생각하는 것은 그런 이유가 아닙니다. 콜롬보는 여전히 똑똑하다 혹은 멍청하다라는 부정적인 패러다임에 갇혀 있어요. 그 프로그램을 진보적이라고 착각하시는 이유를 알겠습니다만, 휴스 박사님, 절대 그렇지 않습니다. 여기서 박사님의 오류는 계급 문제와 지능 문제를 혼동하고 있다는 점입니다. 콜롬보 형사는 노동자계급입니다. 억양, 어수선한 움직임, 구겨진 트렌치코트 같은 것을 보면 알 수 있지요. 그에게 당하는 것은 언제나 부자들입니다. 하지만 이 프로그램의 등장인물은 이제 완전히 그 신화가 깨어진 관습적인 지능의 위계에 여전히 충실합니다. 아무리 아닌 척해도, 콜롬보는 여전히 똑똑한 인물입니다. 역시 아닌 척하지만, 살인범들은 지능적으로 열등합니다. 프로그램 제작자들은 계급적 고정관념을 전복했을 뿐이지, 낡고 잔인한—폭력적인 알프과 쭉정이 가리기, 누가 더 똑똑한가를 구별하려는 페티시적 집착—지능적 위계는 여전히 공고합니다. 이 프로그램의 설정 자체에 편견이 배어 있어요. 그러나 이 편협함이 즉각적으로 명백하게 드러나지 않는다는 사실이야말로—한마디로 음침해요—제가 아이들에게 이 시리즈를 보여주고 싶지 않은 가장 큰 이유라고 할 수 있겠습니다."

휴스 박사는 말했다. "하지만 말씀대로 이 프로그램이 낡은 '패러다임'에 의존하고 있다 해도, 지나간 시대의, 이미 신뢰를 잃은 사고방식의 실례를 보존하는 공간이, 중요한 공간이 있지 않겠습니까? '여기, 어떤 캐릭터를 똑똑하다고 묘사하고 다른 캐릭터를 그렇지 않다고 악마화했던 이런 드라마가 있다. 예전에는 이런 식으로 사람들을 분류했는데, 정말 추하지 않으냐?' 어쩌면 우리는 바람직한 사고방식은 무엇인지, 바람직하지 않은 사고방식은 무엇인지 아이들에게 가르치는 출발점으로 이런 유물을 보존해야 할지도 모릅니다." 내가 풋 정신평등처장 앞에서 주장했던 아무효과 없는 논점이었다.

"하지만 휴스 '박사님'……." '박사'를 강조한 것은 교묘했다. 요즘은 이런 경칭만으로도 의심을 받는다.

"아든이라고 부르세요."

에머리는 조금도 머뭇거리지 않는 유창한 말솜씨로 말을 이었다. "그

논리라면 결국 과거의 모든 혐오적인 문화콘텐츠를 혐오적인 문화콘텐츠의 소중한 실례로 보존하게 됩니다. 아이들에게 바람직하지 않은 사고방식을 더 잘 가르치는 출발점으로요. 반례를 제시하려다 보면, 우리는 똑같은 논리로 모든 종류의 편협한 사람들이 이런 자리에서 독을 뱉어내는 것을 조장하게 됩니다. 물론 박사님을 빗대는 것은 아닙니다만."

"물론이지요." 아든은 무뚝뚝하게 말했다.

사회자가 대화에 끼어들었다. "콜롬보 형사에 대한 논란은 시트콤 〈겟스마트〉를 둘러싼 입씨름을 연상시키는데요."

"그건 그냥 제목 때문에 무분별하게 금지된 시리즈죠." 아든의 반론은 위험할 정도로 즉흥적이었다.

에머리는 인정했다. "그럴지도 모르죠. 하지만 그 시리즈에서도 똑같은 위치 전환을 볼 수 있습니다. 맥스웰 '스마트'는 똑똑한 사람이 아닙니다. 그는 컨트롤의 장비를 제대로 다루지 못하죠. '스마트 요원'은 반어적인 호칭입니다. 그는 웃음거리이고 작가, 그러므로 시청자들이 조롱하고 우월감을 느끼는 대상입니다. 같이 웃는 코미디가 아니라, 처음부터 끝까지 비웃는 코미디입니다. 그의 파트너 99번 요원은 진짜 '똑똑한' 인물이지요. 영화와 〈겟 스마트〉 리메이크 역시 똑같은 공식을 따르고 있기 때문에, 스트리밍 플랫폼에서 관련 콘텐츠를 전부 내린 것은 좋은 결정입니다. 그 프로그램의 코미디는 정신적으로 낙인찍힌 사람들을 착취하고 있습니다."

"똑같은 논리로 〈핑크 팬더〉 영화도 비판의 대상이 되었지요."

사회자의 말을 듣고 에머리가 말했다. "역시 안 보게 되어서 마음이 놓이는 영화입니다. 관객을 작가와 제작자, 심지어 피터 셀러즈 본인과 무자

비하게 공모하도록 유도했어요. 클루소 형사는 뭐, 어떤 혐오 단어로도 묘사할 수 있는 인물 아니겠습니까. 하하."

옮겨 적기도 따분하고 우울하니, 맛보기로는 이 정도로 충분할 것이다.

3장

성인이 된 이후, 나는 내게 부모님과 가장 비슷한 존재였던 켈리와 데이비드 루스와 지속적으로 연락하려고 노력했다. 하지만 아이 셋을 키우면서 경력을 간신히 유지하는 신세다 보니, 직계가족과 직장 업무에만 정신이 팔리기 일쑤였다. 나를 자기 집에 받아들이고, 제정신이 있는—한때는 제정신이었던—세속적인 세상을 헤쳐나가는 기본적인 방법을 가르치고, 대학에 지원할 수 있도록 도와준 것이 얼마나 큰 은혜였는지 생각할 때, 사실상 입양 자녀로서 나는 당연히 해야 할 도리를 하지 못했다. 그래서 두 분이 먼저 연락해서 12월 초 웨이드와 같이 저녁을 함께하자고 했을 때, 웨이드는 곤란하지만(그는 사교를 싫어했고, 지난번 파트너 동반으로 찾아갔을 때는 계약 전문 변호사와 역사학 교수가 나무의사와 무슨 화제를 나눠야 하는지 몰라 당황하는 모습이 보기 민망했다) 나는 당연히 기쁘게 가겠다고 했다.

계산해보니 서로 만나지 못한 지 기껏해야 두어 해였기 때문에, 그 짧은 시간 동안 두 분이 너무 늙어 보여서 나는 깜짝 놀랐다. 데이비드는 항상 자기 몸을 잘 가꾸는 사람이었지만 이번에 보니 군살이 붙어 있었고, 그 모든 생명력과 살아 있음의 즐거움도 모두 연기였다는 듯 늘 생기 있던 얼굴은 표정이 축 처져 있었다. 켈리는 살이 찌지는 않았지만, 남편의 표정과 보조를 맞춰 역시 몸이 축 처져 있었다. 인사할 때 나를 다시 만나서 반갑다는 표정은 진심에서 우러나는 것 같았지만, 기쁨을 표현하는 것이 너무 힘을 많이 소모하는 것 같았고 태도에는 쓸쓸함이 묻어 있었다. 이런 현상은 그 자체로 드문 일은 아니다. 그러나 이 두 분은 누가 봐도 왕년에 청년이었구나 싶은 부부, 늙고 쭈그러든 겉모습 안에 있는 과거의 활기 넘치고 매력적인 사람이 곧장 보이는 사람이었다. 지금까지 그때의 활기와 매력을 그대로 간직하고 있었기 때문이었다. 두 분은 늘 나에게 품위 있게 늙어간다는 것이 무엇인지 보여주며, 내 앞날에도 희망이 있음을 일깨워주었다. 그래서 두 분이 지쳐 보이는 모습에 느낀 실망감에는, 사실 내 이기심이 크게 작용하고 있었다.

루스 부부는 폭이 좁고 세련된 타운하우스로 공간을 좁혀 이사했는데, 내부는 검은 나무로 마감되어 있었고, 동양풍 양탄자가 깔려 있었다. 벽에는 온통 품위 있는 미술작품이 걸려 있었고, 그 외에는 전부 바닥부터 천정까지 닿는 책장이었다. 서재에 꽂힌 책은 주로 양장본이었고, 소설은 작가 이름 순서대로, 논픽션은 주제별로 정리되어 있었다. 골동품 가구 위에는 전 세계를 두루 섭렵한 여행길에서 수집한 독특한 물건이 전시되어 있었다. 이렇게 교양 있는 실내장식은 요즘 유행에 뒤떨어진 정도가 아니라, 워낙 눈총 받는 대상이었기 때문에 대부분의 사람은 진작 저런 책장을 철거한 지 오래였다. 중고시장에는 오래된 책이 흘러넘치는 마당이라, 아예 잘게 부숴 압축해서 난로의 땔감으로 사용하고 있었다.

"아, 안녕!" 나는 에머리를 포옹하고 유럽식으로 두 뺨에 키스했다. "너도 와 있는 줄 몰랐네."

"추수감사절에 더블린에 가 있었어. 크리스마스쯤에는 멜버른, 브리즈번, 시드니, 애들레이드를 돌아야 해. 그러니 명절 사이에 시간을 내서 모이게 됐어. 일정을 이따위로 잡게 돼서 미안하다. 네가 명절을 얼마나 좋아하는지 아는데."

"맞아. 나도 종이 타월을 쇼핑하고 엄마 제라늄에 물을 주는 숨 가쁜 일정을 쪼개서 이 저녁 식사에 참석해 있잖아." 소파에 앉아 있던 젊은 여자가 말했다.

"펄리시티, 너무 반갑다." 나는 에머리의 여동생과 짧고 어색한 포옹을 나누었다. 경계심이 많고 전투적인 태도 때문에 언니만큼 쉽게 친해지기 어려운 펄리시티는 단순한 인사 한마디도 엉뚱한 뜻으로 받아들일 수 있는 유형이었다. 민감한 사람들을 만날 때 나는 유독 최악의 화제를 강박적으로 입에 올리는 경향이 있었다. "저기, 너랑 셸윈이 헤어졌다는 소식 들었어. 유감이다."

펄리시티는 어깨를 으쓱했다. "치명적인 철학적 의견 차이가 있었지."

"무엇에 대해서?"

"뭐겠어?"

나는 더 묻지 않았지만, 짐작할 수 있었다. 펄리시티도 와 있을 거라고 짐작했어야 했다. 에머리에게서 동생이 이혼했다는 소식은 물론 갑작스럽게 의공학 엔지니어직에서 파면되었다는 소식도 들어 알고 있었으니까. 그래서 펄리시티는 당분간 부모님 집에 돌아와서 지내고 있었다. 하지만 어딘가 분한 듯한 분위기를 풍기고 있는 것은 최근 겪은 불운 때문만은 아니었다. 펄리시티는 언제나 어딘가 손해 본 듯 보였다. 언니의 백옥같이 하얀 피부와 짧게 친 흑발이 주는 인상에 비하면, 그녀의 어깨까지 내려오는 갈색 머리와 옅은 주근깨가 난 얼굴은 눈길을 잡아끌지 못했기 때문이다. 에머리의 자연스러운 자신감과 태평스러운 우월감, 너그러움 같은 면이 동생에게는 없었다. 펄리시티도 못생긴 것은 아니었는데, 약간 여유가 없었다. 동생과 말을 나누고 싶은 마음은 아니었지만, 그래도 그런 감정을 숨겨야 한다는 의무감 때문에 계속 이야기하지 않을 수 없었다.

"그럼 당분간 일을 쉬고 있는 거네?"

"일자리 찾기 힘들어. '당분간'이라는 표현은 너무 낙관적이야."

"거기서도 혹시…… 치명적인 철학적 의견 차이가 있었나?"

"그런 셈이지. 화이자에서 대규모 구조조정이 있었어. 바비큐 소스병을 흔들기 전에 뚜껑 닫는 걸 잊어버리는 종류의 '구조조정'." 그녀는 입가로 삐딱하게 내뱉었다.

펄리시티는 재미있고 독특했다. 어른이 된 뒤로 서로 연락이 없었지만, 지난해까지만 해도 펄리시티는 인상적인 대기만성형 성공 사례였다. 매력 측면에서는 언니와 경쟁이 되지 않았다. 하지만 그녀는 MIT에 입학하는 것이 대단한 일이던 시절에 열심히 공부해서 당당히 합격했다. 화학을 전공해서 이제는 시대착오가 되어버린 힘든 분야의 학위에 도전했고, 당시 STEM 분야에는 여학생이 드물었다. 그녀는 웨이드에게서 내가 매력적으로 느꼈던, 물리적인 세상에 대한 능숙함을 지니고 있었다. 그래서 에머리가 WVPA 방송국에서 정체되는 동안에도 펄리시티는 제약업계에서 승승장구했다. 카리스마 넘치는 언니보다 훨씬 돈을 많이 벌었지만, 그것도 한때였다. 요즘 같은 이념의 시대에 살아남기에는 너무 티 나게 재능이 많았다. 역차별이 횡행해서 고도로 숙련된 직원들이 대규모로 쫓겨났다. 자기가 무슨 일을 하는지 아는 사람의 자리를 그렇지 않은 사람이 차지했고, 사회적 정의는 초점 없는 복수심과 뒤섞여 있었다. 하지만 유능한 사람들이 천지 분간 못하는 사람들에게 정확히 무슨 나쁜 짓을 했는지 알 수 없는 노릇이었다. 펠리시티가 세상에 환멸을 느끼는 것은 그녀의 잘못이 아니었다.

나는 분위기를 밝게 하려고 농담을 던졌다. "이따금 나도 일자리에 계속 붙어 있는 것이 좋지 않은 인상을 주는 게 아닌가 싶을 때가 있어. 난 해고당할 만큼 똑똑하지 못한가 봐."

"반대야." 데이비드가 화이트와인 잔을 건네며 말했다. "이런 시기에 학계에 붙어 있으려면 최소한의 눈치가 있어야 해." 그는 맏딸 쪽으로 눈에 띄지 않게 슬쩍 눈길을 보냈다. "정치 감각을 제법 익혔나 보구나."

"그럴 리가요. 걱정하실까 봐 당시에 말씀은 안 드렸는데요, 그냥 아무 일 없이 지나갔으면 하는 마음도 있었고요. 하지만 2013년에 정신평등처장과 아슬아슬한 면담을 한 번 가졌죠."

"아, 저런. 풋 정신평등처장. 부하 직원이 점점 더 늘어나기만 하는구나. 그 부서가 대학 본부 건물 1층 전체를 다 쓰고 있어."

"멋진 액자에 끼운 추상화, 굴욕적인 낮은 의자, 두꺼운 흰 양탄자." 내가 대꾸했다.

"낭자한 핏자국을 눈에 더 잘 띄게 하려고 그러나 보지. 그런데 네 원죄는 뭐였니?" 데이비드가 물었다.

"해외문학개론 수업에서 학생들에게 『백치』를 과제로 내줬어요."

데이비드는 껄껄 웃었다. "자살 충동이라도 솟았던 거냐?"

"전 언제나 다름없는 저죠. 그게 문제여요. 궁극적으로 농담하려던 건데, 요즘 같은 세상에서 내 유머가 상대방에게 통할 거라고 믿으면 안 되죠. 간신히 일자리는 지켰는데, 그 뒤로 요주의 인물로 찍혀 있어요. 티끌만큼도 잘못하면 안 돼요."

"루시 문제는 확실히 잘못했잖아." 에머리가 끼어들었다.

"아, 맞아. 작년에 우리 막내가 절 사회복지과에 신고했어요."

"자기 엄마를?" 켈리는 바삭한 빵과 청어 요리를 가져오다가 외쳤다.

"제가 형제들만큼 루시가 영리하지 않다 어쩌고 하는 말을 우연히 들은 거예요. 아이 감정을 상하게 했으니 당연히 미안했죠. 그래도 다윈과 잔지바를 아시지만, 저보다 더 똑똑한 애들 아닌가요. 웬만한 사람한테는 다 그렇죠. 한데 정신평등운동이 폭발했을 때 루시는 겨우 네 살이었고, 그 애가 아는 건 그게 전부잖아요. 평생 시험 한번 쳐본 적이 없어요. 그러니 이 모든 난리를 있는 그대로 받아들이고 있어요. 인지평등이라는 개념에 문제를 제기할 여지가 있다는 생각은 해본 적이 없겠죠. 그건 그냥 사실이니까."

켈리는 남편과 비슷한 시선으로 에머리를 곁눈질했다. "그건 루시가 순수한 상태에서 양육되고 있다는 뜻이겠지. 과거의 편견에 오염되지 않은 상태잖니. 루시는 정신이 깨끗한 새로운 세대의 일원이야."

나는 내 양어머니를 잠시 보았다. 속을 알 수 없는 말투였다. 냉소? 진심일까?

나도 다시 모호한 말투로 받았다. "어떤 면에서는…… 루시한테는 세상이 흑백인 거예요. 나쁜 사람들은 나쁜 말을 쓰고 나쁜 생각을 할 것이고,

좋은 사람들은 그렇지 않겠죠. 그러니 엄마가 지능을 비교하는 언어를 사용하면, 천하에 몹쓸 말을 하고 있는 거죠. 교정하거나 고쳐줘야겠죠, 벌을 주거나. 장난이 아니에요. 아동보호국에서 루시를 빼앗아 갈 수도 있을 뿐 아니라 세 아이 다 위탁가정에 보낼 수도 있다고 협박했어요."

켈리는 내 팔을 붙잡았다. "오, 맙소사. 정말 너무 끔찍하구나."

"피어슨, 하라는 대로 말하는 법을 배우는 건 그렇게 어렵지 않아. 너도 알잖아." 에머리가 말했다.

"그래. 하지만 상황에 순응하는 것이 더 쉬운 사람은 분명히 있지." 펠리시티는 노골적으로 비꼬듯이 던졌다.

에머리가 말했다. "피어슨은 겉보기보다 주어진 규칙을 더 잘 따를 줄 알아. 우리 같은 사람들이 거북처럼 등껍데기에 목을 묻고 있을 때도 고개를 내미는 어린 독불장군이나 용감한 이단아지만, 다른 모두와 마찬가지로 공적으로는 정치적으로 순응하는 모습을 보이고 있잖아."

"우리 애들이나 직장을 빼앗기기 싫어서야." 나는 대꾸했다.

"언제부터 이런 가벼운 농담을 진담으로 받기 시작했니? 쳇, 그러면서 유머 감각이 없는 건 다른 사람들이라지." 에머리는 말했다.

나는 도울 일이 없는지 보려고 켈리를 따라 부엌으로 향했다. 지금까지 오늘 저녁 분위기는 어딘가 모르게 묘한 데가 있었다.

오픈 선반인 팬트리에 조미료와 식료품이 줄지어 있는데, 뭐가 이상한지 눈치채기까지 잠시 생각해야 했다. 케첩은 하인즈 제품이 아니라 폴란드의 저가 브랜드였다. 마요네즈 라벨은 네덜란드어 같았고, 자세히 들여다보니 제품을 포장한 국가는 남아프리카였다. 쌀식초는 일본제였지만, 올리브유는 튀르키예제였고, 렌틸콩은 요르단산이었다.

중국산 버섯간장과 물밤만 있는 게 아니었다. 강낭콩과 농축우유 캔까지 중국산이었다. 밀가루 봉투에 적힌 글자는 키릴 문자였다.

나는 자세히 둘러본 뒤 말했다. "이야. 정말 국제적인 상품들이네요 '국산 소비' 운동을 지지하지 않으세요?"

켈리는 조용히 말했다. "지지하지 않아. 이건 너 원칙이야. 지난번에 미국에서 제조된 설탕을 샀는데 쌀벌레가 잔뜩 들어 있었어. 작년에 와이스 마켓에서 산 후무스를 먹었다가 데이비드가 며칠 동안 앓았어. 미국산 오염된 제품, 상한 제품, 대놓고 못 먹을 제품을 오랫동안 샀는데, 이제 한계야. 후무스는 직접 만들어 먹어."

역시 양념플랭크스테이크도 아르헨티나 수입 제품이었다. 알록달록한 구운 파프리카는 중서부나 캘리포니아가 아니라 니카라과에서 트럭으로 실어 온 농산물이었고, 생각해보니 미국 서부에서도 쌀이 많이 생산되지만, 봉투를 확인하니 말레이시아산이었다.

"에머리하고 무슨 문제 있니? 분위기가 약간 팽팽한 것 같아서." 켈리는 스테이크를 썰면서 나직하게 물었고 나는 식탁용 접시에 파프리카를 숟가락으로 얹었다.

이 집 전체 분위기도 사실 비슷했다. 나도 목소리를 낮췄다. "전 에머리가 선전하는 견해에 동의하지 않아요. 그래도 우린 그럭저럭 잘 지내요. 에머리가 공적으로 표명하는 모든 입장에 제가 찬성해야 하는 건 아니니까요. 그래도 아무 말을 안 해도 에머리는 제가 반대라는 걸 알아차려요. 이제 워낙 유명해졌으니, 친구가 자랑스러워야 하는데. 이런 말씀 드리기 뭐하지만 그렇지가 않네요."

"너 조심해야 한다."

무슨 뜻으로 하는 말인지 알 수 없었다. "전 녹초가 될 정도로 매일같이 조심하고 있어요. 루시가 매 같은 눈으로 감시하고 있어서 집에서조차 홀홀 털고 긴장을 풀지 못해요. 이 집은 제가 마음 놓을 수 있는 세상에서 유일한 공간이었으면 했는데."

켈리는 평상시대로 목소리를 높였다. "우리야 뭐. 데이비드와 난 에머리가 정말 자랑스러워. 그 모든 연설, 방송 출연이라니! 그런 에너지가 어디서 생기는지 모르겠다. 이웃, 동료들도 다 놀라워하고 있어. 항상 최신 프로그램 링크를 보내준단다." 하지만 말하는 동안 켈리는 내 눈을 똑바로 바라보지 않았다.

환영받지 못한다고 느낀 것은 아니었지만, 혹시 내가 에머리와 그녀의 부모님 사이의 완충 역할로 저녁 식사에 초대된 것이 아닌가 하는 생각이 들었다. 내가 아주 가족 같은 존재는 아니니, 같이 있으면 이 자리가 약간은 공식적인 분위기가 되기 때문에 서로 예의를 지킬 수 있을 것이다. 마치 문자메시지 날아오듯, 머릿속에 이런 생각이 떠올랐다. 에머리의 부모님은 에머리를 두려워하고 있었다. '나도 혹시 에머리를 두려워해야 하는 걸까' 하는 생각이 들었다.

4장

　　모두 식탁에 둘러앉아 접시를 돌린 뒤, 데이비드는 올해가 볼테르대학교에서 지내는 마지막 해라고 가족에게 선언했다.

　　"의외네요. 의무 정년이 없어서 교수님들은 칠십대, 팔십대까지 계속 교편을 잡으시잖아요." 데이비드는 기껏해야 예순일곱 살 정도밖에 안 된 나이였다.

　　"너도 직접적으로 관련된 문제라 신경 쓰게 하고 싶지는 않다만, 볼테르대학교의 재정 상태는 심각하다. 대학은 학비를 더 많이 내는 외국 학생들에게 크게 의존하고 있어. 하지만 외국에서 유학 오는 학생들이 씨가 말랐지. 돈 많은 나이지리아계, 아시아계, 인도계 집안이 더 이상 자녀를 미국 학교에 보내려고 하지 않으니."

　　"세상에, 왜 그런지 모르겠네." 펠리시티가 말했다.

　　"인지적 편견 때문이라고 할 사람이 많겠지. 그래서 행정팀의 공식적인 입장은 차라리 잘된 일이라는 거야. 하지만 윤리적으로 고결하다고 해서 예산에 난 구멍이 채워지지는 않으니." 데이비드는 성실하게 덧붙였다.

나는 말했다. "이게 불행 중 다행인지, 재난인지는 정치적인 입장에 따라 다르겠지만, 남쪽 국경에서도 똑같은 일이 벌어지고 있어요. 멕시코인, 중남미인들이 죄다 돌아갔죠. 제 동료 한 사람은 최근 JFK공항을 이용했는데 어딘가 달라 보이더래요. 한참 뒤에야 외국인이 사실상 하나도 없다는 걸 깨달았다지 뭐예요. 생각해보세요. JFK공항이에요."

에머리가 말했다. "이민의 물결이 주춤하는 게 이 나라를 위해 좋을지도 몰라. 잠시 숨을 돌리고 이미 있는 이민자를 동화시키는 데 집중할 수 있으니."

"주춤하는 게 아니야. 아예 흐름이 반대로 바뀐 거라고. 나가려는 이민자를 무슨 수로 동화시켜. 게다가 국내 인재 유출 문제도……."

"내가 은퇴를 생각하고 있는 또 다른 이유를 말하자면……." 데이비드는 내 말을 잘랐다.

내 말이 데이비드를 초조하게 했다. 한때 최고로 촉망받던 대학생과 전문가를 이쪽으로 보냈던 바로 그 나라로 미국의 '인재가 유출되고 있다'는 말을 입에 담기라도 했다가는 경력이 끝장날 수 있었다. 예외적으로 똑똑한 사람이라는 것이 존재하지 않는다면, 조국을 떠나 외국으로 가는 예외적으로 똑똑한 사람도 없는 존재다.

데이비드는 말을 이었다. "훌륭한 의도지. 그럼에도 불구하고, 이 '커리큘럼의 비현학화'는 내게 너무 지나쳐. 역사상의 전통적인 위인들을 집중적으로 다뤄서는 안 된다는구나. 존 로크, 애덤 스미스, 루소……. 심지어 '계몽의 시대'도 퇴출됐어. 이제는 '오만의 시대'란다. 사실 네가 이 사람들을 만나봤는지 모르겠는데, 피어슨. 캠퍼스에서 이 대학은 물론 도시 이름까지 개명하자는 학생운동이 차츰 세를 불리고 있어."

"그럼 볼테르 대신 누구 이름으로 부르고 싶대요? 비비스와 버트헤드(미국 애니메이션 인물명—옮긴이)?" 나는 물었다.

"펜실베이니아주 비비스. 어감 괜찮네." 펠리시티가 말했다.

"난 펜실베이니아주 버트헤드가 나은 것 같아." 나는 말했다. 펠리시티가 점점 마음에 들었다.

"요점은, 이제부터 강의에서 우리가 통상적으로 간과해왔던 역사적 인물들을 찬양하라는 거다." 데이비드가 말했다.

"아무것도 성취한 적이 없는 사람들 말이군요." 펠리시티가 말했다.

"아니, 그건 지나친 말이고." 데이비드는 둘째 딸에게 '입 다물라'는 눈길을 보내며 강하게 부정했다.

켈리도 말했다. "그래. 보다 둥글게 각색된 과거, 특별하다고 주목받지 못한 모든 사람들을 포용하려고 노력하는 과거. 그게 보다 공정하지."

"하지만 이 지침을 따르는 데는 운영상의 문제가 있는데…… 자기 시대에 무참히 외면당한 이 '다른' 사람들에 대한 기록이 아예 없다는 거야. 학생들에게 한때 탁월하다고 일컬어졌던 위인들이 어째서 부당하게 칭송받았는지 설명할 수는 있지만, 아예 없는 일대기를 어떻게 찾아내라는 건지……." 데이비드가 말했다.

"19세기 쪼다들의 일대기 말이죠." 펠리시티가 말을 받았다.

"펠리시티, 이 집에서는 그런 식으로 말하지 않는 거 알잖니." 켈리가 말했다.

"내가 하려는 말은 단순해. 아무리 의도가 훌륭한 프로젝트라 해도, 실

243

질적인 측면에서 내 능력 밖의 일이라는 거다. 새로운 기술을 배우기에 난 너무 나이가 많아. 깨끗이 그만두고, 이 모든 새로운 이념으로 자라난 사람이 대신하는 것이 쉬워." 데이비드가 말했다.

예전의 데이비드 루스였다면 '비현학화'를 입이 닳도록 성토했을 것이다. 와인 잔을 다시 채운 뒤 시끌벅적하게 조롱하고 테이블을 두드리며 격분했을 것이다.

그는 덧붙였다. "물론 인정해야겠지. 코페르니쿠스와 조지 워싱턴, 카버 같은 사람을 강의계획서에서 지운다는 것은 고통스러웠다. 마틴 루터 킹조차 열받을 정도로 유창하다는 거야. 역사에서 외면당했던 사람들에게 자리를 내준다는 취지는 알겠다만." 그는 다시 에머리 쪽으로 초조한 시선을 보냈다. "알버트 아인슈타인과 찰스 다윈의─네 아들 이름과 같지, 피어슨─연구를 억압하려다가 추가 너무 반대쪽으로 기운 것이 아닌가 싶구나."

"세상에, 아인슈타인이 공공의 적 1호가 되다니. 핵무기와 느슨하게나마 관련이 있다고 그런 것도 아니야. 그냥 천재라는 이유로 악명이 높다고. 태어난 것 자체가 문제라는 거야."

"다윈은 3년 전에 그 유명한 아인슈타인 사진이 찍힌 스웨트셔츠를 입고 학교에 갔다가 큰 곤욕을 치렀어요. 머리가 부스스하게 곤두선 그 사진 있죠? 기억할 거예요, 예전에는 사방에 붙어 있던 사진이니까. 다윈이 딥워터 허라이즌 원유 유출 사건에 푹 빠져 있을 때 준, 정말 아무 사심 없는 생일 선물이었어요. 한데 이후 그 사진은 '혐오 발언'이 됐어요. 요즘 다윈이라면 그런 실수를 절대 하지 않겠죠. 자기 이름을 바꿔야 하나 걱정도 하더라고요. 아직 자기 이름을 좋아해서 다행이지만, 그래도 원치 않는 관심을 끌어야 하고, 다윈은 자기가 천재라는 사실을 숨기는 것만 해도 힘든 아인데."

펄리시티가 물었다. "지난주에 스티븐 호킹의 집이 파손됐어. 그거 봤어? 달걀 세례, 온통 붉은 페인트 칠갑. 창문이 깨지고. 안 그래도 인생 힘든 사람한테 무슨 짓이야."

"그는…… 도발적인 발언을 했지." 에머리가 말했다. 저녁 내내 그녀답지 않게 말수가 적었다.

"그런다고 그가 숙일 것 같아?"

"너무 늦었어. 숙여야 할 거야."

펄리시티는 얼음장처럼 싸늘하게 언니에게 말했다. "그래, '어떤 사람들'이 적극적으로 돕고 있지. 목을 꾸역꾸역 숙이게 하는 걸 말이야."

"자, 얘들아. 사이좋게 식사하자꾸나. 파프리카 더 먹을래?" 켈리가 말했다.

"지능의 다양한 측면을 인정하게 된 것은 분명 좋은 일이야." 데이비드가 말했다. 켈리는 남편에게 얼른 눈길을 보냈다. 그녀는 화제를 바꾸고 싶었다. "하지만 그러기 위해서 왜 굳이 보다 일반적인 종류의 지능을 가진 사람들을 폄하해야 하는지 모르겠다."

에머리는 TV 패널 석상에서 반대 의견을 가진 사람이 모처럼 자리를 차지했을 때 즐겨 사용하는 외교적인 수사를 썼다. "그건 '보다 일반적인' 지능을 지닌 사람들이 이미 전성기를 누렸기 때문이지요. 아인슈타인, 다윈, 이런 사람들은 예전에 진 적이 없잖아요."

"우리가 말이다, 새 차를 사려고 한다." 켈리가 단호하게 화제를 돌렸다.

내가 받았다. "아, 그러실 때도 됐죠 무슨 차를 생각하고 계세요?"

"닛산 스카이라인으로 할까 싶기도 하고. 타타 넥슨이나 베이징 오토 세노라 같은 차를 수입할까도 생각해봤어." 켈리가 말했다.

"예전에 중국은 미국에서 인기 있는 모델을 몽땅 복제해서 싸게 팔았는데. 요즘은 반대가 됐어. 미국 제조사들이 중국 차를 베끼고 있어." 펠리시티가 말했다.

"미국 차는 어때요?" 에머리는 엄마에게 물었다.

펠리시티는 웃음을 터뜨렸다. "아니, 잘나가는 언론인께서 무슨 물정 모르는 소리야. 75번 고속도로에서 포드 픽업트럭에 불이 나서 10중 추돌 사고 난 거 몰라? 쉐보레 미니밴 새시가 통째로 주저앉는다는 뉴스 못 들었어? 요즘 미국산 자동차 리콜이 너무 많아서 교통정체가 생기는 게 신기할 지경인데. 도로로 나올 차가 없단 말이야."

데이비드가 말했다. "라다도 둘러봤어. 클래식 자동차지. 의외로 오래 가더구나."

"정말 지금 러시아 자동차를 사고 싶으세요?" 내가 물었다.

데이비드는 서글프게 말했다. "우리가 차를 사든 말든 푸틴이 동유럽을 접수한 건 기정사실 아니냐. 하지만 우리 볼보가 아무리 덜덜거려도 지금 새 차를 사는 게 좋을지 난 모르겠다. 켈리와 내 의견이 갈리는데, 내가 볼테르대학교를 그만두게 됐으니 좀 더 넓은 관점에서 생각해야겠지. 나라가 온통…… 정치적으로 민감하잖니. 난 평화롭게 노년을 보내고 싶구나. 세간살이 다 정리해서 해외로 뜨는 것도 사실 방법이야."

에머리가 말했다. "왜 그러세요, 아빠. 나라를 뜨겠다고 협박조로 말하는 사람을 수도 없이 봤어요. 2004년에는 제 친구 전부 다 부시가 재선에 성공하면 유럽으로 가겠다고 했다고요. 그런데 부시가 이겼어요. 아무도 유럽으로 안 갔어요."

"유럽은 싫다. 동유럽은 전체주의 깡패의 손에 넘어갔고, 서유럽도……
여기랑 별 다를 게 없지." 데이비드가 말했다.

"여기가 뭐가 그리 싫으세요?" 에머리가 물었다.

"취향 문제겠지." 아버지는 이렇게만 말하고 자세히 설명하지 않았다.

펠리시티가 말했다. "아빠는 태국 이야기도 했어. 여자들이 섹시하다고."

"하지만 대만과 불편할 정도로 가깝지." 데이비드가 말했다.

"뉴 상하이죠." 나는 음울하게 말했다.

"이 시점에 중국과 근접한 곳으로 옮긴다는 건 어리석은 짓이겠지." 데
이비드가 말했다.

"'신중하지 못한'으로 고칩시다." 켈리가 남편의 표현을 고쳤다.

데이비드가 눈동자를 굴리는 순간, 예전 데이비드 루스의 흔적이 언뜻
드러났다. "오스트레일리아나 뉴질랜드도 좋겠지만, 둘 다…… 잘못된 방
향으로 가버렸고. 세이셸? 브라질도 괜찮겠지만, 고작 그 정도 도망간다
고 속이 시원할지." 그는 나직하게 덧붙였다.

"언어가 가장 큰 문제 아닐까요?" 내가 물었다.

"솔직히, 피어슨. 내가 독해할 수 없는 언어를 주절거리는 사람들에 둘
러싸여 산다면, 차라리 축복이겠다." 데이비드는 피곤하게 말했다.

"그렇게 살서 고생할 일은 가까운 미래에는 없을 거야. 이삿짐을 싼다,
발리에서 새 전기공을 수소문하러 다닌다, 생각만 해도 진저리가 나. 게다
가 아무도 기억을 못 하는 것 같은데, 난 아직 일하고 있어." 켈리가 말했다.

"그렇죠, 사무실 일은 잘되세요?" 내가 물었다.

"계약법이 상당히 복잡해졌어." 켈리는 잠시 말을 끊고 표현을 조심스

럽게 골랐다. 두뇌 안의 특정 지점에 편집 기능이 들어 있다면, 아마 해당 뇌엽은 과도한 사용으로 인해 두개골 안에서 잔뜩 압박을 받고 있을 것이다. "요즘은 계약 당사자 중 한쪽이 계약상 의무를 이행하지 않았을 경우, 즉 서비스 품질이 불만족스러웠거나, 제품을 잘못된 사양으로 만들었거나 했을 때, 그 의무를 이행하지 못한 당사자는 부실한 결과물에 대한 책임을 지게 되는 것이 지능 차별적이라고 주장하는 경우가 많아. 특히 정신적 결함이 있다고 '간주된' 사람들에 대한 소수자 우대정책을 인정한 2013년 대법원 판결 이후 이런 근거를 들면 피고 승소 판결이 나오는 경우가 많지. 하지만 일이 복잡해지면 당연히 변호사에게는 좋지. 우리 사무실에는 주체할 수 없을 정도로 일감이 흘러넘쳐. 그러니 이런 미국을 탈출하자는 이야기가 시기상조라는 거야. 지금 훨씬 중요한 문제는 데이비드의 인공 고관절 수술이야."

내가 말을 받았다. "드디어, 데이비드, 정말 오랫동안 고관절 문제로 고생하셨잖아요. 다행히 볼테르 메디컬 센터는 고관절 수술로 명성이 높아요."

"음, 그게…… 한때는 그랬지." 데이비드가 말했다.

켈리가 말했다. "언론에 보도된 건 별로 없는데. 친구들 말로는…… 단편적인 일화만 듣고 판단할 수는 없겠지만, 워낙 사례가 많다 보니……. 아, 그리고 외과의사들은 다들 실력 있는 사람들이야. 문제는 젊은 간호사와 레지던트지, 2차 지원팀. 진통제 용량을 잘못 넣었다, 수술 후 관리 소홀로 감염이 발생했다……. 자금은 충분하니 델리의 병원에 수술 예약을 할까 해."

"고관절 수술을 하러 인도까지 가신다고요?"

"의사들이 좋아. 그리고 우린 인도에 가본 적이 없으니 재미있을 것 같고." 켈리가 말했다.

"놀려고 델리까지 가는 게 아니잖아요. 대안적 프로세싱에 점점 더 잡아먹히고 있는 의료시스템에서 탈출하는 거라고요. 아무도 대안적 인공 고관절을 원하지 않으니까. 아니, 허벅지 뼈에 인공 어깨를 갖다 붙일 인간들이라니까." 펠리시티가 말했다.

"이 시점에서 '대안적'이라는 표현은……." 에머리가 끼어들자 펠리시티가 말을 잘랐다.

"아, 표현 집어치워, 에머리. 언니 같은 정신평등주의 패배자들이 표현이니 용어만 따지고 드는 사이, 이 빌어먹을 나라는 붕괴 상태라고! 여기서는 아무것도 할 수가 없어. 제대로 하는 게 없어서! 우리는 빌어먹을 백치들을 대표이사에, 대통령에, 최고 뭐뭐뭐에 올려놓고 있어. 덕분에 우편 시스템이 망가졌고, 운전면허증이나 여권도 발급받을 수가 없고, 자동차가 폭발했고, 여기 우리 엄마도 뉴저지에서 구운 거라면 리츠 크래커 한 통도 안 사놓잖아!"

밥상 앞에서 펠리시티가 언니와 주고받는 말다툼에는 요즘 나와 가장 친한 친구 사이의 대화에서 절실히 부족한 어떤 거리낌 없는 솔직함이 있었다. 전혀 자제하지 않고 마음껏 드잡이질을 할 수 있다는 것이 나는 부러웠다. 그래도 나라면 '언니 같은 정신평등주의 패배자'라는 말을 에머리에게 직접 겨냥하지는 않을 것 같았다. 협력자 정도로 부를 수는 있을 것이고, 분명 이중간첩이었다. 기회주의자, 부끄러움 없는 기회주의자는 맞았다. 하지만 제정신을 잃지는 않았다.

"난 이 문제에 대해 길게 논평한 적이 있어. 워낙 자주 듣는 장송곡이라." 에머리는 말했다. "거대한 사회 변혁에는 진통이 따르기 마련이지. 하지만 '나라가 똥통에 빠졌다'는 식의 불평은 심한 과장이야. 진정해. 미국은 거대한 나라고, 항상 이런저런 문제가 있었어. 놀랍니? 지금도 마찬가지로 문제가 있어. 문제를 과장한다고 해결되는 건 아니야."

"이 시점에서 문제를 '과장'하는 게 가능해?" 펄리시티가 말했다.

"전형적인 투사야. 지금 네가 개인적으로 잘 안 풀리고 있지. 그러니 창밖을 내다봐도 이혼과 실업밖에 안 보이는 거야." 에머리가 말했다.

"내가 이혼하고 실직 상태인 데는 이유가 있어. 언니가 밤낮으로 방송하는 대중추수적 정치 구호 때문이야."

에머리는 소리쳤다. "아, 젠장! 셸윈이 내 탓이니? 화이자가 내 탓이야?"

"둘 다 맞아. 셸윈은 언니가 방송하는 그 멍청한 쇼를 듣기 시작했어. 다른 사람이 아닌 언니가 그 사람을 설득시켰다고. 개종했어. 화이자는 언니와 대가리에 총 맞은 언니 친구들이 서구 세계 전체에 강요한 엉터리 복음의 논리, 아니 비논리를 아무 생각 없이 따르고 있을 뿐이야."

켈리가 끼어들었다. "펄리시티, 그만해라. 생각이 다를 수는 있지만, 에머리는 여전히 네……"

"그만할게요. 알겠다고요." 펄리시티는 의자를 끽 밀어내고 일어섰다.

"저 쌍년하고 한자리에 있으려니 견딜 수가 없네." 그녀는 성큼성큼 자리를 박차고 나갔고, 곧 현관문이 쾅 닫히는 소리가 뒤따랐다.

5장

어색한 침묵이 흐른 뒤, 켈리가 입을 열었다. "에머리……."

"아니, 사는 게 불행하니까 나한테 한풀이를 하는 거예요. 난 워낙 혐오 메일을 항상 익명으로 많이 받다 보니 낯이 두꺼워졌어요. 가족끼리 둘러앉은 저녁 식탁에서 인류의 죄를 한 몸에 짊어지는 것 정도야. 세상을 위한 오늘 치 봉사는 다 했네."

"그래, 네가 어른스러워서 다행이다."

"네, 마흔세 살인데 이제야 어른이 된 모양이죠?" 에머리의 말투에는 약간 날이 서 있었다.

"피어슨, 다윈과 잔지바는 어떻게 지내니?" 켈리는 제발 안전한 화제로 넘어가고 싶은지 내게 물었다. 쉽지 않을 것 같았다.

"아, 불행으로 말하자면야. 미개한 과거에 난 다윈이 심화 과정을 많이 듣고 고등학교 2학년까지는 아니더라도 3학년 정도는 건너뛸 준비를 했으면 했어요. 열 살 때 벌써 물리학이나 수학을 전공해서 박사학위를 따고 싶다고 했거든요. 그렇지만 이제 심화 과정반이라는 게 아예 없어졌죠. 아시다시피 요즘 대학 교육이란 게—죄송해요, 데이비드—예일에 조기 진학해봤자 어차피 고등학교 수준의 연속이라……. 그래서 현실은? 다윈은 올해 봄 열여섯 살이 되면 자퇴할 계획이에요. 그 애 듣는 데서 이런 말은 못 하겠지만, 애를 탓할 수는 없죠. 학교에서 배우는 게 아무것도 없는데요. 겨우 몇 마디 전해 들은 바로, 학교는 시끌벅적한 농구 경기와 학교 전체가 참여하는 음식 던지기 싸움 사이 어디쯤 되는 분위기래요. 다윈은 화가 나 있고 통 동기부여가 안 돼요. 아이가 어떻게 될지 모르겠어요."

켈리는 더 짧은 대답을 원했을 것이다. "잘 지내요." 이런 거.

에머리가 말했다. "넌 아이에 대해 너무 부정적인 생각만 해, 피어슨. 힘든 상황이긴 하지만 자퇴까지야 하겠어. 십대들은 방황하기 마련이지. 하지만 다윈은 회복력이 빨라. 지혜롭고." 요즘 저녁 식사 자리에서 입에 올릴 수 있는, 뛰어남을 묘사하는 몇 안 되는 형용사 중 하나인 것 같았다.

"하지만 예전의 다윈은 호기심이 정말 많았어. 요즘은 통 아무것에도 관심이 없고, 염세적인 허무주의의 소용돌이에 빠져 있어. 지난 몇 년 동안 다윈의 상상력을 사로잡은 뉴스는 그 기괴한 애덤 란자 소동과 지난달 파리에서 발생한 그 끔찍한 바타클랑 테러 공격뿐이었어. 이따금 내가 언젠가 신문 헤드라인을 장식할 사람과 같이 사는 건 아닌가 걱정스러워."

켈리는 걱정스러운 표정으로 말을 이었다. "그럼 잔지바는?"

"잔지바는 원래 사교적이었고, 심지어 약간 골목대장 같은 존재였어요. 하지만 요즘은 따돌림을 받아요. 물론 열세 살 아이들이란 게 원래 그렇죠. 그래도 이따금 설명하는 걸 들어보면—말을 잘 안 해요—매사에 너무 잘해서 애들이 피한다나 봐요. 워낙 예술 쪽에 재능이 많았는데, 그 애가 연필로 사람 손을 해부학적으로 정확히 묘사하면—이런 건 원래 그리기 힘들잖아요—선생님이 화를 내는 것 같아요. 반 아이들이 화를 내는 건 분명하고요. 잔지바가 등을 돌리고 있을 때, 그중 한 애가 스케치 위에 녹색 마커로 온통 칠한 적도 있었어요. 플루트를 불 때도 잔지바는 깨끗한 음색으로 음표 하나 빠뜨리지 않고 아주 빠르게 복잡한 선율을 연주할 줄 알아요. 하지만 얼마 전에는 밴드 연습을 하고 있는데, 악기를 제대로 연주하는 법을 배운 애들이 없다 보니 보통 정신없는 불협화음이죠. 아무도 틀렸다고 지적해주지 않으니, 각자 자기 맘대로 연주하거든요. 어쨌든 소음이 잠시 줄어든 틈을 타서 잔지바가 바흐 소나타를 연주했대요. B단조, 전에 연주했던 곡인데 워낙 귀를 사로잡는 아름다운 선율이다 보니 교실이 고요해졌대요. 아니, 그런데 밴드 지휘자가 그만두라고 했다지 뭐예요! 미술 선생님과 마찬가지로 지휘자도 화를 내더라는 거예요. 즉흥적인 연주를 과시하는 거라고 생각한 거겠죠. 그게 얼마나 강하게 금지되는지 아시잖아요. 사실 잔지바가 눈길을 끄는 다른 측면도 있는데." 나는 전화에 저장된 사진을 열어서 켈리에게 내밀었다.

"세상에, 정말 예뻐졌구나." 켈리는 외치며 데이비드에게 전화를 넘겼다.

"그냥 예쁘장한 게 아닌데. 길을 가면 고개를 돌려서 빤히 쳐다보는 사람들도 많겠구나." 데이비드도 맞장구를 쳤다.

켈리가 물었다. "그런데 이런 얼굴이 왜 문제가 되지? 에머리의 경우에는 외모가 전혀 불이익이 아니었는데." 펠리시티가 있는 자리였다면 절대 이런 말을 하지 않았을 것이다.

"아뇨, 우린 다들 에머리와 같이 놀고 싶어 했죠. 같이 있으면 덩달아

주목받을 수 있다고 생각했으니까요. 한데 뭔가 바뀌었어요. 매력적인 것이…… 더 이상 사람들을 끌어당기지 않아요. 대신 노골적인 앙심을 불러일으키죠. 지능이 똑같으니까, 몸도 똑같아야 한다고 여기는지. 사실…… 에머리, 언젠가 네가 이런 농담 한 적 있지 않았니? 모든 사람이 평등하게 아름답다는 선언도 해야 한다고.”

“음, 기억 안 나는데.”

기억할 것이다. “그게 더 이상 농담이 아니야.”

에머리는 불편하게 웃었다. “비난하는 것처럼 들린다.”

아마 그랬을 것이다.

펄리시티가 셀윈과 화이자 문제로 에머리를 탓한 것과 마찬가지로, 나 역시 다윈과 잔지바의 고생을 에머리 탓으로 돌리고 있었을까? 그런 것은 비이성적인 충동일 것이다. 정신평등운동을 발명한 것은 에머리가 아니다. 출세하기 위해 그 운동에 올라탔을 뿐이지, 에머리가 아니었어도 다른 누군가가 그 자리에 기어 올라갔을 것이다. 반대로 정신평등운동을 반대하는 입장에 서는 모험을 감수했다면, 글쎄. 무슨 반대 입장? 되려 WVPA에서 갖고 있었던 초라한 발언권조차 잃는 수밖에 없었을 것이다. 실업수당 줄에야 언제든 설 수 있었지만, 지금까지 버티고 있는 저항 세력은 어디에도 없었다. 과거의 기준에 향수를 갖고 있던 주변의 ‘극단주의적’ 소수파들은 한번 자기 의견을 말한 뒤 밀려나서 사라졌다. 이후 그들의 목소리는 다시 들리지 않았다. 게다가 에머리가 실제로 얼마나 많은 영향력을 발휘한다는 걸까? 합창단과 목소리를 맞춰 흥얼거리며 똑같은 메시지를—본인이 만든 메시지가 아니었다—반복적으로 전달하는 것뿐이지 않나? 펄리시티의 전남편이 이미 오래전에 주류가 된 진부한 교리에 정말

'개종'했을까 하는 것도 미심쩍었다. 그것이 논평 저널리즘 일반의 문제 아니었던가. 방송 평론에 설득당하는 사람이 누가 있었나? 동의하지 않는 시청자는 채널을 돌리거나 그냥 꺼버린다.

논평 저널리즘의 기능은 순전히 확증이다. 사실 내 가장 친한 친구는 그 누구의 생각도 변화시킨 적이 없다. 그저 시청자가 이미 하고 있던 생각을 언어로 대신 표현해주어서 비교적 해롭지 않은, 아늑하지만 무기력한 자기만족감을 충족시켜주는 데 능했을 뿐이었다.

우리 아이에 대한 에머리의 직접적인 영향으로 말하자면, 큰애 둘에게 '엠 이모'는 한편으로 여전히 따뜻하고 장난기 많고 약 올리기 좋아하는, 어렸을 때부터 줄곧 보아온 존재면서도, 한편으로 이제는 자기들의 현재와 미래를 망치고 있는 이념의 유명 대변인이 되어 있었다. 좋다, 그럴 수도 있다. 아이들은 이제 자신이 받아들이지 않는 의견을 가진 사람과도 화기애애하게 지낼 수 있다는 것을 배우고 있다. 개인적으로 생각하는 것과 공적으로 발화하는 것의 차이를 구분하는 것이 가능할 뿐 아니라 종종 필요하다는 것도. 이따금 현실 세계에서는 생계를 유지하기 위해 원칙을 타협해야 한다는 것도. 두 성인 여성이 위태로운 정치 생태계에서 살아남기 위해 근본적으로 다른 입장을 취하면서도 여전히 친구일 수 있다는 것도.

그런데 왜 나는 내 아이들에게 일어나고 있는 일에 대해 에머리 탓을 하고 있는가.

켈리가 버터밀크파이를 내놓는 동안 이런 생각에 심란해서, 나는 아이들에 대한 암담한 이야기를 조금 가볍게 하려고 노력했다.

"다윈과 잔지바는 언어 측면에서는 그냥 천재예요. 어디서 배웠는지도 모르게 그냥 익혀요. 스페인어는 당연하고, 그리스어, 포르투갈어도 주워

들었더라고요. 중국어도 약간 습득했고, 잔지바는 러시아어도 시작했어요. 1년 전쯤 애들이 평소처럼 알아듣지도 못할 니-모-시-사-테-스 이런 소리를 하고 있길래, 물었죠. '그건 무슨 말이니, 일본어야?' 잔지바는 비웃듯이, '아니, 엄마. 일본어는 이거죠.' 이러더니 확실히 제2차 세계대전 포로수용소 영화에서 들은 것 같은 문장 몇 마디를 지껄였어요. 그럼 그전에 하던 말은 뭐였을까요? 자기들끼리 언어를 만들어내서 하고 있었던 거예요. 믿기세요? 문법, 어휘 다 따로 있는 언어요. 엄밀히 말해서 중국어와 러시아어는 수백만 명의 인구가 소통하니까 충분히 은밀하지 않다는 거예요. 세상에, 무슨 애들이."

"넌 루시에 대해서 그렇게 자랑스럽게 얘기하는 법이 없어." 에머리가 말했다.

"루시는 가족한테 잘 보일 만한 짓을 한 적이 없어." 나는 대답했다. "옆에 있으면 조마조마 말조심이나 하게 만들고, 이제 거의 정치 깡패로 변해가고 있다고."

"열 살 아이가?" 에머리는 코웃음을 쳤다.

"아이를 나 혼자 교화시킬 수는 없어. 웨이드가 있으면 조금 차분해지지만, 그 사람은 애한테 버릇을 가르치는 사람은 아니고 수학 선생 노릇은 더더욱 못 하지. 지금으로서는 영영 덧셈을 못 배울 것 같아."

"아, 무슨 상관이야. 디지털 시대에 애들한테 수학을 가르치는 건 다 쓸모없어. 그냥 계산기나 사줘."

나는 잠시 망설이다 내뱉었다. "오륙 년 전이었다면 너도 절대 그런 말 안 했을 거야."

에머리는 쌀쌀하게 말했다. "아니, 무슨 소리야. 난 학교 다닐 때 수학을 어렵게 느낀 적이 없지만, 그게 다 무슨 소용이야? 쓸모가 없었어."

켈리는 속이 촉촉하고 투명하게 비치는 파이를 갖고 왔다. "레몬 너무 좋아요." 나는 포크를 핥았다. "제스트 풍미가 살짝 상큼한 게 딱 좋네요."

"네가 제일 좋아하는 맛은 시고 씁쓸한 맛이지." 의도가 어땠는지는 몰라도 에머리의 조롱은 유쾌하게 들리지 않았다.

"난 톡 쏘는 맛을 좋아해." 내가 되받았다.

"아니, 난 그 애들 엄마가 아니야." 에머리는 세 입 먹은 뒤 포크를 내려놓으며 말했다. 그녀는 칼로리 관리에 철저했고, 체내에 가이거 계수기라도 있는지 버터가 많이 들어간 음식은 기가 막히게 알아맞혔다. "그런데 내가 왜 너희 아이들한테 너보다 더 신경을 쓰고 있는지 모르겠다."

"난 아이들을 흉보는 게 아니야. 그 애들은 잘못된 길로 가버린 어른들의 희생양이라고."

"아이들은 강인해. 환경에 잘 적응하고. 아이들을 좀 믿어봐. 잘 클 거야."

"그냥 잘 크는 정도가 아니었을 아이들이니까 그러지. 정말 활기차게 쑥쑥 자랄 아이들인데. 지금은 그렇지 못해. 이 시점에서는 그래, 네 말도 맞아. 난 씁쓸한 기분이야."

켈리와 데이비드는 조마조마한 분위기로 우리의 대화를 지켜보고 있었다. 마침내 데이비드가 끼어들었다. 오늘 밤은 딸 하나가 저속한 비하어를 던지고 나가버린 것으로 족했다.

"바이든은 재선에 도전하지 않을 모양이다." 데이비드는 물리적으로 페이지 하나를 넘기듯 단호하게 화제를 돌렸다.

"제 눈에도 그렇게 보였어요." 나는 무관심하게 말했다. 분명 에머리와의 이 설명할 수 없는 까칠한 대립은 그만 털어버리는 게 마땅했다.

"당내 세력이 바이든에게 선택지를 주지 않는 것 같죠." 에머리가 말했다.

"그래도 이상해. 민주당 대통령 두 사람이 연달아 단임으로 물러나다니." 켈리가 말했다.

"우크라이나와 동유럽, 대만 문제 때문일까요? 덕분에 이 정부의 외교력이 그리 좋은 평가를 받지 못했으니까." 에머리가 말했다.

"농담해? 미국 유권자들은 동유럽이나 대만 문제에 아무 관심도 없어. 그 나라들은 부끄러움을 모르는 지능우월주의 국가잖아, 안 그래?" 내가 말했다. 우리는 둘 다 민주당원이었지만, 선거 정치적인 문제조차 에머리와 나는 30초 이상 의견이 일치하지 않았다.

"넓은 차원에서 의견의 일치는 있지 않니." 데이비드가 조심스럽게 말했다. 안전하다고 생각해서 꺼낸 화제였지만, 기대했던 것보다 이건 더 뜨거운 감자였다. "바이든은 평범한 대통령이다, 이제 그걸로는 충분하지 않다는."

우리 모두 그의 말뜻을 알고 있었다.

데이비드가 말을 이었다. "민주당이 비장의 카드를 갖고 있으니까, 당내 세력이 바이든에게 물러나라고 회유하고 있는 거지. 누가 출마하면 당선될지 그 사람들이 우리보다 더 잘 알겠지. 어휘력이 보잘것없다? 똑같은 말만 계속 반복한다? 문장이 불완전하다? 이러면 대중에게 영합할 요소는 다 갖춘 거지. 저속하다. 교양 없다. 천박하다. 미적 감각이 없다. 뚱뚱하다. 거기다 항상 둔하고 야만적인 표정이고 책을 안 읽는다. 국제정책 경험이 없다면 그보다 좋을 수 없겠고. 어떤 종류든 선출직에 당선된 경험이 없는 것도 마찬가지. 오만하게 보이지 않도록 홍보팀에서 훈련시켜야겠지만, 자기가 얼마나 내세울 것이 없는지 강조하기만 한다면 나르시시즘 문제는 얼마든지 돌파할 수 있어. 이것이 네가 그토록 번드르르하게 그럴듯하게 포장한 대중의 지배 정서에 대한 폄하로 보인다면 미안하구나, 에머리. 수고했어, 우리 딸. 말하는 일의 전문가로서, 너는 공중곡예사야. 하지만 이 시대 고위공직자 후보가 갖춰야 하는 자격은 아무 생각이 없고 아무것도 모르는 무지다. 자, 우리는 우리에게 어울리는 대통령을 얻었어."

평행력 2016년

1장

이 이야기에는 이전과 이후가 하나 이상 있고, 2016년 4월 29일은 그중 결정적인 분기점이었다. 볼테르대학교의 닭장 같은 사무실에서 열의 없이 강의계획서를 쓰던 도중 걸려온 전화 한 통으로, 우리 집안은 풍비박산이 났다.

웨이드가 볼테르 메디컬 센터로 실려 갔다는 소식이었다. 급히 달려가보니 그는 진통제를 맞아 정신이 오락가락한 상태였고, 나는 하루이틀 지난 뒤에야 겨우 자초지종을 끼워 맞출 수 있었다. 커다란 물푸레나무에 병이 들어 트리하우스 회사 팀이 다듬게 되었는데, 주인의 뜻대로 나무를 살리려면 가지를 대대적으로 잘라내지 않을 수 없었다. 웨이드는 높은 계단식 사다리 꼭대기 근처까지 올라가 있었다. '진짜' 나무 수술 일이 주어지지 않는다고 불평해오던 댄슨 펠링은 안전장치를 매고 나무둥치 더 위쪽까지 올라가 있었다. 조수는 아래쪽에 사람이 있는지 없는지 확인하지도 않고 멋대로 커다란 가지 하나를 잘라냈고, 그 가지가 웨이드의 머리 위로 떨어져 사다리가 쓰러졌다. 웨이드의 발이 사다리 받침대에 끼는 바람에 부자연스러운 각도로 꺾이고 말았다. 힘줄이 으스러졌고, 발목 수술을 해야 하는 상황이었다. 손부터 땅에 떨어지는 바람에 손목도 부러졌다. 웨이드는 심하게 찰과상을 입었고, 뇌진탕 증상도 있었다. 한마디로 말해, 다른 사람만큼 똑똑한 사람을 억지로 고용했다가 덤탱이를 쓴 것이었다.

나는 아이들을 데리고 병문안을 갔고, 귀마개, 세면도구, 먹을거리로 초리조프리타타를 싸들고 갔다. 웨이드와 별로 파장이 맞지 않는 사이였지만, 에머리도 〈피스 인 어 팟캐스트〉 녹음까지 연기하고 그의 침대 옆에서 고문처럼 30분을 버티다가 갔다. 하지만 우리 모두의 다정한 걱정과 동시에 냉혹한 계산도 끼어들었다. 안 그래도 집안 재정 상태가 위태로운 마당에, 일을 쉬는 동안 웨이드는 소득이 전혀 없을 것이다. 그가 얼마나 오랫동안 병상에 누워 있을지, 삼사 층 높이까지 올라가는 일을 다시 할 수는 있을지 알 수 없었다. 달리 표현하자면, 한쪽 수입을 이제 기대할 수 없다는 뜻이었다.

모든 책임을 떠맡게 된 처지에서 돌아보니, 새삼 웨이드가 얼마나 가계에 도움이 되고 있었는지 깨달았다. 누가 시키지 않아도 묵묵히 진공청소기를 돌리고 먼지를 털고 장을 보고 쓰레기를 내다 버리면서도 알아달라고 하지도 않았고, 아이들을 씻기고 적당한 시간이 되면 침대로 데려갔다. 덕분에 나는 편하게 살고 있었다. 하지만 하룻밤 사이 우리 집은 더 이상 저절로 물건이 생겨나지도 않고 깨끗해지지도 않게 되었다.

의료보험은 있었지만, 자기부담금이 높았기 때문에 의사를 선택할 여지가 많지 않았다. 그래서 상당히 복잡할 것으로 알고 있는 발목 수술을 집도할 외과의를 만나보니, 마음이 무거워졌다. 젊음 자체에 대한 편견은 없다. 연습은 완벽을 만든다는 진부한 금언을 피할 도리가 없긴 하지만, 이 애송이에게 그리 연습 경험이 많지 않다는 것은 분명해 보였다. 하지만 최근 미숙한 전문가들에 대한 내 근심 수준은 한 단계 올라가 있었다. 결국 켈리와 데이비드가 인도에서 고관절 수술을 받기로 결정한 것도 이미 놀랄 일이 아닌 시대였다. 돈 많은 미국인들은 수술을 받기 위해 수만 명씩 조용히 해외로 나가고 있었다. 이 친구는 2010년 이후에 의대를 졸업했을 법할 정도로 젊어 보이는데? 책을 읽지 않고 수업 시간 내내 잡담하고 교육이라는 개념 자체에 대해 경멸을 품고 있는 내 강의를 듣는 학생들은 자기들이 태어나기 전에 무르익은 문명의 탐스러운 과실을 온전히 인식할 것 같지 않았다. 그래도 허먼 멜빌에 대한 무지가 사람을 죽이지는 않는다.

웨이드는 낙담했다. 병원 침대에서 취소한 계약만 해도 5월 은행 대출 상환금에 이를 정도였으니, 이 사고가 경제적으로 얼마나 큰 타격인지 나 못지않게 그도 의식하고 있었다. 그는 워낙 실용적인 사람이라 댄슨 펠링에게 화를 내봤자 차가운 현실이 바뀌지 않는다는 것을 너무나 잘 알고 있었다. 그래도 분노는 에너지고(사람을 녹초로 만들기 전에는) 격노의 대안은 통한과 패배주의뿐이다. 어떤 사람에게는 특이한 인생 목표로 보일지 몰라도, 웨이드는 나무의사 말고 다른 것이 되고 싶었던 적이 없었다. 그는 보통 사람이 동물에게 더 흔히 느끼는 친근감을 식물에게 느끼는 사람이었다. 다시 일터로 돌아갈 수 있을까 그가 밤낮으로 고뇌하고 있다는 것을 알 수 있었다. 그것이 그가 입에 담지 않는 단 하나의 화제였기 때문이었다.

깡마른 외과의사는 귀가 뾰족하고 기껏해야 열두 살쯤 되어 보이는 동안이었으며, 배리 사사파릴라라는 괴상한 이름도 신뢰감을 주지 않았다. 이 어린아이 외과의사가 스파게티 접시처럼 인대와 힘줄이 찢어진 웨이드의 발목을 어떻게 수술할 거라고 설명하는 동안 나도 병실에 있었다. 하지만 의사가 의학적으로 무슨 설명을 할 때마다, 나는 현기증이 밀려오고 통 주의를 기울일 수가 없었다. 자세한 내용이 중요하지 않아서가 아니라 너무나 중요해서였다. 내게 세부 사항을 절대 엄수해야 한다는 압박감은 마비를 불러온다. 집중해야 한다는 다짐은 집중의 반대였기 때문에, 의사가 설명하는 내내 내 귀에는 '들어라!'는 머릿속의 다그침밖에 들리지 않았다. 웨이드가 바퀴형 침대에 누워 수술실로 들어간 뒤, 내 머릿속에는 의사들이 그의 발목 연결 조직을 마치 시골 공예 장터에서 내다 파는 마크라메 벽걸이 장식처럼 엮는 모습밖에 떠오르지 않았다.

이전에 웨이드와 나는 전신마취보다 국소 신경차단 마취술에 동의했다. 수술이 다 끝난 뒤 그냥 깨어나는 것이 훨씬 편했겠지만, 이 병원에서 온몸을 마취한다는 것은 안전하게 느껴지지 않았다. 이제 여기는 정신을 바짝 차려야 할 곳이었고, 잠드는 것조차 불안한 상황이었다. 병원의 외관은 2005년 내가 여기서 루시를 낳았을 때와 달라진 것이 없었지만, 그 분위기는 볼테르대학교 캠퍼스가 그렇듯 변해 있었다. 겉모습만 보면 대학은 여전히 인류가 축적해온 지식을 담는 신성한 그릇처럼 보였지만, 지식을 전달한다는 그 핵심 가치에 대한 신뢰가 깨지고 나니 뒤에 남은 구조물은 순전한 허세로 전락했다. 메디컬 센터의 경우, 내부로부터 비슷한 침식을 일으킨 촉매는 환자의 불신이었다. 로비에서 웨이드가 수술실에서 나오기를 기다리는 동안, 나는 수많은 의사와 간호사가 복도를 달려가는 모습을 보았다. 모두 의사와 간호사처럼 그럴듯하게 보였지만 그중에는 가짜 의사, 가짜 간호사, 〈스텝포드 와이프〉에 나오는 아내들처럼 눈에 띄지 않게 진짜를 대신해서 활보하고 있는 단순한 복제품도 있었다.

수술실에서 나온 열두 살 의사 사사파릴라 박사는 모든 것이 잘됐다고 했지만, 말투가 어딘가 부자연스럽게 가벼웠다. 아마 본인의 평생 직업, 본인이 계단을 오르는 능력이 달린 문제가 아니었기 때문일 것이다. 수술 전 준비 과정과 달리 그는 자세한 설명을 피했그, 내 눈을 똑바로 쳐다보지 않고 살짝 옆을 바라보는 시선이 어쩐지 마음에 걸렸다.

웨이드는 밤새도록 항생제 정맥주사를 맞았는데, 마음에 걸리는 상황이 하나 더 있었다. 다음 날 아침 환자는 무사하니까 이제 걱정할 것이 없다는 전화가 걸려온 것이었다. 나는 물었다. "걱정 안 했는데 무슨 걱정할 일이 생겼었나요?"

"아닙니다, 아니고요. 그러니까 걱정하실 필요가 없다는 뜻입니다. 환자는 잘 잤고, 활력징후는 정상으로 돌아왔습니다." 의사는 말했다.

"아니, 정상으로 돌아왔다는 게 무슨 뜻이냐고요."

"그러니까 음, 사건이 있었습니다. 하빅 씨는 지금 지극히 정상입니다만 잠깐, 아주 잠깐 심정지 상황이 있었습니다."

"왜요? 그는 손목이 부러졌어요. 발목이 망가졌어요. 하지만 마흔아홉 살이고 몸이 아주 탄탄한 사람입니다. 당신들이 손을 대기 전에는 심장에 아무 문제가 없었어요."

"그러니까 약간의…… 착오가 있었던 것 같습니다, 정맥주사가."

나는 심호흡을 했다. "아하. 직접적으로 말씀드리기 뭐하지만, 내 파트너가 죽을 뻔한 걸 알아차려주셔서 감사 인사를 드려야 합니까?"

"그런 건 아니고요."

"죽을 뻔한 게 아니라고요?"

"아닙니다. 그러니까, 약제 실수를 알아차리고 환자를 살린 의사는 제가 아니라고요. 그분은 하워드 박사십니다."

"궁금해서 여쭙겠는데, 하워드 박사는 몇 살이신가요?"

"모르겠습니다. 나이가 많으십니다." 사사파릴라 박사는 말했다.

"음, 의대에 입학할 때 MCAT 자격시험을 통과해야 했던 노인네들한테 감사해야겠군요. 하워드 박사는 대퇴동맥과 엄지발가락의 차이를 아는 분인가 보죠?"

"죄송합니다, 컨버스 씨. 스트레스가 심한 상황이니 제가 이해해드려야 할 것 같습니다만, 그런 식의 표현은 용납되지 않는……."

"진짜 용납되지 않는 건 환자를 당신 손으로 죽일 뻔한 일 아니겠어요!"

동거인의 팔에 도대체 무슨 말도 안 되게 부정확한 약물이 들어갔는지 나는 아는 바가 없는데, 분노가 진정되고 나서 캐물었을 때 내가 주의를 집중하지 못해서가 아니라 의사가 내게 말해주지 않았고 말해줄 의향이 없었기 때문이었다. 지금 돌아보면, 폐쇄적인 의학계 내부의 의료과실 소송에 대한 두려움과 경계심은 여전히 관행이었다는 사실이 어수룩해 보이기까지 한다. 왜냐하면 내 권유로 웨이드는 병원에 대한 소송을 제기하기 위해 실제로 변호사를 찾았다. 하지만 변호사는 그를 말렸다. 요즘 모든 형태의 불법행위에 대한 해결책이 그렇듯, 의료과실 주장 역시 인지적 편견의 표현으로 조직적으로 법정에서 기각되고 있었으니 말이다.

2장

여기서 나는 감정적인 분위기를 조성하려고 한다. 사실상 배우자에 준하는 사람이 심한 부상을 입었다면 누구라도 그렇겠지만, 나는 불안했다. 웨이드의 정신상태도 걱정스러웠다. 손목과 발목의 기능이 완전히 회복되지 않으면 자신이 사랑하는 생계 수단으로 영영 복귀하지 못할 가능성도 있었고, 날렵하게 나무 꼭대기를 누비던 강인한 남자가 책상머리에 앉아 있는 모습은 상상할 수조차 없었다. 회복한다 해도 요양기가 길어지면 경제적으로 쪼들릴 것이 분명한데, 우리에게는 먹여 살릴 세 아이가 있었다. 일상적인 차원에서 나는 느닷없이 세탁, 요리, 쇼핑, 온갖 집안일을 혼자 떠맡고 게다가 학교 정규 강의까지 전부 소화해야 했다.

하지만 이런 일반적인 고난은, 살아 있음으로 겪어야 하는 세상살이의 신산함은 얼마든지 피할 수 있었던 순전한 헛짓거리 때문에 더욱 고달파졌다. 웨이드는 무능한 얼간이 같은 존재가 세상에 있을 수 없다는 말도 안 되는 전제 때문에 무능한 얼간이를 채용하라는 강요를 당해야 했다. 심각한 외상에 따르기 마련인 이성적인 근심 말고도—외과의사라고 깨진 달걀 껍데기를 도로 붙일 수는 없다—나는 수술 결과를 결정하는 소위 전문가라는 사람들이 인간의 신체에 대해, 약과 그 용법에 대해, 진단에 대해, MRI 판독에 대해 아는 게 있는지 조바심까지 쳐야 했다. 동거인의 질환을 치료할 책임이 있는 임상의사들에게 과연 요즘 쇼핑 전단지처럼 마구 나눠 주는 의학박사학위를 딸 자격이 있었는지조차 확신할 수 없었다. 그 결과 익명의 얼간이가 어디서 사우전드아일랜드드레싱 같은 걸 내 동거인의 정맥관에 꽂아 넣어서 심장마비를 일으켰다. 나는 웨이드에게 하마터면 죽을 뻔한 경험을 하게 한 의료진의 기술 부족에 대해 너무 흥분하지 말라고 달랠 참이었지만—몸이 나으려면 안정하고 스트레스를 줄이고 쉬어야 한다—그러다 보니 할 일을 두 배로 안게 되었고, 우리 둘 다 이런 상황이 당혹스러웠다.

게다가 내 딸이 사회복지국에 나를 고발한 뒤로 나는 내 집에서 말 그대로 입에 재갈을 물어야 했다. 볼테르대학교에서도 마찬가지여서, 그럴듯한 헛소리가 아니면 아무 말도 하지 않고 지냈다. 말했듯이 나는 천성적으로 조용한 사람이 아닌데—언젠가 타운젠드 선생님이 말했듯, 말을 아끼는 사람이 아니라는 뜻이다—머릿속에 떠오르는 거의 모든 말을 몇 년이나 억누르다 보니, 그 말이 차곡차곡 쌓여 자칫하면 폭발하기 쉬운 상태였다. 증기배출구를 막아놓고 압력밥솥을 뜨거운 불에 가열하면, 저녁 식사는 천장에 달라붙을 것이다.

변명처럼 들리는 것 같은데, 사실 그럴 것이다. 하지만 끔찍할 정도로 한가한 이 세월 내내 특정한 어느 오후를 가능한 모든 각도에서 곱씹어보면서, 나는 과연 내가 그날에 대해 마음이 무거운지, 아니면 자랑스러운지 수없이 고민했다. 너무나 파국적인 결과였기 때문에, 후회가 전혀 없을 수는 없다. 그러나 내게 남은 것이라야 한 줌의 자존심뿐인 지금, 그마저 놓아버리고 싶지는 않은 것이다.

웨이드의 간호사가 수액 주머니를 칵테일 창작 수업 바텐딩 강좌에 사용했다는 소식을 들은 뒤, 나는 잠시 병원에 들렀다. 창백하긴 했지만, 적어도 웨이드는 맥박이 뛰고 있었다. 그는 신선한 과일을 먹고 싶어 했지만 병원에는 통조림 과일밖에 없었기 때문에, 나는 심화 창작반(나의 제자들에게 '심화'라는 단어는 듣기 민망한 아첨이라고 할 수 있었다) 강의를 하러 볼테르 대학교에 가는 길에 잠시 청과물 가게에 들러 먹을거리를 샀다. 상황이 상황이니만큼 정신이 없어서, 병원에서 대학까지 가는 경로가 어린 시절 살던 동네와 신경 쓰일 정도로 가깝다는 사실을 미처 의식하지 못했다.

포도와 귤을 들고나오다가, 나는 얼어붙었다. 심장박동이 치솟고 불규칙하게 뛰면서 가벼운 구역질이 일었다. 길 건너편에 있는 사람, 화창한 봄날인데도 음침한 검은 외투를 꽁꽁 싸매고 있는 사람은 분명 엄마였다. 엄마는 나를 보지 못한 것 같았다. 기억에 남아 있는 모습보다 더 둥글고 둔해진 얼굴을 아주 잠깐 보았을 뿐이었지만, 그것은 나를 못 본 척하는 것이 아니라 드물게도 정말 못 본 표정이었다. 꾹 다문 턱은 튀어나와 있지 않았다. 뚫어지게, 집요하게 앞만 쳐다보는 대신 열린 눈빛으로 여기저기 둘러보고 있었다. 나중에 꼽아보니 그때 예순여섯이었는데, 내가 생각했던 것보다 곱게 나이 든 모습이었다. 아버지를 홀렸던 마녀는 여전히 어딘가에 숨어 있었다.

하지만 눈 깜짝할 사이였다. 전에 우연히 마주쳤을 때는 온몸의 신경이 곤두섰지만 억지로 고개를 똑바로 들고 앞을 뚫어지게 쳐다보았다. 이번에 내 반응은 유아적이었다. 도망친 것이다. 나는 귤 몇 개를 흘려가며 허둥지둥 차로 달려갔다. 차에 들어가서 운전석에 몸을 숨기고 납작 누워 시동을 건 뒤, 1킬로미터쯤 달려서 엄마가 건너던 주도로와 교차하지 않는 다른 길로 접어든 뒤에야 다시 똑바로 몸을 세워 앉았다.

무엇을 두려워한 걸까? 이미 당할 일은 다 당하지 않았나? 대단찮은 이야기라서 유감이지만—이야기랄 것도 없고 무슨 거창한 일화도 아니다—이 이야기를 한 것은 이 마주침이 일종의 징조 같아서였다. 검은 외투 차림의 글렌다 컨버스는 마치 전선 위에 올라앉은 까마귀와 같은 존재였다.

게다가 엄마를 마주친 것은 안 그래도 끓어오르던 폭발력을 더 자극했을 것이다. 그래, 나는 당시 마흔네 살이었고 여자 한 사람을 보았다는 것만으로 이런 과도한 반응은 진작 극복했어야 할 나이였다. 눈물이 마르도록 통곡한다고 해서 뭐가 달라졌을지 모르겠지만, 그래도 혹시 이 시기에 정신과 상담을 받았다면(그럴 가능성은 거의 없다) 분명 의사는 내가 가족으로부터 절연당했던 '트라우마를 극복하지 못했다'고 진단했을 것이다. 이 가족으로부터의 절연이, 단순히 새로운 사람들 앞에서 내가 얼마나 흥미로운 사람인지 과시할 수 있는 가슴 아픈 후일담 정도가 아니라 실재하고 계속 진행 중인 사건이라는 물리적 증거를 마주할 때마다, 나는 큰돈을 내고 자기연민에 빠지는 관행을 거부한 대가로 그 상처가 나도 모르게 불쑥 치밀어 오르는 순간을 몇 번이고 감당해야 했다(나는 절연한 가족과 여전히 같은 도시에 살고 있었다. 볼테르대학교 웹사이트에 영문학 강사로 이름이 올라가 있고, 내 이름은 흔치 않아서 인터넷 검색을 하면 첫 페이지에 그 링크가 떴다. 부모님이나 오빠, 남동생이 심경의 변화를 일으켜 나를 찾아나서는 데 방해될 만한 요소는 전혀 없었다. 상대가 먼저 내밀지도 않을 사과 표현을 받아들일까 말까 고민하는 데 에너지를 허비하지는 않았지만, 그래도 내가 어떻게 지내고 있나 궁금해서라도 한 번쯤 찾아오는 정도야 얼마든지 환영했을 거라고 장담할 수 있다). 불쑥 솟아오른 이 감정, 노상강도와 마약 과용의 교차점처럼 휘몰아친 이 급작스러운 감정의 요동은 오래가지 않았다. 하지만 내가 자기들의 딸이자 남매지간인 사람보다 교리를 더 높이 받드는 가족과 함께 자라났다는, 가슴을 칼로 헤집는 듯한 원망의 잔재만은 강의실에 도착했을 때까지도 여전히 핏줄을 따라 온몸에 번져갔다.

독서에 그렇게 진절머리 내는 학생들이 우쭐대며 쓰고 싶은 욕구를 보인다는 것은 상당히 당혹스러운 일이었다. 볼테르대학교의 모든 창작 과정에는 등록하는 학생들이 넘쳤는데, 그것이 내게도 강의가 할당된 유일한 이유였다. 내 수업은 최소한 자전적 성장소설 정도는 출간한 경력이 있는 학자들이 가르치는 워크숍에 들어가지 못한 학생들을 한데 모은 추가 반이었다(이런 아이들이 비난할 수 없는 쓰레기라는 이유로 출판업계에서 명사로 대접받는 최신 작가들을 거부하고 오로지 2010년 이전의 암흑시대에 문단에서 이름을 날린 작가들과 공부하고 싶어 한다는 것은 정말 태평스러운 위선이 아닐 수 없었다). 나는 아무것도 출판하지 않은 무명이었는데, 내세울 것 없는 나 같은 보통 사람이야말로 이 세대의 영웅으로 간주되어야 하는 것 아닌가. 그런데도 학생들은 아무 명성이 없는 강사의 반에 배정되었다고 짜증을 냈다. 재수 없이 배정된 게 아니라 이번 학기에 일부러 내 강의를 신청한 학생이

하나 있었는데, 바로 드루 패터슨이었다. 2013년 내 밑에서 해외문학개론 수업을 들었던 키 크고 느끼하게 잘생긴 남학생, 내 무해한 도스토옙스키 농담을 풋 정신평등처장에게 밀고한 정체불명의 세 학생 중 틀림없는 한 명이었다. 드루는 이제 4학년이었는데, 졸업 전에 나를 골탕 먹일 마지막 기회였다.

이 학생들은 자신을 어떻게 표현할지 '배우고' 싶었던 것이 아니었다. 그 정도야 이미 알고 있다는 자만심이 충만했기 때문이었다. 언제나 그랬듯, 이 점이 우리에게 일종의 구조적인 문제를 안겨주었다.

그래서 인물 구성에 대해 내가 조금이나마 아는 척한 적은 없었지만, 이 청년들에게 정확하고 그럭저럭 앞뒤가 맞는 문장을 구성하는 법을 가르치려는 노력은 약간 했다. 이 부분에서 대단한 소득은 없었지만, 그래도 나는 '선생'이 이따금 '수업'이란 것을 전달하는 교육 방식 자체에 여전히 충실했고 '적은'과 '작은'의 차이라도 설명하고 있으면 할 일이 있었다. 그러나 이 운명의 목요일 오후, '빠른'은 부사가 아니라고 맥없이 참견하는 고역을 하려니 진이 빠졌다. 우리 부모님 세대가 보다 많이 사용했던 표현을 빌리자면, 나는 '기분이 좀 그랬다'.

강의할 때 나는 보통 책상에 엉덩이를 가볍게 걸치고 반쯤 선 자세를 취하곤 했다. 학생들을 절대 통제할 수 없는 긴 시간을 보다 쉽게 버틸 수 있도록 무심하게 용인한다는 태도였다. 그런데 그날, 나는 다리를 책상에 올리고 발목을 겹친 채 앉았다. 두 손을 가슴 앞에 깍지 끼고 등받이의 탄력에 몸을 맡긴 채, 손가락을 책상에 드르륵 두드리듯 규칙적으로 의자를 흔들거리며 인내하는 데도 한계가 있다는 분위기를 풍겼다. 학생들은 뭔가 평소와 다른 분위기를 느꼈는지, 입을 다물었다. 모세의 홍해 못지않은 기적이었다.

나는 마침내 말했다. "그래, 여러분 모두 '글을 쓰고' 싶군요. 이유가 뭘까요?"

아무도 나서서 대답하지 않았다.

"도서관에 가봤죠? 서점이라도 가봤겠죠. 그 많은 텍스트, 수백 년 동안 쌓인 글들. 글이 더 이상 필요할 거라고 생각하는 이유는 뭐죠?"

아직 미국 대학에 다니고 있는 몇 안 되는 동아시아 학생 중 하나인 바오자이가 손을 들었다. "우리 세대는 아주 독특한 관점을 지니고 있으며……."

"'아주very 독특한' 것은 없습니다. 관점은 유일구이하거나, 그렇지 않거나 둘 중 하나예요." 내가 말했다.

"우리 세대가 가진…… 음……. 독특한 관점이 보탬이 될 겁니다……." 그녀는 온순하게 말했다.

"하지만 바로 그 '독특한 관점'에서 본다면……." 내가 말을 시작했다.

"방금 아주 독특한 것은 없다면서요." 앞줄에 앉아 있던 드루가 말을 가로챘다.

"여기서 '아주'의 용법은 의미의 강조가 아니라 특정 대상에 대한 지시입니다." 나는 요즘 교육자들이 피하려고 노력하는 라틴어 어휘를 사용했다. "우리가 지적으로 모두 동등하다고 가정하는 것이 여러분 신념이지요. 그렇다면 역사상 인류도 언제나 동등했다고 말할 수 있습니다. 그러므로 여러분이 까 내리려고 안달 난 과거의 자기증심적인 두뇌부심 환자들은 여러분보다 똑똑했던 사람들이 아니라 결국 여러분 자신의 법칙에 따라 여러분과 동일한 정도로 똑똑했다고 봐야 할 것입니다. 그래서 반복하지만, 여러분의 선조가 여러분과 지적으로 완벽하게 동등한 사람이 이미 산더미 같은 말을 쏟아놓았는데, 왜 더 이상의 텍스트가 필요할까요?"

"저는 이야기를 쓰는 게 좋습니다. 재미있어요." 한 학생이 목소리를 높였다.

"그건 좋은 이유군요. 하지만 그 과정에서 즐거움을 얻는 것이 유일한 목표라면, 이야기를 쓴 뒤 쓰레기통에 내다 버려야겠네요." 내가 말했다.

"선생님이 항상 뭘 써내라고 들들 볶으니까요. 그게 이유지, 뭐." 드루가 말했다.

"선생님을 기쁘게 해주려고 그렇게 열심이었다니, 드루. 그건 몰랐네. 이 강의든 다른 어떤 강의든 아무것도 쓰지 않아도 졸업은 할 수 있다는 걸 뻔히 알면서 말이야. 그럼에도 불구하고 여러분은 씁니다. 난 그 이유를 이해하고 싶어요."

다시 원점으로 돌아왔다.

"우리는 대학에 왔습니다." 누군가 마침내 말했다.

"그렇죠. 뭐 하러 왔을까요?"

"모르겠어요." 내 수업을 다시 듣는 유일한 다른 한 사람 캐머런이 뒷자리에서 투덜거렸다. 지난 4년 동안 심각하게 실망한, 문학적인 재능이 충만한 흑인 학생이었다.

"우리 모두 똑같습니다. 논리적으로 따지면, 우리가 생산하는 것은 모두 동일합니다. 한 학생을 지목해서 모두를 위한 글을 쓰게 할 수도 있잖아요. 다 집에 돌아가고."

"글은 서로 다르지만, 똑같이 좋은 거죠." 캐머런이 말했다.

"맞습니다. 하지만 여러분은 우리가 이 수업에서 읽었던 그 모든 이야기가 똑같이 좋다고 진심으로 믿나요?"

여기저기 자세를 고쳐 앉는 것을 보니, 이 질문의 방향이 학생들에게는 불편한 것 같았다. 앞자리의 사상경찰은 몸을 똑바로 세워 앉았다. 잠시 시간이 흐른 뒤 '네!' '맞습니다!' '그렇죠' 같은 대답이 예상대로 돌아왔다.

"정말이에요? 특정인을 지목해서 미안하지만, 계속 짖던 개가 어느 날부터 짖지 않았다는 제롬의 이야기 기억하죠? 제롬이 오늘 안 왔으니 솔직하게 이야기해봅시다. '커다란 짖는 개'는 따분했어요. 묘하게 짧았지만, 그럼에도 문법적인 오류가 믿기지 않을 정도로 많았습니다. 머리에 총을 들이댄다 해도 한 단락에서 그렇게 많은 실수를 저지르기란 쉽지 않을 것 같은데요. 문장은 단조로웠습니다. 우리 대부분이 알고 있는 '이야기'조차 아니었고, 요점이 전혀 없었습니다. 즉, 아무런 교훈도 깨달음도 전달하지 못했으며, 그 이야기가 없는 세상은 더 좋은 곳이 되겠지요. 정말그 쓸데없는 소리에 고개를 끄덕이면서도 속으로 자기 이야기가 낫다고 생각한 사람이 진지하게 아무도 없었다는 건가요?"

아마 이 지점에서 내가 선을 넘었던 것 같다. 나는 대학의 소중한 '핵심가치'와 교수진 행동 지침을 어겼다. 제롬의 이야기를 뭐뭐뭐라고 표현한거나 마찬가지였으니까.

"우리 세대는 그런 식으로 생각하지 않습니다." 바오자이가 서둘러 말했다.

나는 발을 바닥에 내리고 팔꿈치를 책상에 괴며 몸을 내밀었다. "그래요? 내가 볼 때 여러분이 뭔가를 쓰고 싶어지는 이유는, 이 그럴듯한 유치원에서조차 스스로 자신이 '특별하다'고 생각하기 때문입니다. 여러분은 '특별한' 이야기를 갖고 있고, 그 이야기를 전달하는 '특별한' 방식을 갖고 있어요. 그런 욕구를 몰아내야 한다는 집요한 세뇌에도 불구하고, 여러분의 내면 깊은 곳에는 다른 사람들보다 더 나은 사람으로 인정받고 싶은 타고난 욕구가 있습니다."

"모든 사람은 특별합니다!" 바오자이가 말했다.

나는 전화를 두드리며 말했다. "그렇지 않아요. 애당초 그 단어 자체의 의미와 모순되는 말이에요. 특별하다. '일반적인 것보다 더 낫고, 더 크고, 다른 것.' 더 높이 올라갈 수 있는 기준선이 없다면 '특별함'은 무의미한 개념입니다. 특별하지 않은 사람이 없다면 특별한 사람도 없어요. 사실 대부분의 사람이 특별하지 않아야만 의미가 있을 수 있는 개념입니다. 대부분의 사람이 근본적으로 시시해야만. 여러분 중 몇 안 되는 탁월한 사람이 들으면 반갑겠지만, 그건 사실이에요." 나는 캐머런을 똑바로 쳐다보았다.

이 장면은 이제 분명 신성모독의 영역에 접어들었는데, 내 입장에서는 짜릿한 해방감이 느껴졌지만, 슬프게도 광신도들이 볼 때도 역시 짜릿했을 것이다. 드루 패터슨은 풋 정신평등처장의 사무실 전화번호가 휴대전화 연락처에 아직 들어 있던가 곰곰이 기억을 더듬는 표정이었다.

드루는 말했다. "특별하다는 기분을 느끼고 싶은 그런 사람은 우리가 아닌 것 같은데요. 우월주의자 같은 소리를 하는 사람은 선생님 쪽이죠. 당신이야말로 다른 사람보다 더 많이 낳았다고 생각하는 것 아닙니까."

이것이 방아쇠였다. 이유는 알 수 없다. 그냥 그랬다.

"더 많이 낳았다고?" 나는 벌떡 일어서면서 받았다. "아니, 최고로 많이 낳았다고 하지 왜. 이 강의실에서 제일 많이 낳은 사람은 나일 거 아냐. 너보다는 내가 확실히 더 많이 낳았지, 드루. 넌 한때 미국 내 10위권에 손꼽혔던 대학에서 졸업을 앞두고 있는데도 말하는 게 어떻게 그리 촌놈 같냐. 어디 한번 들어보자. 정말 궁금했으니까. 넌 실제로 그렇게 멍청하니, 멍청한 척하는 거니?"

사실상 번개가 내리친 순간이었다. 눈을 번득이며, 드루는 입술을 핥았다. 그가 내 강의에 세 번이나 등록한 것은 정확히 이 순간의 증인이 되기 위해서였다. 그는 씩 웃으며 말했다. "오, 강사 아줌마. 이제 끝장나셨어요."

"솔직히 그 대답은 너희 모두에게서 듣고 싶다." 나는 완전히 자제력을 잃고 책상 뒤에서 나섰다. 수년간 나를 버티게 해주었던 인내심도 바닥이 났다. 내 개인의 이익을 위해 보존해온 자제력은 바싹 말라버렸다. "너희는 '모든 사람이 다른 모두와 똑같이 똑똑하다'는 개소리를 믿을 정도로 정말 그렇게 멍청하니, 아니면 거짓말인 걸 알고 있으면서도 그냥 냉소적으로 장단만 맞추고 있는 거니? 여기까지 왔는데도 정말 그 차이를 모르겠니? 아니면, 어쨌든 거짓말이 무해하다고 생각하는 거니? 최소한의 적성검사 기준만 있었어도 재학생 중 어마어마한 비율이 여기 입학조차 못했을 거다. 혹시 오해받을 위험이 있다고? 대놓고 말해서, 너희 대부분은 멍청해. 그래서 똑똑한 학생들조차 멍청한 애들 사이에 휩쓸려 내려가는 거다. 우리가 졸업시킨 엔지니어들이 심지어…… 아이스크림 막대기 바구니 하나 못 만들어요! 컴퓨터 코딩 기술자들이 마이크로소프트 워드 이탤릭체 입력조차 못한다고! 지금 어디 응급실에 가보렴. 어느 멍청이가 WebMD.com에 허둥지둥 증상 검색해서 진단하고 무딘 가위로 절단 수술을 하겠다고 덤비는 실정이야! 연방정부 각료 전부가 멍청하다는 이유로 그 자리에 올라가 있는데, 이런 사람들이 경제가 박살 나지 않게 관리하고 국제적으로 이 나라를 대표하고 있다고! 이 나라가 눈부신 평등을 성취했다고 밖에서 부러워하고 있을 것 같니? 아니, 우린 웃음거리야! 중국과 러시아는 우리가 백치라고 생각해. 그게 맞아! 우린 백치 같은 사람

279

이야. 정신평등운동은 백치 같은 운동이고, 그 깃발을 따라 우르르 몰려가는 사람 모두가 백치 같은 사람이고, 유감스럽지만 이런 헛짓거리에 단 5분은커녕 6년 동안 장단을 맞춘 나도 거기 포함돼. 그러니 이게 다 내 탓이다! 이 대학은 백치 같은 대학이고, 이 나라는 백치 같은 나라고, 너희 선생님도 백치야. 다 백치, 백치, 백치라고!"

뺨이 화끈거렸다. 틀림없이 벌겋게 달아올랐을 것이다. 호흡이 가빴다. 학생 절반은 이미 강의실을 나갔거나 나갈 준비를 하고 있었다. 나머지 절반은 마치 소신공양을 한 베트남 불교 승려의 모습을 후손에게 남긴 진취적인 보도사진가처럼 그대로 앉아 휴대전화로 내 장광설을 녹화하고 있었다.

3장

인터넷 시대를 사는 맛이 이런 것일까. 집에 도착해서 뭔가 속이 울렁거리는 예감을 느끼며 억지로 이메일을 확인했을 때 나는 이미 해고된 뒤였다. 겨우 오후 5시였지만 얼린 보드카를 호텔 오렌지주스만큼 따랐다. 진부한 감정적 반응이었으나 그 순간 대단히 독창적인 뭔가를 추구할 마음은 없었다. 아, 쓸데없이 비싼 독주는 털끝만큼도 도움이 되지 않았지만, 손에 잔을 들고 있으니 부들부들 떨지 않도록 붙들 것이 있어서 좋았다. 전화에서 페이스타임이 울렸고 상대가 에머리라는 것을 확인한 뒤, 나는 신호음이 두어 번 울리는 동안 망설이다 통화 버튼을 눌렀다.

"다 떴어, 피어슨." 에머리는 인사도 생략하고 단도직입적으로 말했다. 볼테르 시내의 침실 두 개짜리 멋진 아파트가 친구의 등 뒤로 보였다. "트위터만이 아니야. 너 《뉴욕타임스》 실시간 뉴스에도 떴어."

"달려가서 읽지 않는 걸 용서해줘. 난 그 자리에 있었으니까, 어차피 엉터리 인용 확인할 거 있겠니."

"온라인에 여러 버전으로 영상이 떴어. 잘못 인용할 걱정은 없어."

나는 다시 한 모금 마셨다. "아, 그리고 나 해고당했어. 대학은 워낙 낡은 관료주의가 팽배한 곳이라, 정신평등처에서 이렇게 신속한 일 처리라니 신선한 충격이야."

"놀랐어? 네가 왜 이렇게 가볍게 이야기하는지 이해가 안 된다."

"이제 어떻게 들리든지 무슨 상관이야. 다 끝났는데 무서울 게 뭐 있어."

"너 대체 뭘 잘못 먹은 거야?"

"열 살 때부터 먹었던 거야. 진짜 질문은 왜 그게 튀어나왔느냐지."

"맞아. 몇 년 전 표도르 건을 빼고 넌 정말 잘 참았어. 그런데 갑자기 이렇게 다 던져버리다니, 오로지 그냥 순간적으로 화를 터뜨리는 쾌감 때문에. 그럴 가치가 있었니?"

"에머리, 설교는 듣고 싶지 않아. 지금은."

"이게 얼마나 심각한 문제인지 네가 잘 모르는 것 같아."

"안다고, 알고 있어. 나도 너랑 똑같은 세상에서 살고 있잖아. 네가 왜 굳이 통역해야 한다고 생각하는지 난 모르겠다."

"……괜찮아?" 누그러진 말투. 잠시, 그녀는 내 친구처럼 들렸다.

"당연히 안 괜찮지. 40층 건물에서 뛰어내린 사람보고 괜찮냐고 묻는 것 같다고. 웨이드한테 어떻게 말할지 암담하다."

"말하지 않아도 돼. 모든 실시간 주요 뉴스 1위를 차지했으니까. 웨이드는 전화만 켜보면 돼."

"세상에. 병원으로 찾아가면 날 미워할 마음의 준비를 하고 있겠군. 이제 막 수술을 끝내고 나왔는데. 타이밍이 이보다 나쁠 수 있을까.”

“네 타이밍이 그렇지.” 에머리가 말했다.

“우연이 아니었어. 오늘 아침 병원에서 그의 수액에 실수로 니트로글리세린인가 뭔가를 잘못 넣어서 거의 환자를 죽일 뻔했다는 걸 알았다고. 정말…… 불쾌한 상태였어.”

“저런, 어떻게 그런 일이 있니. 그는 괜찮아?”

“그렇다고는 하는데. 하지만 이제 의사를 신뢰할 수가 없어.”

“그래도, 그 정도 감정적인 상황으로는 변명이 안 돼. 무능한 의료진에 대해 폭발해서 욕을 했다 해도 어차피 비슷하게 들렸을 거야.”

“벌써 내 복귀 전략부터 짜고 있니?”

“지푸라기라도 잡는 거야. 한동안 내가 악의 축이 되는 걸 피할 도리가 없어 보여서.”

“이 나라 국민 중 상당수가 오늘 오후 내가 한 모든 말에 동의하고 있을 걸. 놀라서가 아니라 반가운 마음에 다들 영상을 한 번 이상 돌려보고 있을 거다. 그렇다고 말을 안 할 뿐이지.”

“상당수라고 생각하지는 않아, 피어슨. 소스 극우파가 있지만…….”

“특히 중요한 직업에 대해 기준과 탁월함 엄격한 자격 심사가 필요하다는 믿음이 어째서 무조건 극우적이야?”

“하필이면 이럴 때 또 정치적으로 꼬치꼬치 물고 늘어지니? 그래, 그런 가치를 정의나 시민의식 같은 다른 가치보다 우선시하는 것은 반동적이고 심지어 파시스트적으로 보여. 나하고 있을 때나 딱지 붙이기니 어쩌니 이렇게 입씨름을 할 수 있는 거지, 밖에 나가면 국물도 없을 거다.”

“미국 국민이 겁에 질려 소처럼 움츠린 조종하기 쉬운 벌레라서 그렇지.”

"더 나은 전략이 필요하겠다. 소처럼 움츠린 벌레라니, 진화론적으로 상상이 안 된다만."

이렇게 익숙한, 우정 어린 농담이 오가는 일도 요즘은 너무나 드물었다.

전화를 끊기 직전, 에머리의 등 뒤 벽의 책장 옆에 괴상하게 생긴 사각형 귀신이 눈에 띄었다. 우리 엄마가 내게 쓰라고 강요했던 편지, 에머리가 하느님을 찾길 바란다, 그러지 않으면 '곧 닥칠 여호와와 세속 국가 사이의 전투 속에서 너는 이 땅에서 사라져버릴 것이다', 네가 개종하지 않는다면 더 이상 우리는 친구가 아니라는 내용의 편지를 끼운 액자였다. 어디 있나 했다.

우리 아이들은 디지털 문명에 능숙했다. 루시조차 아이패드 사용법을 익히는 공부라면 마다하지 않았다. 그래서 내가 볼테르대학교 교직원 주차장을 나설 때쯤에는(이것이 마지막이었다. 나는 즉각 캠퍼스 출입 자체가 금지되었고 사무실에서 물건을 챙기는 것조차 허락되지 않았다) 셋 다 4분 52초짜리 영상을 봤을 거라고 생각했다. 아이들은 내가 페이스타임 끄는 소리가 들릴 때까지 기다리고 있다가, 다윈과 잔지바가 먼저 가톨릭 미사 행렬처럼 엄숙하게 침묵을 지키며 부엌으로 살그머니 내려왔다. 아주 잠시 사이를 두고—다윈과 잔지바는 가능하면 막내와 어울리지 않으려고 했다—루시가 신나는지 폴짝폴짝 뛰면서 따라왔지만, 아무리 열 살이라도 내가 지금 얼마나 악명을 뒤집어썼는지 어렴풋이나마 모를 리가 없었다. 어쨌든 언뜻 주위들은 말 한마디로 자기 엄마에게 최대한의 공권력을 휘두르게 한 아이니. 지금 계속되고 있는 공개적인 비난은—이제 시작되고 있었다—심지어 움쭉달싹할 수 없는 증거에서 출발했다.

청소년기의 다윈은 대체로 감정적인 표현을 자제했는데, 그런 아들이 오랫동안 서글프게 내 어깨에 한 손을 얹는 것을 보니 눈물이 날 것 같았다. 열네 살 나이에 엄마만큼 키가 크고 날씬하게 자란 잔지바는 내 얼굴을 두 손으로 감싸고 이마 한복판에 키스한 뒤 꼭 안아주었다. 루시가 "엄마 이제 큰일 났다!"고 떠들었지만, 둘은 못 본 척했다.

우리는 우스꽝스럽게 진지한 회의라도 하듯 부엌 식탁에 둘러앉았다. 엄마 쪽 유전자의 미적 영향이 줄어든다는 의미이긴 했지만, 그래도 다윈과 잔지바 둘 다 크면서 점점 일본계 티가 많이 난다는 것이 나는 기뻤다. 정자 기증자의 미묘하게 중성적인 인종적 특성 덕분에 그 둘이 마치 남매지간이라기보다 일란성 쌍둥이처럼 보인다는 것도 좋았다. 엄마인 내게 감추는 비밀이 많을지언정, 여백이 많은 캔버스 같아서 무엇이든 숨길 수 있을 듯한 이목구비도 소중했다. 내게 항상 일본계의 외모는 표리부동보다 신중함을 연상시켰는데, 이건 미국에서 언제나 절실하게 부족한 특질이었다. 손위 둘과 막내 사이의 대조는 육체적인 측면에서 한결 극명했다. 루시는 뚱뚱하지 않았지만, 점점 뭉툭하게 자라고 있었다. 웨이드의 가까운 조상 중에 아마도 나무꾼이 있었던 것 같았다.

1분 동안 우리는 아무 말도 하지 않았다. 그럴 필요가 없다는 기분이었다. 우리 모두 나의 폭발이 도미노처럼 불러오게 될 피치 못할 연쇄반응을 가늠하고 있었다. 실제로 방 가장자리에 나란히 놓인 점 찍힌 나무토막이 하나씩 넘어가는 소리가 들려오는 듯했다. 루시조차 이 순간만큼은 입을 다물고 있는 것이 최선이라는 것을 파악할 정도의 사회적인 감각은 있었다.

나는 마침내 입을 열었다. "내가 제일 걱정되는 건 이번 일이 너희한테 어떤 영향을 미칠지 하는 거다. 낙인이……."

다윈은 짧게 픽 냉소했다. "우린 이미 낙인찍힐 만큼 찍혔어요, 엄마. 몇 년째 그랬어요."

"영리해서 그런 건 그런 거지만. 악의 축이란 건 다른 문제지."

"아뇨, 영리한 것과 악한 건 다르지 않아요. 더 이상."

잔지바가 말했다. "우리 걱정은 마세요. 그러니까, 걱정은 하셔야겠지만, 우리는 지금보다 더 나빠질 것도 별로 없다고요."

"그건 오산일 수 있어. 누가 육체적으로 괴롭힐 수도 있다."

"그럼 오히려 속이 시원하겠네." 잔지바가 말했다.

"무슨 소리야. 당분간 너희 모두 집에 있는 게 좋을 것 같다."

"아무도 날 건드리지 않아!" 루시가 외쳤다. 자기가 풀어놓은 힘이 절대 자기는 건드리지 못할 거라고 태평스럽게 믿었던 수많은 혁명가 선조와 똑같은 실수를 저지르고 있는 것 같았다. 우리 가족 안의 신인 비밀경찰 끄나풀은 학교에서도 상당히 많은 적을 만들지 않았겠나 싶은 느낌이 있었다. 일단 루시에게 천민의 자식이라는 낙인이 찍히면 반 아이 몇몇은 당장 위계를 뒤집으려 들 것이다.

"넌 너무 무서워서 누가 함부로 시비 걸지 못하지. 그래도 혹시 모르니, 너도 학교에 가지 말고 집에 있어라."

다윈이 말했다. "난 뭐, 상관없어요. 다음 주에 열여섯 살이 돼요. 어차피 중퇴할 생각이었어요."

다윈이 더 어렸을 때만 해도, 신동 과학자였던 내 아들이 이런 말을 할 거라고는, 그에 대한 내 대답이 "그래, 알고 있어"일 거라고는 상상조차 못 했다.

"혹시 잘렸어요?" 잔지바가 물었다.

"그래."

"그럼 웨이드도 누워 있는데 돈은 어디서 나와요?" 다윈이 물었다.

"그건 네가 걱정할 문제가 아니야. 엄마 아빠가 알아서 할 거다."

든든한 어른 노릇을 해야 한다는 생각 때문에 어울리지 않게 엄마 흉내 내는 말이 나온 것 같았다. 내가 그렇게 하지 못했다는 자책이 들기 시작했기 때문이었다. 나는 무책임했다. 우리 가족을 파산 상태로 몰아넣었다. 안 그래도 너무 똑똑해서 따돌림받는 첫째와 둘째에게 감당하기 힘든 사회적인 오점을 더 얹어주었다. 무엇 때문에? 술기운도 술기운이었지만, 감당하기 힘들 정도로 죄책감이 밀려와서 차라리 저녁 6시에 기절하듯 잠들고 싶었다. 눈을 뜨고 있기가 힘들었다.

다윈이 말했다. "당연히 우리 문제죠. 그러니까…… '멍청한 소리 하지 마세요' 이런 말 해도 되죠?" 그는 루시 쪽으로 턱짓을 했다. "이제 얘라고 우리한테 무슨 짓을 하겠어요?"

"이렇게 말해야지. 백치 같은 소리 하지 말라고." 나는 보일락말락 웃음 지었다.

"백치, 백치, 백치라고!" 첫째와 둘째는 입을 모아 외치며 웃었다. 루시는 얼굴을 찡그렸다. 주문이 깨졌고, 루시는 그것이 마음에 들지 않았다.

나는 사람들의 언짢은 말을 견뎌야 할 거라고 설명했다. 소셜미디어와 언론에서 내게 집중포화를 쏟아부을 것이다. 집으로 적대적인 기자들이 찾아올 것이다. 그런 경우 그들과 이야기를 나누지 말고 사진가 쪽으로 얼굴을 돌리면 안 된다. 집 전화는 절대 받아서는 안 된다. 대신 우리 가족은 똘똘 뭉쳐서 서로에게 잘해야 한다, 나는 당부했다. 아무도 그렇게 해주지 않을 테니까. 웨이드가 퇴원하기 전에는 우리가 병문안을 가야 하지만,

불필요한 외출은 피하는 것이 좋을 것이다. 이 소동이 잠잠해질 때까지는—"과연 잠잠해질지 모르겠네요." 잔지바가 말했다—식료품 같은 것은 배달시키면 된다. 과연 가능할지 모르겠으나, 나는 남아 있는 마음의 평화라도 유지할 수 있도록 인터넷을 최대한 멀리하자고 당부했다.

"온라인으로 전부 다 배달시키자면서 어떻게 인터넷을 멀리해요?" 다원이 말했다.

"절대 들어가지 말아야 할 사이트를 잘 알잖아. 날아오는 화살을 일부러 맞을 필요는 없지. 사람들이 엄마에 대해 끔찍한 소리를 하거나 글로 쓰면, 절대 안 듣고 안 읽는 거야."

그리고 나는 이런 상황을 불러오다니 얼마나 미안한지 모르겠다고 사과했다.

다원이 말했다. "그러실 거 없어요. 난 진짜 멋있다고 생각했어요. 더 오래 안 하셔서 실망했다고요. 영상을 네 번이나 봤어요. 잘하셨다고요. 정신평등주의 개소리 이제야 집어치운 거죠, 뭐."

"그런 말을 할 계획은 전혀 없었어. 제정신이 아니었지. 이번 일에서 슬픔 말고 무슨 소득이 있겠니. 과연 내가 이 철저한 자기 파괴적인 행위에 대한 감탄을 받을 자격이 있는지 모르겠다."

"주어진 것에 만족하세요." 다원이 말했다.

좋은 충고였다.

망나니들의 손에서 벗어나서 이제 안전해졌다는 이유만으로 바로 다음 날 웨이드의 퇴원은 희소식이어야 했겠으나, 미국에서 가장 지탄의 대상이 되고 있는 여자와 같이 살아야 하는 현실에 대한 그의 반응은 기대가 되지 않았다. 삶의 목적이 오로지 혼자 지내는 데 있는 남자, 주목받지 않고 풍경 속으로 스며들어 존재가 희미해지고 싶은 남자인데, 내가 네온 포인세티아, 깜빡이는 전구, 불을 밝힌 눈사람, ㅈ붕 위의 산타 썰매 같은 크리스마스 장식물로 우리 집을 알록달록하게 치장해서 어마어마한 전기 요금을 내고 구경꾼을 사방팔방에서 불러들인 판이었으니 말이다. 역시 예상대로 그날 아침 보도에는 TV 기자들이 진을 치고 있었다. 나는 목도리와 짙은 선글라스로 몸을 감추고 차에 뛰어들었다. 왜 굳이 그들을 치지 않으려고 애쓰는지도 알 수 없었다.

병원에 도착해서 나는 내 '흥미로운 얼굴'을 원망하지 않을 수 없었다. 모두가 나를 곧바로 알아보는 것 같았다. 사람을 돌보고 낫게 해주는 것이 직업이라는 구급요원이 복도에서 나를 가리켰고, 돌아보았고, 턱을 치켜들고 반대 방향으로 돌아갔고, 적개심을 숨기지 않고 노려보았고, 언어적인 폭력을 가했다. 지나치면서 "편협한 사람" "혐오자" "부끄러운 줄 알아야지!"라고 중얼거리는 사람들부터 "그 입 좀 그물고 사세요, 선생님. 이 병원은 당신처럼 왜곡된 사고방식을 가진 사람들을 용납하지 않습니다"라고 딱딱하고 냉정하게 던지는 병원 안내원까지 다양했다.

빈 강의실에서 호흡을 가다듬었을 때쯤, 나는 이미 내 장광설이 무모했다는 것을—충동적이고 과격했다—인정하고 있었지만, 이런 단어들은 진정 통렬한 자아비판이라고 할 수 없는 도덕적으로 중도적인 형용사였다. 내가 분명 정신평등 이전 시대는 물론 20년 전에도 '용납되지 않았던' 언어를 쓴 건 사실이다. 하지만 내가 볼 때 '백치'라는 단어에 대한 금기는 단순히 수사적인 문제다. 그 단어 자체는 그냥 '머릿속이 하얗다'라는 뜻이다. 장애를 부르는 표현이 어떻게 바뀌든, 충분한 시간이 흐르면 '배움이 느리다'에 찍힌 낙인은 그 대신 장애를 부를 때 사용되는 모든 완곡한 표현에 똑같이 전염될 것이다—빨지 않은 옷가지를 다른 짐에 넣으면 결국 새 가방에도 똑같은 냄새가 배는 것과 같은 이치다. 내가 자랄 때 아이들은 단어를 거침없이 사용했지만, '백치'라는 단어는 여전히 공립학교에서 권장되는 중립적인 분류였다. 성인이 되어서 얻은 제약은 몸에 깊게 스며들지 않는다. 게다가 내 장광설이 절정에 달할 때, 나는 본능적으로 '백치'라는 단어가 가장 직설적이고 노골적이라고 생각해서 선택했다. 나는 깊이 상처를 내고 싶었다.

돌아보면, 어느 모로 보나 내 태도가 교사로서의 인내심에 대한 본보기라고 할 수는 없었지만, 나는 내가 말한 모든 것을 믿었다. 나는 어마어마한 수의 학생을 자격 미달이라고 불렀다(아니, '자격 미달'은 아니다. 멍청하다). 결석한 제롬의 한심한 개 이야기를 씹었다. 몇 년 동안 이날만 기다리고 있었던 드루 패터슨을 모욕했다. 하지만 나는 그 수업에 참석했던 다른 학생에게까지 노골적인 언어적 폭력을 가하지는 않았다. 내 손으로 암담한 현실적 결과를 자초하기는 했으나, 의도치 않게 가족의 재산과 평판에 해를 가한 것 말고는 나 자신의 기준으로 나는 전혀 잘못된 짓을 하지 않았다. 그럼에도 불구하고 망신 주기는 효과적이었다. 나는 더럽혀진 것 같았다. 진실을 말했다는 이유로 더럽혀진 느낌이 든다는 것은 분명 잘못된 일 같았고, 그래서 기분이 더욱 안 좋았다.

전날 밤 전화로 동거인이 '즉각 해고당했다'는 소식을 전하자, 웨이드는 그냥 이렇게만 말했다. "그건 나중에 이야기하자." 억양 없는 담담한 말투. 그가 병원 침대 가장자리에 걸터앉는 순간 눈이 마주쳤지만, 그의 표정은 좀처럼 읽히지 않았다. 외로움? 체념? 분노? 이런 난리법석 속에서 웃음

지을 수 있는 거리를 찾았나? 그걸 누가 알랴. 하지만 그 순간 내가 그에게 해줄 수 있었던 최선은 다른 사람이 듣는 앞에서 개인사를 논하지 않는 것이었다. 가장 헐렁한 스웨트팬츠를 가져왔는데도, 바짓자락이 수술용 부츠를 겨우 덮을 정도였다. 나는 말없이 그의 소지품을 챙기고 목발을 갖다주면서—왼쪽 손목에 깁스를 하고 있었기 때문에 목발도 한쪽밖에 쓸 수 없었다—오로지 웨이드가 이해하는 물질적인 세상에만 집중했다.

주차장에 나와서, 나는 조수석 의자를 뒤로 젖혀 웨이드에게 공간을 넉넉히 마련해주었다. 쥐 죽은 듯한 정적 속에서, 그는 목발을 차에 기댄 뒤 열린 앞문을 잡고 균형을 잡았다. 내가 일어서자, 그는 멀쩡한 팔로 나를 끌어당기더니 거의 30초 동안 포옹했다. 내게는 바로 그것이 필요했다.

뒤뜰 넓은 덱의 즐겨 앉던 목재 라운지 의자에 앉을 때까지, 우리는 둘다 말이 없었다. 집 앞에 진을 친 카메라도 우리가 카포트에서 옆문을 통해 집으로 들어오는 짧은 순간 저녁 뉴스에 보도할 만한 사진을 건지지는 못했을 것이고, 나무가 우거진 뒷마당에는 이제 막 돋아난 나뭇잎이 무성해서 못마땅한 이웃들의 눈길을 막아주고 있었다. 웨이드는 진통제를 복용하고 있었기 때문에 내가 따라준 화이트와인을 마시는 것은 권장할 일이 아니었지만, 우리는 아슬아슬한 현실에서 살아남는 법을 배우고 있었다.

웨이드는 치즈스낵에 손을 뻗었다. "이거 괜찮네. 우리 모두 아주 긴 휴가를 보내는 기분이야."

"아예 은퇴일 수도 있고."

"당신은 이제 겨우 마흔넷이잖아. 아주 긴 은퇴겠군 그래."

나는 샤블리 한 모금을 마셨다. 겨우 오후 4시였지만, 장기적으로 의존해야 할 때는 화이트와인이 보드카 스트레이트보다 더 길게 갈 수 있었다. 공기에는 산소가 풍부했고 습한 산들바람이 가볍게 불고 있었다. 치즈스낵은 바삭바삭했다. 새들이 둥지를 틀고 있었다. 이 정지된 휴식 상태에서는 그 모든 난리가 무엇 때문이었는지 기억조차 잘 나지 않았다.

"언젠가 벌어질 일이었어." 웨이드가 말했다.

"아, 그랬겠지." 내가 말했다.

"당신은 고집이 세고 성질이 불같아. 불합리한 상황을 참지 못하고, 권위에 복종하는 데 문제가 있는 사람이야. 공항 보안 절차를 통과할 때마다 난 반사적으로 숨을 죽여. 가방에 폭탄을 넣고 여행하는 것보다 더해, 두 다리가 달린 폭탄이니까. 그러니 이렇게 오래 버틴 걸 차라리 고마워해야겠지."

"모르겠어. 오래전에 그만뒀어야 했는지도. 내가 당신 트리하우스 회사에 조수로 들어가서 일을 배웠다면, 지금 당신 손목과 발목은 멀쩡했겠지."

"당신은 고소공포증이 있고 전기톱을 무서워하잖아. 쓸 만한 나무의사는 못 됐을 거야."

"그래도 당신이 사다리 꼭대기에 있을 때 나뭇가지로 두들겨 패진 않았을걸."

"기준이 너무 낮군." 웨이드가 말했다.

"……나한테 화났어?" 나는 작은 목소리로 물었다.

"화를 내봤자 무슨 소용이야."

"솔직한 감정이 항상 유용하진 않아."

"우리가 처음 만났을 때 당신이 어땠는지 난 알잖아."

"지금 내 모습이 좋아?" 내가 이렇게 소심한 일은 흔치 않았다.

"지금 당연히 그 모습 그대로 받아들이지. 하지만 내가 생각하는 건 그게 아니야. 특히 아이 셋이 있으니 당신도 그런 생각 할 여유는 없잖아."

"난 내가 하는 생각을 하고 싶지 않아."

"간밤에 난 잠을 못 잤어. 기가 막혀. 어떻게 해야 할지 모르겠어."

"얼마나 더 있어야 걸을 수 있대?"

"6주, 어쩌면 두 달. 모든 게 다 잘되면. 당신은? 이렇게 나오게 되면 퇴직금은 없겠지?"

"볼테르대학교의 핵심 가치를 위반했는데. 이번 달 월급이나 나오면 다행이지. 계약서 어딘가에 도덕적 해이에 관한 조항이 있을걸."

"도덕적 회의?"

나는 웃었다. "어쩌면 나한테 지금 필요한 게 그건지도 모르겠다. 도덕적인 회의."

"그 영상. 당신을 따라다닐 거야."

"알아, 안다고! 이제 가르치는 일자리는 영 끝장이지."

"그 정도가 아니야. 일자리란 일자리는 다 곤란할 수도 있어. 당신 이름을 검색창에 넣어볼 때마다……."

"날 좀 믿어줘. 처음부터 그 부분을 민감하게 의식하고 있었단 말이야."

"꼬리표가 달린 거라고. 몇 년을 따라다닐지 몰라."

"이름을 바꾸고 성형수술을 하면 되지."

"자꾸 농담처럼 그러지만, 농담이 아니야. 정말 그렇게 될 수도 있어. 성형수술을 받을 형편이 안 되니……."

"그냥 이 나라를 떠도 되지."

"사람들은 늘 그런 말을 하지. 하지만 국경을 넘는 건 쉬운 일이 아니야. 게다가 그 영상이…… 특히 유럽이나 캐나다, 오스트레일리아에서는 문제 될 수 있어. 비자가 안 나올지도 몰라."

"러시아나 중국은 언제나 환영하겠지."

"난 진지하다고. 진지하게 대답해."

"나도 진지했는데. 두 나라 다 외국인에게 제한이 많아. 그리고 미국인을 경계해. 우리가 무슨 바이러스, 문화적인 바이러스를 옮기는 사람이고 감염되기 싫다는 식이라고."

"지금 당면한 문제에 집중하자. 우리한테 없는 게……."

"우리한테 뭐가 없는지는 내가 잘 알아. 6월은 버틸 수 있을 거야. 어쩌면 7월까지도." 나는 톡 쏘았다.

"지금은 5월이야."

"이번 달이 몇 월인지 나도 알아. 난 일자리를 잃었고 악명을 떨치고 있지만, 정신이 나가지는 않았다고."

"학기도 거의 끝났는데. 몇 주만 더 버텼다면……."

"그래, 언젠가 날 비난할 줄 알았어. 어디 해봐. 때가 됐어."

웨이드는 물러섰다. "싸우고 싶지는 않아. 하지만 사람들이 어떻게 하는지 모르겠어. 이런 상황에서. 이런 일을 당한 사람 있잖아. 사고가 나거나 재수가 없어서."

"고의적 부정행위로 해고당하면, 펜실베이니아주에서는 실업급여 자격도 없어. 찾아봤어."

"난 자영업이니까, 나도 실업급여를 못 받아. 사회보장연금을 통해 장애인 수당이 나올 가능성이 있을 텐데, 신청 과정이 오래 걸려. 이런 걸 난 잘 못 하잖아. 정말 싫어."

"맞아, 이런 갑작스러운 재난이나 암초, 모든 게 한꺼번에 덮치는 이런 상황을 겪은 사람들이 있었지. 많이. 이럴 때 원칙이 있어. 모든 것을 잃는다는 거." 나는 무겁게 내뱉었다.

이 말이 얼마나 정확했는지 그때는 나도 미처 몰랐다.

4장

 주중에 아이들이 늘 집에 있고 오후에 와인을 마시니, 집에는 기묘한 휴가 분위기가 감돌았고, 원래 있던 규칙은 하나도 지켜지지 않게 되었다. 입맛이 없어서 웨이드와 나는 저녁을 늦게 시작했다. 어차피 아침 일찍 일어나서 할 일도 없지 않나? 나는 밤 9시 45분이 되어서야 아이들을 식탁으로 데려오기 위해 위층으로 올라갔다. 잔지바는 다윈 방에 있었다. 노크하고 잠시 후 허락이 떨어져서 들어가보니, 둘은 아직도 노트북 앞에 앉아 있었지만 화면은 접혀 있었다.

 "식료품 주문하는 줄 알았는데. 내가 말했잖아. 물건 주문할 때가 아니면 인터넷은 보지 말라고." 나는 말했다.

 "안 좋아요, 엄마." 잔지바가 말했다.

 "당연히 안 좋지. 안 그러면 내가 왜 들어가지 말라고 했겠어?" 내가 말했다.

"정말 안 좋다고요, 엄마. 그리고 우리가 보든 안 보든 그게 거기 있다는 사실은 변하지 않아요. 모르고 있다고 사라지는 게 아니에요." 딸은 강조했다.

"뭘 봤길래 그래, 트위터? 페이스북? 이것도 지나갈 거다. 다음 주면 누구 다른 사람의 목이 날아가고 있을 거야."

"트위터와 페이스북도 안 좋긴 한데……."

다원이 끼어들었다. "엄마 말 들었잖아, 잔지바. 알고 싶지 않다잖아."

"엄마도 알아야 해. 알게 될 거고." 잔지바가 말했다.

"반드시 지금 알 필요는 없는 거 아냐." 다원이 말했다. 마치 내가 그 자리에 없다는 듯한 대화였다.

"미뤄서 좋을 건 뭐야? 아픈 건 빨리 끝내는 게 좋아."

"글쎄, 오늘 밤 엄마가 잠자는 도중에 뇌동맥류라도 터지면, 최소한 평화롭게 죽을 수 있잖아!" 다원은 필사적으로 주워섬겼다.

"이게 다 무슨 소리니?" 나는 물었다.

다원이 말했다. "신경 쓰지 마세요! 됐어요. 저녁 먹으러 가요!"

잔지바가 말했다. "다원은 엄마를 보호하려는 거예요. 난 쓸데없는 짓이라고 생각하는 거고요."

"날 무엇에서부터 보호해?"

"우리가 무엇에서부터 보호하려는 건지 말하면 더 이상 보호가 안 되는 거 아니야?" 다원이 말했다.

"유튜브요." 딸이 괴롭게 말했다.

"그래서, 또 어느 팟캐스트가 화살을 날렸니? 그 정도야 감당할 수 있을 것 같은데."

"방송 끝나면 몇 분 뒤에 업로드돼요. 매주 목요일, 9시 약간 지나서."
잔지바는 바닥을 내려다보았다.

마침내 진짜 불길한 예감이 밀려왔다. 어릴 때는 예민했지만, 이 둘은 산전수전 다 겪어서 웬만한 일에는 흔들리지 않는 성격이었다. 호들갑을 떨지 않고 냉정하게 말을 아꼈다. 나는 긴장하며 물었다. "뭐가 올라왔는데?"

다윈과 잔지바는 서로 마주 보았다. 마침내 그들은 입을 모아 말했다. "에머리 이모요."

우습게도 아이들이 두 번째로 재생한 CNN 동영상은 그 내용이 너무나 인상적이었기 때문에 웬일로 에머리 루스가 무슨 옷을 입고 있었는지 기억이 나지 않는다.

우리는 이제 우리가 계몽되었다고 생각하려 합니다. 마음이 넓다고, 너무나 오랫동안 하나의 국민으로서 미국인들의 발목을 잡아온 네안데르탈인 같은 편견과 오해를 떨쳤다고 생각합니다. 우리는 공정하다고. 우리는 원칙이 있다고. 우리는 모든 사람에게서 위트와 지혜를 본다고. 사람들을 따돌리고 비방하는 어휘, 근거 없이 중상하는 어휘는 몽땅 퇴출되었다고 생각합니다. 그럼에도 불구하고 이따금, 우리가 오래전에 이겼다고 생각하는 전투에서 이기기에는 아직 멀었다고 반박할 수밖에 없는 증거가 나타납니다. 아직 갈 길이 멀다는 증거. 끝났다고 생각했던 전쟁은 어쩌면 이제 겨우 시작에 불과할지도 모른다는 증거입니다.

펜실베이니아주 볼테르는 주 남동부에 위치한 녹음이 우거지고 살기 좋은 중급 도시인데, 시민들은 사회적으로 진보적이고 도덕적으로 올바르고 정치적으로 미래지향적인 사람이라고 자부하는 곳입니다. 제가 거기서 나고 자랐기 때문에 누구보다 잘 압니다. 부모님은 볼테르에 살고 계시고, 저도 아직 그곳에 집이 있습니다. 제겐 아이라는 행운이 없지만, 그래도 저는 볼테르가 아이를 키우기 좋은 곳이라고 항상 생각해왔습니다. 이 나라의 교육기관 대부분이 악명 높았던 잔인한 인지적 차별의 암울한 역사를 공유하고 있기는 하지만, 그래도 볼테르대학교는 다른 어느 곳보다 정신평등주의를 서둘러 받아들였고 그 치욕적인 과거를 청산하기 위해 노력해왔습니다. 그래서 애석하게도, 어제부로 저는 볼테르 출신임을 밝히는 것이 부끄러워졌습니다. 그 악명 높은 바이럴 영상이 이 나라의 집단 기억에서 사라지기 전까지, 볼테르는 혐오의 상징으로 남을 것입니다.

몰래, 많은 분이 이미 보셨을 것입니다. 그러나 안 보신 분을 위해서, 저는 지긋지긋하게도 물러가지 않는 저 독하고 뿌리 깊은 지능우월주의와 싸우기 위해서 그 모습을 직시해야 한다고 생각합니다. 평소에는 보다 가족친화적인 방송을 지향하고 있지만, 이번만은 앞으로 몇 분 동안 아이들이 TV를 보지 않게 부모님께서 지도해주십시오. 또한 지금부터 방송될 영상은 CNN의 엄격한 방송윤리규정에 어긋난다는 사실을 시청자 여러분께 분명히 말씀드리겠습니다. 그러나 방송사 대표이사도 저도 마찬가지로, 이 영상을 편집하여 그 충격을 완화하는 것은 비윤리적이라는 점에 아주 강한 공감대를 모았습니다. 인지적 편견의 장면을 다 도려내면, 남는 것은 삑 해서, 삑 했고 하는 부분뿐일 테니까요. 아주 길게 삐이이익이 되겠습니다만. 지금부터 들려드릴 비속어에 대해 미리 깊은 사과의 말씀을 드리면서, 현실에 존재하는 날것 그대로의 추악함을 대체할 언어는 때로 없는가 봅니다.

CNN에서 에머리가 인용한 영상은 "더 높이 올라갈 수 있는 기준선이 없다면 '특별함'은 무의미한 개념입니다"라는 대목에서 시작되었는데, 그 문장 자체도 개념적인 금기였지만 이어 '더 많이 낳았다' '최고로 많이 낳았다' 어쩌고 하는 대목으로 빠르게 넘어갔다. 강의실에서 그 말을 할 때는 매우 재치 있고 신랄하게 느껴졌지만, TV에서 보니 정신 나간 사람 같았다. 이 영상은 아직 한 번도 본 적이 없었다. 이렇게 보니 기억에 남아 있는 것보다 더 확실한 자살 기도였다(그래도 내가 학생들을 직접적으로 학대한 건 아니라는 믿음은 그냥 내 착각이었다). 자기 자신이 별 볼 일 없는 누군가로 대상화된 모습을 목격하는 것은 항상 불편한 일이고, 그 광경은 어김없이 충격적이다. 우리는 결코 상상했던 만큼 매력적이지도, 유창하지도, 재미있지도, 사랑스럽지도 않다. 내 머리카락은 부스스했고, 눈은 튀어나와 있었고, 손은 부들부들 떨리고 있었다. 장광설 도중 한 번 이상 목소리가 갈라졌다. 내가 '백치'라는 단어를 그렇게 여러 번 사용한 줄은 몰랐다. 내가 정말 멍청한 짓을 했을 때 나 자신을 지칭하기 위해서라도 언제든지 곧바로 끄집어낼 수 있도록 사적인 사전 속에 고이 모셔놓은 단어기는 했지만, 화면에서 쓰고 또 쓰는 모습을 보니 눈살이 찌푸려졌다.

에머리는 영상이 끝난 뒤 말을 이었다.

자, 수많은 부모님들이 자녀를 이런 강사에게 맡기고 있습니다. 이제 막 성인이 되려는 청년들, 이전 세대의 미국인들과 비교할 수 없는 희망과 낙관주의, 자신감, 타인에 대해 편견 없이 열린 마음을 가지고 미래를 바라보아야 할 사람들을 말입니다. 과연 선생님들이 그들에게 이런 자질을 제대로 교육시키고 있을까요? 그렇지 않습니다. 이 강사는 자기 불신과 억울감, 타인을 조롱하려는 퇴행적 충동을 심어주고 있습니다. 여기 우리가 영원히 묻어버렸다고 생각했던 비하어가 마치 좀비 영화의 으스스한 한 장면처럼 무덤에서 기어나오고 있습니다.

볼테르대학교 행정 본부는 피어슨 컨버스라는 이름의 이 강사를 해고했다고 발표했습니다. 다행한 일입니다. 하지만 대학은 애당초 3년 전 이 강사가 위험할 정도로 극우적인 시각을 갖고 있다는 경고 신호를 확인했을 때 즉시 조치를 취했어야 했습니다. 컨버스는 현재 아마존에서 판매하고 있지 않을 정도로 혐오적인 제목의 도스토옙스키 소설을 학생들에게 과제로 내주었습니다. 어떤 소설인지 굳이 입에 담지 않겠습니다. 오늘 밤 험한 말은 이 정도로 충분하지 않겠습니까.

다른 경고 신호도 있었습니다. 볼테르시 아동보호국은 피어슨 컨버스가 공동체와 자기 자식들에게 위험인물이라는 신호를 이미 2014년에 접수했습니다. 그녀는 자신의 막내딸, 당시 일곱 살밖에 안 된 사랑스럽고 가녀린 아이를, 인지적 결함이 있다는 말도 면전에서 학대했습니다. 우리의 공무원들이 어떤 처벌을 내렸을까요? 의무적인 예절교육이었습니다. 고작 강좌 하나. 한편 전직 영문학 강사의 수많은 친구와 친척, 전 동료들은 컨버스가 사적인 대화 도중 인지적 차별 발언을 일삼았으며, '괴상하다' '자멸적' '망상적이다'와 같은 표현으로 정신평등운동을 비방했다고 기자들에게 증언했습니다.

하지만 사실 아주 오래전부터, 그중 무엇보다 심각한 경고 신호가 있었습니다. 컨버스는 경직되고, 그릇되고, 자의적인, 이제 다행히도 시대착오적인 과거의 유물이 된 정신적 위계에 집착한 나머지, 오로지, 뭐랄까요, '천재 수준'의 지능지수를 기준으로 정자 기증자를 선택했습니다.

다른 사람의 아이와 똑같은 지적 능력을 지닌 아이밖에 낳지 못하는, 엉터리 물건을 사들인 엄마한테 안타까운 마음이 들 지경인데요. 한편 그녀의 손위 아이 둘은 자기들이 너무나 우월한 유전자를 타고났고 학교 친구들을 훨씬 앞서가는 지적 능력을 가졌다고 믿고 자랐습니다. 그 결과는 비극적이었습니다. 스스로에 대해 비현실적인 상을 품었던 두 아이들이는 그로 인해 필연적으로 둘 다 학교에서 따돌림을 받게 되었으니 말이지요. 솔직하게 말합시다. 피어슨 컨버스는 우생학 지지자입니다. 실패한 우생학 지지자 역시 우생학 지지자라는 사실에는 변함이 없습니다.

단순히 직장을 잃는 것으로 충분할까요? 컨버스가 애당초 그리 진지하게 생각하지도 않았던 직업인 것 같은데? 피어슨 컨버스가 저녁 식사에 초대받는 일이 앞으로는 무척 뜸해질 게 분명하긴 하지만, 사회적 외면으로 충분할까요? 이 사건은 너무나 극단적이라 그저 사회적, 직업적 유배만으로는 미흡해 보입니다.

저는 컨버스 때문에 트라우마를 입은 학생들에게 전문적인 심리치료사의 도움을 받기를 권합니다. 심리적인 상처가 회복되고 나면 피해자들이 민사소송도 제기했으면 합니다. 분명 저 불쌍한 학생들에게는 감정적 피해에 대해 보상받을 권리가 있지 않겠습니까. 그러나 저는 이 끔찍한 사건을 진정 뒤로하기 위해서는, 잊을 만하면 바위 밑에서 기어 나오는 선사시대 혈거인들에게 너희의 독설을 더 이상 참지 않겠다는 신호를 보내기 위해서는 보다 큰 사회적 제스처가 요청된다고 봅니다.

'철학자' 볼테르는 자신이 모든 측면에서 탁월했다고 자찬했던 오만의 시대 인물입니다. 그의 저술은 조롱을 찬양합니다. 특히 그는 '다른'

사람에 대한 앙심을 품고 있었습니다. 자라면서 저는 그에 대해 별로 생각해본 적이 없었습니다. '볼테르'는 그저 내가 사는 도시일 뿐, 그 지명으로 기리고자 하는 인물에 대해서는 크게 의식하지 않았습니다. 하지만 지금은 의식하지 않을 수 없군요. 제가 자라난 고향을 우리 모두 자랑스러워할 수 있는 인물이나 대상을 따라 다시 명명하자는 대학생의 요구가 일고 있습니다. 이 십자군 운동에 저도 힘을 보태겠습니다. 완벽하게 대등한 재능을 지녔던 수많은 동시대인을 경멸한, 스스로 권위를 뒤집어쓴 두뇌부심 환자를 기리는 것을 그만둡시다. 제가 자라난 이 아름다운 도시를 굴욕적인 오명으로부터 해방시킵시다. 저희 프로그램은 시청률이 높고 시청자 분들은 모두 하나같이 똑똑하고 창의적이시지요. 이 도시의 개명에 대한 제안이 있다면 CNN.com/RIPVoltaire 혹은 트위터 태그 #NewHometownforEmoryRuth로 남겨주세요.

마지막으로, 혹시라도 차후에 새어 나가서 일종의 스캔들이 될까 봐 미리 말씀드리지만, 네, 피어슨 컨버스는 오래전부터 제가 알고 지내던 지인입니다. 그렇기에 이번 일이 사회적 차원에서 우려스러운 것과는 별개로, 그녀의 돌출 발언은 제게 개인적으로 실망을 안겼습니다.

뭐, 그런가 보지. 아무리 그래도 개인적인 실감이 나만 하랴. 낯선 사람에게서 악담 세례를 받는 데는 마음의 준비가 되어 있었다. 하지만 이건 아니었다. 다원과 잔지바는 마치 병약해진 엄마를 모시듯, 내 양팔을 붙들고 아래층 식탁까지 이끌었다. 아이들은 내가 말을 꺼낼 때까지 기다려주었지만, 나는 그 영상에 대해 말하지 않았다. 우리는 띄엄띄엄 다른 이야기를 이어갔다. 그날 밤을 뜬눈으로 지새면서, 나는 화나는 것이 당연하다고 스스로 다독이며 이불 속에 잘못 놓아둔 독서용 안경이라도 찾듯 분노의 가닥을 더듬더듬 찾아 헤맸다. 하지만 화는 찾을 수가 없었다. 슬픔만이 가슴에 걸터앉아 바위처럼 숨을 짓눌렀다.

다음 날 아침 루시가 아직 침대에 있는 사이, 문제 화제에 대한 보도유예 처분이 해제되었다. 발목 보조기를 신은 채 부엌을 쿵쿵 돌아다니며 집요하게 아침을 준비하면서, 웨이드는 그답게 애써 중립적인 입장을 유지했다. 다윈과 잔지바는 그럴 리가 없었다.

"이제 친한 척할 필요가 없을 것 같아요." 잔지바는 말했다.

"우린 30년 동안 친구 사이였어." 내가 말했다.

"그냥 아는 사이였죠." 다윈이 말했다.

"그만해."

다윈은 물러났다. "미안해요. 여기, 잔지바가 토스트 만들었어요."

아이들이 나를 돌보고 있었다. 아이들이 부모 같았다.

나는 커피잔을 앞에 놓고 앉아 있었고, 전화는 식탁 위에 놓여 있었다. 작은 전자제품이 무슨 고문 도구 같았다.

잔지바는 내가 전화를 뚫어지게 쳐다보고 있는 것을 알아차렸다. "설마 그쪽에서 전화할 거라고 생각하시는 건 아니죠? '아, 오전 10시네! 하필이면 방금 내가 수백만 명의 시청자 앞에서 거의 15분 동안 박살 낸 사람하고 통화하고 싶은 기분이네!'"

나는 음울하게 말했다. "아니, 그쪽은 당연히 전화할 리가 없지. 하지만 내가 전화를 건다니 상상만 해도 토악질이 날 것 같다." 울화가 치밀 정도로 냉정하고 차분한 에머리의 목소리가 휴대전화 반대편에서 또렷이 들리는 것 같았다. 그와 대조적으로, 쉬지 않고 지껄이는 내 목소리도 들려왔다. 할 말이 너무 많을 때는 종종 아무 말도 할 수 없는 법이다. "게다가 무슨 말을 해?"

"그냥 '뒈져버려!' 해요." 잔지바가 말했다.

"그런다고 뭐가 나아질까?" 나는 본능적으로 아이들에게 어떻게 해야 할지 도움을 청하고 있었다. 에머리와 나는 중년이었지만 우리의 불화는 7학년 학생을 연상시켰기 때문이었다.

"잔지바 말은 그냥 대놓고 쏟아부으면 속이 좀 풀릴 거라는 뜻이죠." 다원이 말했다.

"그렇지는 않을 거야."

웨이드는 내게 과당 딸기잼을 가져다주었다. "당신이 잘 알잖아. 당신 이름이 뜬 걸 보면 에머리는 음성사서함으로 연결되도록 내버려둘 거야."

"그렇겠지."

"당연하지." 누가 뭐래도, 내 동거인은 갈등을 피하는 전문가였다. 내가 보낸 알쏭달쏭한 섬네일만 척 보고, 그는 CNN에서 방송된 에머리의 공격적인 발언을 듣지조차 않았다. 작문 수업을 듣는 학생들에게 가능하면 항상 출처를 확인하는 습관을 들이라고 하는 내 가르침과 대치되는 습관이었다.

"그래서 음성사서함에 무슨 말을 남기라고? 흥분해서 어버버거려서 알아듣지도 못할 메시지나 남기라고?"

"메시지는 남기지 말고." 웨이드가 말했다.

"저쪽에서 전화를 안 받을 거고 내가 메시지를 안 남길 거면, 애당초 전화 걸 이유가 없잖아." 나는 짜증스럽게 말했다.

잔지바가 말했다. "메시지 남겨보세요. 말실수하지 않도록 미리 할 말을 적어두는 거예요. 내가 말한 대로요. '안녕, 에머리. 너랑 다시는 말 안 한다는 이야기 하려고 전화했어.'"

"너랑 말 안 한다는 걸 알리려고 전화하다니. 그건 애당초 모순이야. 진심이 아니지."

"그럼 문자를 보내든지요!" 잔지바는 답답한 듯 말했다.

"그래, 그럼 문자로 이렇게 보내면 되겠다. '안녕, 나 앞으로 너한테 문자 안 할 거야.'"

다윈이 말했다. "아뇨. 거기 덧붙이세요. '내 잘난 아이들이 과대망상병 환자라고 온 세상 사람들에게 떠들어줘서 고맙다.' 이렇게."

등에 칼을 꽂은 에머리의 발언 중에서 내게 우울감이 아니라 분노를 일으켰던 구절은 아이들에 대한 내용이었다. 하지만 분노를 키우는 것은 내 아들에게까지 개인적인 배신감을 부추길 뿐이다. 나는 대신 진부한 말을 늘어놓았다. "너희 세대가 인간관계에 그렇게 서툰 이유 중 하나가 그 문자 의존성이야."

다윈이 말했다. "늙은이들은 그 대신 이메일 좋아하지 않요? 장문의 편지를 보내세요. 화를 삼키지 말고 시원하게 풀어버리라고요. 다 끄집어내요. 느긋하게. 하고 싶은 말 다 해버려요. 대부분의 사람이 뒤늦게 이 말 못 했다고 가슴 치는 말을 전부 다 쓰라고요."

"내 말 믿어. 이메일은 파멸로 가는 길이야. 우리 학과 내에서도 몇 번이나 그런 일이 있었어. 한쪽에서 자기 입장을 쏟아붓지. 그걸 받아서 반대쪽은 자기 입장에서 다른 소리를 또 막 쓰는 거야. 이렇게 공방이 오가다 보면 작은 의견 차이가 부풀어 전면전이 되지."

"엄마와 에머리 이모는 이미 전면전이잖아요." 잔지바가 말했다.

"하지만 이건 지금 이 상황에 대한 문제만이 아니야. 이건 인생 전체가 달린 문제라서 그래. 난 너희 평생의 두 배나 되는 긴 시간 동안 에머리를 알고 지냈어. 너희는 나보고 관계를 끊으라고 하지만, 다시는 서로 말하지 않는 사이가 된다면 상처가 남을 거다. 목깃에서 계속 스치는 거칠거칠한 의류 라벨처럼, 일이 주일도 아니고 몇 년이나. 어쩌면 영원히. 혹시 마주치면 어쩌나 내내 두려워하면서."

"그쪽에서 엄마랑 마주치면 어쩌나 더 두려워하지 않을까요?" 다윈이 물었다.

"솔직히 에머리 스스로 자기가 잘못했다고 생각할 거라는 확신이 없구나. 예전에도 자기가 뭔가 잘못했다고 생각하는 걸 본 기억이 없어. 그런 부류의 사람이 있다. 아니, 뭐 대부분의 사람이 그렇지."

"당신은 달라?" 웨이드는 내 커피잔을 채워주었다.

"다를 거 없을지도 모르고. 뭐, 나도 창작 수업 시간에 내가 했던 말이 틀렸다고 생각하지 않으니까. 틀린 말이 아니었어. 멍청했을 뿐이지."

마침내 일어난 루시가 의자에 기어올라 시리얼에 우유를 따랐다. "엄마가 미음으로 시작되는 말을 했대!" 꼬마는 선언했다. 하지만 경고하려는 것이 아니었다. 스스로 이유를 알 수는 없었지만, 아이도 우리가 자기를 더 이상 두려워하지 않는다는 것을 눈치챈 것 같았다.

나는 피곤한 목소리로 말했다. "맞아, 루시. 익숙해져라." 팻판이 땅에 떨어지고 보니 해방감이 있었다. 나는 무감각해졌다.

"에머리와 통화를 한다면, 또다시 설교를 들어야 하지 않을까? CNN 같은 일을 두 번 겪고 싶지는 않을 거 아냐."

"늘 그렇듯 당신 해결책은 회피로군."

"안 그래도 그 사람 때문에 골치가 아픈데, 계속 그럴까 봐 그러지." 그는 내 목 옆에 따뜻한 손을 얹었다. "회피할 수 있는 공간이 있잖아. 굳이 진흙탕 한가운데로 걸어가지 않아도 돼."

"선택지는 하나뿐이네, 그럼. 아무것도 안 한다." 나는 생각에 잠겨 전화 케이스를 두드렸다. "30년 세월인데, 이렇게 끝나는 건가."

"정말 용서할 생각을 하는 건 아니죠?" 잔지바가 물었다.

"회개하지 않는 사람에 대한 용서는 무의미하지. 한 손으로 박수 치기야."

다원이 말했다. "누가 알아요. 모두의 예상을 뒤엎고 진짜 진짜 미안하다고 싹싹 빌지. 자기는 그냥 일을 했을 뿐이고 엄마가 이해할 거라고 생각했을지도 몰라요. 늘 그랬잖아요. 어쩌면 이게 다 연기일 수도 있죠. 자기가 마음에도 없는 말을 한다는 걸 엄마는 알아줄 거라고 생각했을지도 몰라요. 방송국 윗사람한테 잘 보이려고. 아니, 정말 진심으로 그런 소리를 한 건 아닐 거 아니에요, 예?"

"당연하지." 나는 말했다.

"오랫동안 상사들 비위를 맞춰왔잖아요, 그렇죠? 그러니까 이번에는 엄마가 이 일을 심각하게 받아들일 거라는 걸 몰랐을 거예요. 정말 감정이 상했다는 걸." 다원이 말했다.

"학생들에게 소송을 하라고 부추겨놓고?" 잔지바가 믿을 수 없다는 듯 말했다. "감정이 상한 정도가 아니잖아. 엄마한테 미친개를 풀었다고! 안 그래도 쪼들려죽겠는데!"

"좋아, 좋아. 일리가 있어. 내 말은 단지…… 자기가 얼마나 심했는지 스스로 몰랐던 게 아닐까 싶어서 한 말이야." 다원은 말했다. 워낙 에머리를 좋아했던 아이라 이 상황은 아이에게도 힘들었다.

우리는 이루어지지도 않을 전화 통화, 흥분해서 더듬거리는 음성사서함 메시지, 문자 최후통첩, 점점 격해져서 핵전쟁 홀로코스트로 비화할 수 있는 이메일 알력까지, 모든 가능성을 검토하고 제거했다. 결국 남은 통신 수단은 그중 가장 무시무시한 단 하나뿐이었다.

너 내게 이 정도는 할 의무가 있어. 나는 용기가 사라지기 전에 얼른 자판을 두드렸다. 직접 만나.

5장

　간결한 문자 교환 끝에 에머리가 우리 집으로 오겠다고 해서 나는 놀랐다. 나를 만날 마음이 있다 해도 커피숍이나 공원처럼 중립적인 장소를 고집할 거라고 생각했기 때문이었다. 하지만 공공장소에서 만나게 되면 부자연스럽고, 격식을 차려야 하고, 정중하지 않을 수 없고, 목소리를 낮추어야 하고, 누가 듣지 않나 신경을 써야 한다고 판단한 것 같았다. 서로 솔직할 수 없다면 직접 만날 이유가 없다. 우리가 인질을 두고 몸값으로 지폐 다발이 가득 든 가방을 교환하는 것도 아니고. 게다가 병원에서 확인했듯이 내가 '찢어지는 목소리로 이성을 잃고 막말을 하던' 혐오자라는 것을 알아보는 사람이 많을 것이다. 어딜 가나 내게 불쾌하게 시비를 거는 사람들이 생긴 것은 부분적으로 에머리 본인 때문이었다.
　수배 포스터에 가족 얼굴까지 도배되지는 않았으니, 웨이드는 우리의 프라이버시를 존중하고 혹시라도 식구들이 집단으로 에머리를 공격한다는 인상을 주지 않으려고 아이들을 데리고 극장에 갔다.

슬프게도 정확하게, 시계가 조종이 울리듯 4시를 가리키자 에머리가 나타났다. 감정이 개입하지 않는 거래 관계인 변호사나 의사와 상담할 때 적용하는 칼같은 시간 감각이었다. 집 앞에 차를 세우고 옆문으로 들어오는 사이, 에머리는 본인의 개인적인 조언으로 우리 집 앞 인도에 배치된 카메라가 찰칵거리는 소리를 통과해야 했다. 별로 당황하지 않는 것 같았다. 에머리는 카메라에 익숙했다.

정면 블라인드 틈으로 빼꼼 내다보는 순간, 어쩔 수 없었다. 에머리를 보니 반가웠다. 나는 언제나 그랬다. 습관적으로 나는 그녀의 옷차림을 살폈다. 검은 레깅스, 목선이 깊은 검정 민소매 셔츠, 티끌 하나 없이 흰 운동화…… 거의 무게를 느끼지 못할 듯한, 최대한의 민첩성을 위한 제품이었다. 운동복이었다. 한판 할 것을 대비한 옷차림이었다.

나는 무엇을 입을지 결정하는 데 유난히 오랜 시간이 걸렸다. 환절기였고 한나절 동안에도 추웠다가 더웠다가 다시 추워지는 날씨였다. 몸을 감싸야 할 것 같아서, 나는 자주 세탁해서 부드러워진 청바지와 무늬 없는 흰 셔츠 위에 무릎까지 내려오는 진한 빨간색 긴소매 망토를 걸쳤다. 옷감이 묵직해서 자연스러운 주름이 생기는 이 망토로 몸을 감싸면 언제나 우아한 기분이 들었다. 집 안에서 약간 멋을 부린 이 옷차림을 갈아입기는 늦었지만, 벌써 땀이 났다. 맥박이 빨랐고, 귀가 울렸고, 손바닥이 축축했다. 말도 안 되는 일이었다. 에머리는 내 가장 친한 친구 아닌가. 내 단짝.

현관문을 연 순간 나는 에머리와 내가 너무나 동떨어진 현실 속에서 살고 있다는 것을, 그 현실은 서로 겹치기는커녕 닿지도 않는 원들로 구성된 벤다이어그램이라는 것을 문득 실감했다. 나의 현실 속에서 나는 억울

했고, 억울할 권리가 있었다. 이 고통을 달래주고 자신의 행동을 해명해야 하는 것은 애당초 에머리의 몫이었다. 그녀가 치유하고, 화해의 손길을 내밀어야 했다. 하지만 눈길이 마주친 순간, 이 상황을 바라보는 에머리의 시각은 전혀 그렇지 않다는 것을 알 수 있었다. 내 불길한 예감은 끔찍하게도 정확히 들어맞았다. 에머리의 표정은 티끌 하나 없는 결백의 화신 같았고, 그 무구함이 오히려 더 잔인하게 느껴졌다. 나는 마치 뺨을 세차게 맞은 듯, 온몸을 움찔하며 뒤로 물러섰다.

하지만 예의를 갖출 정도의 교양은 있었다. "뭐 마실래? 차? 맥주?"

"아니, 물을 많이 마셨어." 그녀는 가볍게 스테인리스강 물병을 들어 보이며 말했다.

예의가 아니다. 마실 것의 목적은 단순한 수분 섭취가 아니다. 그 점을 보여주기 위해, 나는 별로 마시고 싶지도 않은 맥주를 꺼냈다.

날씨가 온화해서 원래는 녹음이 우거진 뒤뜰 덱에 나가 앉을 생각이었지만, 문득 생각하니 나무로 된 안락의자에 앉으면 오늘의 만남에 어울리지 않게 편안한 분위기가 조성될 것 같았다. 나란히 몸을 죽 뻗고 뒷마당의 고사리 사이로 날아가는 새들을 바라보는 자세는, 연인은 서로를 바라보고 친구는 다른 대상을 같이 바라본다는 뻔한 진실만 아프게 상기시킬 것이다. 게다가 같은 것을 놓고서도, 내 눈에는 작고 하얀 산새가 보이고 에머리의 눈에는 흰 표백제병이 보이지 않나. 나는 거실로 자리를 잡았다. 우리는 거실에서 어울린 적이 없었다.

나는 가죽 소파에 앉았지만, 에머리는 같은 소파에 나란히 앉지 않고 약간 많이 떨어진 윙백 의자에 앉아서 나보다 눈높이가 몇 뼘 더 높은 곳에 자리 잡았다. 그녀의 몸짓은 가식이 없었고, 뭔가 기대하는 것 같았고 유쾌했다. 엄밀히 말해 이쪽에서 불렀으니, 대화를 끌어내고 의저를 제시하는 일도 내가 해야 했다. 침실 거울 앞에서 미리 연습한 독백의 구절들이 머릿속에서 빠르게 오갔지만, 이야기를 어떻게 시작할지 준비해놓지 않아서 말문이 막히는 기분이었다. 이런 건 미리 연습하는 것이 실수일 때가 있다. 절대 계획대로 되지 않는다.

"나한테 사과할 생각이 없구나." 나는 말했다.

"없어." 역시 태연했다. 그 냉담한 대답은 곧 장단을 맞출 의지가 전혀 없다는 뜻이었다.

"내가 왜 네 사과를 바라고 있는지 혹시…… 이해는 하고 있니?"

"약간은." 에머리는 다리를 겹쳐 꼬았다. 흰 운동화 한 짝이 햇살에 반짝였다. "하지만 마찬가지로 나도 너한테 사과받을 이유가 있겠지."

"왜 그렇게 생각하는데?" 나는 진심으로 놀랐다.

"네가 그렇게 발작적인 소동을 벌인 탓에 내가 너무나 난감한 입장에 처했으니까. 우리가 서로 알고 지내는 사이라는 건 꽤 많은 사람이 알고 있는데……."

"지인이라면서."

그녀는 평정하게 받았다. "그렇지, 지인이지. 전화가 삼십 개나 있는 공간에서 그런 독설을 쏟아냈다면, 나한테도 그 불똥이 튈 건 당연한 거잖아. 5분 만에 넌 스스로를 사회적인 방사능 물질로 만들어버렸어. 너도 그런 사례를 읽었을 거 아냐. 아무 생각 없이 입 밖에 낸 말 한마디 때문에 한두 다리 건너 아는 사람까지 생계가 곤란해진 사람들. 하물며 미치광이처럼 그렇게 폭주한 다음에야."

맥주를 내려놓고 싶었지만, 참나무 커피 탁자에 물 자국을 남기고 싶지 않았고 일어나서 컵 받침을 가지러 가고 싶지도 않았다. 마시는 수밖에 없었다.

"그럼 정리해보자." 나는 마침표 대신 맥주를 들이켰다. "방송에 나와 내 윤리관과, 양육 방식과, 전문성까지 비난한 것이 조금도 배신처럼 보이지 않는다는 거구나?"

"오히려 네가 공공의 적 1호가 된 지금 저렇게 카메라가 진을 치고 있는 앞에서 이 집까지 찾아온 것이야말로 지극한 헌신이라고 생각해. 아니, 최소한 가족 생각은 했어야지. 동거인과 세 아이한테까지 네 손으로 낙인을 찍은 거 아냐."

"제발. CNN에서 내 아이들을 진흙탕에 끌고 들어간 건 너야."

"다윈과 잔지바는 자기들이 무슨 슈퍼맨 같은 정신적인 힘을 갖고 있다는 착각에서 벗어나야 더 잘 성장할 수 있을 거라고 생각해. 그따위 신화 때문에 아이들은 심리적인 문제를 안고 있고 또래와 겉돌아. 개인적으로 아이들을 아끼긴 하지만 대다수는 이런 점 때문에 호감이 안 갈 거야. 계속 이런 식으로 조숙한 천재인 양 굴다가는 성인이 된 뒤의 미래가 망가질지도 몰라."

"내 아이들에게 너희가 암담할 정도로 평범하다는 생각을 쑤셔 넣겠다고 설치는 건 정말 선을 심하게 넘는 거야. 게다가 그 애들이 조숙한 게 가식이 아니라는 건 네가 잘 알잖아."

"넌 항상 네 지능이 보통이라고 강조하곤 했지. 하지만 지난 몇 년 동안 네 우월의식은……."

"무슨 소리야. 나한테 우월의식이라니?"

"아닌 척하지만 네 자아는 보기보다 비대해. 그런 허영심을 아이들에게 투사하고 있어. '난 별로 영리하지 않을지 몰라도 우리 아이들은 똑똑해! 누구보다 더 똑똑해!' 이걸 이용해서 너 자신의 지적 신뢰성을 강화하고 있는 거야. 거의 아동학대에 가까운 짓이라고, 피어슨."

"나한테 '우생학 지지자'라는 딱지를 붙인 건 정말 믿을 수가 없었어. TV에서 시청자의 관심을 끌려고 과장하는 거라고 생각하지만, 너무 극단적인……."

"실제로 넌 첫째와 둘째의 아버지를 소위 '지능지수'를 기준으로 선택했잖아."('소위'라는 표현을 끼워 넣는 것은 이제 에머리에게 본능적인 조건반사 같았다.) "그걸 우생학 말고 뭐라고 부르지? 달리 뭐라고 해?"

"나는 널 친구로 생각하고 털어놓았어. 그런데 넌 그걸 방송에서 나를 비난하는 근거로……."

"아이들 핏줄 이야기는 듣는 사람만 있으면 사방팔방 광고하고 다녔으면서 뭘 그래. 널 아는 사람은 다 아는 이야기 아냐. 몇 안 되긴 하지만."

마지막 말은 그냥 넘어갔지만, 그러지 말았어야 했다. "네가 그 사연을 속속들이 아는 건 우리가 친구이기 때문이야. 단순한 지인은 전혀 모른다고."

"난 기자야. 가능하면 어떻게든 정보를 얻는 게 직업이야."

"그래서, 지금껏 내가 너한테 한 이야기는 전부 방송에 나갈 수도 있다는 걸 각오했어야 했나 보지?"

"내 직업이 뭔지 당연히 의식은 하고 있었어야지. 그리고 솔직히 말해, 난 나 자신을 우주의 중심이라고 생각하지 않고, 네가 매사에 나를 기준으로 행동할 거라고 생각하는 것도 아니야……. 그래도 사실 궁금하긴 해. 볼테르대학교의 그 장광설에 무의식적인 차원에서 내 평판에 흠집을 내려는 의도가 숨어 있지 않았을까. 의도가 아니었다 해도, 나한테 불똥이 튄다는 게 고소했겠지. 자만이 아니라 이건 사실이야. 난 대중적인 인지도가 높은 사람이니까. 그 정도로 난동을 부렸으면 단순히 인터넷 입소문에서 그치지 않고 네가 아는 사람 중에 대중적인 인지도가 있는 유일한 사람한테까지 곧장 영향이 미칠 거라는 생각을 안 했을 리가 없지 않아."

"그 순간 내가 무슨 수로 네 생각을 해. 그냥 한계에 다다라서 폭발했을 뿐이야. 의도적으로 널 끌고 들어가서 같이 망하겠다고 계산한 거라니, 너 자신을 너무 과대평가하는 거 아니야? 아니, 과대평가도 아니지, 그냥 정신이 나간 거지. 내가 대체 무슨 이유로 네 경력을 망치고 싶어 한다는 거야?"

에머리는 한숨을 쉬었다. 서로 입장이 극명하게 갈리다 보니, 아마 에머리는 내가 자신을 아주, 아주 잘 안다는 사실을 잊은 것 같았다. 그녀의 긴 침묵은 이 주제를 건드리고 싶지 않다는 뜻이 아니었다. 그것은 이 주제를 건드리고 싶지 않다는 연기였다. 에머리는 내심 이 이야기를 얼른 하고 싶어서 안달이 나 있었다.

"네가 자기 자신을 별로 안 똑똑하다고 생각하는 척하는 것과 마찬가지로⋯⋯." 에머리는 망설이는 연기로 아주 잠깐 시간을 더 끌다가 마침내 입을 열었다. "넌 별로 야심이 없는 척해. 내 눈에는 그게 항상 신 포도처럼 보였어. 경력이 이렇게 풀린 게 넌 내심 실망스럽지? 조교수니 뭐, 그런 쪽으로 나가지도 못했잖아. 그 이유가 뭐니 하는 이야기까지 할 시간은 없어. 그냥 넌 항상 자기파괴적이었다고 해두자. 너는 마치 자기 발밑에 미친 듯이 함정을 파는 사람처럼 자기 자신을 깎아먹는 일에 모든 에너지를 쏟아부었어. 이틀 전의 대대적인 자살폭탄테러 사건을 잠시 접어두자면, 그 어처구니없는 도스토옙스키 건이 대표적인 사례지. 그게 너한테 무슨 득이 됐니? 정말 큰 해를 입힌 거 말고? 하지만 나는 마음먹고 노력하고 열심히 일했고, 기술을 갈고 닦았고, 어느 정도 이뤄냈어. 차근차근 올라갔고, CNN에서 지금의 입지를 따낸 건 단순한 행운이 아니었어. 내가 그럴 자격이 있었기 때문에 이 자리에 오른 거야. 내가 하려는 말은, 이런 상황은 자연스럽고 불가피한 거야. 두 사람이 오랫동안 알고 지내면, 그중 한 사람이 더 잘되고 한 사람은 안되는 이런 상황 말이야. 한쪽이 질투하게 되는 건 어쩔 수가 없어. 아니, 목요일에 그런 내용까지 나간 뒤에야 넌 내 오프닝 방송 찾아봤잖아." 에머리는 '친구'라는 말을 쓰지 않았다.

"내가 네 방송을 피한 건 질투심 때문이 아니라, 정치적으로 염증이 나서였어."

"흠, 왜 그렇지?"

"하! 난 정신평등주의가 죄다 헛소리라고 생각하니까 그렇지. 네가 이런 헛짓거리를 지지하는 건 관용하려고 노력했지만, 네 돈벌이용 선전활동을 너무 많이 보다 보면, 그게 아무리 마음에 없는 소리라 해도 싸움밖에 안 날 것 같았어."

"네가 그렇게 생각하고 싶었던 거지. 우리 관계의 평화를 위해 네가 희생하고 있다, 오로지 서로 잘 지내야 한다는 이유로 방송에서 빛나는 내 모습을 보고 싶다는 참을 수 없는 욕구를 억누르고 있다. 상대적으로 못나가는 영문학 강사 입장에서, 똑같은 출발점에서 시작해서 같이 자란 다른 여자가 유명 인사가 된 현실을 직시하는 건 고통스러울 테니까, 그쪽이 받아들이기 쉬울 테지."

"여호와의 증인으로 자란 것이 어째서 똑같은 출발점이야?"

"30년이나 지났으면 자기연민은 집어치울 때도 되지 않았니?"

"내가 언제 나 자신이 불쌍하다고 했어?"

"그걸 말해야 아나."

여기까지 쏟아부은 뒤, 우리는 입을 다물었다. 맥주는 비었다. 나는 소파 끝에 웅크린 채 구깃구깃 구겨진 빨강색 망토로 몸을 잔뜩 감싸안고 있었다. 한편 에머리는 팔의 맨살을 내놓은 채 윙백 의자에 나른하게 걸터앉아 가볍게 궁금하다는 듯한, 하지만 어디까지나 침착한 표정을 짓고 있었다. 요즘 전문직 계층에서 끔찍한 일로 금기시되고 있는 것이 안타까운 일이지만, 에머리 루스가 담배를 피웠다면 스타일상으로 참 잘 어울릴 것 같다는 생각이 문득 들었다. 내 앞에 있는 이 여자가 겨우 이틀 전 내 신뢰를 저버리고 내 가족을 위험에 몰아넣고 내 경력에 예리한 칼을 들이대고 주요 케이블 뉴스채널에서 내 인격을 말살했는데도, 오히려 내가 이렇게 방어적으로 웅크리고 있다니, 어처구니가 없어 말문이 막힐 지경이었다. 나는 애써 팔짱을 풀고 똑바로 앉았지만, 이 쓸데없는 신체언어는 사악했다. 경계하는 태도를 보이지 않으려고 의식적으로 노력하기 무섭게, 다시 단단히 팔짱을 끼고 꼬리뼈가 앞으로 밀려 나가고 어깨가 움츠러들었으니 말이다.

마침내 서투른 집주인이 다 채우지 못하고 방치한 사교의 공백을 자비롭게 메꿔주겠다는 듯 에머리는 무심코 말했다. "그리고 왜 내 오프닝이 마음에 없는 소리라는 거지?"

이 말에 나는 마침내 똑바로 앉았다.

"그럼 그걸 다 믿는다고?"

"당연하지."

"언제부터?"

"처음에는 나도 회의적이었던 게 사실이야. 정신평등운동 이전에, 우리 아빠의 학술 활동은 인지적 위계를 중심으로 돌아갔어. 전통적으로 우리 엄마 같은 변호사들은 지식 엘리트지. 하지만 서서히 이 새로운 사고방식이 납득되기 시작하더라. 솔직히 말해서 피어슨, 타인의 지능에 의문을 제기할 수 있는 권리가 너한테 왜 그렇게 중요한 거야? 그 사람이 초라하고 무가치하고 열등하다는 기분을 느끼게 하고 싶어서?"

"모욕이다 아니다가 요점이 아니야. 요점은 현실이야. 현실에서의 모든 사람은 다 똑같이 똑똑하지 않아."

"그런데 그 의견이 왜 그렇게 네게 중요하냐고."

"그건 그냥 의견이 아니야. 사실이지."

"네 관점에서는."

"아니, 내 관점이 아니라, 의견이 아무런 영향을 미치지 못하는 관찰 가능한 세상이 그렇다는 거야."

"그럴듯한 소리다. 하지만 넌 항상 체제 도전적이라는 걸 자랑스럽게 여겼지. 혹시 네가 틀렸기 때문에 외톨이고 문화적으로 소외당하고 있다는 생각은 안 들어?"

나는 일어나서 서성거리기 시작했다. "우리가 이런 대화를 하고 있다니 믿어지지 않는다."

"아까 나를 '관용한다'고 했지. 넌 인지적 정의에 대한 내 지지를 관용했다면서, 무슨 이유에서인지 내 지지를 진심이 아니라고 해석하고 있었어. 그런데 매번 여기 올 때마다 나는 방송국이었다면 눈 깜짝할 사이에 해고당하는 사유가 될 만한 저속한 언어와 구시대적인 사고방식을 견뎌야 했어. 관용한 것은 이쪽이야. 극도의 관용이었어, 어쩌면 지나친. 침묵은 공범이니까."

"알고 있어. 그래서 결국 나도 터졌던 거야. 더 이상 입을 다물고 있는 것이 거의 육체적으로 불가능한 일처럼 느껴졌어. 아무 말도 하지 않으면 그 모든 실망과 혐오감 때문에 머리가 터져버릴 것 같아서. 넌 이 훈훈한 교리 덕분에 그저 사람들이 마침내 서로에게 '착하게' 대하고 있을 뿐인데 왜 그러느냐는 것처럼 행동하지만, 그렇지 않아. 이 나라는 무너져가고 있어!"

"정말 그 비관론자 같은 과장법 지긋지긋하다. 하늘은 아직 저기 있는데." 에머리는 눈알을 굴렸다.

"하늘은 지금 바닥에 있어. 네 부모님조차 이민 이야기를 하시잖아."

"어디서 많이 들은 이야기 아냐? 세상의 종말이 가까웠다? 네가 어렸을 때 귀에 못이 박히도록 들은 히스테리성 종말론이잖아. 아직 종교적으로 세뇌받은 물이 덜 빠졌나 보지. 아까 내가 말한 그 우월감에서 네 안의 반세속적 길거리 전도사가 보여. 네가 과거의 일로 치부하는 그 선택받은 사람이니 뭐니 하는 헛소리 말이야. 너는 특별한 비전을 갖고 있다. 너만이 특별히 진실을 알고 있다. 너만이 이 나라가 엉망진창이라는 것을 궤뚫어 보고 있는데, 다른 모든 사람은 다가오는 파멸을 보지 못하고 태평스럽게 잘 살고 있다. 네 이단적인 성상파괴주의는 결국 이런 거야. 오로지 나만이 계몽된 인간이라는 자아상을 외눈박이 곰인형처럼 소중하게 가슴에 껴안고 있는 거라고."

"도대체 왜 이 대화가 내 인격에 대한 논의로 흘러가고 있는 거지?" 여기서부터 소리치기 시작했던 것 같다. "너는? 사회적으로, 직업적으로 편리하다는 이유만으로 이 문제에 대한 입장을 손바닥 뒤집듯 바꾼 너는 뭐야? 아니, 진정 믿는 것이 있기나 해?"

"당연하지. 나는 정신평등주의를 믿어. 겨우 2분 전에 그 점을 아주 명확하게 했을 텐데."

"예전에는 헛소리라고 생각했잖아."

"정치적으로 성숙해지는 게 나쁠 건 없지."

"그저 남들에게 호감을 얻고 잘 지내고 성공하기 위해서 네가 생각하는 것, 아는 것을 모조리 내던지고 사회문화가 개소리를 새롭게 찍어낼 때마다 무작정 냉큼 받아먹는 것도 나쁠 것 없겠네? 그렇게 자기중심이 없고 독립적인 사고가 불가능해서 남이 돼지가 날아다닌다, 바다가 빨갛다 그래도 그저 아무 생각 없이 앵무새처럼 되새김질하는……."

에머리가 끼어들었다. "남들이? 피어슨, 무슨 헛소리야. 누가 그런 소리를 한다고."

"난 우리 둘 다 미국이 제정신을 차릴 때까지 살아남으려고 노력하고 있는 줄 알았는데, 이제 보니 넌 그냥 살아남으려고 했던 게 아니네. 이 개소리를 적극적으로 유포하고 있었던 거야! 맙소사. 우리가 세상 모든 일에 생각이 같기를 기대하는 건 아니지만, 네가 이런 인간으로 변한 줄은 미처 몰랐다! 원래 항상 제 것만 챙겼던 애라는 건 알지만, 이렇게까지 비겁한 줄은 몰랐어! 이렇게까지 백치인 줄은 몰랐다고!"

"어디서 나한테 그런 소리야!" 에머리가 '백치'에 열받았는지 열받은 척하는 건지는 알 수 없었지만, 지금까지 태연한 척 이런저런 자세로 앉아 있던 의자를 밀치고 일어서는 그녀의 얼굴은 마침내 조금 동요한 것 같았다. "그 독실한 척 경건하고 거창한 설교 말이야, 이건 정말 한계야, 피어슨. 의심조차 품지 않는 그 독선 말이야. 도대체 끝이 없잖아! 마음속 깊은 곳에서 결국 넌 아직 여호와의 증인 같아. 독립적인 사고가 불가능해? 아니, 우선 가장 먼저 너 자신을 들여다보고, 혹시 너 자신이 개소리를 하고 있을 가능성, 극히 작더라도 그럴 가능성이 있지 않나 자문하는 것이 진정 독립적인 사고겠지. 언제부터 네가 그렇게 선하고 순수했니? 열여섯에 부모님 가슴을 찢어놓은 것부터 시작해서. 얼간이 이탈리아 남학생하고 놀아난 건," 얼간이? 에머리도 말이 엇나가고 있었다. "말이야 바른 말이지 성희롱, 아니 성폭행 아니냐고."

"제발. 그건 전혀 그런 게 아니었어. 상대도 좋아했다고."

"넌 선생이었잖아. 권력 남용이지, 스승님. 게다가 임신한 건 무책임의 절정⋯⋯."

"그만둬. 난 한 번이었지만, 넌 두 번이나 했잖아."

"그러고서 그에게 말하지도 않았지. 그가 아이를 원했다면 어떻게 했을 거야? 의견을 말할 기회도 주지 않았어. 그러더니 모르는 사람의 소위 '천재' 정자를 받아다가 인공적으로 임신해야겠다는 정말 괴상한 생각을 어떻게 했는지. 돈도 없고 애인도 없었으면서. 웨이드가 널 구해줬지만, 사고를 당했으니 이제 그것도 곤란해. 네가 한 짓을 보라고. 가족을 저버리고 수치스럽게 만들고 수입은 없고, 그저 한계에 다다라서 폭발하고 싶어서 이 모든 짓을 한 거야. 아, 그리고 네가 낳은 딸을 끊임없이 거부하고 폄하하고 방치하는 것도 빼놓을 수 없겠지. 단지 네가 바라는 영재상에 부합하지 않는다는 이유로. 그걸 어떻게 정의롭다고 할 수 있겠어."

"또 이러네. 모든 걸 왜곡해서 전부 내 탓인 것처럼 몰아가는 짓. 이틀 전에 넌 나를 배신했어. 몰라? 오늘 우리가 여기 하느님 앞에 모인 이유는 그 때문이라고."

"그래, 그럼. 내 이야기를 해보자." 에머리는 이마 한복판에 가운데 손가락을 얹더니 다시 평정을 회복했다. 불길한 예감이 들었다. "처음부터 난 너한테 잘해주려고 노력했어, 피어슨. 넌 고등학교 때 워낙 물정 모르고 서먹서먹했잖아. 그래, 그랬어. 난 네가 불쌍했어. 우리 집에 데려왔지. 계속 교류를 유지하고⋯⋯."

"잠깐, 내가 고작 네 프로젝트였다는 거야?"

"그런데 넌 정말 부담스럽더라. 계속 나를 가장 친한 친구라고 부르던데, 가장 친한 친구라면 이론적으로 비교 대상인 다른 친구가 많고 그보다 훨씬 더 친하다는 뜻이지. 그런데 무슨 다른 친구? 너한테 무슨 친구가 있어. 예전에도 친구가 있었던 기억이 없는데. 이게 나한테는 정말 큰 짐이야, 피어슨. 넌 내가 너한테 얼마나 중요한 사람인지 가끔 강조하는데, 그게 문제야. 내가 너한테 너무 중요하다고. 이런 식으로 표현해서 미안한데, 달리 표현할 방법이 없다. 넌 좀⋯⋯ 너무 들러붙어. 아니, 거의 매일같이 그 빨간 목도리 매고 다니는 것만 봐도 그래. 그건 그냥 목도리야. 싸구려 선물. 그게 너한테는 너무 큰 의미가 있는 거야. 넌⋯⋯ 나한테 집착하는 것 같아, 피어슨. 약간 불건강할 정도로 집착이 심한 것 같았어, 처음부터. 심지어 이따금 어떤 생각까지 들었냐 하면⋯⋯."

"무슨 생각이 들었는데?"

"네 집착이 거의⋯⋯ 성적인 것 같다고."

뺨이 달아올라 망토 색깔처럼 붉어졌다. "무슨 말도 안 되는 소리야."

감정적인 충격 상태였을 것이다. 내가 믿을 수가 없어서 얼어붙은 사이, 손님은 내 개인적으로 '고고한 도덕적 설교'라고 부르고 싶은 연설을 방해받지 않고 실컷 쏟아부을 수 있었다. 나는 아직도 그 장황한 변설을 거의 단어 하나까지 다 기억하고 있으며, 내가 에머리에게 따지고 싶은 말을 미리 연습했듯이 에머리 역시 미리 준비했을 거라는 사실을 믿어 의심치 않는다. 하지만 나는 내가 하려던 말의 요점을 거의 전달하지 못했다. 손위 두 아이를 따돌림받는 망상가로 공개적으로 비하한 데 대한 분노도 흘려버렸다. 루시를 '가녀리다'고 묘사한 에머리의 표현을 조롱하지도 않았다. 나를 고소하라고 학생들을 선동한 데 대해 분노를 표출하는 것조차 잊어버렸다. '지인'이라는 거리 두기에 대한 모욕감도 너무 간접적으로 표현했다. 도시명을 바꾸자는 에머리의 말도 안 되는 계획을 몰역사적이고, 스탈린주의적이고, 반지성적이라고 비판하지도 않았다. 맨 마지막 형용사는 요즘 비판으로 기능하지도 않지만 말이다. 반면 에머리는 자기가 연습했던 훈계를 비교적 준비했던 그대로 죄다 늘어놓았을 것이다.

에머리는 서두를 뗐다.

"그래도 우리 사이는 그럭저럭 유지할 수도 있었어. 나에 대한 네 집착이 좀 이상한 것 같다 싶더라도. 난 널 돕고 널 내 가족같이 생각하려고 노력했어. 너와 어울렸고, 볼테르대학교에서 이런저런 문제가 생겼을 때나 아이들을 키우면서 힘들 때도 다 들어줬어. 아무리 너 스스로 네 발등을 찍은 이런 재앙이 닥쳤다 해도, 널 도우려고 노력했을지도 몰라. 이게 이런 내용만 아니었다면 말이야.

플라스틱 재활용이 경제적으로 실용적이냐 아니냐, 이런 문제에 의견이 갈리는 건 그렇다 쳐. 하지만 정신평등운동에서 정반대 입장을 취한다는 건 너무나 근본적인 문제야. 이건 인격 문제라고. 감상적이거나 설교하는 것처럼 들리면 미안한데, 이건 원천적인 옳고 그름의 문제야. 정신평등운동은 우리가 타인을 어떻게 대하느냐 하는 문제고, 우리가 타인을 어떻게 생각하느냐, 우리 자신을 어떻게 바라보느냐 하는 문제야. 우리를 가치

있게 하는 것이 무엇이라고 생각하는가 하는 문제. 넌 개인적으로 내게 집
착하고 있을 뿐 아니라 솔직히 말해 고루하고 역겨운 사고방식에 집착하
고 있는데, 난 도저히 용납할 수 없어. 네가 부끄러운 줄도 모르고 끔찍한
정서를 퍼뜨리고 있는데도 계속해서 널 만나면서 입을 다물고 못 본 척하
는 건 네 퇴행적인 편견을 암묵적으로 두인하는 것밖에 안 돼. 조금도 웃
기지 않은 농담에 더 이상 웃는 척할 수가 없어. 내게는 너무나 버겁고, 집
에 돌아가면 나 자신이 한심스러워.

힘들었지만, 오랫동안 서로 알고 지낸 사이였기 때문에 여기까지 온 거
야. 이메일을 보내거나 그냥 알아서 멀어지려니 연락을 끊어버리는 건 더
보기 흉하고 비겁해 보일 것 같았어. 네 면전에서 직접 말하려고. 더 이상
은 못 하겠어. 공범 같은 기분이야. 나는 속이 뒤틀릴 정도로 역겨운 태도
를 방조하고 있어. 이쯤 해서 헤어지자. 웨이드와 애들에게 미안하다고,
잘 지내라고 전해줘.

그건 그렇고, 도움을 좀 받아라. 네 눈에 씐 비늘을 벗기고 인간의 두뇌
가 모두 똑같다는 사실을 인정하지 않으려는 고집스러운 저항을 부숴줄
훌륭한 책이 많아. 현실을 봐. 현실을 직시하라고."

에머리는 스테인리스 물병을 찾아 들고 성큼성큼 현관으로 향했다. 독
선적인 확신이 얼마나 해로운지 가르쳐주는 훌륭한 교훈이었다.

나는 수학을 잘 못하지만, 분노가 종종 방패로 작용하거나 혹은 자아를
보호하고 고통을 온전히 경험하지 않기 위해 외부로 독을 뿜는 화염방사
기 역할을 한다는 사실을 이해할 만한 감정 지능은 갖추고 있다. 에머리
의 신랄한 CNN 방송에 대한 나 자신의 일차적인 반응이 그렇게 놀라웠

던 것은 그 때문이었다. 새하얗게 분노하다가, 그 분노 뒤에 자리한 깊고 지속적인 상처를 서서히 인정하는 것이 어쩌면 당연했을 것이다. 그런데 상처가 먼저 찾아왔고, 나는 속수무책이었다. 나는 분노하지 않았다. 그저 슬펐다.

그래서 우리 집 거실에서의 충돌 이후 한동안, 통렬한 자기반성이 찾아 올 거라고 예상할 이유가 있었다. 피어슨, 인정해. 넌 상처를 받았어. 오랫동안의 우정이 무너지고 과거마저 더럽혀졌잖아. 이 모든 감정을 끝까지 경험하고 인정하는 수밖에 없어. 이 모욕감과 자기 의심 전부 다. 그 대화의 몇몇 구절이 계속 머릿속을 맴돌며 면도날처럼 가슴을 헤집더라도, 몇 번이고 그 고통을 견뎌야 해. 그러다 보면 날이 무뎌질 테니까. 칼날이 무뎌질 때까지 몇 달이 걸릴지 몇 년이 걸릴지 지금 상태로는 알 수 없고, 지난 토요일 오후의 기억이 더 이상 널 고통스럽게 하지 못하는 날이 온다는 보장도 없어. 단지 이것만은 확실해. 반대편으로 뚫고 나가는 지름길은 없다는 것. 웨이드의 표현을 빌리자면, 기름 웅덩이 한복판으로 걸어 나가야 해. 네 슬픔을 알아야 하고, 사랑해야 해. 그래야 언젠가 그 슬픔을 떨치고 일어설 수 있어. 달리 표현하자면, 열여섯 살 시절 부모님이 나와 연을 끊었을 때 심리상담사를 만났다면 비슷한 말을 했겠지만, 나는 '슬픔을 소화하는' 힘들고 긴 과정을 시작해야 했다.

그러나 길고 고통스러운 자기 점검과 점진적인 상실의 인정은 시작되지 않았다. 대신 쌓여간 것은 방송 직후 곧장 나를 덮쳤어야 했으나 찾을 수 없었던 바로 그 분노였다. 또한 그 분노는 특정한 성격이었다. 침착하고, 꾸준하고, 계산적이고, 무엇보다 차가운 분노였다. 활활 타오르는 횃불이 아니라 얼음송곳이었다. 내가 언제나 자기파괴적이었다던 에머리의 주장에 일말의 진실이 있다 해도, 나는 그런 성향에 마침표를 찍고 있었다. 지금 나는 다른 사람을 파괴할 준비를 하고 있었다.

내가 한 짓에 대해, 박수갈채를 기대하지 않는다. 비기독교적인 짓이었다고 유쾌하게 인정한다. 돌아보면 내 복수극은 대놓고 아무 매력도 없지만, 당시 나는 그것이 매력적이든 아니든 상관없었고, 지금도 마찬가지다. 상대가 당해도 쌌다고 다른 누군가가, 가족까지도 동의하든 말든 아무 상관이 없다. 웨이드와 아이들은 정당한 이유가 있는 행동이라는 데는 동감했을지 몰라도, 그런다고 내가 '득 보는 게' 있느냐 하는 점에 대해서 의견이 갈렸다. 요점은 득을 보는 것이 아니었다. 요점은 상대에게 해를 입히는 것이었다.

따라서 나는 용서에는 관심이 없었다. 이 이야기의 등장인물로부터의 용서도, 순전히 가상의 독자들로부터의 용서도. 잔지바에게 말했듯 회개 없는 용서는 무의미하며, 나는 내가 일말의 즐거움을 느끼며 둔 한 수에 대해 회개한 적이 없다. 그 즐거움에는, 가장 강렬했을 때조차 어느 정도 그늘이 드리워져 있었다. 복수는 만족스러운 경우가 드물다. 그 점은 시작할 때부터 나도 알고 있었다. 이미 적었지만, 나는 감정적으로 둔감한 사람이 아니다. 아니, 복수를 통해 어떤 방식으로든 다시 온전해질 것을 기대하고 있다면, 나는 그만두라고 강력하게 조언하고 싶다. 효과가 없을 것이다. 무엇에 대해 복수하든, 복수는 애당초 당신이 당했던 일을 없었던 것으로 만들어주지 않는다. 당신의 적이 티끝만큼이나마 후회하는 일도 거의 없다. 그 인간쓰레기가 자신이 응당 당할 만했던 일이라고 자각하는 일도 거의 없다. 하지만 내 의도는 후회하게 하는 것이 아니었으니, 특정인이 자기는 이런 일을 당해도 싸다고 스스토에게라도 인정하든 말든 상관이 없다. 나 자신을 행복하게 하려던 것도 아니었다. 나는 특정인을 불행하게 만들고 싶었다.

　내 아이 중에서 가장 구약성경스러운 잔지바가 도와주었지만, 해보니 과정은 단순해서 나 혼자 했어도 충분했을 것 같았다. 영상을 찾는 것은 쉬웠다. 여러 번 돌려보았기 때문에 날짜를 외고 있었던 것이다. 2010년 3월 28일이었다. 에머리의 연극적인 부정 쇼 이후 적당히 며칠 뜸을 둔 뒤 월요일, 나는 유튜브에 파일을 올렸다.

　"여러붕, 이거 다 헛소리! 다 허허허허헛소리!" 에머리는 쌀과자를 이마에 두드려 깨고 머리카락에 묻은 가루를 문질렀다. "나도 대똥령만큼 마니 아라요! 나도 대똥령 될 *끄*야! 카스웰 또라이푸스—박스멍청이가 그랬대요!"

　전송이 성공적으로 이루어졌는지 확인하기 위해 클립 전체를 돌려보면서, 나는 숫자를 세었다. 에머리가 '백치'라는 단어를 쓴 횟수가, 내가 볼테르대학교 창작 수업 시간에 쓴 횟수보다 더 많은 것을 확인하고 나는 만족했다.

평행력 2023년

1장

자. 좀 더 넓은 시야에서 보자.

유튜브에 올렸던 영상은 예상했던 효과를 발휘했다. 에머리가 개인적으로 내게 그렇게 알려준 것은 아니었지만, 그럴 필요가 없었다. 그녀가 CNN에서 해고당했다는 뉴스는 CNN은 물론 신문지상에 대서특필되었고, CNN의 호스트들은 누가 더 분개한 표정을 잘 짓나 경쟁하듯 이 소식을 전했으며, CNN 대표이사는 《워싱턴포스트》와 《뉴욕타임스》 지면 한 페이지에 시청자들에게 보내는 사과문을 올렸다. 에머리 루스와 협력 관계였던 수많은 다른 조직이 대대적으로 단절을 선언했다. 피어슨 컨버스에 대한 에머리의 비판 영상은 수천만 뷰를 기록했지만, 예상대로 역풍을 맞았다. 그녀가 시작한 트위터 캠페인 #NewHometownforEmoryRuth(에머리 루스의 고향 도시에 새로운 이름을)는 #NewHouseArrestforEmoryRuthless(인정머리 없는 에머리 루스에게 새로운 가택연금을)로 해시태그 이름이 바뀌었으니, 이 소동의 와중에 볼테르라는 도시명을 바꾸자는 운동은 동력을 잃을 것 같아서 다행이었다. 2010년에 우리가 놀던 모습을 통해 에머리와 내가 단순한 '지인'보다 훨씬 가까운 사이였다는 것을 유추할 수 있었고, '백치'라는 단어를 광적으로 반복하는 에머리의 모습이 얼마나 위선자처럼 보였을까 하는 점은 두말할 필요가 없을 것이다. 우리 둘이 피노누아를 세 병째 비우며 영상을 녹화할 당시는 '정신평등'이라는 단어 자체가 없었던 시기였고 더구나 그 교리가 서구 사회에 복음처럼 전파되기 한참 전이었다는 사실을 지적하여 에머리를 변호해주는 논평가는 없었다. 2016년 당시, 관용은 찾아보기 힘들었다.

돌아보면 숨 가쁜 성공 가도에서 에머리를 퇴출시키는 단추를 누르고 내가 얻은 감정적 만족감에는 단순히 '그늘이 드리운' 정도가 아니었다. 만족감 자체가 아예 없었다. 나는 그 영상을 올리는 행동이 잔인하고 불필요한 짓이라는 것을 충분히 알고 있었다. 나는 세상을 더 나은 곳으로 만들지 못했다. 이 점은 괴롭지 않았다. '좋은 사람'이 되고자 하는 욕구가 애당초 그리 크지 않았고 이타주의자는 더더욱 아니었기 때문에, 이 행동이 내 인격을 얼마나 잘 혹은 얼마나 나쁘게 비치게 할까 하는 갈등 따위는 없었다. 내 기준에서 그보다 더 신경 쓰였던 것은, 이 행동이 내가 경멸하는 신념에 흠집 내기는커녕 오히려 광기를 더욱 부추기는 게 아닌가 하는 부분이었다. 이 시점에는 다른 누군가가 멍청하다는 말을 할 정도로 멍청한 사람을 찾는 것 자체가 힘들었기 때문에, 드물게 검증된 지능우월주의자를 굶주린 언론 앞에 내놓는 짓은 갈기갈기 찢어발길 수 있는 신선한 붉은 고기를 던져주는 꼴이었다. 하지만 짐승들은 내 도움이 있든 없든 다른 시체를 찾아내기 마련이다. 냉정하고 차분하게 자성할 때, 영상을 유튜브에 올린 것은 역설으로 희미하게 친밀함을 갈구하는 행위가 아니었나 하는 생각마저 들었다. 그것은 에머리와 나를 한배에 밀어 넣는 행동이었다.

에머리가 얼마나 철저하게 일자리를 찾을 수 없는 상태가 되었는지 걱정할 여유는 없었다. 나 자신이 워낙 철저하게 일자리를 찾을 수 없었기 때문에 정신이 없었다. 복수의 시원찮은 보상에 대해 언급하자면, 다른 여자까지 같이 끌고 들어간 것은 나 자신의 평판을 조금도 회복시켜주지 못했다. 게다가 곧, 우리 가족의 난관은 한층 깊어지기만 했다.

결과를 파악하는 데 몇 주가 걸렸지만 웨이드의 발목은 사사파릴라 박사가 예상했던 기간 내에 낫지 않는 것 같았다. 아니, 아예 차도가 없는 것 같았다는 말이 옳을 것이다. 동거인은 금욕적이고 꿋꿋한 태도로 이겨나가고자 했지만, 고통 그 자체 앞에서 마냥 '미소를 띠고 꾹 참자'는 태평함을 발휘할 수는 없었고 아무리 숨기려 해도 아픔은 뚜렷이 드러났다. 가구에 기대서 집 안을 쿵쿵 돌아다니는 모습을 보면, 통증이 심해지고 있다는 것은 분명했다.

결국 우리는 사사파릴라를 다시 찾아갔는데, 의사는 자신의 작품이 계획대로 작동하지 않는다는 사실에 짜증이 나는지 마치 웨이드 자체가 문제인 것처럼 감정을 환자에게 투사했다. 두 번째 진료 시간에 수술을 처음부터 다시 해야 한다고 말하는 의사의 어조는 짜증 나고 억울한 것 같았고 훈계조였다.

열두 살 아이가 웨이드의 힘줄을 다시 한번 스파게티처럼 비벼놓도록 내맡길 수는 없었다. 결국 우리는 이전에 웨이드의 목숨을 구해준, 우리 의료보험 적용이 안 되는 오십대의 하워드 박사를 찾아갔다. 첫 상담 시간에 의사가 지나가는 말투로 내게 어디서 본 것 같다고 말했을 때, 나는 혹시 하워드 박사가 악명 높은 혐오자의 동거인에게는 수술을 해줄 수 없다고 할까 봐 조마조마했다. 하지만 그는 에머리가 첫 라디오 논평에서 비판했던, 그 비밀스럽게 공모하는 눈빛으로 나를 보았다. 반체제적인 속마음을 드러내는 것이 너무 위험하다고 간주되던 시절이라, 이런 암묵적인 공감의 순간조차 드물었다. 우리는 제대로 된 의사를 찾아냈다.

하지만 의료보험 적용이 안 되어서 현금으로 치료비를 내야 했는데, 우리한테는 그런 돈이 없었다. 우리는 민망한 마음으로 플로리다에 계시는 웨이드의 부모님에게 사정했다. 두 분도 사실 '빌려주는' 돈이 아니라는 걸 알고 계셨다. 치료비를 보태주기는 했지만, 은퇴해서 고정 수입으로 생활하는 분들에게 여유자금이 넉넉할 리가 없으니 우리는 다리 하나를 태운 셈이었다. 두 번 다시 부탁드릴 수는 없었다.

두 번째 수술은 훨씬 성공적이었지만, 하워드 박사는 첫 번째 수술이 형편없어서 후유증이 남게 되었다고 직설적으로 알려주었다. 발목은 영영 약해졌고, 이제부터 웨이드는 지팡이를 짚어야 했으며, 만성적이거나 최소한 간헐적인 통증이 따라다닐 가능성도 높다고 했다. 손목은 그럭저럭 붙었지만, 이쪽 관절은 이제부터 영구적으로 약하다고 생각해야 했다. 의사의 노골적인 솔직함이 차라리 고마웠다. 웨이드는 앞으로 육체노동에 의존하지 않는 직업을 구해야 했다.

웨이드가 이 글을 읽을 것 같지는 않으니―이 원고가 반항적인 소규모의 독자를 얻을 수 있다 해도, 그는 책을 읽는 사람이 아니다―솔직하게 쓰겠다. 수술과 후속 수술, 이어진 회복 기간 동안 그는 다른 사람이 되었다. 머릿속에서 사는 사람들이야 육체적인 장애에 적응하는 과정에서 변함없는 자기 정체성을 유지하는 것이 가능할 것이다. 하지만 웨이드와 그의 육체는 따로 떼어놓을 수 없을 정도로 서로 얽혀 있었다. 그는 동물적인 우아함을 잃었다. 그는 언제나 행동하는 사람이었지만, 이제 그가 할 수 있는 것은 대체로 생각뿐이었다. 그는 생각하는 것을 그리 좋아하지 않았고 나는 지나치게 생각하는 사람이었기 때문에, 내가 한자리에서 방황하고 허우적거릴 때 그런 나를 진정시켜주는 존지가 사라진 셈이었다. 엄밀히 말하면 그는 13년 전 죽어가던 집 앞의 참나무를 잘라내던 그때와 마찬가지로 잘생긴 남자였다. 얼굴은 말처럼 갸름하고 아름다운 윤곽을 그대로 유지하고 있었고, 탄탄하게 잘 관리된 몸매가 망가지려면 그래도 시간이 걸린다. 그러나 나는 깨달았다. 그를 언제나 빛나게 만든 건 다름 아닌 생동감 넘치는 기운이었다는 것을. 그 기운이 꺾이고 말았다. 웨이드는 여전히 사려 깊었고, 할 수 있는 일이면 뭐든지 찾아서 했다. 그는 불평하지 않았다. 하지만 그는 새로이 유연해진 모습이었다. 웨이드가 나무라면, 단단한 참나무에서 유연한 버드나무로 바뀌었다고나 할까. 그를 장애인으로 느껴지게 한 것은 절뚝거리는 다리가 아니었다는 말을 하는 것이다. 내면의 뭔가가 장애를 입은 것 같았다. 나는 여전히 그를 사랑했지만 내 부드러움에는 서글픔이, 좀 더 냉정한 눈으로 본다면 동정심이라고 해야 할 감정이 깔려 있었다. 한때 물리적 세계의 장인이었던 사람이 그런 것을 원할 리가 없었다.

실직하고 빈털터리가 된 두 사람이 감당할 수 없었던 것을 목록으로 만들자면, 맨 꼭대기에는 변호사가 들어갈 것이다. 웨이드가 장기간 병원 신세를 지는 동안, 몇 년 사이 살이 잔뜩 붙은 소니아 화이트헤드가 우리 집에 다시 들렀다(안다. 어차피 평범해 보일 거면 굳이 컵케이크를 자제하고 힘들게 러닝머신에서 뛸 이유가 있나?). 아동보호국에서는 예상대로 볼테르대학교에서의 내 불꽃놀이를 부정적으로 보았다. 내가 태생적으로 잔소리 많은 관료들이 요구하는 정도로 납작 엎드려 자기반성을 하는 것이 불가능한 인간이었기 때문에, 소니아의 집요한 질문에 대해 무슨 대답을 한들 이단적인 감정 폭발을 만회할 수는 없었을 것이다. 그래서 결국 나는 노력조차 하지 않았다.

얼른 결론으로 넘어가자. 독자의 마음을 움직이기 위해 머리카락을 쥐어뜯으며 통곡하는 모성의 신파극을 연출하지는 않겠다. 내게 무슨 일이 일어났는지 알리고 싶지만, 나는 재주 부리는 서커스 곰이 아니다. 이 정도로 해두자. 나는 세상에서 가장 훌륭한 어머니는 아닐지도 모른다. 통명스럽고, 참을성이 없고, 때로는 불공평할 수도 있다. 내 일에만 너무 몰두하기도 한다. 하지만 나는 대부분의 면에서 평범한 엄마였고, 아이들에게 쏟는 애정만큼은 남들과 다를 바 없었다. 그해 여름 우리에게 있었던 일을 있는 그대로 들려줄 테니, 거기에 감정을 불어넣는 일은 당신의 몫이다.

다원과 잔지바는 우리 집에서 분리되어 위탁가정에 배치되는 것으로 결정이 났다. 각자 다른 가정으로 가게 되었다는 소식에 둘의 충격은 이만저만이 아니었다. 반응이 얼마나 격렬했는지, 십대 둘이 다원의 침실 방문을 걸어 잠그고 틀어박히는 바람에 무장경찰이 출동해서 강제로 문을 개방하고 들어가야 했다. 다원과 잔지바는 범죄자처럼 수갑을 찬 채 대기 중이던 경찰차로 끌려갔다. 웨이드가 나와 같이 살지 않는다는 전제하에, 루시는 친아버지와 같이 살 수 있게 되었다.

그러는 사이—모든 것이 한꺼번에 일어났다—우리는 7월에 대출 상환액을 처음으로 연체했다. 집을 시장에 내놓을 수도 있었지만—언론에서는 별다른 보도가 없었다, 얼마나 흥미로운지—2014년부터 이미 기울어가던 미국 경제는 장기간의 침체기에 들어갔다. 부동산 시장은 완전히 폭락했다. 매수자를 찾을 수 있다 해도, 주택 가격이 남은 대출금보다 더 떨어져서 그냥 포기하는 것보다 매도 비용이 더 컸다. 강제 퇴거까지 걱정해야 하는 상황이 되자, 웨이드는 회사의 장비를 경매에 넘겨 그 돈으로 작고 음침한 아파트의 보증금을 충당하는 고통스러운 결정을 내렸다. 사회보장국이 만족할 만큼 내게서 멀리 떨어진 곳이었으니, 최소한 딸의 양육권은 지킬 수 있었다.

웨이드와 나는 온갖 다짐을 했다. 한동안 우리는 정말 비밀리에 만났고, 솔직히 이런 밀회 분위기에서 아주 오랜만에 최고의 섹스를 즐기기도 했다. 하지만 위험 부담이 너무 커서 금지된 짓을 한다는 에로틱한 스릴보다 스트레스가 더 심해졌다. 내가 루시와 같은 공간에 있는 것이 금지되어 있었기 때문에, 웨이드는 언제나 시터를 구해야 했다. 법적인 대리인이 없는 상황이라 나는 감독이 있는 면접권조차 얻어내지 못했고, 루시에게 절대 아무한테도 고자질하지 말라고 당부하고 웨이드 아파트에 몰래 들어갈 수도 없었다. 루시는 반드시 고자질했기 때문이었다. 그해가 다 가기 전, 우리는 그만두기로 했다.

단순한 일개 부모보다 더 진심으로 아이들의 안위를 걱정해주는 자비로운 어르신들과 재차 조우했던 것은 그해 9월, 아동보호국에서 출동한 깡패 같은 요원들이 우리 집에 들이닥쳐서 다윈과 잔지바 둘 다 각자 위탁가정에서 도망쳤다는 소식을 전했다. 그런데 요원들은 내게 이미 알고 있지 않느냐는 식이었다(나는 모르고 있었다). 그들은 집 안을 수색했고 헛간까지 둘러보았다. 영장을 갖고 있다고 했지만 나는 보지 못했고, 그들은 내 전화까지 압수했다. 그럼에도 불구하고 나는 기뻤다. 이 사냥꾼들은 아니라고 철석같이 믿는 모양이었지만, 나는 아이들이 어디로 도망갔는지 정말 아는 바가 없었다. 둘이서 쓸 만한 계획을 미리 세워두지 않고 무작정 도망쳤을 리가 없었다. 아이들이 무사할 거라는 직감이 있었다. 그리고 한 가지 확신했다. 둘은 같이 있었다.

그러나 그때 집의 운명은 이미 정해져 있었다. 우리는 대출 상환금을 세 번째로 납부하지 못했고, 컴퓨터는 경고문을 거의 매일같이 쏟아냈다. 우리는 몇 푼 안 되는 저축을 다 써버렸고 신용카드 한도도 꽉 찼다. 나는 소득이 없었다. 취업이 불가능했다. 내 이름을 인터넷에서 검색하면 뭐가 처음 나왔을지 상상해보시길. 웨이드는 쥐꼬리만 한 급여로 볼테르식물원에서 파트타임 일자리를 구했는데, 정식 나무의사였다면 그보다 좋은 직장이 없겠지만 지금 그는 온실을 절뚝거리면서 돌아다니며 넓은 잎사귀에 물을 뿌리거나 마른 잎을 따는 정도밖에 할 수 없었다. 루시에게 팝타르트를 사주기도 빠듯했다.

나는 어디로 가야 할까? 내게 다른 친구가 없다는 에머리의 말은 사실이 아니었지만, 공공의 추방자에게 감히 쉴 곳을 내주려는 친구는 분명 없었다. 절체절명의 순간 대부분의 사람들이 기댈 곳은 혈연뿐이기 때문에, 가족이 내게 등을 돌렸다는 사실이 이처럼 아팠던 순간도 없었다. 절박한 심정으로 나는 켈리와 데이비드에게 손을 내밀었는데, 두 분은 당연히 내 전화를 받았지만 쉬쉬하는 목소리였다. 아니, 상황을 감안할 때 나를 받아들이는 건 곤란할 것 같다. 온라인에서 자기 딸을 고발한 것을 눈감아준다 해도, 지금 그 집 빈방에 에머리가 지내고 있다는 것이었다.

어디로 가느냐는 정해져 있지 않았지만, 집을 나가야 한다는 것만은 확실했다. 10월, 공식 퇴거 통지서가 도착했다. 혹시 약국에서 10달러짜리 돋보기조차 사지 못할 정도의 빚쟁이라 글씨를 읽지 못할까 봐, 봉투에는 굵은 검은색 글씨로 '퇴거 통보'라고 큼지막하게 박혀 있었다. 경찰서에서 다시 깡패 같은 요원들이 출동해서 양말 한 켤레조차 챙기지 못한 채 쫓겨나고 싶지는 않았다. 나는 바퀴 달린 가방에 옷가지 몇 벌과 공식 서류, 방수포, 베개, 물병, 이 랩톱을 챙겼다. 문을 나설 때 뭔가 놓고 왔다는 찜찜한 기분이야 다들 알겠지만, 열쇠? 지갑? 버스에서 읽을거리? 내가 마지막으로 옆문을 열고 집을 나설 때 잊어버리고 뒤에 남겼던 것은 다름 아닌 내 집이었다.

내가 처음 진을 친 곳은 아동보호국 건물 입구였다. 전화를 돌려받기 전에는 가지 못한다고 경비들에게 똑똑히 말해두었다. 마리오 게임을 하려던 것은 아니었다. 어느 정도 시간이 흐르면, 다원과 잔지바가 분명 내게 연락을 취할 것이다. 아동보호국 직원들은 사흘 동안 본체만체 내 옆을 지나쳤다. 결국 나는 다른 곳으로 간다는 전제하에 내 소유물인 전화를 마치 뇌물처럼 돌려받았다. 화면은 깨져 있었지만—틀림없이 일부러 깼을 것이다—아직 문제없이 작동했다. 다른 무엇을 희생해야 한다 해도 생명줄을 유지하는 것이 경제적으로 최우선 순위라고 작정하고, 나는 선불요금제로 바꾸었다.

마침내 11월, 문자가 날아왔다. 둘 다 잘 있으니 염려하지 마라, 하지만 자칫 위험할지도 모르니 어디서 지내는지는 알릴 수 없다는 것이었다. 나는 이해했다. 답장을 보내려고 했지만, 그 번호는 더 이상 연락이 되지 않았다. 아마 이 한 가지 용도로 싸구려 디포폰을 사서 쓴 뒤 버렸을 것이다. 나는 문자를 지웠다.

글이라고 해서 의연한 척하지 않겠다. 힘든 시기였다. 때로 노숙을 했

339

고, 때로 노숙자 쉼터에 머물렀는데, 이 낡은 랩톱을 도둑맞지 않으려면 눈도 제대로 붙일 수가 없었다. 푼돈을 벌기 위해 무슨 일이든 다 했다. 청소, 마당 쓸기, 재활용 쓰레기통 씻기. 이런 막노동을 할 때는 최대한 무해해 보이기 위해 '에이미 플라워스'라는 가명을 썼다. 그래도 이따금 일 시키는 사람들이 내 얼굴을 알아보면, 그 자리에서 일거리는 날아갔다. 나를 파문한 가족과 내 절친인 척했던 인간이 혹시 공원에서 방수포를 뒤집어쓰고 있는 나를 알아보면 어쩌나 하는 끊임없는 불안감 때문에, 볼테르를 떠나는 것도 당연히 생각해보았다. 하지만 이주도 돈이 드는 일이었다. 나는 전국적인 기피 인물이었다. 게다가 혹시 다윈과 잔지바가 나를 찾는다면, 당연히 여기로 올 것이다. 다윈이 열여덟 살이 된 2018년 봄, 나는 특히 낙관적이었다. 위탁가정 시스템에서 독립할 나이가 되었으니, 기관에게 감시당할 걱정 없이 나를 찾아올 수 있을 것이다.

그해 여름 디어 애비라는 식당이 다운타운 언저리에 개업했는데, 잃을 것도 없었던 나는 육류 배달 장부에 사인하고 있던 주인처럼 보이는 남자에게 무작정 다가갔다. 사람을 고용하는 것이 너무나 까다로워진 시절이라, 일자리를 구하는 것은 대체로 쉬웠다. 미국에서도 노동자를 해고하는 것이 프랑스만큼 어려워졌기 때문이었다. 해고당한 직원들은 멍청하다는 이유로 잘렸다고 경영자를 고발했고, 모든 종류의 결함, 즉 상습 결근조차 '두뇌 프로세스 사유'로 보호되고 있었다. 나는 바닥 닦기, 탁자에 의자를 올리기, 양파 자르기도 좋으니 필요한 일이면 뭐든지 하겠다고 했다. 최저임금을 안 주어도 좋고, 실업급여도 노동보험도 필요없으니 인건비를 절약하라고 했다. 노숙 생활을 시작한 이후에도 나는 자기 관리만은 유지하고 있었는데, 이 자체가 정규직 수준의 노력이 필요한 과업이었다.

그는 별 관심이 없는 것 같았지만, 문득 나를 다시 돌아보았다. "잠깐만. 당신 피어슨 컨버스군요."

추레한 바퀴 달린 가방을 끌고 그 자리에서 꼬리를 빼고 싶었지만, 너무 피곤했다. "아뇨. 아닙니다. 그게 누구죠?"

"에이미 플라워스 좋아하시네! 그 얼굴은 어디서 봐도 알아보겠구먼. 피어슨 컨버스 맞잖아요."

"누구 말인지 모르겠어요." 나는 베드로 같은 기분으로 대꾸했다. 예수 그리스도가 아니라 나 자신을 모른다고 부정하는 것은 더 묘한 느낌이었지만 말이다.

그는 콧방귀를 뀌었다. "진짜로요? 그럴 만도 하지. 길바닥에 나앉았군요."

사도 바울은 세 번 기도했다. "그래요, 맞아요, 길바닥에 나앉았어요. 어쨌든 내 이름은 에이미 플라워스라고." 바보 같은 이름은 내 귀에도 그럴듯하게 들리지 않았고, 나는 평소처럼 욕설 들을 준비를 했다. 당신은 수치야. 당신 같은 사람은 우리 매장에 안 써. 침을 뱉을 수도 있었다. 때리지만 않기를 바랄 뿐이었다. 내가 누군지 안다면, 이 한심한 인간을 하수구에 처박는다 해도 기소될 리가 없다는 것도 알고 있을 것이다.

"무슨 소리요, 당신은 내 영웅인데. 들어와요. 잠시 다리 펴고 좀 쉽시다. 내가 점심 대접할 테니까."

알고 보니 은밀하게 저항군이 형성되어 있었다. 대체로 파격적인 의견을 마음속에만 간직하고 있던 고립된 개인들이었다. 하지만 이 반동들은 느슨한 동맹을 조금씩 형성했고 차츰 조직화되기 시작하고 있었다. 샘 닐슨은 내게 부주방장 자리를 주고 식당 위층에 미니 냉장고와 핫플레이트가 있는 빈방을 내주고 동네 중고품 가게에서 옷가지를 사주었다. 그는 공개적으로는 독서 모임으로 되어 있지만 자기들끼리 있을 때는 농담처럼 '혐오그룹'이라고 부르는 모임에 나를 명예 손님 자격으로 초대했다. 회원은 여덟 명뿐이었지만, 모두 똑똑했다. 더욱 결정적으로, 그들은 누군가는—아니, 지난 8년간을 돌아볼 때 상당히 많은 숫자가—정말 멍청할 수도 있다고 생각하는 사람들이었다.

그래서 에머리, 이런 사람들이 내 친구가 되었어. 그들은 모든 문제에 의견이 일치하지 않았어. 나와 새롭게 연대한 이들은 모두 정신평등운동의 열정적인 지지자들과 오랫동안 우호적인 관계를 유지하고 있었고, 그 운동을 옹호했던 사람을 비난하거나 추방하거나 공공장소에서 망신주지 않았어. 그들 대부분이 윤리적 정도에서 벗어난, 무심코 입 밖에 낸 사소한 말 한마디로 광신도들에게서 비난받고 추방당하고 공공장소에서 망신당한 적이 있었는데도 말이야. 일종의 패턴이었어. 따돌림은 한쪽 방향으로만 작동했지. 보이지, 에머리? 우리 우정에 대한 네 비난조차 독창적이지 않았어.

쪽파를 어슷하게 썰거나 사슴고기스테이크를 손질하는 일은 아무렇지도 않았다. 웨이드가 항상 찬양했던 건전한 육체노동이었다. 거의 2년 동안 한데서 지냈던 참이라, 디어 애비 위층 방은 은행이 빼앗아 간 침실 다섯 개짜리 집보다 더 으리으리하게 느껴졌다. 매주 돌아오는 반동적인 혐오그룹 모임이 제정신을 유지할 수 있도록 해주었다.

조심스럽게 굴었다고 해서 아이들 탓을 할 수는 없었다(뭐, 약간은 그 애들을 원망하기도 한 것 같다. 몇 달에 한 번씩 납치 협상가들이 말하는 '생존 증명'용인지 비밀스러운 문자를 꼬박꼬박 보내오기는 했지만, 4년 내내 나는 대체로 제정신이 아니었다). 하지만 다윈과 잔지바가 영상 링크로 제대로 된 소식을 보내온 것은 잔지바까지 안전하게 열여덟 살이 된 2020년 4월이 되어서였다. 아이들은 공동체와 예술가 마을 중간쯤 되는 '실렉트'라는 공간을 마련해서 지내고 있었다(신용카드 이름 같다). 와이오밍주 야생 한복판에 위치한 공동체의 위치는 극비에 부쳐져 있었다. 이 공동체의 창립 정신은, 자기들에게 기준이 있다는 것이었다. 대담하게 불법적인 지적 속물근성의 보고로서, 실렉트는 아무나 들이지 않았다.

다윈과 잔지바의 재능은 만개했다. 잔지바는 희곡을 쓰고 있었고, 구깃구깃한 작은 종이에 그리던 그림들은 이제 공등체 헛간 벽 절반을 덮는 거대한 캔버스 위에서 폭발했다. 다윈은 고등수학의 바깥쪽 경계를 탐구하고 있었는데, 2학년 대수학조차 헤맸던 나 같은 사람한테는 이해 불가능한 내용이었다. 그래도 한편으로는 둘 다 닭 키우기나 채소밭 잡초 뜯기에 참여했고, 돌아가면서 청소와 요리 당번을 맡았다. 이런 공동체가 이전 유토피아의 전통을 따른다면, 그중 몇몇이 자기 몫 이상의 버섯라자냐에 욕심을 부리거나 화장실 청소를 대충 해놓는 일이 벌어지는 것도 시간문제였을 것이다. 그러나 그 끝이 반목과 원망, 사소한 권력 다툼으로 수렴될지언정, 이런 공동체 프로젝트의 시작은 언제나 짜릿했고 나는 아이들을 위해 이 태평성대가 오래 지속되기를 바랐다. 이 공동체는 '각자 능력에 따라'라는 규범이 있기는 하지만 그 외에는 모두가 똑같다고 간주하는 기존 마르크스주의보다 더 설득력 있고 통합적인 원칙에 따라 움직이고 있었으니 한층 전망이 밝았다. 실렉트는 모두가 절대 똑같지 않다는 명제를 전제로 하고 있었기 때문에, 야심만만하고 비범하게 똑똑한 '다윈'이라는 이름의 젊은이에게 딱 어울리는 곳이었다.

불행히도, 신종 바이러스가 퍼지는 바람에 빠른 시일 내에 다윈과 잔지바를 만날 전망이 사라져 버렸다. 바이러스는 노년층을 제외한 대부분의 건강한 사람들에게 별로 치명적이지 않다고 판명되었지만, 나라를 운영하는 멍청이들은 겁을 먹고 경제 전체를 닫아걸었고, 처음 3주 예정이던 경제 제재는 2년에 걸쳐 지긋지긋하게 이어졌다. 디어 애비도 문을 닫아야 했다. 다른 시민들과 마찬가지로 우리 모두 정부에서 마구 찍어낸 보조금으로 생활했고, 지나친 유동성 공급 때문에 혐오그룹 내에서 경제에 정통한 사람들은 조만간 달러 가치가 심각하게 떨어질 거라고 예측했다. 안 그래도 미국에는 문제가 많은데 말이다. 이 기간 동안 마약중독 같은 무기력 상태를 방지하기 위해, 샘은 내게 이 기록을 쓰라고 독려했다. 내 이야기가 대단히 특이해서가 아니라 오히려 그 반대기 때문이었다.

이 원고가 세상의 빛을 보리라는 믿음은 별로 없다. 정신평등운동에 대한 소규모의 은밀한 반발에 힘을 얻고 있기는 하지만, 동료를 발견한 반가움 때문에 우리의 수를 과대평가하고 있는 것이 아닌가 우려된다. 물론 우리 영향력을 과대평가할 정도로 무모한 사람은 없지만 말이다. 공포물로 홍보하지 않는 이상(어떤 면에서 사실이기는 하다), 아마존이 『마니아, 평등에 미친 시대』라는 제목의 자비출판 도서를 판매해줄 리는 없다. 주류 서점은 질색할 것이다. 유튜브와 페이스북은 혐오 발언이라고 비방할 것이다. 자신의 삶을 망가뜨릴 수 있는 문서를 소지하라고 권유해야 할지도 꺼려진다. 그러니 참고하시길. 각자의 책임이다. 내 기록이 여러분에게 당도하면 다운로드해서 읽어보시고, 하드드라이브와 쓰레기통에서 이 반체제 문서를 삭제하기 전에 열린 마음을 지닌 주변 사람에게 전송해주시길. 경험상, 여러 번 전송할 필요는 없을 것이다.

같은 시대를 살아온 사람들 앞에서 잘난 척하고 싶은 마음은 없지만, 한 걸음 물러서서 지난 13년의 문제점을 한곳에 모아보는 것이 조금이나마 유용할지도 모른다. 우선 우리 정치의 현주소를 짚어볼까. 2016년 민주당 후보로 대승을 거두고 2020년 한층 더 큰 투표 차로 대통령직을 유지한 도널드 트럼프는 인지평등주의에 편승해 승승장구했다. 그의 정책에 대해 당신이 어떻게 생각하든, 그는 미국 고위공직자에게 요구되는 전형을 근본적으로 변화시켰다. 내년 양대 정당의 대통령 후보로 진지하게 나서고 싶은 후보는 교육 수준이 낮고, 아는 것이 없고, 말솜씨가 보잘것없고, 천박하고, 바깥세상에 무지하고, 개력이 없고, 뚱뚱하고, 경험 많은 사람의 조언에 무관심하고, 전문성을 불신하고 헌법에 대한 절대적인 무지 때문에 정당한 헌법적 절차를 어기는 경향이 있고, 정당한 이유 없이 자기중심적이고, 예전에 자신의 단점으로 여겨졌던 특징을 뽐내는 인물이어야 한다는 것이 당연한 사실로 여겨지게 되었다. 우리는 대통령으로 선출된 사람이 평범하거나 그 이하인 인물을 주위에 둘 거라고, 아무 자격도 없다는 것이 최고의 자격 요건인 내각을 의도적으로 구성할 것이라고 태평스럽게 예상한다.

　게다가 전 국민이 명백한 거짓말을 통째로 수용하는 현실로 인해 필연적으로 다른 거짓말이 통용될 수 있는 문이 활짝 열렸다. 우리는 진실로 향하는 통로를 끊어버렸고, 그로 인해 진실의 존재 자체에 대한 믿음을 잃어버렸다. 즉, 우리의 대표자는 어떤 갈을 해도 되고 어떤 주장을 옹호해도 된다는 뜻이다. 모든 사람은 아름답다, 이 주장 하나만 있으면 사실이 된다. 실제로 참인 것이 아니라 참이기를 바라는 것을 옹호할 때, 우리는 모든 선진 경제가 번영을 일구게 해준 과학적 방법론과 결별한다. 이전 방법론을 실행했던 사람들은 이념적으로 불편한 사실의 발견도 기꺼이 감수했는데도 말이다.

보다 더 큰 정치적인 그림도 있다. 나는 유럽연합에 대해 아는 것이 없고, 영국이 유럽연합을 떠난 것이 그렇게 중요한 일이었는지 아직 모른다. 그러나 아이들의 양육권을 잃고 내 집과 동거인까지 잃을 상황에 처했던 와중에도, 무엇이 2016년 국민투표를 좌우했는지 눈여겨보고 있었다. 유럽연합에 남고자 했던 사람은, 내가 읽기로, 자신의 메시지를 인지 중립적으로 유지하기 위해 대단히 노력했으나, 스스로를 통제하지 못했던 것 같다. 지지자들이 단도직입적으로 말하지 않더라도, '유럽연합 잔류파'가 반대파를 경멸하고 있다는 것이 유권자들의 눈에는 명백히 보였다. 유럽연합 잔류는 단순히 영국의 손해가 아니라 멍청한 짓이다. 이런 관점을 지닌 기존 체제 유지론자들이 '유럽연합 탈퇴파' 역시 멍청한 사람으로 생각할 거라고 추론하기는 어렵지 않았다. 그들의 명분은 두뇌우월주의로 얼룩졌고, 파벌을 이끈 사람들에게는 혐오자라는 딱지가 붙었으며, 잔류파는 완패했다. 정확한 숫자는 기억나지 않지만, 탈퇴파는 90퍼센트 가까운 압승을 거두었다. 우습게도, 만약 잔류파가 머리를 써서 유럽연합에 머무르는 것은 멍청한 짓이라고 대대적으로 선전하는 이중간첩을 상대편에 몇몇 심어놓았다면, 투표 결과는 정반대가 되었을지도 모를 일이다.

최면이라도 걸린 듯 자신의 도덕성과 사랑에 빠진 서구는 중남미와 아프리카, 중동을 사실상 중국의 지배하에 넘겨주었다(덕분에 해양은 거의 죽었다. 견제할 만한 국가가 사라지니, 중국의 대형 트롤어선들이 해저를 다 긁어 황폐화시켰고 500그램짜리 광어 한 마리가 현재 300달러 이상에 팔리고 있다). 중국은 이게 꿈인지 생시인지 모를 것이다. 그들의 국가적 신화에 따르면 세계 정복은 중국의 운명이지만, 시진핑은 경쟁자가 고맙게도 문명의 자살을 꾀하여 궁극적인 운명의 가속을 초래할 줄은 몰랐을 것이다. 정복이 너무 수월해서 어느 정도는 실망스럽지 않았을까 장담한다. 정정당당한 싸움이 더 재미있었을 테니 말이다. 그 와중에 미국은 러시아에게 옛 차르의 왕국을 선물했다. 요즘 미군에 입대하려면 지능지수 85 이하여야 하는 것이 분명하다. 그렇지 않고서야 우리 군 사망자 중 대부분이 아군의 오인사격 때문일 리가 없다. 대부분의 미국인은 미 본토에 대한 전면전은 절대 불가능한 일이라고 여기고 있지만, 나는 그렇게 생각하지 않는다. 아무리 말이 안 된다 싶어도 전후 미국의 역사 속에서 지난 몇 년만큼 절대 건드리면 안 되는 초강대국이라는 미국의 확고한 위상에 의문을 제기하기 좋았던 때가 없었다는 시각에는 아마 동의할 수 있을 것이다. 미국 정세를 제대로 지켜보고 있는 유능하고 부상하는 독재자라면, 아마 지금이 사고를 치기 좋은 때가 아닌가 생각하고 있을 것이다.

왜냐하면, 현실을 직시하자. 제대로 굴러가는 것이 아무것도 없기 때문이다. 일을 대충 해도 문제 되지 않기 때문에, 아무도 자기 일을 하지 않는다. 언젠가 켈리가 계약상 의무를 이행하지 않았을 경우에도 법적 책임을 물을 방법이 없다고 했던 관행이 이제 모든 분야로 번졌다. 쓰레기가 사방에 쌓여 있다. 공무원이 출근을 하느냐 마느냐는 그날 기분에 달려 있다. 다행히 운전면허를 따지 못해도 별문제는 없다. 시험에 떨어지는 경우가 없어서 운전면허를 못 딸 걱정이 없기 때문이다. 여권이 없어도 큰일이 아니다. 미국인의 입국을 거부하는 나라가 점점 더 많아지고 있기 때문이다. 정전은 점점 더 길게, 점점 더 자주 일어나고 있다. 실리콘밸리는 인지평등 분위기를 자랑한 최초의 업계지만, 인터넷 접속 장애는 이제 일상이 되었다. 디지털 보안보다 어느 얼간이의 기분이 더 중요해졌고, 사기가 난무하고, 그나마 애써 훔칠 필요가 없을 정도로 달러 가치가 떨어져서 이 정도라고 해야 할 것이다. 최신 운영체제를 다운로드하다가 화면이 다 날아가고 먹통이 되는 사례가 너무 흔해서, 나는 랩톱 업데이트를 모두 차단해야 했다.

느리고 무능한 사람들이 민간 부문의 주요 직책을 차지하다 보니, 미국 제품은 약하고, 디자인이 구리고, 결함이 많다는 평판을 얻게 되었다. 집에서도 미국산 주방세제는 도자기 식기에 보라색 얼룩을 남기고, 진공청소기는 반대 방향으로 먼지를 내뿜는다. 미네소타에서 생산한 채소 필러를 사용하느니, 손톱으로 당근 껍질을 벗기는 것이 낫다. 냉장고에 넣어둔 오이가 얼어붙고, 냉동실에 넣은 아이스크림은 녹는다. 세탁기는 흰 옷가지를 베개 솜처럼 너덜너덜하게 만들어놓는다. 오븐은 섭씨 38도 이내의 범위에서 온도를 더 세밀하게 조절하지 못하며, 웬일로 고기를 숯덩어리로 만들지 않나 싶으면 폭발한다. 펠리시티가 언젠가 말했듯, 2015년 미국에서 생산된 자동차는 고속도로에서 불이 붙었고, 그것도 자기 집 진입로에서 무사히 시동이 제대로 걸렸을 때의 이야기다. 오랫동안 품질을 상징했던 브랜드는—블랙앤데커, 존디어, 심지어 테슬라—지금 조롱거리다. 능력만 된다면, 심지어 정신평등운동 광신도들도 자기가 증오한다고 떠드는 지능우월주의 체제에서 생산한 수입품을 구매한다. 따라서 한때 어디서나 눈에 띄었던 적, 백, 청의 '메이드 인 아메리카' 스티커는 사라졌다. 수출품 시장도 같이 종적을 감췄다.

아, 수출품 시장이 있긴 있다. 인재 수출 시장이다. 물리학자, 화학자, 수학자, 생물학자, 해양학자, 기술자, 모든 분야의 교수들이 냉전시대의 정반대 현상을 보이며 러시아를 향해 몰려가고 있다. 조금이라도 내세울 게 있는 무용가, 감독, 배우, 작가 역시 마찬가지다. 한편 뒤에 남은 머리 좋은 젊은이들은 부모님 집 지하실에서 하루 12시간씩 자며 마약을 살 때나 알람을 맞춰놓는 실정이다.

코로나바이러스 팬데믹 이후 경제활동이 더디게 되살아나면서 대형 재난도 늘어나고 있다. 뉴스캐스터들이 조심스럽게 덧붙이듯 비행기 사고는 점점 더 잦은 것 같은 정도가 아니었다. 조종사가 실기와 필기시험을 통과할 필요가 없어졌고 얼간이들이 비행기를 설계하고 소프트웨어를 쓰게 되자, 항공사고는 실제로 훨씬 더 자주 발생했다. 트랙터와 트레일러 간 정면충돌 사고와 기차 탈선사고도 마찬가지였다. 샌프란시스코에서 발생한 60층 고층 건물 붕괴 사고와 차량 58대가 미시시피강에 빠진 교량 붕괴 사고, 라과디아공항 터미널 지붕 붕괴 사고—전부 지난 한 달 동안 발생했다—를 보도하면서, 언론은 각종 표현으로 '노후화한 인프라'를 운운했다. 그러나 캘리포니아주의 고층 건물은 새 건물이었고, 아이오와주의 교량은 새 교량이었고, 뉴욕의 공항터미널도 새 빌딩이었다. 그럼에도 불구하고 꼬리를 무는 재난 속에서 뉴스캐스터들이 원인으로 절대 지목하지 않은 요소, 광신도들조차 결정적인 원인이라는 것을 너무나 잘 알고 있는 요소는 정신평등운동이었다.

물론 자동차 사고와 부실 건축은 정신평등운동 이전에도 있었다. 어쩌면 병원이 시체안치소로, 대학이 유치원으로 둔갑하는 정도야 그러려니 할 수도 있을 것이다. 그러나 백신 문제는 분명 선을 넘었다는 데 우리 모두 동의하리라고 생각한다. 시노백과 스푸트니크 백신은 코비드에 그렇게 효과적이지는 않았지만, 그래도 최소한 비교적 무해했다. 그러나 펄리시티 같은 유능한 직원, 인산수소 포타슘과 가정에서 사용하는 하수구 세척제의 차이를 아는 직원을 오래전에 몰아낸 화이자의 가짜 약물에 대해서는 그런 말을 할 수 없을 것이다. 이 mR2D2라는 괴이한 혼합물은 차라리 열두 살 난 다윈이 미치광이 과학자 의상을 입고 드라이아이스를 넣은 비커를 흔들어댔던 핼러윈 장난에 가깝지 않을까. 나는 암시장에서 백신 접종 위조 증명서를 구입했다. 이 원고를 읽을 정도로 빠릿빠릿한 사람이라면, 아마 똑같이 했을 것이다. 하지만 너무나 많은 미국인은 곧이곧대로 믿었다. 언론에 보도조차 되지 않은 사망자 수가 얼마나 되는지 헤아릴 수도 없을 지경이지만, 최소한 수천만 명에 달할 것이다. 장기적인 부작용이 나타날 때가 되면, 전 세계적인 사망자 수는 수억 명에 달할 수도 있다. 과장하고 싶지 않지만, 나는 이것이 지나친 숫자라고 생각하지 않는다. 화이자의 '오판'은 전면적인 위기의 시작이었다.

우리가 걱정해야 할까? 나는 내 생각을 이야기하고 있지만, 관점을 이렇게 수정하고 있는 사람이 나뿐일 것 같지는 않다. 뻔히 미치광이 같은 이념을 국민 전체가 있는 그대로 받아들이고 재앙 같은 새로운 사회적 관습을 기쁘게 끌어안는 모습을 보면서, 인간 일반에 대한 내 평가는 심각하게 떨어졌다. 나 자신만 예외라고 강변하기는 곤란할 테니, 아마 이 실망감은 나 자신에게도 해당될 것이다. 인간이 하나의 종으로서 생각보다 훨씬 덜 대단한 존재라면, 나 역시 그저 그런 존재가 아닐까.

그러나 꼭 집어 말하기는 어렵지만, 대부분의 사람과 나를 구별하는 차이점은 있다. 아직 이 글을 읽고 있다면, 아마 당신 역시 나와 같은 유전자를 갖고 있을 것이다. 특정 유전자 표현형이 코비드19에 잘 감염되지 않는 이유를 알 수 없듯이, 내가 왜 동료 인간들을 그토록 쉽게 감염시키는 독단이라는 병에 대한 면역력을 갖고 태어났는지 솔직히 잘 이해는 안 된다. 나는 여호와의 증인 같은 선택받은 자에 속한다고 주장하는 것이 혐오스러우며, 어쩌면 지난 13년 동안 아무 생각 없이 대세를 따랐다면 훨씬 평안 무사하게 살 수 있었을 것이다. 다스와 다른 목소리를 낸다는 이유로 너무나 끔찍한 대가를 치르지 않았나. 집과 애인, 일자리, 평판, 손위 두 아이를 직접 키울 수 있었을 마지막 몇 년을 잃었고, 어쩌면 막내와는 영영 인연이 끊길지도 모른다. 내가 할 수 있는 말은, 나는 이런 인간이라는 것뿐이다. 선천적으로 나는 어깨를 으쓱하고 이렇게 말할 수 없는 사람이다.

"아! 멍청한 사람이란 건 없어. 내 실수야."

부디 오해 마시길. 내가 선택받은 인간이라는 뜻이 아니다. 게다가 인류의 대다수가 나처럼 답답한 성격이라면, 우리는 만성적인 사회분열로 훨씬 많은 갈등을 겪을지도 모른다―국가 간이나 술집에서나. 사회제도는 끊임없는 의견 충돌로 마비될 것이다. 단순히 냉장고에 우유를 구비하는데도 개인 간에 고도의 협력이 필요한, 이렇게 복잡하고 인구가 많은 사회에서 모두가 반항적이라면 그것도 곤란할 것이다. 우리 모두가 어느날 요람에서 일어나 모든 관습을, 모든 공통의 '진실'을 밑바닥부터 재건하자고 결심할 수는 없는 노릇이다. 나 자신도 상당수의 비이성적이고 파괴적이고, 그렇다. 멍청한 전제를 아무 문제 제기 없이 받아들인 채 살고 있을 것이다. 예를 들고 싶지만, 이미 문제 제기 없이 받아들였기 때문에 스스로 그 전제가 무엇인지도 모른다.

그래도. 나는 여전히 모르겠다. 인간이 무엇이든 믿으려 하는 존재라는 것은 이 시점에 반론의 여지가 없는 사실이기 때문이다.

따라서 한때 도저히 이해되지 않았던 다양한 역사적 현상을 이제는, 필

연적인 것은 아니었다 해도 납득할 수는 있을 것 같다. 나는 더 이상 홀로
코스트에 경악하지 않으며, 나치 집권과 필적할 만한 현상이 절대 있을
수 없으리라고 생각되는 나라는 세상에 한 곳도 없다. 아니, 나는 미국이
나 영국, 오스트레일리아, 프랑스 혹은 현대 독일에서도 대략 3주면 본격
적인 파시즘이 발현할 수 있으리라고 생각한다. 마오쩌둥의 문화혁명, 스
탈린의 강제노동 수용소, 캄보디아의 킬링필드, 이런 역사도 이제 내게는
너무나 평범해 보인다. 사이언톨로지나 존스타운, 웨이코, 내 어린 시절
을 함께했던 여호와의 증인 역시 마찬가지다. 십만 갤런의 물에 희석한 약
한 방울로 암을 치료할 수 있을 거라고 생각하는 사람들, 어린아이를 죽여
서 악마를 물리칠 수 있다고 생각하는 사람들, 우리가 영원히 '종말'에 살
고 있으며 때가 오면 정확히 144000명이 천국으로 올라가서 예수 그리스
도와 함께 이 땅을 다스릴 거라고 생각하는 사람들이 있다는 사실도 전혀
놀랍지 않다. 어떻게 보면, 내 부모님에 대해서도 조금이나마 마음을 풀게
되었다. 물론 그분들이 믿은 건 헛소리였지만, 어차피 다른 모든 사람이
헛소리를 믿고 있는 바에야.

무엇보다, 해답을 얻고 싶었다. 우리의 작은 '혐오그룹'은 이 나라를 어
떻게 수렁에서 구해낼 수 있을까 궁리하느라 과도한 시간 동안 머리를 맞
대고 있었다. 연약하고 이질적인 배교자 조직 내에서 소재가 알려지다 보
니, 나는 흥미로운 비밀 초대를 받았다. 전국적으로 문해력과 수리력이 바
닥을 치면서, 텍사스에서는 능력주의를 우대하는 지하 아카데미가 생겨
났다. 총장은 혹시 내가 갓 생겨난 영문학과에서 가르치는 일을 수락한다
면 체포될 위험이 있다고 미리 경고했다. 이 비밀 대학은 4시간짜리 불법
입학시험을 통해 엄격한 입학 자격을 유지하고 있었다. 지금까지 시험 합

격률은 3퍼센트에 불과하지만, 시험에 합격한 영재 대부분은 대학 입학을 수락하고 있었다. 이 대학에서는 학점을 매긴다. 낙제도 시킨다. 특정 분야에서 지식을 숙달했다고 인정되는 학생에게만 졸업장을 수여한다. '올드스쿨 뉴스쿨'의 존재는 비밀이고 광고를 안 하는데도 반갑게도 지원서가 밀려 들어오고 있다. 이제 갓 시작한 작은 노력이 대단한 차이를 만들 거라고 기대하지는 않지만, 이런 기관이 생겨났다는 것 자체가 미래를 낙관할 수 있는 이유다. 이 원고를 마무리하고 나면, 아마 그 대학 일을 시도할 것 같다. 물론 나는 게으르고 별 볼 일 없는 학자에 불과하다. '백치'라는 단어를 여러 번 반복한 일로 유명해지지 않았다면 어떤 책임 있는 교육기관도 내게 정식 교수직을 제안하지는 않았을 것이다.

보다 개인적인 일로 넘어가서, 에머리 루스가 우리 집 거실에서 고고한 윤리관을 설파하고 나서 감정적인 충격이 가라앉은 뒤로 내가 그녀를 한 번도 떠올린 적이 없다고 말할 수 있다면 얼마나 좋을까. 전혀 그렇지 못했다. 벌써 7년 전이지만, 상처는 전혀 아물지 않고 그대로다. 이제 르완다 학살까지 이해할 수 있는데도, 한때 가장 친한 친구였던 사람에 관한 문제는 그저 당혹스러울 뿐이다. 아무리 과거를 짚어보아도, 에머리가 언제부터 정신평등주의를 믿는 척하지 않고 진짜 믿기 시작했는지 정확한 시점을 알 수가 없다. 어쩌면 다마스쿠스 개종처럼 급작스러운 전환이라기보다 스스로 완전히 알지 못하는 사이 글리산도처럼 한 음에서 다른 음으로 천천히 이어졌는지 모르겠다. 에머리의 변심에 대해 분명하게 결론을 내릴 수 있는 단 한 가지는 이 점이다. 오랜 기간에 걸쳐 거짓된 관점을 순전히 자기 이익을 위해 냉소적으로 홍보하면서, 동시에 공적인 관점과 정반대되는 개인적인 시각을 유지하는 것은 사실상 불가능하다는 것. 너무 피곤해서다. 머릿속에 만리장성을 쌓는, 너무 버거운 정신적 노동이다. 나 자신도 강사 자리를 유지하기 위해 교실에서 인지평등 방침에 따르다 보면, 아주 잠깐 정신이 멍해지고 그 운동이 그럴듯한 소리처럼 혹은 그렇게 미친 소리는 아닌 것처럼 느껴지는 순간이 있었던 것이다. 결국 대중은 이 말도 안 되는 이념을 사실상 하룻밤 사이 손바닥 뒤집듯 받아들였고 예전에 자신이 다른 것을 믿었다는 사실을 까맣게 잊어버렸다. 그러니 다른 사람보다 오래 저항했다는 점에서 에머리도 수고한 셈이다.

물론 수고했다고 등을 두드릴 마음은 없다. 하지만 나는 에머리가 우리 관계를 완전히 난도질한 것이 더 쉽게 등 돌리고 떠나기 위한, 단순한 편의주의에서 비롯된 행동이었는지 궁금했다. 당시 웨이드는 에머리가 나를 비난한 이유는 간단하다고 했다. 내가 방해되는 존재였다는 것이다. 나는 비용편익분석을 통과하지 못했다. 직업적으로, 사교적으로, 같이 메를로 와인 박스를 나눠 마시는 정도의 편익에 비해 내 편을 드는 데 드는 비용이 너무 컸다.

그러나 에머리가 우리의 오랜 우정을 부정한 것을 이익 추구를 위한 변심으로 단순하게 규정하는 것은 너무 편의주의적인 해석이 아닌가 하는 생각이 든다. 원래부터 나는 에머리에게 귀찮게 달라붙는 짐이 아니었나 하는 가능성을 부정할 수가 없는 것이다. 처음부터 에머리는 자신에 대한 내 애착에서 어딘가 불건강한 구석을 감지하고 찜찜하게 생각했던 게 아닐까, 우리의 우정은 언제나 한쪽으로 기울어진 운동장 아니었나, 에머리가 나를 좋아했던 것보다 내가 훨씬 더 에머리를 좋아했다는 사실에 나는 일부러 눈을 감고 있지 않았나 하는 가능성들 말이다.

평행력 2027년

피어슨 컨버스, 4년이 지난 지금

정신평등운동을 무너뜨린 장본인이, 자신이 가능하게 했던 진보에
반기를 들었다. ─피어슨 컨버스

　당혹감으로 서두를 쓴다. 나는 내 회고록『마니아, 평등에 미친 시대』
가 장기간 베스트셀러는커녕 한 줌 반골의 손에 들어가리라고도 상상하
지 못했다. 그 책의 성공은 시대정신이었다. 결정적 다수가 더 이상 참
을 수 없었던 것이다. 화이자 '백신'의 파급효과로 인한 사회 전반의 공포
가─오늘까지도 계속되고 있다─사회적 대변화를 일으켰다. 변화의 물
결은 서서히 번져가다가, 우리 모두 정신을 차려야 한다는 일인칭 시점의
읍소가 각 가정의 랩톱에 뜬 2023년, 쓰나미가 되어 덮쳤다. 그 이후는 역
사다. 나도 운이 좋았지만, 우리 모두 운이 좋았다. 속담 표현을 빌리자면,
무게 추가 반대쪽으로 기울어진 것이다.
　《애틀랜틱》이 혹시 내가 어떻게 혼자 힘으로 서구 사회 전체에 이성을
되돌려놓았는가 회고하는 자기 과시적인 글을 기대한 게 아닌가 걱정스
럽다. 하지만 앤드루 양 대통령 같은 지도자가 지적이고 박식하기를, 그가

통치하는 다수의 대중보다 더 지적이고 박식하기를 기대한다는 연극적인 안도감의 표현이 우리에게 더 이상 필요할까. 그렇다, 이제 우리는 능력이라는 개념을 수백만 명의 안녕을 좌지우지할 수 있는 다양한 직책에 요구되는, 실질적이고 필수적인 특성으로 여긴다. 그렇다, '멍청함'이라는 개념도 존재한다. 그 단어와 기타 관계어들을 우리가 이렇게 고소하게, 어떻게 보면 지나칠 정도로 방만하게 입에 담은 적이 또 있었을까. 놀랍게도 2010년 이전까지만 해도 우리가 별생각 없이 가볍게 입에 담았던 모욕은 정신평등운동 시대를 거치면서 이제 내 귀에는 어느 정도 함부로 내뱉을 수 없는 말로 들리게 되었다. 나는 '백치' 같은 단어를 덜 사용하게 되었고 진정 그 꼬리표를 붙여야 할 드문 멍청이한테 쓰기 위해 자제하게 되었다.

내 충성스러운 독자들을 답답하게 할 수밖에 없을 것 같다. 나는 과오를 지나치게 바로잡으려는 이 체제가 깊이 우려스럽다. 대학입학 표준화 시험을 복구하는 정책과 대학 생활에 적응하는 동안 성적이 좋지 않은 학생들을 대학 본부가 무자비하게 솎아내는 것은 전혀 다른 문제다. 이 불쌍한 학생 대부분은 정신평등주의라는 교육의 사막에서 학창 시절의 상당 기간을 보낸 아이들이다. 좀 여유를 주자. 게다가 공립학교에서 지능지수 검사를 다시 실시하는 것과 그 검사 결과에 요즘 같은 수준의 위상을 부여하는 것은 전혀 다른 문제다.

학생들의 지능지수를 성적표에 기재하는 것은 그럴 만하다고 치자. 하지만 모든 세금계산서 맨 윗줄에 굵은 글씨로 지능지수를 기재해야 하는 이유가 뭔가? 지능지수는 사회성이나 근면성 같은 다른 특성들을 반영하지 않는데, 왜 통계적으로 가장 똑똑한 지원자를 고용하는 것이 법으로 강제되어야 하는가? 모든 신용카드 오른쪽 상단에 소비자의 지능지수를 표기하는 정책은 무엇으로 정당화되는가? 영리한 사람들이 비양심적일 수 있고, 혹은 더 약삭빠르게 책임을 회피할 수도 있다. 그러나 요즘은 높은 지능지수를 기록한 부동산 구매자에게 대출이 더 많이 나오고 신용한도도 올라간다. 모든 미국인의 팔뚝 안쪽어 지능지수를 새기자는 법안을 의회에 상정하는 것은 위험한 역사적 선례라고 생각하는 것이 나만은 아닐 것이다.

사교 측면에서도, 나는 새로운 사람을 만났을 때 상대가 두뇌 회전이 빠른 사람인지 아닌지 조용히 평가하던 시절이 좋았다. 파티에서 이름과 지능지수를 같이 소개하는 요즘 세태는 너무나 어색하다. 데이팅 웹사이트에서 가장 먼저 요구되는 필수 정보는 지워지지 않는 저 두 자리 혹은 세 자리 숫자다. 그러나 지능지수가 양쪽 다 122인 두 사람을 연결시켜주는 것보다 취미나 매운 음식 선호 취향 등으로 짝을 매칭하는 옛날식 알고리즘 쪽이 차라리 성공 확률이 높다.

『마니아, 평등에 미친 시대』 독자들은 내가 스스로를 그렇게 똑똑하지 않다고 생각한다는 것을 기억할 것이다. 내 친구(라고 생각했지만) 에머리 루스는 언젠가 이 주장을 역전된 허영심이라고 몰아세웠다. '난 너무 똑똑해서 내가 안 똑똑한 걸 알아'라는 심리라는 것이다. 지면에 공개하는 것이 내게 득 될 일도 없고 팬들은 분명 실망하겠지만, 나는 2024년 지능검사를 받았는데—선택의 여지가 없었다—결과는 암담했다. 107이었다. 별로다. 그냥 중간 수준이다. 오랫동안 지능이 평범하다고 떠들었으니 마음의 준비가 되어 있을 만도 한데, 그렇지 못했다. 손이 쓰렸다. 생각했던 것보다 나는 더 멍청했다.

107이라는 점수는 나를 고용한 '올드스쿨 뉴스쿨' 관계자들을 당혹스러운 입장에 몰아넣었다. 텍사스대학교 자체 규정에 따르면, 학교는 나를 교수진에 두지 못하게 되어 있었다. 나를 예외로 하기 위해서 어마어마한 양의 서류가 필요했고, 내게 명예박사학위를 수여할 때도 다시 어마어마한 양의 서류가 필요했다. 그러나 나는 올드스쿨 뉴스쿨에서 일종의 유명인사이기 때문에 특별 대우를 받았다. 나만큼 유명하지 않은 미국 전역의 수많은 사람에게는 이런 면책특권이 주어지지 않을 것이다. 나는 이러한 대량 해고를 국가적인 자부심의 정당한 원천으로 볼 수가 없다.

물론 내가 손위 두 아이의 아버지를 높은 지능지수 때문에 선택한 것은 맞다. 불과 얼마 전까지 그로 인해 나는 우생학 지지자라고 손가락질을 당했는데, 나는 그런 비판을 정당하다고 여기게 되었다. 그러나 영리한 자식을 낳겠다는, 한때 괴짜 같던 결심은 이제 차츰 표준이 되었고, 우리는 유전적으로 똑똑한 남자들을 마치 젖소처럼 이용한다. 아니, 자칫하면 지능이 높은 남녀가 소중한 공동체의 자원처럼 이용될 위험에 처해 있다. 지능지수가 종 모양 그래프 오른쪽 끝에 위치한 사람들의 존재가 더 이상 자기 자신만의 것이 아니라고 우리가 결정하는 것은 어느 지점인가?

정신적 능력 말고도 우리를 구별하는 특징은 많다. 너그러움, 친절함, 상식, 경이로움과 즐거움을 느끼는 능력, 유머 감각, 명예심, 우아함, 관용, 솔직함, 근면함, 성실함, 타인을 위해 자신을 희생하는 마음가짐. 똑똑한 사람들이 견딜 수 없는 성격일 수도 있고, 보통 수준의 지능을 가진 친구가 여전히 기분 좋은 말동무이고 나를 위해 지구 끝까지 가줄 사람일 수도 있다. 내가 가진 여러 특성은 지능검사로 측정되지 않았다.

이러한 이유로, 나는 '적절성 검사'라는 무해한 꼬리표가 달려서 마치 건강을 위한 전국적인 팔 벌려 뛰기 캠페인처럼 보이는 새 선거제도에 반대한다. 현재 주 의회 입법 단계를 마지막으로 거치고 있는 이 수정헌법이 통과되면, 지능지수가 115를 넘는 사람만이 주정부와 연방정부의 모든 공직자 선거에 유권자와 후보자 자격을 얻게 되며, 따라서 전체 인구의 84퍼센트가 민주적인 과정에 참여하지 못하게 된다. 내가 아는 한 이것은 민주주의가 아니라 자비로운 독재다. 물론 그 구호는 다 안다. 멍청한 사람들이 멍청한 지도자를 선출하고, 멍청한 지도자는 멍청한 결정을 한다. 하지만 똑똑한 사람들이 똑똑한 지도자를 선출해도, 그 똑똑한 지도자 역시 멍청한 결정을 할 수 있다. 이것이야말로 그 예다. 지능지수 기준도 115를 130 정도로 아예 높이자는, 엘리트 중의 엘리트들이 주장하고 있는 극단적인 운동에는 더더욱 반대한다. 이렇게 되면 미국 인구의 2퍼센트만이 모든 정책을 좌지우지하게 될 것이다.

지적 엘리트 중 많은 사람은 나 같은 반대파를 보고 그냥 분해서 저러는 거라고 한다. 기준 점수를 통과하지 못했기 때문에 나는 자존심에 큰 타격을 입었다. 우리 세대 사람들은 정량적으로 판단력이 떨어져도 한마디 하는 데 익숙하기 때문에, 내 작은 선거권을 빼앗길 수 있다고 생각하면 나는 당연히 불만스럽다. 하지만 시간이 흐르면 권리를 박탈당한 일도 익숙해질 것이고, 그 결과로 국가가 훨씬 매끄럽게 굴러간다면 체제의 합리성을 인정하게 될 것이다. 새로운 옷칙하에서 자란 아이들은 지능이 기준에 미달할 경우 모두를 위하여 권한을 행사할 자질이 자신에게 없다는 것을 당연하게 여기게 될 것이다. 올더스 헉슬리는 1932년에 이미 이런 사회를 예상했다. 프롤레타리아는 자신의 주제를 알 것이고, 그 주제를 사랑할 것이다. 독재자들은 하층민들에게 스스로의 운명에 대한 결정권을 행사하는 버거운 책임에서 면제된 것을 다행으로 생각하라고 설득하려

들 것이다.

그러나 나는 지나치게 잘 작동하는 그 어떤 질서보다 혼돈과 불확실성, 비효율을 선호한다. 역사적으로 엘리트는 '모두의 이익'과 자기 자신의 이익을 혼동하는 경향이 있다. 우리는 고위 사제직을 임명하려 하고 있다. 나는 고위 사제 밑에서 자란 사람이고, '장로'들은 예외 없이 진절머리 나는 사람이었다.

적절성 검사에 대한 내 반대는 대학 관계자들에게 눈엣가시다. 올드스쿨 뉴스쿨 법대 교수진이 수정헌법 집필에 참여했고, 대학 본부는 내가 그 법을 옹호하기를 바라고 있다. 그러나 나는 천성적으로 눈엣가시로 사는 사람이다. 나는 내 사고방식대로 사람들을 몰아가서 스스로 주류에 안전하게 묻히는 것이 불편한 사람이다. 대세에 맞설수록 나는 나 자신답다고 느낀다.

『마니아, 평등에 미친 시대』의 독자라면 내 가족을 잘 알고 있을 테니, 짤막한 크리스마스 엽서 같은 후일담을 여기 덧붙인다. 수정헌법 제28조가 완전히 비준된다 해도, 내 손위 아이 둘은 투표할 권리와 공직에 출마할 권리를 유지할 것이다. 물론 둘 중 어느 하나라도 대통령에 출마한다면 놀랄 일이겠지만. 스물일곱 살인 다윈은—지능지수는 내 예상대로 144였다—새로 구성된 MIT의 연구진에 소속되어 정치적으로 조작된 모든 컴퓨터 모델을 폐기하고 기후 연구를 기초부터 재건하고 있다. 이산화탄소나 인간 활동이 미친 영향, 화석연료, 기타 어떤 것에 대해서도 미리 정해진 결론이 전혀 없다고 한다. 그의 동료들은 진짜 과학자라는 뜻이다.

내가 무의식적인 성차별이나 예술에 대한 편견을 갖고 있을까? 잔지바의 지능지수가 다윈보다 더 높은 151점을 기록했을 때 놀랐으니 말이다. 그 애가 행복하다는 뜻은 아니다. 아, 물론 예술계는 딸의 활동 무대고 그녀가 처음으로 만족한 자기 작품은 현재 브로드웨이 진출을 앞두고 있다. 하지만 미모는 저주였다. 신용카드 오른쪽 상단에 눈부신 숫자를 기록하고 있는 청년들이 앞다투어 발밑에 엎드린다는 사실은 잔지바의 성격에 해로운 영향을 끼쳤다. 그들의 집요한 관심과 지능지수 145 이상을 뜻하는 '0.1퍼센트'의 일원이라는 위상 때문에, 잔지바는 이제 정말 프리마돈나처럼 굴고 있다. 엄마로서 인정하기 힘든 일이지만, 정말 걱정스러울 때면 뇌출혈과 염산테러 중에서 어느 쪽이 딸을 보다 인간답게 만들어줄까 생각해본다(미안, 잔지바. 농담이야).

셋째 딸에 관해서 말하자면, 나와 루시를 만나지 못하게 했던 접근금지 명령은 그 애가 열여덟 살이 될 때까지 풀리지 않았다. 나는 정신평등운동의 사소한 교리를 위반했다는 이유로 자식과 분리된 부모가 얼마나 많은지 점점 알게 되었다. 사회복지과의 개입은 교육 수준이 높은 가정에 가장 흔했다. 이미 유전적으로 영리한 아이들에게서 영재교육 프로그램은 물론 전문적인 자격을 갖춘 부모의(부모는 대체로 좌천되거나 해고당했다) 양육 기회까지 빼앗은 말도 안 되는 사례들이 연일 신문 지면을 채웠다. 비록 영재로 분류되지는 않았지만, 루시 역시 정신평등운동의 또 다른 피해자였다. 마침내 지능검사를 받아보니 루시의 점수는 그럭저럭 나쁘지 않은 112점이었지만—평균을 상당히 웃돈다—그녀는 글을 배우지 않을 핑계를 찾느라 지능을 낭비했고, 불행히도 핑계를 너무 잘 찾아냈다. 애정이 깊은 아버지지만 본인부터 책 읽기를 별로 좋아하지 않는 웨이드의 말을 들어보면, 문맹에서 벗어나길 거부하던 루시는 이제 겨우 기본을 익히긴 했어도 아직 이해력이 약하다.

루시는 심리적으로 큰 충격을 받은 상태다. 정신평등운동에 대한 집착과 지나치게 열성적으로 또래들을 감시했던 행적이 본인에게 불이익으로 돌아왔다. 학교교육은, 그걸 교육이라고 할 수 있을지 몰라도 너무나 부실했다. 발을 묶는 중국의 풍습처럼 루시의 두뇌는 결박되어 있었다. 내게 배웠던 제한된 가정학습 말고는 엄격한 규율을 경험해본 적이 없었고, 루시의 꿈은 정신평등운동 챔피언이 되고 싶다는 집착에서 멈췄다.

정신평등운동 챔피언이라는 것은 더 이상 없다. 설상가상으로 루시가 고등학교를 졸업했던 시점에 대학입시라는 관문이 무섭게 올라가기 시작했다. 갑자기 SAT가 돌아왔는데, 루시는 3시간짜리 시험은 물론이고 쪽지 시험 한 번 쳐본 적이 없었다. 고등학교 졸업반 학생 중에서 몰래 가정학습을 한 소수의 아이들은 마음에 드는 아이비리그 대학을 골라서 입학할 수 있었다. 정규교육이라는 아수라장에 의지했던 다른 모든 아이들에게는 낭패였다.

루시와 동급생들이 분개할 이유는 충분했다. '바보 세대'라는 조롱이 횡행하는데, 이건 너무나 부당한 명칭이다. 그 이념을 이 젊은이들이 고안하지는 않았다. 루시 세대는 피해자다.

마지막으로 여기서 근황을 전하지 않은 『마니아, 평등에 미친 시대』의 중요 등장인물이 한 사람 있다. 이건 이대로 두고 싶다. 그래서 최근 있었던 우연한 만남은 나 혼자만 간직하려 한다. 대단한 사건은 아니었지만, 이 인생 행로의 교차는 너무나 사적인 일로 다가온다.

일반론으로 갈음하겠다. 회고록이 출간된 뒤, 나는 정신평등운동을 둘러싼 갈등으로 평생의 동지를 잃은 수많은 사람의 사연을 들었는데, 모든 경우 신도들이 회의론자와 관계를 끊는 것으로 끝을 맺었다. 정치적인 의견 대립으로 인간관계가 끊어졌고 그 교리가 종말을 고한 뒤에도 배신감이 한참 남아 있다면, 당신은 혼자가 아니다. 이념적인 전쟁에서 승리했다는 사실이 에머리 루스가 내 인격과 행동 동기. 윤리관을 폄하하고 내가 우정이라고 생각했던 30년 세월을 부정한 데 대한 상처를 어루만져주지는 않았다.

피어슨 컨버스는 『마니아, 평등에 미친 시대』(하퍼콜린스, 2024)의 저자이며 현재 올드스쿨 뉴스쿨 석좌교수로 재직 중이다.

음, 이건 편집된 원고다. 기사는 다음 달 호에 실릴 예정이라고 들었다. 프리랜서 저널리즘에서는 난도질까지는 아니더라도 원고를 다시 손보는 정도야 당연한 관행인 모양이지만, 《애틀랜틱》과 신경전을 벌이는 것이 너무 답답해서 다시는 그쪽 원고 청탁을 수락할 것 같지 않다. 원본은 '적절성 검사'에 대해 훨씬 신랄하게 적었다. 최소한 나는 선을 지켰고 지금 상황이 얼마나 좋아졌는지 시시콜콜 쓰는 것은 거절했다(좋아졌는지 잘 모르겠다). 개인적인 사연을 좀 더 자세히 적으라는 팻의 권고도 거절했다(그녀는 그 전 문단에 대해 난리를 쳤다). 나는 충분히 탈탈 털어놓았다. 그러니 이정도는 알아서 할 자격이 있다.

일기에서 털어놓은 내용에 대해서 말인데, 2025년 초반 파일을 무심히 훑어보다가 2년 반 전 웨이드와 루시의 아파트에 마침내 찾아갔을 때 어떻게 되었는지 기록하지 않았다는 것을 깨달았다. 그날 저녁은 너무나 서글퍼서 집에 돌아온 뒤 다시 떠올리고 싶지조차 않았을 것이다. 하지만 몇 몇 장면은 아직 머릿속에 남아 있다.

전체적으로 그 자리는 어색했다. 루시의 성장과정을 함께하지 못한 것은 내 의지가 아니었지만, 루시의 주관적인 입장에서는 방치당했다고 충분히 느낄 수 있었다. 루시는 나를 만난 것이 기쁘지 않은 것 같았다. 18개월인가 만남을 거절하다가 제 아버지의 심한 압박에 못 이겨 겨우 수락한 게 아닐까 싶다.

정신적인 의미에서 루시는 확실히 둔하지 않았지만, 육체적인 측면에서는 약간 둔했다. 신체에는 아직도 뭉툭한 느낌, 움직이지 않는 물체의 특성 같은 것이 있었는데, 아마 그래서 내가 저항할 수 없는 힘처럼 느껴졌을 것이다. 경계심과 의심, 공격성 강한 성격을 보면, 루시는 본인이 인식하는 이상으로 천상 내 딸이었다.

"그래서 무슨 책을 쓰셨다고요?" 루시는 공격적으로 물었다. 책은 그녀의 적이었다.

"그래. 대부분 우리 가족의 이야기야."

"우리 가족의 이야기에 대해 알면 뭘 알아요? 같이 안 살았잖아요."

"같이 살아도 된다는 허가를 못 받았어, 루시. 너보다 오히려 나한테 더 힘든 일이었단다."

"나한테는 힘들지 않았어요. 난 당신을 그리워한 적 없어요."

"루시!" 웨이드가 소리쳤다. "루시가 다니는 전문대학 동기 대부분은 『마니아, 평등에 미친 시대』에 대해서 들어 알고 있고, 몇몇은 읽기도 했대."

"난 안 읽었어요. 읽을 계획도 없고." 엄마의 유명세 덕분에 덩달아 어느 정도 인지도를 얻었는지는 몰라도, 내 막내딸은 원치 않는 것 같았다.

"책은……." 망설이는 말투 속에서, 나는 깊이 각인된 정신적 중지 상태를 인지할 수 있었다. 그래서 그 단어는 맹독적인 흔에 실려 튀어나왔다. "멍 청해요."

주정부의 강압에 의해 7년 동안 떨어져 지냈던, 게다가 덕분에 개인적으로 더 오랜 세월 소원했던 엄마와 딸의 대화가 전부 이런 것일 수는 없겠지만, 내가 기억하는 것은 이게 전부다. 당시 나는 우리 관계가 활짝 피어날 거라는 기대를 크게 갖지 않았다. 이후 투시는 나 가벼운 이메일이나 문자에 전혀 답장을 보내지 않았고, 막연히 7월마다 생일 선물을 보내도 감사 인사 한 번 하지 않았다. 이건 아동보호국의 잘못이지만 내 잘못이기도 하다. 때로 이 문제로 너무 자책하는 게 아닌가 싶기는 하지만, 충분히 자책하지 않았던 것이 사실이다. 내가 루시어 게 경멸받는 것도 당연하다. 나는 다윈과 잔지바가 똑똑하다는 이유로 편애했으니까(지금 우리는 미국 전역에서 똑같은 차별을 체계화하고 있다). 내게 적더적인 것이 그 애 탓은 아니다.

웨이드와 내가 꼼꼼하게 이메일을 삭제해가며 간헐적으로 연락을 유지하고 있었던 것은 다행이었지만, 직접 만난 것은 거의 8년 만이었다. 그는 그 세월보다 더 늙어 보였다. 몸매는 대체로 유지하고 있었지만, 체형에서는 조각 같은 윤곽이 사라졌다. 말처럼 날렵하던 얼굴은 고생에 찌들어서 한때 경주마였다면 지금은 초원에서 풀을 뜯는 거세마였다. 그래도 웨이드는 여전히 친절했다. 루시를 자기 방으로 들여보낸 뒤, 그는 말했다. "항상 당신한테 입을 다물라고 했는데, 내 잘못이었어. 이걸 봐. 당신은 유명인이 됐잖아."

"스스로에게 정직하라는 원칙이 항상 보답받는 건 아니야. 난 영영 쓰레기통이나 뒤지는 노숙자가 될 뻔했다고."

"당신은 꿋꿋하게 버텼어. 자기 입장을 지켰어. 변화를 만들어냈어."

"그건 단지 나나 내 '멍청한' 책 때문만은 아니야. 그냥 때가 온 거지. 몇 달 늦어졌을지 모르지만, 내가 없었어도 흐름은 바뀌었을 거야. 게다가 나는 선택의 여지가 없지 않았어? 당신도 내가 어떤 사람인지 알잖아. 난 다르게 사는 방법을 모르는 사람이야."

"바보처럼 사는 법을 모른다 이거지?"

나는 웃었다. "이제 그 '다른'이라는 표현도 예전의 하찮은 문법적 지위로 되돌려야지. 그리고 바보처럼 사는 법이야 내가 잘 알지."

"바보라기보다, 꽉 막혔지. 저…… 볼테르대학교 독설 일로 당신을 힘들게 해서 미안해. 내가 좀 더 이해했어야 하는데. 응원해주고."

"내가 우리 모두를 끔찍한 상황에 몰아넣었어. 그 성질머리 때문에 집이 날아갔고, 당신은 셋 중 두 아이를 잃었고, 나는 셋 다 잃었어. 상황을 감안했을 때, 당신은 정말 차분했어. 발목은 어때?" 아까 현관문을 열어줄 때, 그가 절룩거리는 것이 눈에 띄었다.

"아파."

"결국 그 난리법석 때문에 당신이 나보다 더 큰 대가를 치렀어."

웨이드는 볼테르시 주변 그린벨트 지역에 나무를 심는 작업에 참여하고 있었지만, 자문 역할이었다. 어떤 나무가 튼튼한지, 빨리 자라는지, 이 지역 토착인지, 다른 식물과 잘 어울리는지. 요즘은 손톱 밑에 때도 끼지 않고 나무 꼭대기에 올라가서 풍경을 관찰할 필요도 없었다.

"아, 그거 궁금해." 나는 덧붙였다. "아동보호국에서 당신한테 지능지수 검사 시키지 않았어?"

"그러더군." 그는 어색하게 대답했다.

"꽁꽁 묶인 채 끌려가서 고래고래 비명을 지르는 모습이 상상되는데."

"비슷했어. 처음에는 시험을 일부러 망쳤어. 눈치채더라고. 일부러 엉터리 답을 적지 않았다면 통계적으로 불가능할 정도로 많이 틀렸다는 거야. 눈을 감고 아무렇게나 찍어도 더 높은 점수가 나왔을 거라고."

"그래서 다시 쳤어?"

"응. 두 번째에는 기준 점수를 넘으면 루시를 위해 유용한 혜택이 있을 거라고 하더라고. 알잖아. 루시에게 도움이 필요할 테니까."

"그래서 넘었어? 그 기준 점수?"

"뭐, 응." 다시 민망한 표정.

"솔직히 말해봐. 몇 점이었는데?"

"무슨. 내가 이런 거 안 좋아하는 거 알잖아."

"우린 13년을 같이 살았어. 쑥스러워할 거 없잖아."

그는 어깨를 으쓱했다. "129점."

"이야! 정말 만족스러운데. 이유는 모르겠지만."

"별 의미 없어."

"요즘에는 의미 많아. 나는 기준 점수 못 넘었거든."

"그럴 리가 없어."

"가능해. 내가 어떤 사람인가 하는 건 지능과 상관없으니까."

나는 웨이드에게 다윈의 소식을 전했다. 잔지바가 한때 가족이었던 인연을 챙길 것 같지는 않았지만, 나는 그래도 다윈은 반갑게 연락할 거라고 장담했다(실제로 연락했다). 굳이 직접적으로 대화할 필요는 없었지만, 우리가 서로를 보는 순간 커플로 다시 맺어질 일은 없을 거라는 사실을 분명히 알 수 있었다. 너무 오래전이었고, 우리는 다른 방향으로 멀어졌고,

나는 오스틴에서 1년의 상당 기간을 지내고 있었다. 웨이드에게 말하지는 않았지만, 그때쯤 나는 샘 닐슨과 이미 사귀고 있었다.

팻과 《애틀랜틱》 독자들에게 잔인하게 숨겨왔던 사연 말인데, 아직 얼마 지나지 않은 생생한 일이라 자세하게 기억날 때 써두는 게 좋을지도 모르겠다.

필라델피아의 많은 청중 앞에서 패널 토론회에 참석하겠다고 수락한 것이 서너 달 전이었을 것이다. 그 괴상한 샹들리에가 늘어진 홀이었다. 늘 그렇지만, 나는 일정이 한참 남아 있으면 쉽게 수락해버린다. 먼 미래의 일은 절대 현실로 닥치지 않는다는 허구를 믿어버리기 때문이다. 소중한 경험법칙. 내일, 아니 당장 5분 뒤에 하고 싶지 않은 일은 절대 수락하지 말기.

『마니아, 평등에 미친 시대』가 출간된 뒤 이런 행사에 수십 번 참석했기 때문에, 똑같은 말을 하는 것이 지겨워서 나는 마침내 거절하기 시작했던 것 같다. 시간이 흐르면서, 내가 하는 말은 너무 뻔하게 들리기 시작하기도 했다. 카드로 쌓은 집이 무너질 때와 비슷한 현상이다("저것 봐! 그냥 카드로 쌓은 집일 뿐이야! 왜 그냥 카드로 쌓은 집일 뿐이라는 걸 그 전에 몰랐지?"). 물론 처음에는 이겨야 할 큰 전투가 있었다. 하지만 일단 승리하고 나니, 이미 궁지에 몰린 최후의 정신평등주의 옹호자들을 일일이 때려잡는 것은 약간 심술궂은 짓처럼 느껴졌다.

하지만 이 적절성 검사 건은 너무 신경이 쓰여서 요즘은 이따금 일정을 수락하고 있다. 옛 체제가 얼마나 끔찍했는가를 논하는 토론이 아니라, 지적 능력주의를 회복하기 위한 이 모든 새 정책이 도를 넘는 것이 아닌가 하는 것이 주제일 경우에 한해서다. 일주일에 세 번씩 이런 토론회에 참석하던 시절에는 누가 같이 나오는지 잊지 않고 확인하곤 했지만, 요즘은 나도 녹슨 모양이다. 다른 출연자가 누구인지 미리 묻지 않았다. 어리석은 짓이었다. 다시는 그러지 않겠다.

그렇게 '먼 미래의 일정'은 가차 없이 현실로 다가왔고, 사흘 전 나는 약속대로 도착했다. 그럴 기분이 아니었다. 하지만 나는 사람들을 실망시키지 않는다. 유일하게 수동공격적인 행동을 했다면, 미리 요청받은 시간보다 훨씬 늦게 대기실로 들어간 것뿐이었다.

에머리는 마치 우리가 지난주에 메를로 와인을 한 짝 같이 비운 사이인 것처럼 문 쪽으로 돌아섰다. 물론 에머리의 성격상 아마 누가 패널로 출연하는지 미리 알아보았을 것이고, 그러니 나를 만날 마음의 준비를 단단히 하고 있었을 것이다. 그렇다 해도 11년 전 마지막으로 만났을 때 내 속을 뒤집어놓았던 것을 생각하면, 눈빛을 맞추는 그 매끄러움과 온화함, 태평스럽고 유쾌한 태도는 도저히 말로 설명할 수가 없었다. 하지만 워낙 무슨 일에도 동요하지 않는 것이 에머리의 트레이드마크였으니.

아, 나로 말하자면 너무나 동요했다. 순간 땀이 솟았다. 심장박동이 쿵쿵거렸고, 손을 내밀면 덜덜 떨고 있을 게 확인할 필요도 없이 뻔했다. 그 순간 무슨 말을 하더라도 횡설수설하리라는 것도 확신할 수 있었다. 패널에 누가 나올지 경고받고 미리 준비했을 때 할 말과는 전혀 딴판일 것이다. 내가 사흘 전 어떤 기분이었는지 정확히 떠올릴 수 있는데, 엄마를 우연히 마주칠 때의 기분이 딱 그랬기 때문이다.

맙소사, 에머리는 조금도 머뭇거리지 않았다. 조금도. 그녀는 내 어깨에 가볍게 손을 대며 양 뺨에 유럽식으로 가볍게 키스했다. 그녀는 외쳤다. "피어슨! 만나서 정말 반가워."

되돌아보면, 이렇게 말했어야 했다. 반가워? 반갑다고? 정말로? 하지만 대신 나는 이렇게 말했다. "그래." 말이 안 된다. 하지만 이런 일은 이렇게 흘러가는 거다.

갱년기 때문에 허리에 살이 1밀리미터쯤 붙었을까, 쉰다섯 살 나이에도 에머리는 별로 변한 데가 없었다. 머리숱은 나처럼 듬성듬성해지지 않았고, 짧고 손이 많이 가는 헤어스타일을 유지할 정도로 경제적으로도 여유가 있는 모양이었다. 눈가에 살짝 팬 주름 때문에 인상이 아주 조금 약삭빨라 보이고, 장난기 많고, 말썽꾸러기처럼 보였다. 마치 너는 내가 거실에서 쏟아부은 광란의 독백은 장난이었다는 걸 몰랐냐는 듯, 지난 십여 년의 세월 동안 깔깔거리며 살아온 것 같았다. 언제나 그랬듯 오늘도 그녀는 디자이너의 재능보다는 옷 안에 숨겨진 완벽한 몸매를 더 주목하게 만드는 미끈한 단색 드레스를 입고 있었다. 두 가지 색상을 조합한 가죽보다 에머리 다리에 시선을 집중시키는 아찔한 구두도 그랬다.

그녀가 상황을 재빨리 분석하는 것을 알 수 있었다. 몇 분 전만 해도 빳빳하게 각이 살아 있었다는 것을 에머리가 알 턱이 없지만, 피어슨의 흰 셔츠는 여기저기 땀이 배어 달라붙어 있다. 피어슨은 얼어붙어 있다. 이 대기실의 첫인사와 곧 있을 토론회가 최대한 매끄럽게 잘 흘러가도록 좌중의 분위기를 휘어잡고 상황을 정리해야 할 사람은 언제나 침착한 에머리 루스다.

"아, 네가 쓴 책 미처 축하를 못 했네."

상상 속의 대꾸. 그건 네가 네 발로 내 인생에서 영원히 돌아섰기 때문이잖아, 이 쌍년아.

실제 대답. "아, 그거. 그래. 나온 지 좀 됐지."

"상당히 잘 팔렸다면서!"

'상당히 잘' 팔린 정도가 아니라 수천단 부 나갔어, 이 친구야.

"응, 고마운 일이지."

"이쪽으로 와서 앉아봐. 아직 30분 남았어. 행사 담당자들이 초조할까 봐 너무 일찍 모인 거 아냐?"

그녀는 좌중의 다른 세 사람에게 나를 소개했다. 토론 패널로서 일찍 도착하는 것은 당연히 바람직한 일이다. 반대 의견을 지닌 사람에게(네가 착한 사람, 감정이 있는 사람이라는 사실을 적에게 알려라), 특히 편향된 시각으로('저 매력적인 피어슨 컨버스에게 발언권을 주자. 대기실에서 보니까 너무나 따뜻하고 가식이 없는 사람이었는데!') 토론 방향을 바꿀 수도 있는 진행자에게 잘 보일 수 있기 때문이다. 원래 이런 전략적인 방면의 대가인 에머리는 이미 다른 패널들을 구워삶아놓았고, 세 사람 다 옛날에 헤어졌다가 다시 재회한 에머리의 사촌인 양 굴고 있었다. 나? 양해 가능한 한도 내에서 최대한 미적거리며 도착한 데다, 이런 전략에 대해 미리 아무 생각이 없다(오만해서 그러는 것이 아니다. 그냥 관심이 없는 거다). 하지만 갑자기 머릿속이 새하얗게 지워져서—시리얼에 우유를 부을 때처럼, 뇌신경 시냅스가 합선되는 소리가 툭툭 들리는 것 같았다—이번만은 쓸 단한 문구를 몇 개 미리 준비해둘걸 하는 생각이 들었다. 어떻게 해야 1500명의 구경꾼 앞에서 이 여자의 목을 조르지 않고 무사히 저녁을 넘길 수 있을지 알 수 없었다.

돌아보면, 에머리가 자신을 중요 인물로 다루고 있는 『마니아, 평등에 미친 시대』에 대해 길게 이야기하지 않았다는 점이 특이하다. 상대가 다른 사람이었다면, 그저 당황했다거나 자서전이 워낙 내밀한 사적관계를 다루고 있기 때문에 낯선 사람들 앞에서 입에 올리고 싶지 않다는 심정을 암묵적으로 표현한 것이라고 추측했을 것이다. 하지만 상대가 에머리라면, 전혀 다른 추측이 가능했다. 아예 읽지 않은 것이다. 감히 말하지만, 루시와 마찬가지로 에머리도 그 책을 읽을 생각이 전혀 없었다.

2016년 당시 내 자존심을 뭉개놓은 에머리의 독설 중 한 가지에 일말의 진실이 있었다는 사실만은 인정하지 않을 수 없었다. 우리 관계에는 언제나 위계가 있었다. 이따금 미묘하고 이따금 보다 노골적인 위계였다. 에머리가 이 문제에 대해 사색하라고 아낌없이 베풀어준 장기간의 여유 속에서, 나는 의식적으로든 본능적으로든 에머리가 그 위계를 유지하려 했다는 결론을 내릴 수 있었다. 우위를 차지하고 싶지 않은 사람이 누가 있을까? 고등학교 시절 에머리는 내게 도피처를 주었고 자신의 인기를 우산처럼 내게 나눠주었다. 고아처럼 자기 가족에 받아들여주었다. 시간강사 일을 처음 따게 된 것도 에머리 덕분이었고, 볼테르대학교에 강사 자리를 얻을 수 있도록 손써준 것은 그녀의 아버지였다. 우리 둘 중에 에머리가 훨씬 사교적으로 능숙했고, 내가 좀 더 취향이 갈리는 외모라면 에머리는 보편적인 매력을 갖고 있었다. 언론에서 명사가 된 것도 그녀였다. 대기실에서도 흥미로웠던 점은, 이제 내가 과거의 에머리보다 훨씬 유명해졌는데도 달라진 것은 전혀 없었다는 것이다.

정확하게 그대로 유지된 이 역학관계를 언급하는 것은, 에머리가 내 회고록을 읽지조차 않은 이유를 그것이 설명해주기 때문이다. '읽는 것은 복종의 한 행위다.'

에머리의 배신행위를 생각할 때, 잔지바가 옆에 있었다면 그 행사장을 박차고 나오거나(그래서 나 자신의 평판에 상처를 내거나) 최소한 원탁에서 최대한 거리를 두고 음울하게 잡지에 파묻히라고 조언했을 것이다. 하지만 예의라는 법칙은 우리처럼 반골 성향으로 유명한 사람들에게도 놀랄 만큼 영향력을 끼친다.

"그래, 요즘 어떻게 지내니?" 나는 물었다.

"음, 한동안 약간의 침체기를 지내다가." 에머리는 불명예와 실직으로 점철된 세월이었을 시간을 가볍게 한마디로 정리해버렸다. "그래도 믿거나 말거나, CNN에 돌아갔어."

"정말이야?"

"아직 하위직이고 화면에는 안 나가지만, 곧 빠르게 올라갈 수 있을 거야. 웃긴 건, 이게 다 네 덕택이라는 거지."

"어째서?"

"알고 있겠지만, 정신평등운동 이후 대규모 축출이 있었어. 높은 곳에 있던 사람들이 죄다 타격을 입고 물러났지."

"어느 정도는. 요즘은 다들 자기가 그 헛소리는 믿은 적이 없다고들 하잖아. 이 나라 전체가 한 세대 동안 대대적인 위장 전술이라도 펼쳤나 보지?"

"누가 아니래!" 그녀는 가볍게 말했다. "그 주제로 앤더슨 쿠퍼의 원고를 내가 대신 써줬어. 어쨌든 네가 올린 그 '백치' 영상이 나한테는 최고의 행운이었지 뭐야."(이제 '백치'라는 단어가 명예를 회복하니—내가 이런 말을 하게 될 줄은 몰랐지만—그 단어가 지겨울 정도다) "『IQ 비방』은 히틀러의 『나의 투쟁』과 동급으로 내려갔고. 그래서 추락한 대작을 조롱한 게 훈장이 된 거지. 네가 말했듯이 요즘은 누구나 처음부터 정신평등운동이 헛짓거리라고 생각한 척하잖아. 내가 말로만 그랬다고 했다면 CNN이 무슨 수로 날 믿었겠어. 네가 내 진심을 뒷받침해준 거야. 이 은혜를 어떻게 갚아야 할지 모르겠어." 그래, 에머리는 아무렇지도 않은 얼굴로 이런 말을 하고 있었다. 하지만 입가는 살짝 실룩거렸다.

"하지만 CNN의 윗사람들이야말로 네가 얼마나 열렬한 정신평등운동 선전 대장이었는지 잘 알 거 아니야." 에머리가 다시 채용되었다는 사실에 말문이 막힐 지경이었다. 감사 인사는 오히려 조롱처럼 느껴졌다.

"시장에 대한 관점이 서로 맞았으니까. 수요와 공급. 내가 공급하는 사람이지."

"즉, 저널리즘은 오로지 사람들이 듣고 싶어 하는 말을 해주는 장사다?"

"잠깐 자리 배치를 의논해도 될까요?" 진행자 게일 뭐라는 사람이 가볍게 끼어들었다. "이번 행사는 느슨한 토론 형식이기는 하지만, 그래도 화기애애한 분위기를 유지했으면 합니다. 에머리와 피어슨 두 분이 무대를 중심으로 같은 편에 앉으시면 덜 적대적으로 보일 것 같아요."

"잠깐만." 나는 에머리에게 말했다. "네가 적절성 검사를 옹호하는 입장이야? 사람들의 이마에 IQ를 낙인처럼 찍자고 주장하는 거야?"

"손목 안쪽에 아주, 아주 작게." 에머리는 대수롭지 않게 받아넘겼다. "전혀 눈에 안 띄게. IQ가 높은 사람들에게 참정권을 주는 게 재산을 소유한 사람들에게만 투표권을 주는 것보다는 낫잖아. 남자한테만 준다거나 백인한테만 준다거나, 이런 것보다는. 멍청한 사람들한테만 선을 긋자는 거야."

게일이 끼어들었다. "자, 여러분! 설전은 관객 앞에서 펼치시고……."

"그래도 넌 라디오와 TV에서 몇 년 동안이나 고고하게……."

"아, 그게 어쨌다고. 새로운 시대야. 문화는 진화해." 에머리는 일축했다.

"문화 집어치워. 지금 우린 너 이야기를 하는 거야. 눈 돌아가게 백팔십도 변한……."

"그런 게 유연하게 주먹을 피하는 기술이지."

그런 건 위선이라고 한다. 아니면 애당초 진짜 신념이란 게 없어서 귀찮게 그것에 따라 살아갈 필요도 없는 거. 영혼이 없는 거.

게일이 곤란하다는 말투로 다시 끼어들었다. "피어슨, 이런 말씀 드려서 죄송한데, 민감한 문제예요. 난처한 입장으로 몰아넣게 된 것 같아 죄송합니다만, 질의응답 시간에 이야기가 나올 것 같아서요. 당신이 적절성 검사 최저기준을 통과하지 못했다는 악의적인 소문이 온라인에 돌고 있어요. 이번 기회에 공개적으로 그 소문을 잠재우는 게 현명한 일 아닐까요? 그러지 않으면 투표권을 잃게 된 것이 개인적으로 분해서 저러는 거라고 사람들이 수군거릴 테니까요. 지능지수가 기준 이상이라는 사실을 분명하게 해두시면 주장에 보다 믿음이 실릴 것 같습니다. 차라리…… 지능지수가 특별히 높다면, 몇 점인지 정확히 말씀해주시죠. 청중 중에서 비판하는 사람들의 입을 보기 좋게 막을 수 있도록. 저라면 그렇게 할 것 같습니다."

3년 동안 공개하지 않았던 충격적인 신상 정보가 결국 올드스쿨 뉴스쿨 행정실에서 새어 나왔다는 소식을 처음 들은 순간이었다. 팻은 이 문단을 지우라고 강력하게 요구하고 있지만, 다음 달 《애틀랜틱》 지면을 통해 공개하면 논란이 조기에 진압될 것이라고 생각한다. 사실이라고 분명하게 공표하는 것만큼 소문의 동력을 확실하게 차단하는 방법은 없다.

그래서 나는 게일에게 유쾌하게 달했다. "제 점수는 그리 높지 않습니다. 기준을 통과하지 못했어요. 한참 모자랍니다."

좌중은 일제히 조용해졌다.

"그리고 저는 곧 투표권을 빼앗기게 된 것이 분합니다. 이 말을 하면 안되는 이유가 있나요?"

적절성 검사의 열정적인 옹호자인 에머리의 남성 토론 파트너가 초조하게 끼어들었다. "이분이 이 행사에 참여해도 됩니까? '고차원 지능' 협회에서 주관하는 이 자리에?"

"예외는 얼마든지 가능하겠죠." 게일은 얼른 말했지만 말투에는 자신감이 없었다. "하지만 다시 생각해봤는데요, 피어슨, 일단 지능지수를 공개하지 않으시는 게 좋을 것 같습니다."

"107이에요." 나는 지나치게 큰 목소리로 말했다.

"아, 이런." 에머리는 미소 지었다. "넌 항상 너 자신은 멍청하다고 했지."

게일은 내 손을 두드렸다. "괜찮아요, 피어슨. 워낙 팬이 많으신 공인이잖아요. 다 잘될 겁니다." 그녀는 한순간도 자기 말을 믿지 않는 것 같았다.

에머리는 행사 전체를 처음부터 끝까지 자연스럽게 독점했다. 다른 넷에게 드물게 발언 기회를 넘겨도, 에머리만 마음이 굉장히 넓은 사람처럼 보였다. 그녀는 자기의 목소리와 태도, 존재감을 강조해서 적절성 검사가 이성적이고, 공정하고, 분별 있는 조치처럼 들리게 했다. 처음에는 짐짓 겸손을 떨며 내세우지 않으려다가, 자기는 검사 기준을 통과했다, 134 정도라고 암시했다. 미국수정헌법 제28조에 반대하는 우리는 진작부터 승산 없는 싸움을 하고 있는 것처럼 보였기 때문에, 에머리가 결국 청중의 새로운 지배자가 될 운명이었다. 정신평등운동의 철권통치 기간 동안, 그녀는 멍청한 사람들을 대표하는 지적인 얼굴이었다. 지금 그녀는 폭정의 상냥한 얼굴을 상징하는 존재였다. 그녀는 재미있었다. 편안했다. 매력적이고 쾌활하고 침착했다. 속뜻은 이런 것이었다. '저기, 나 같은 사람이 지금부터 결정을 내릴 테니까, 지식인 일루미나티의 지배하에 사는 삶도 그리 나쁘지는 않을 거야.' 에머리의 발언 내용은 1년 전에 설파했던 것과 정반대였지만, 스타일 면에서는 전혀 변한 것이 없었다. 어쩌면 에머리에게도 핵심은 언제나 스타일이었을 것이다. 그러나 2010년에 그녀가 딱 저렇게 가볍게 던져 사람들을 홀린 말이 내 아이들의 교육을 망치고, 내가 사랑한 사람의 건강과 생계를 망치고, 내게 2년간 쓰레기통을 뒤지며 살게 만들었다. 그러니 별 감흥 없는 것이 당연할 것이다. 그러나 나는 부끄럽게도 고등학교 시절 그랬듯 다른 사람들과 함께 에머리의 재담에 클클 웃고 있었다.

아래는 특히 청중이 좋아했던 미리 준비된 대목 중의 하나다. 에머리가 전에도 한 적이 있는 말일 거라고 생각한다.

"솔직히 여러분 모두 그런 타임스퀘어 영상을 본 적이 있을 겁니다. 촬영하는 사람이 지나가는 미국인에게 1달러를 주고 대륙 이름을 말해보라고 시키죠. 아무도 못 합니다. 아니, 불쌍한 친구들이 돈을 준다는대도 대륙 이름 하나 못 대요. '알래스카' '뉴저지' 이렇게 대답하는 사람도 있습니다. 인터뷰어가 다시 묻습니다. '오바마의 성이 뭡니까?' 한 여자는 말문이 막히고, 그 친구는 오바마의 성이 '케어'라고 합니다. 이어 정말 어려운 문제가 나옵니다. '시속 100킬로미터로 1시간 동안 달리면 얼마나 갈 수 있을까요?' 사람들은 이런 식으로 대답하지요. '모르겠습니다, 난 산수를 잘 못해서.' '1킬로미터' '2시간'. 정말 산수 못하죠? 다시 묻습니다. '지금 생각나는 가장 큰 숫자가 뭡니까?' 다시 다른 두 사람이 대답합니다. '100이요.'"

에머리는 잠시 숨을 돌렸다.

"수정헌법 제28조가 완전히 비준되지 않으면, 비준될 때까지, 이런 사람들이 미국인으로서 한 표를 행사합니다. 이런 사람들이 선출직에 출마할 자격이 있고, 때로 당선됩니다. 남북전쟁에 누가 싸웠냐고 물으면, '미국과 프랑스'라고 대답하는 사람들. 그런 사람들이 우리의 정부를 선택한 겁니다! U로 시작하는 나라 이름을 대보라고 하면 유고슬라비아, 유타, 유토피아라고 하는 사람들입니다. 미국United States에 살면서도 U로 시작하는 나라를 하나도 생각해내지 못하는 사람들이에요! 미국이 1776년 한국에게서 독립했다고 생각하는 사람들입니다. 히로시마와 나가사키가 '유도 레슬링'으로 유명하다고 생각하는 이런 사람들에게 우리의 외교정책을 결정하게 해야 할까요? 이스라엘이 가톨릭 국가라고 생각하는 사람들에게? 영국의 통화가 '퀸 엘리자베스'라고 생각하는 사람들에게? 정말 이 나라의 가장 중요한 결정을 삼각형은 네 변이다, 두 변이다 혹은 변이 없다고 생각하는 시민들에게 맡기고 싶습니까? 지도에서 이란의 위치를 가리켜보라고 하면 오스트레일리아를 가리키는 사람들한테? 알카에다가 프리메이슨 조직이고 모스크는 무슨 동물 이름인 줄 아는 사람들한테? 켄터키 프라이드치킨이 어느 주에서 발명되었는지도 모르는 사람들한테? 정신 차리세요! 이 멍청이들을 다 끌어내서 쏴 죽이고 싶다는 건 아니지만, 적어도 대통령 선출을 맡기고 싶지는 않다는 겁니다."

열렬한 갈채.

나는 에머리가 예전에 정신평등운동을 지지하지 않았느냐고 추궁당했을 때 특히 주의 깊게 귀를 기울였다. 내가 먼저 그녀의 급격한 철학적 입장 전환에 청중의 주의를 환기하고 싶었지만, 게일이 먼저 화제를 꺼냈다.

에머리는 두 손을 들어 보였다.

"제 잘못입니다! 하지만 여기 피어슨이 고맙게도 2016년에 공개해준 영상이 증거이듯이, 저는 한 바퀴 돌아서 제자리로 왔습니다. 어떤 사람은 다른 사람보다 더 많은 능력을 가지고 태어난다는 오랫동안의 인식을 되찾았어요. 언제까지나 단조로운 평등주의의 구덩이 속에 빠져 있어야 할까요?

설사 그것이 심각한 후폭풍이 따르는 실수라 해도, 저는 정신평등주의에 대해 지나치게 가혹해도 좋다고 생각합니다. 아이디어는 좋았습니다. 그 전제가 사실이었다면 아주 좋았을 것입니다. 어떤 사람은 똑똑하게 태어나고 어떤 사람은 그렇지 않다는 것은, 그런 불공평함을 만든 것이 우리가 아닐지라도 너무나 불공평합니다. 저는 평평한 운동장이라는 개념과 사랑에 빠졌던 것 같습니다. 모든 사람이 똑같은 재능이라는 축복을 받는 세상 말입니다. 많은 분이 그랬겠지만 저 역시 열심히 소망하면, 생일 케이크 촛불을 불어 끄기 전에 눈을 질끈 감듯이 간절하게 원하면 그런 세상이 도래하지 않을까 하는 생각을 무의식적으로 하고 있었던 것 같습니다. 우리 모두가 똑같은 것처럼 행동하고 그렇지 않다고 말하는 사람들을 꾸짖으면 마법처럼 똑같아질 거라고요. 악의에서 비롯된 충동이 아니었습니다. 어디까지나 선의였어요."

"종교재판이었다고! 빌어먹을 프랑스대혁명이었단 말이야. 단두대가 철컹거렸다고!" 청중 중 누군가 소리쳤다.

게일이 가볍게 끼어들었다. "네, 그렇군요. 질의응답 시간에 발언 기회를 드리겠습니다."

에머리가 말했다. "저는 저 자신을 돌아보았습니다. 정신평등운동이 그렇게 매력적이었던 것은 제게 죄책감이 있었기 때문이라고 생각합니다.

제 아버지는 저명한 학자였고, 어머니는 성공한 변호사였습니다. 그러니 유전적으로 물려받은 자산이 남들의 두 배인 셈이지요. 제가 뭘 해서 얻은 것이 아니었습니다. 노력으로 얻은 재능이 아니었어요. 그러니 부정하는 것이 공정해 보였습니다. 그러나 최근 저는 날카로운 지능은 단순히 받을 자격이 없는 축복은 아니라는 것을 깨달았습니다. 지능에는 책임이 따릅니다. 역시 제가 원하지 않은 책임입니다. 차라리 지능지수가 낮다면 더 행복하지 않을까 하는 생각도……."

"아, 또 그 바보가 행복하다는 둥 하는 소리야!" 아까 끼어든 청중이었다.

에머리는 당황하지 않고 말을 이었다. "지능은 짐입니다. 때로 고문이기도 합니다. 잘 사용해야 한다는 의무가 따릅니다. 만회할 일이 많다는 것을 제가 누구보다 먼저 인정합니다. 질문해줘서 정말 고마워요, 게일. 개인적인 여정을 공적인 장소에서 고백할 수 있어서 치유 효과가 있는 것 같습니다."

여정? 나는 생각했다. 네가 어딜 갔다고 그래. 목 좋은 데 가게 하나 차려놓고 변함없이 장사하는 중인 것 같은데.

"참 물건이십니다." 나도 모르게 입에서 이런 말이 나왔다.

하지만 청중은 웃음을 터뜨렸고, 이어 박수 소리가 일었다. "잘한다, 에머리!" 소리가 여기저기서 터져 나왔다. 다들 내 말에 동의했지만, 그래도 에머리가 물건이라는 사실이 좋았던 것이다. 내 방백이 그녀의 영광을 오히려 강조해주었다.

내 토론 내용에 대해 말하자면, 망치지는 않았지만 대단치도 않았다. 나는 고개를 숙인 채 행사가 빨리 끝나기만을 바라고 있었다. 내 의견은 지루했다. 지나치게 진지했다(정치적인 행사는 짐짓 진지해 보이는 외양을 하고 있지만, 청중은 다른 여느 행사의 청중과 똑같다. 화자가 즐겁게 해주기를 바란다. 예리한 논점을 제기한다고 이기는 것이 아니라, 행사장이 들썩이도록 웃음을 이끌어내는 사람이 이긴다). 내 지지자들은 실망했는지 토론이 끝나고 『마니아, 평등에 미친 시대』에 사인받기 위해 기다리는 사람들의 줄은 이례적으로 짧았다. 정신평등운동에 대항하는 공격을 이끌었던 선봉 역할을 했다는 위상에도 불구하고, 토론회 내내 게일은 내게 통 눈길을 보내지 않았고, 나를 볼 때도 눈빛에는 우월감이나 동정, 혹은 둘 다가 은근히 섞여 있었다. 그녀는 107이라는 숫자를 잊지 않았던 것이다.

물론 나는 이런 행사에 수없이 나갔고, 이제 나 말고 아무도 이 글을 읽지 않을 테니 겸손한 척은 그만해도 될 것 같다. 대체로 나는 상당히 잘한다. 그렇게 토론을 시시하게 끝내는 일은 드물다. 하지만 그날 밤은 내가 빌어먹을 에머리 루스와 한 무대에 있다는 사실이 도무지 믿기지 않아서 정신을 집중할 수가 없었다. 그녀를 감탄시키고 싶다는 생각이 자꾸만 들었는데, 이건 누군가를 감탄시키는 데 가장 큰 걸림돌이다. 아직도 그녀를 감탄시키고 싶다는 사실에 넌더리가 나서 집중할 수가 없었다. 특히 이 생각 때문에 집중할 수가 없었다. 에머리는 여전히 나를 산만하게 한다. 그런데 왜 나는 상대를 산만하게 하지 못하나? 자기가 나한테 했던 말을 기억하기나 하나? 내가 자기한테 항상 성적으로 집착하는 것 같았다는 야비한 말? 물론 나도 유튜브 영상으로 복수하기는 했지만, 먼저 시작한 것은 그쪽이었고 복수당해도 쌌다. 그런데도 나는 계속 감탄했다. 저걸 봐! 에머리는 전혀 산만하지 않았다. 자기가 갈기갈기 찢어발겨서 감정적으로 시체처럼 만들었던 여자 옆이 아니라, 마치 시원한 물 주전자와 물잔만 놓고 앉아 있는 것 같았다. 마지막 10분 동안 청중의 거의 모든 질문이 에머리에게 향하는 사이, 나는 뻔뻔함에 대해 생각을 정리하려고 노력하고 있었다. 뻔뻔함의 힘에 대해서. 그로 인한 이익에 대해서.

아, 이익 이야기가 나왔으니 말인데, 깊이 자리 잡은 신념은 족쇄와 같다. 디트리히 본회퍼에게 물어보라. 내 이야기가 결국 잘 풀린 유일한 이유는 하필 타이밍이 좋았기 때문이고, 신념을 고수했던 대부분의 사람은 빚을 지거나 감옥에 가거나 죽었다. 이름이 이름이니만큼 내 아들에게도 말해두는 것이 좋을 것 같다. 현재 다른 모든 사람들이 믿고 있는 것 말고 다른 것을 전혀 믿지 않는 것은 어마어마한 진화론적 자산이라고. 솔직히 나는 에머리에게 감탄했다. 양가적인 심경으로.

저자 사인회가 민망할 정도로 짧았기 때문에, 나는 다른 패널들보다 고작 몇 분 뒤에 소지품을 챙기러 대기실로 돌아왔다. 다들 에머리와 신나게 떠들면서 무대에서 했던 토론을 이어가고 에머리가 토론을 완전히 독점하는 바람에 미처 못다 한 논점을 짚어보고 있었다. 배낭을 집어 든 뒤, 나 혼자 몰래 나갈 수도 있었겠지만 무례해 보이거나 허무할 것 같았다. 이런 식으로 호텔로 돌아가면 혼자 자책하며 다시 에머리를 마주칠까 봐 두려워 객실로 룸서비스를 시킬 것이다. 다원이 오래전에 말했지만 나를 마주칠까 봐 두려워해야 할 사람은 에머리 쪽인데도. 또한 토론회 분위기를 보면 상상하기 힘들겠지만, 애당초 이 토론회의 주 패널은 나였다. 안 그런가? 대부분의 청중이 보고 싶었던 사람은 나였고, 나머지 넷은 딸려온 인물들이었다. 하지만 나는 관심의 중심에 있었다고 느끼지 못했고, 40년째 알고 지냈던 여자한테 정중하게 작별 인사를 하러 다가갔을 때조차 수다쟁이 네 사람 외곽에서 가만히 기다리며 오늘의 스타를 알현할 기회를 잡아야 했다.

그래도 그 몇 분간은 남들에게 주목받지 않고 에머리를 관찰할 수 있는 기회였고, 무엇보다도 나 자신을 점검할 수 있는 순간이었다. 오랫동안 속으로 에머리를 성토하면서(이 자서전에도 민망할 정도로 수많은 독설이 난무한다) 나는 언젠가 그녀를 직접 만나면 무슨 말을 할까 종종 생각해보았다. 대답은 이것 같았다. 할 말이 별로 없다. 에머리의 정신평등운동으로의 첫 개종이 당혹스러웠다면, 이번 재개종도 그 못지않았다. 하지만 에머리 같은 유형에게 수수께끼는 없다. 그녀는 순응하는 사람이다. 언제나 환경에 잘 적응한다. 내가 그 '백치' 영상을 올리지 않았다 해도, 에머리는 정신평등운동을 맹목적으로 수용하는 분위기에서 득을 보았던 것과 같이 이번에는 전국적인 포기 선언에 올라타 이익을 취했을 것이다.

내가 계속해서 자문한 것은 훨씬 근본적인 문제였다. 과연 내가 에머리를 정말 미워하고 있나. 그럴 이유는 분명했다. 하지만 미움이라는 강렬한 감정을 '느끼는 것이 당연하다'는 이유로 내면에서 억지로 끌어낼 수는 없다. 당황스럽게도 에머리는 변함없이 매력적이었다. 오십대 중반이라는 나이에 비해 여전히 너무나 인상적인 모습이었고, 평범한 사람이었다면 몇 년이라는 길고 치욕적인 유배 기간 동안 자존감에 심각하게 상처를 입었을 만한데도, 그녀는 여전히 그 설경하기 어려운, 어떻게 보면 정당화할 수 없는, 그래서 결국 저항할 수 없는 우월감과 특권의식을 갖고 있었다. 자신이 우월하다고 생각하는 것과 실제로 우월한 것, 그 차이를 구별하는 것은 어려울 수 있고, 어쩌면 한쪽이 다른 쪽을 위한 필요조건인지도 모른다. 진실은, 나는 여전히 에머리를 좋아했다. 그리고 여전히 에머리가 나를 좋아해주길 바랐다.

"저기, 피어슨." 에머리는 쪽지를 접어 가방에 넣으며 끈을 어깨에 멨

다. "주최 측에서 하얏트 호텔을 예약해뒀대. 바에서 술 한잔할까? 옛날이야기 하면서?"

"어떤 옛날이야기냐에 달렸지." 나는 날카롭게 말했다. 지난 3시간 동안 우리의 잔인한 불화를 언급한 유일한 말이었고 내 입에서 나온 유일하게 재치 있는 말이었다.

에머리는 그냥 웃었다. 굳이 이기려고 응수하지 않고 속 시원한 기분을 누리게 해주었다.

"그럼 메를로?" 나는 말했다. "좋지."

마니아, 평등에 미친 시대

© 라이오넬 슈라이버, 2025

초판 1쇄 인쇄일 2025년 12월 16일
초판 1쇄 발행일 2025년 12월 30일

지은이   라이오넬 슈라이버
옮긴이   유소영
펴낸이   정은영
편집   권지연 정사라
디자인   이선희
마케팅   이언영 임동렬 임병천 이경민
IP 기획   김현영
제작   홍동근

펴낸곳   (주)자음과모음
출판등록   2001년 11월 28일 제2001-000259호
주소   10881 경기도 파주시 회동길 325-20
전화   편집부 (02)324-2347, 경영지원부 (02)325-6047
팩스   편집부 (02)324-2348, 경영지원부 (02)2648-1311
이메일   munhak@jamobook.com

ISBN 978-89-544-7336-1 (03840)